Konklave

Das Buch

Der Papst ist tot und seit Monaten sind die Kardinäle der Welt im Vatikan zur Wahl seines Nachfolgers versammelt. Doch die will einfach nicht gelingen. Der erst vor kurzem zum Kardinal ernannte Ettore Malvezzi möchte nichts lieber als Weihnachten wieder »draußen« zu sein, weit weg von Machtspielen, kirchenpolitischen Intrigen und all den seltsamen Ereignissen, die das Konklave plötzlich heimsuchen: ein Kardinal kommt unter mysteriösen Umständen ums Leben, zwei weitere versuchen mit Hilfe von Bettlaken die Flucht aus dem Vatikan, und mit eigentlich verbotenen Handys wird wild taktiert. Außerdem haben sich die Kardinäle eine finnische Sauna einrichten lassen und erfreuen sich an afrikanischen Ritualtänzen, eine Mäuseplage wird mit römischen Straßenkatzen bekämpft und Skorpione machen sich über Michelangelos »Jüngstes Gericht« her. Doch kurz bevor das Szenario komplett zu kippen droht, kommt es zu einem nicht nur für Ettore Malvezzi überraschenden Finale …
Anhand eines der ältesten Rituale der Welt hält Roberto Pazzi unserer Gesellschaft gekonnt den Spiegel vors Gesicht.

Der Autor

Roberto Pazzi wurde 1946 in Ligurien geboren und lebt heute in Ferrara. Wegen seines phantastischen Erzählstils gilt er als erster würdiger Nachfolger Italo Calvinos. Seine Bücher wurden in siebzehn Sprachen übersetzt. Für *Konklave* erhielt Roberto Pazzi mehrere renommierte Literaturpreise.

Roberto Pazzi

Konklave

Roman

Aus dem Italienischen von
Moshe Kahn

List Taschenbuch

Besuchen Sie uns im Internet:
www.list-taschenbuch.de

Umwelthinweis:
Dieses Buch wurde auf chlor- und säurefreiem Papier gedruckt.

List Verlag
List ist ein Verlag der Ullstein Buchverlage GmbH.
1. Auflage Februar 2004

Titel der italienischen Originalausgabe: *Conclave*
(Edizioni Frassinelli, Milano)
Übersetzung: Moshe Kahn
Umschlagkonzept: HildenDesign, München – Stefan Hilden
Umschlaggestaltung: Hauptmann und Kampa Werbeagentur, München – Zürich
Titelabbildungen: Das Fotoarchiv / Marco Christofori; zefa / Ertman
Druck und Bindearbeiten: Clausen & Bosse, Leck
Printed in Germany
ISBN 3-548-60401-3

»Der Wahnsinn, bisweilen das einzige Aug',
das in die Sonne zu blicken vermag.«

RITA MAZZINI

1

Schwer abzuschätzen, wie spät es ist, denn während der ganzen Nacht hatte er den Eindruck, dass der Morgen bereits angebrochen wäre, vielleicht wegen des Lichts hinter einem Fenster gegenüber, das nie gelöscht wurde. Als er aufstand, hatte er gewisse Schatten hinter den matten, dunkelgelben Scheiben wahrgenommen. Ein Hund hatte diese Erscheinungen mit lang gezogenem Heulen begleitet, das weniger ein Klagen als vielmehr ein Ruf war, so, als würde er die Aufmerksamkeit dessen auf sich ziehen wollen, der sich in den höheren Etagen bewegte, sei es er selbst oder die unbekannten Gäste im Raum hinter diesem Fenster. Der Innenhof ist so dunkel und eng, dass man das Tier nicht erkennen konnte, sofern es denn wirklich da unten war.

Jetzt aber übertönen die Glocken das traurige Jaulen des Hundes und sie beginnen ihr Konzert zur Begrüßung des Lichts über Rom. Die ersten Messen werden angekündigt und es ist nicht unwahrscheinlich, dass während dieser Morgenandachten die Gebete des Priesters und die Gedanken der Gläubigen auch das anrufen, was sich in dem Palazzo vollzieht, wo er versucht, wieder Schlaf zu finden.

Nicht alle seine Schicksalsgefährten, die bedeutenden Gäste dieses Flügels des apostolischen Palastes, leiden an Schlaflosigkeit.

An einem Morgen hatte sich in der Sixtinischen Kapelle einer der jüngsten unter ihnen, der Primas von Irland, der kürzlich erst zum Kardinal erhoben worden war, mit einer gewissen Verspätung ihnen zugesellt. Und gleich hatte einer von jenen, die dazu neigen, in allem Vorbedeutungen und Zeichen zu erkennen, die Folgerung gezogen, dieser würde der Auserwählte, der Gewählte dieses Tages sein. Eine Vorhersage, die dann gleich zweimal durch das Ergebnis der Stimmabgaben dementiert wurde. Dieser Schlaf war nicht vom Heiligen Geist heimgesucht, sondern von der Schwachheit des menschlichen Fleisches benebelt worden.

Einer der ältesten Kardinäle, der, wie er, Schwierigkeiten mit dem Einschlafen hatte, der Kardinal von Madrid, Oviedo, erinnerte sich an die ganz andere Stille, die beim letzten Konklave – und nur zwei Überlebende konnten sich daran erinnern – in den hohen Räumen geherrscht hatte, in denen sich alles innerhalb kürzester Zeit abgespielt hatte. Aber Rom war damals eine andere Stadt, den Verkehrslärm konnte man bis dort oben hin nicht wahrnehmen.

»Wenn du dir ordentliche Wachspfropfen besorgst, so wie ich sie habe, ist das Problem gelöst«, hatte Celso Rabuiti, der Kardinal von Palermo, mit der ihm eigenen Ironie bemerkt, der die Klagen seines betagten spanischen Kollegen zufällig mithörte.

Wer wohl hinter diesen matten Scheiben schläft?

Er kann es nicht erkennen, auch wenn es ihm so vorkommt, als würde dieser Teil des Palazzos auf der dritten Etage fast ausschließlich italienische Kardinäle beherbergen.

Sie sind die Aktivsten bei der Aufnahme von Kontakten zwischen den beiden täglichen Wahlgängen für die Absprachen, auf wen die Stimmen fallen sollen. Der Verlust des Papats belastet die Italiener und man flüstert, dass ein hochrangiger Vertreter der italienischen Politik im Namen der Regierung beharrlichen Druck auf die nationale Gruppe des Heiligen Kollegiums ausgeübt habe: »Gleich, ob aus dem

Süden, gleich, ob er alt ist, aber einen Italiener, bitte, Eminenz. Italien, das in Europa nicht den Rang einnimmt, der ihm zukommt, verbindet damit die größten Hoffnungen ... wählen Sie einen Italiener ...«

Phantasmen aus einer anderen Zeit, als der Kardinal Puzyna von Krakau sich erhoben und dem Kaiser von Österreich sein Veto im Konklave entgegengestellt hatte, aus dem dann Papst Sarto als Gewählter hervorging. Die Einmischungen sind jetzt wesentlich indirekter und nuancierter. Er glaubt nicht, dass irgendein italienischer Politiker sie in dieser Weise ausgeübt hat.

Diese unruhigen Schatten, diese nicht fassbaren, doch gleichwohl lebendigen Formen in der Nacht wirken wie ein stummes Theater, wie ein chinesisches Schattenspiel, das das Leben darstellt und auf seine Bedürfnisse und Notwendigkeiten hinweist: auf die Macht, den Liebesakt, den Zorn, die Verführung, das Wort, das sich mit der Stille und der Geste behilft, das Geheimnis, die Verschwörung, das Gebet.

Es wird nicht das einzige Zimmer sein, in dem sich zu dieser Stunde Schatten bewegen. Doch die anderen sieht er nicht: Er kann sie sich nur vorstellen. Gleich den Millionen von Lebenden, die in diesem Augenblick in der einen Hälfte der Welt schlafen und träumen und in der anderen aufstehen und wie verrückt gewordene Ameisen herumrennen. Um danach ihre Rollen zu tauschen und zu schlafen nach einem geschäftigen Tag oder herumzurennen nach einer erholsamen Nacht und goldenen Träumen. Immer hat ihn seine Unfähigkeit beeindruckt, sich die Abwesenden vorzustellen, vor allem die Liebsten, wie sie auf weite Reisen gingen, während er von ihnen getrennt war. Der Gedanke an sie machte sie noch nicht lebendig: Er bewirkte nur, dass er sich noch einsamer fühlte. Daher mag er Fotografien und Telefonate so sehr, auch wenn sie die Sehnsucht verschärfen.

Da, diese sich immer noch bewegenden Schatten lassen so viele Fragen in ihm aufkommen, entfachen so viel Neugier und Interesse an dem Nachher, wenn sie sich auflösen, um als lebendiges Fleisch aus der Türe zu treten, dass es ihm vorkommt, als könne er nicht mehr ins Bett zurückkehren.

Aber er will Contarini nicht aufwecken. Die absolute Stille im Nebenzimmer verrät ihm, dass sein Kaplan und Sekretär noch schläft. Sein Blick fällt aufs Telefon. Soll er Clara anrufen, seine Schwester in Bologna? Doch zu dieser Stunde kann man niemanden stören. Ob Francesco wohl seine Prüfungen in den Ingenieurwissenschaften abgelegt hat? Er versucht es nun schon zum zweiten Mal und hat ihn gebeten, ein Gebet für ihn zu sprechen.

Da steht er, der silberne Rahmen, der ihn überallhin begleitet, mit dem Porträt seines Neffen und dessen Mutter. Je größer er wird, umso weniger ähnelt er dem Vater. Doch mir ähnelt er gar nicht, er hat etwas von seiner Großmutter und meinem Bruder, dem armen Carlo: vielleicht die Nase oder den Mund, wenn er lacht. Ach, die Onkel und Tanten, sie zeigen unerwartete Fähigkeiten beim Herausfinden von Ähnlichkeiten, und sei es, dass sie im Blut wer weiß welche Geheimnisse aufspüren müssen.

Wieder versucht er sich auszustrecken und macht eine ernsthafte Anstrengung, noch etwas im Bett zu bleiben. Es ist erst fünf Uhr in der Frühe, vor sieben kann er keine Messe lesen, bei der ihm sein Contarini assistiert. Er kann beten, statt sich in Phantastereien über die Schatten auf der anderen Seite oder über Ähnlichkeiten seines Neffen zu verlieren. Viele empfehlen sich ihm an: »Schließen Sie mich in Ihre Gebete ein, Eminenz.« Und fast alle vertrauen ihm einen Schmerz an, eine Sorge, eine Qual, ein Geheimnis.

Er betrachtet den vergoldeten Betstuhl mit dem roten Kissen vor dem Kruzifix, Einrichtungsgegenstände, die in jeder Zelle der einhundertsiebenundzwanzig Kardinäle dieses Konklaves vorhanden sein müssen. Er denkt an die gleiche Haltung, an die gleiche Geste für ebenso viele Betende, allesamt in Schwarz und Rot gekleidet: Gebete am Fließband. Er wird seine Gebetshaltung nicht diesen anderen zugesellen. Er kann ausgestreckt beten, im Bett, während er die Malereien des Tonnengewölbes betrachtet, die vergoldeten Türstürze, die Schnitzarbeiten am Schrank, den man öffnen kann und der den kleinen Altar enthält, an dem er die Messe lesen wird.

Er nimmt den Rosenkranz und fängt an zu beten, für die, von denen er weiß, dass sie unter seinen Bittstellern die Leidenden sind. Für eine Mutter mit einem erst zwanzigjährigen Sohn, der an Krebs sterben wird. Für einen Vater zweier drogensüchtiger Mädchen, die ein Jahr lang verschwunden waren und jetzt in einer Rehabilitationsgemeinschaft untergebracht wurden. Für eine Witwe, die niemanden mehr hat, um ihr beizustehen. Für einen Bürgermeister und den Vorsitzenden eines großen Industrieunternehmens, die nicht den Mut aufgebracht hatten, ihm den Grund für ihre Bitte anzuvertrauen, doch gleichwohl Hilfe brauchten. Wer weiß schon, vielleicht Schuldgefühle, die an ihre Macht gebunden sind, oder vielleicht Angst, dass ihre Verwicklung in einen Skandal auffliegen könnte.

Er betet und beim schweifenden Blick über seine Gläubigen steigt ein undeutlicher, dunkler Gestank von Feigheit auf, von Lastern, Schwachheiten, Egoismus: der Stoff, aus dem die Menschen sind. Menschen wie er selbst und wie die sich bewegenden Schatten hinter jenem Fenster. Menschen, die doch auch eine seltsame Fähigkeit besitzen, sich vorbehaltlos hinzugeben, sich zu verausgaben für jemanden, den sie lieben. Die einzige Kraft, die in der Lage ist, sie vom Egoismus zu befreien, ist immer noch die Liebe. Das Wunder, jemanden mehr zu lieben als sich selbst, geschieht noch immer. Er betrachtet das Kruzifix. Es ist ein schwarzer, gewundener Gegenstand, das Werk eines Bildhauers aus dem 18. Jahrhundert, der einen expressionistischen Ausdruck flämischer, noch genauer: nordischer Prägung hervorbringen wollte. Die offene Rippe, die gleich unter der Haut liegenden Knochen, der gespannte, vorgewölbte Körper, das vom Leiden ausgehöhlte Gesicht, das ungeordnete Lendentuch, als würde ein heftiger Wind es zerreißen wollen. Ähnliche dieser Art hat er in einem Museum in Stockholm gesehen, einer Gegend Europas weit weg von der Klassik.

Er wendet seinen Blick ab. Er betet nicht gerne vor diesem Kruzifix. Er legt den Rosenkranz auf die Nachtkonsole und schließt die Augen. Vielleicht hat ihn das Psalmodieren des *Ave-Maria* mit dem Schlaf versöhnt, vielleicht das Bedürfnis, später aufzuwachen, aufzustehen, die Messe zu lesen, die Zelle zu verlassen. Man flüchtet ja gerne in den Schlaf, um etwas zu umgehen, das einem missfällt.

Monsignore Contarini bewegt sich: Der Kaplan steht auf und öffnet eine Türe. Da, der erste Hustenanfall. Und die erste Zigarette, heimlich angezündet.

Er weiß, dass Contarini anschließend die Fenster öffnet, um den Qualm hinauszulassen. In all den Jahren seines Dienstes bei ihm hat er wohl zwanzigmal mit dem Rauchen aufzuhören versucht.

Und jetzt? Wer kann denn jetzt noch schlafen?

Die Wahrheit ist, er kann nicht mehr beten. Seine Gedanken fliehen in die Ferne, während er seine Lippen bewegt und vor ihm der Film des Lebens anderer abläuft. Diese erzwungenen Ferien, diese Unterbrechung seiner Existenz, die das Konklave darstellt, hat eine merkwürdige Neigung verstärkt, die in der letzten Zeit zutage getreten ist, die nämlich, aus sich herauszutreten, um das Leben der anderen zu verfolgen und darüber sein eigenes zu vergessen.

Er scheint ein wunderbarer Beichtvater zu sein. Schade, dass seine Funktion als Kardinal und Erzbischof einer großen Industriestadt im Norden es ihm nicht erlaubt, diesen Dienst zu versehen, außer zu wenigen Gelegenheiten im Lauf des Jahres.

Einmal, während eines Pastoralbesuchs in einem Ort auf dem Land, ist er fast den ganzen Tag über im Beichtstuhl geblieben. Es waren die jungen Menschen des Orts, die ihn am meisten verzaubert hatten, die wenigen, die in die Kirche gekommen und vor ihm niedergekniet waren. Es war, als würden sie darum bitten, den Faden nicht zu durchtrennen, der sich zwischen ihnen und ihm gesponnen hatte, indem sie ihn mit allen möglichen Fragen bestürmten, vor allem den persönlichsten. Diese Beichten hatten nichts mit dem Glauben zu tun, sondern mit einer merkwürdigen Selbstdarstellung, vermischt mit einem Heißhunger nach Liebe, eine Lust, das eigene Leben, das weder Scham noch Scheu noch Verlegenheit kennt, auf diese Weise zur Schau zu stellen.

Durch die Löcher des Beichtgitters sah er Gesichter, deren Blick fest auf ihn gerichtet war, glatte Schädel, die sorgfältig rasiert waren, manchmal auch mit einem glänzenden Ohrring im Ohrläppchen oder einem Brillanten im Nasenflügel.

Als er einen von ihnen fragen hörte, ob er bald wiederkommen würde, wurde er unruhig: »Warum fragst du mich das?«

»Weil ich weggehen möchte ... mit Ihnen.«

»Mit mir? Wie kommst du darauf?«

»Weil mir hier keiner wirklich zuhört, bei allen muss ich mich verstellen.«

»Was verbirgst du denn? Welche Notwendigkeit besteht, dich zu verstellen?«

»Alles muss ich verbergen, alles. Dass ich keine Lust habe zu arbeiten, dass ich reisen und reich sein will. Dass ich gerne einen Ferrari haben würde und nicht den Fiat Punto meines Vaters, dass mir das Mädchen meines Freundes gefällt, dass ich in der Stadt leben will ...«

»In der Stadt? ...«

»Ja, deshalb möchte ich mit Ihnen nach Turin kommen. Brauchen Sie nicht zufällig einen Chauffeur, einen Koch? Ich kann Auto fahren und mache paradiesische *Crêpes*, genauso Pizza und mindestens drei verschiedene Tomatensoßen für Pasta ...«

»Aber ich esse nur wenig: Pasta, Salat und eine Scheibe Fleisch.«

»Noch besser, das Zeug hat man schnell zubereitet, dazu braucht's nicht viel.«

»Aber ich bin Kardinal und Erzbischof, das würde doch todlangweilig sein für jemand wie dich. Apropos, wie alt bist du?«

»Neunzehn.«

»Für dich wäre es stinklangweilig, bei mir zu wohnen, ich bin ein alter Mann von dreiundsechzig Jahren.«

»Alte Menschen hab ich immer schon lieber gemocht als junge, sie sind interessanter; und außerdem sind Sie doch wer, nicht irgendein Mensch, bei Ihnen würde ich mich nie langweilen.«

»Bevor ich allerdings dieser interessante alte Herr wurde, bin auch ich ein Junge gewesen. Jedes Alter hat sein Schönes, leb es doch wie ein Geschenk, bald schon wird es verschwunden sein; hab keine Eile, deine Jugend zu verbrauchen.«

»Gerede. Einen Jugendlichen will keiner, ein Jugendlicher ist nichts.«

»Das Nichts ist es, das dem Herrn am meisten gefällt. Erinnere dich, was er über die Kinder sagt im Evangelium: ›Wenn ihr nicht werdet wie diese Kindlein, werdet ihr nicht das Himmelreich erlangen.‹«

Er erinnert sich, dass der Junge nach diesem Zitat schlagartig aufgehört hatte zu reden. Nicht, weil er nun überzeugt gewesen wäre, keineswegs. Vielleicht hatte ihn gerade die Erwähnung des Evangeliums von ihm entfernt. Die Beichte war nur der Vorwand, um sich einer im Licht der Öffentlichkeit stehenden Persönlichkeit zu nähern, jemandem, der die magische Aura des Erfolgs ausstrahlte.

In einem Ort auf dem Land ist ein Kardinal so etwas wie ein Schauspieler, ein Industrieller, fast so etwas wie ein Fußballspieler oder Sänger. Auch unter den Jugendlichen in seinem Seminar träumten viele den Traum von einer kirchlichen Laufbahn.

Die Laufbahn innerhalb der Kirche …

Da ist er nun, bei dem höchsten Gipfeltreffen, das für ihn in Frage kommt: dem Konklave. Und hier gibt er sich der Wehmut über die untersten Stufen hin, den ersten in seinem Seminar in Bologna.

Er steht wieder auf, hört, dass Contarinis Bewegungen allmählich zunehmen, ein diskretes Signal, mit dem er ihm zu verstehen gibt, dass es Zeit sei, sich für die Messe zu rüsten.

Er geht ans Fenster, um hinauszuschauen, jetzt ist es heller geworden. Das Fenster gegenüber mit den matten Scheiben ist weniger klar zu erkennen; die gestikulierenden Schatten haben sich aufgelöst; doch der Hund bellt noch immer.

Er schaut hinauf, der Himmel von Rom ist von einer anderen Bläue als der in seiner Stadt. Eine Lasursteinbläue, die auf die Himmel in Afrika hindeutet. Und nie gibt es die frühen Morgennebel wie in seiner Gegend. Hier ist das Erwachen heiterer.

Er geht ins Bad, er betrachtet die Wanne mit den Löwenfüßen, die matten Scheiben des ovalen Fensters. Er denkt, dass einhundertsiebenundzwanzig ähnlich beschaffene Badezimmer in ebendiesen Minuten ebenso viele alte Kardinäle empfangen. Er betrachtet sein Gesicht im Spiegel. Er muss sich rasieren, sein Bart ist lang, gestern hat er ihn nicht rasiert.

Inzwischen sind fünf Tage vergangen, seit sie in diesem Konklave eingeschlossen sind, nachdem der Kardinal-Camerlengo das *extra omnes* verkündet hatte. Die Türen des Palastes sind versiegelt, es ist unmöglich, Kontakte nach außen zu haben, es sei denn nach vorheriger Unterrichtung des Sekretariats des Camerlengos. Jeder ist verpflichtet, sein Handy ausgeschaltet zu lassen. Gestern allerdings muss jemand diese Regel gebrochen haben, weil sie gebeten wurden, ihre Handys abzugeben, sofern man nicht unfreundliche Beschlagnahmungen in Kauf nehmen möchte. Er weiß, dass einige Amerikaner es immer eingeschaltet hatten. Er hat sie überrascht, als sie mit ihrem Handy telefonierten. Und wer weiß, wie viele andere es genauso machen.

Er schneidet sich ins linke Ohrläppchen bei der Rasur mit dem alten Rasierklingenapparat. Der rechte Arm tut ihm weh und manchmal behindert er ihn, wenn er ihn bewegen will. Schmerz von einer Arthritis, einer der vielen, die ihn in dieser Jahreszeit heimsuchen. Auch wenn er den feierlichen Segen vom Altar in der unmittelbaren Nähe der Grabtuch-Kapelle erteilen muss, spürt er diesen Schmerz.

Unvermittelt denkt er an den Augenblick des Segens *urbi et orbi* von der Loggia des Petersdoms aus. Er unterbricht sich und betrachtet sich erneut im Spiegel, den Rasierapparat halb in der Luft. Und was, wenn es ihn treffen sollte?

Er stützt sich mit der linken Hand auf den Rand des Waschbeckens und senkt seine Augen. Es ist völlig ausgeschlossen für ihn, sich in dieser Lage wiederzufinden, sein Name ist bei den Vorhersagen nie erwähnt worden, weder innerhalb der Kurie noch draußen. Er repräsentiert keinen Flügel, er hat keinerlei Rückhalt in irgendeinem Ministerium der Kirche. Erst vor kurzem zum Kardinal erhoben, steht er im Vatikan noch unter Beobachtung. Er weiß, dass man ihn eher für einen guten Hirten als für einen Gelehrten oder einen Politiker hält. Und die Hirtengabe ist keine der am meisten geforderten Eigenschaften unter denen, die bisher aufgetaucht sind. Nach einem Papst wie dem verstorbenen ist es unwahrscheinlich, dass jemand gewählt wird, der wie er unter den Italienern im Schatten lebt. Gleichwohl weiß er, dass er seine Ernennung zum Kardinal der tiefen Wertschätzung dieses unvergesslichen Mannes verdankt.

»Hätte die göttliche Vorsehung anders entschieden und ich wäre in meiner Diözese geblieben, hätte ich so gelebt wie du ...«, hatte Seine Heiligkeit ihm beim Mittagessen mit wenigen engen Vertrauten gesagt. Das war wenige Jahre zuvor beim Konsistorium gewesen, auf dem er ihn zum Kardinal erhoben hatte. Und er hatte gleich hinzugefügt: »In deiner Gegend werden wenig Kinder geboren und viele Ehepaare lassen sich scheiden, wie man mir sagt.«

»Das stimmt. Dies sind die Folgen eines schlecht verdauten Wohlstands ohne geistige Werte. Aber es muss auch andere Gründe geben, die ich noch nicht verstanden habe und nach denen suche ... ich suche noch nach ihnen ...«, und er hatte seinen Satz unterbrochen und die silberne Gabel auf den Limoges-Teller gelegt. Dem Papst wollte er nicht sagen, dass er sie in sich selber suchte. Aber genau das war es, was er die Lippen des Heiligen Vaters deutlich aussprechen hörte.

»Und du suchst sie ... in dir selbst.«

Er nickte und blickte die alte, gebeugte Gestalt an. Wie konnte die seine Gedanken lesen?

An diesem erinnerungswürdigen Tag war ihm während des gesamten Mittagessens der aufmerksame, doch keineswegs wohlwollende Blick durchaus nicht entgangen, mit dem einer der einflussreichsten Männer der Kurie ihn beobachtete, der Kardinal Vladimiro Veronelli, der Camerlengo der Heiligen Römischen Kirche.

Instinktiv hatte er Misstrauen, Zurückhaltung, mehr Antipathie als Wertschätzung wahrgenommen, so als ob auch in diesem Bruchstück der Unterhaltung Beweise für seine geringe Eignung hervorgetreten wären, die Kirche zu regieren, mit einem Hauch von Argwohn gegenüber seiner so frei und offen ausgesprochenen Problematik. Die höchsten Stellen dürfen nur Gewissheiten vermitteln, solche, die Millionen schwacher und verwirrter Menschen brauchen. Dies schien der Gedanke des Mannes zu sein, der ihn an jenem Tag so aufmerksam betrachtet hatte und mit nur wenigen Worten auf seine Bemerkungen antwortete.

Und Veronelli ist heute der Camerlengo, der, gemeinsam mit dem Dekan Antonio Leporati, bis ins kleinste Detail hinein die komplexe Maschinerie des Konklaves vorbereitet hat, das einen Nachfolger für den Pontifex hervorbringen soll, der ein so sichtbares Zeichen in der Geschichte hinterlassen hat. Er ist der Mann, der lateinisch sprechen, aber auch die Verwendung von Handys verbieten muss, um die Flucht von Nachrichten einzudämmen. Der Mann, der mit dem Wappen der gekreuzten Schlüssel Petri, über denen sich der Schirm des verwaisten Heiligen Stuhls wölbt, die Türen zur Außenwelt versiegeln muss, wie es seit Jahrhunderten Brauch ist, zugleich aber auch verhindern muss, dass sich die Purpurträger und ihre Kapläne ins Internet einloggen, um die Erwartungen der Welt auszufiltern.

Nein, er selbst ist wirklich nicht der Mann, der mit irgendeiner Wahrscheinlichkeit rechnen kann, an einem dieser milden Herbstabende von der Loggia von Sankt Peter den Segen *urbi et orbi* zu erteilen.

2

Er feiert die Messe. Sein Kaplan, Monsignore Giorgio Contarini, assistiert ihm. In diesem Augenblick trifft ein Sonnenstrahl den kleinen Altar zwischen den weit geöffneten Türflügeln des großen Schranks und fällt mitten auf das schneeweiße Altartuch und den vergoldeten Kelch. Ein Strahl so warm wie ein sanftes Streicheln, das sich gegen die Wände, gegen die Scheiben des Fensters behauptet und sich dort hinlegt, neben ihn und die Hostie auf dem Korporale. Er spürt diesen Strahl auf seinem rechten Arm, genau da, wo ihn das Gelenk schmerzt, mit der wohltuenden Wirkung einer Wärme, die das Leiden erträglicher macht, leicht und doch voller Liebe wie die Hand eines Menschen, der ihn liebt. Die Schwester, der Neffe, der Schwager, die Schwägerin – Witwe eines seiner Brüder –, Contarini, die Freunde, die, nachdem sie das Seminar verlassen haben, geheiratet und Kinder gezeugt haben, die ihrerseits wiederum Kinder gezeugt haben. Blitzartig ruft er sich die Namen all der wenigen noch Lebenden in die Erinnerung zurück, die ihn lieben. Dann sind da auch noch die Toten, deren Zahl wesentlich größer ist, doch deren Namen fallen ihm nicht ein, nur eine Schar von Gesichtern, die aus der Erinnerung weichen, als ob der Wind sie ihrer Namen entreißen und durcheinander wirbeln würde.

Einige Minuten später, während der Wandlung, ertappt er sich dabei, dass er den Text auf Lateinisch spricht, und auch Contarini zeigt Erstaunen, indem er den Kopf zur Seite neigt, so, als ob er kontrollieren wolle, was seine Eminenz da sagt: »*Hoc est enim corpus meum.*«

Wieso hat er diese Worte auf Lateinisch gesagt? Es ist die Sprache, in der er zum ersten Mal die Messe gehört hat, als Kind, ohne die Bedeutung zu verstehen, und doch hat er an diesem Ritus teilgenommen wie an dem geheimnisvollen Ende eines Märchens.

Er hält die Hostie fest in Händen: Es ist, als hätte sie sich seiner Stärke ergeben, an das Wunder der Wandlung von Brot zu Fleisch zu glauben. Wie viele Male in seinem Leben hat er sie so gehalten, obwohl er sich müde fühlte, unzulänglich und von den Geräuschen des Lebens abgelenkt, das um ihn herum brauste, dumm, mechanisch, fremd. Und mit dieser Hostie in Händen hatte er gefühlt, wie er in die Banalität des Alltäglichen gezogen wurde, gewissermaßen besiegt von der Lächerlichkeit, dem Bewusstsein einer Niederlage in der sinnlosen Wiederholung des Gangs zum Kalvarienberg.

Jetzt ist es der Husten seines Sekretärs, der ihn ablenkt, aber auch das ferne Echo einer Hupe und dann der Geruch des gewachsten Bodens und die eiligen Schritte auf dem Korridor: jemand, der sich beeilt, die Türen des heiligen Palazzos am sechsten Tag des Konklaves auf- und wieder zuzuschließen. Schließlich das Kollern in seinem leeren Magen. Dieses Geräusch übertönt alle anderen, denn es kommt aus seinem Inneren, aus einem ruhelosen, widerspenstigen Körper, dem das Wunder möglicherweise gleichgültig ist, das sich in diesem Raum vollzieht.

In seiner alten Kathedrale konnte er die Schuld auf die Unbequemlichkeit der Messgewänder, auf die Langsamkeit der Rituale, auf die Aufdringlichkeit der Menschen schieben, wenn es ihm nicht gelingen wollte, sich auf die Hostie zu konzentrieren, wenn er nicht bis auf den letzten Grund auf die Frage zu antworten wusste: »Glaubst du denn? Glaubst du, dass ich dein Gott bin?« Doch hier ist der Raum intim, behaglich, diskret, niemand fordert von ihm eine theatralische, veräußerlichte Aufführung. Er ist allein mit der Hostie, abgesehen von Contarini hinter ihm.

Warum also gelingt es ihm nicht, ganz bei der Sache zu sein, ganz in dieser Geste und auf die Frage zu antworten? Und darf sich ein solcher Mensch unter denen befinden, die den Papst wählen sollen oder, schlimmer noch, unter denen, die zum Papst gewählt werden könnten?

Er kniet, wie er es seit eh und je tut, vor der Hostie nieder. Der Sonnenstrahl ist schon weitergewandert, als er sich erhebt, um den Wein im Kelch zu segnen. Er fällt nicht mehr auf seinen Arm.

Der restliche Teil der Messe gleitet schnell auf den Worten vorüber, die das Gedächtnis auf seine Lippen sendet, tote Worte, wie die namenlosen Gesichter derer, die er geliebt hat und die nicht mehr sind. Eine Formelsammlung genauer Worte, diesmal alle auf Italienisch, entsprechend der Reform des Zweiten Vatikanischen Konzils. Fast ist es, als hätte Contarini sich diesem stillen Lauf auf das Ende des Rituals zu beigesellt, ohne weiteres Stolpern noch weitere Pausen – und er hustet nicht mehr.

Nach Beendigung der Messe serviert sein Sekretär ihm das Frühstück. Auf dem Tisch, neben der Serviette und der Tasse, liegt die Post, die immer einen Tag später kommt als zu Hause, und sie ist bereits geöffnet. Die Regeln des Konklaves zwingen zu strenger Kontrolle.

Jetzt erhebt sich aus allen Teilen des Palazzos der Lärm des Lebens.

»Eminenz, die Wahl findet um zehn Uhr statt, also in eineinhalb Stunden. Ich bereite Ihnen den Talar vor und die Mappe. Danach muss ich schnell zu einer Zusammenkunft beim Präfekten des Päpstlichen Hauses laufen, wie es aussieht, gibt es neue dringliche Anweisungen.«

»Etwas wird sich verändern, die Regeln sind veraltet, wie diese Briefzensur.«

»Hier ist ein kurzer Brief vom Kardinal von Palermo und ich glaube wirklich, auch der ist der Zensur nicht entgangen.«

»Aber woher, die Mitteilungen unter uns innerhalb des Konklaves sind frei. Das fehlte ja noch.«

»Ich wäre mir da nicht so sicher.«

Er öffnet ihn und liest den mit winzig kleiner Schrift geschriebenen Brief:

> Lieber Ettore, wir müssen uns vor der Wahl am Morgen sehen, und zwar ich, Genua, Neapel, Mailand, Florenz, Bologna und Venedig. Wir möchten gerne, dass auch du daran teilnimmst. Es ist wichtig. Wir treffen uns bei mir.

Was ist wichtig? Die Ränke der Italiener gegen die Kardinäle aus dem Osten, die in tausend Gerüchten immer als Favoriten gehandelt werden? Oder gegen die Farbigen, die Söhne Afrikas, die wahre Zukunft der Kirche, wie viele meinen? Und Asien? Das Problem China? Ein Chinese als Revanche eines Erben von Matteo Ricci – eine Herausforderung an die noch immer verbannte, im Untergrund wirkende, verfolgte Kirche in jener anderen Zukunft der Erde, die China heißt – würde eine große Gefolgschaft haben.

Er liest noch einmal die Liste der Namen durch: Genua, Neapel, Mailand, Florenz, Bologna, Venedig und er selbst, Turin. Fehlen die Kurienkardinäle. Das ist kein Zufall.

»Wo logiert Kardinal Rabuiti?«

»Im Flügel gegenüber, ich kenne den Weg. Wir müssen uns beeilen, wenn ich Sie begleiten soll, und danach muss ich schnell zu meiner Zusammenkunft.«

»Ich bin sofort fertig.«

Er zieht den Talar an, mit roten Einfassungen, Käppchen und Knöpfen im gleichen Scharlachrot. Er nimmt die Dokumentenmappe mit und steckt die Post, für die keine Zeit zum Lesen mehr geblieben war, dort hinein.

»Gehen wir, Contarini.«

Er geht hinaus, schließt die Türe ab und gibt den Schlüssel seinem Sekretär.

Im Korridor, wo die Sonne nie hinkommt, ist es kalt. Eine Feuchtigkeit, die jeden Geruch übertüncht, Modergeruch, der von den Wänden kommt, an denen der Putz an verschiedenen Stellen abgebröckelt und aufgedunsen ist. Er sieht eine Nonne, die in einen anderen Korridor einbiegt. Wie ist das möglich? Frauen sind beim Konklave nicht zugelassen.

»War das wirklich eine Nonne?«

»Nein, Eminenz, das war die Kutte eines Benediktiners.«

Wie konnte er nur diesen Fehler machen? In ihrem Universum gibt es doch nur Platz für Männer. Bis vor einigen Konklaven musste der gewählte Pontifex eine medizinische Untersuchung über sich ergehen lassen, um seine Männlichkeit festzustellen.

Er beobachtet, wie schnell Contarini geht, mit seinem Schritt kann er nie mithalten. Er lässt eine Duftspur von Eau de Cologne hinter sich, mit dem er sich gewöhnlich bestäubt. Wie immer untadelig in seinem Clergyman von neuestem Zuschnitt, elegant, gepflegte Hände, die Haare nie durcheinander, die Schuhe mit der dunklen seidig glänzenden Schnalle. Der beste seiner Mitarbeiter, allerdings auch der geheimnisvollste. Dieses Blitzen in den Augen, als er verneint hatte, dass die Gestalt, die in den Korridor einbog, eine Nonne wäre, dieses Blitzen ist ihm nicht entgangen.

Ein noch junger Mann. Contarini wird gerade knapp über vierzig sein. Die persönlichen vertraulichen Berichte, die er im Augenblick von Contarinis Berufung in seine Dienste gelesen hatte, informierten ihn darüber, dass er in sehr frühem Alter eine tragische Eheerfahrung gemacht hat, die mit dem Selbstmord seiner Frau endete. Nach ihrem Ableben war ziemlich bald der Weg des Priesteramts gefolgt. Niemandem ist es je gelungen, ihn zu bewegen, über dieses Geschehen zu sprechen. Und doch schien etwas von dem früheren Ehemann in dem eleganten Sekretär des Kardinals weiterzuglimmen. Giorgio Contarini wollte immer noch gefallen, so, als würde ein Strahl seines verlorenen Ehelebens in dem neuen Leben als unzertrennlicher Schutzengel seines Erzbischofs weiterglimmen.

Ihm tat die leicht übertriebene Sorgfalt, die er auf sich verwandte, Leid, die Gründlichkeit, mit der Contarini seine Garderobe kontrollierte und oft heftige Bemerkungen gegenüber seinem Kardinal wegen der etwas geschmacklosen und bescheidenen Auswahl machte, bei Stoffen, bei Einrichtungsgegenständen, bei der Wäsche. Aber er ließ ihn gewähren, angetan von der scharfsichtigen Sensibilität für Farben, für Zusammenstellungen beim Essen, für Düfte, für Blumen, um einen Altar zu schmücken, und für die Wahl der Geschenke, die man bei so vielen Gelegenheiten treffen musste für die zahlreichen Menschen, die sich im Bannkreis der erzbischöflichen Kurie bewegten.

Einmal hatte sein Neffe Francesco, der sich wegen seines Geburtstags in Turin aufhielt, in einer Bemerkung seine ganze Eifersucht gegenüber Contarini zum Ausdruck gebracht: »Onkel, wenigstens an deinem Geburtstag hätten wir alleine zu Abend essen gehen können, ohne deinen Spürhund da.«

»Aber hier ist es doch viel intimer ...«, hatte er in einem

Augenblick geantwortet, als sein Sekretär ans Telefon gegangen war.

»So intim nun auch wieder nicht, mit dem Mann da. Und wie viel der raucht! Viel mehr als ich …«

Sein Neffe hatte den Schwachpunkt dieses so perfekten Mannes Contarini gleich benennen können.

»Nein, Eminenz, hier geht es lang, es gibt da eine Wendeltreppe, über die geht es schneller.« Jetzt ruft Contarini ihn in die Wirklichkeit zurück, während er nach rechts abbiegt, in den Korridor, wo die Gestalt in Kutte verschwunden war, die er verwechselt hatte.

Contarini verliert nie den Orientierungssinn, nicht einmal dann, wenn er im chaotischsten Verkehrsgewühl von Rom fährt und das Auto, trotz des auf der Motorhaube angebrachten Wimpels, der ihm das Vorfahrtsrecht gewährt, sich im Meer der anderen Autos und der Busse verliert. Contarini bietet den anderen die Stirn, die ihm die Vorfahrt nehmen wollen, immer bereit, mit den Autofahrern und Parkwächtern zu diskutieren, ruhig und sicher, ohne jemals die subtile Überlegenheit aufzugeben, die, wenn sie seinen Gesprächspartner schon nicht in Rage versetzt, ihm immerhin den Anstand abfordert, ihn vorbeizulassen. Dann versinkt er in sich selbst, im Auto, und schützt sich mit Vorhängen, weil er sich für diesen Ton schämt, allerdings auch nicht den Mut besitzt, seinem Chauffeur wegen des daraus erfolgenden Ergebnisses Vorhaltungen zu machen. Und er weiß, dass Contarini seine Verlegenheit bemerkt und einen gewissen Genuss dabei empfindet, sie in ihm hervorzurufen und zu sehen, wie er von ihm abhängig ist und ihn von dem Wunsch abhält, seine Güte zu zeigen.

Er steigt die enge Wendeltreppe hinunter, rafft den Saum seines Gewandes mit der rechten Hand hoch, um nicht zu stolpern. Das alte Holz der Stufen knarrt bei jedem Schritt. Das Licht fällt gefiltert durch ein Oberlicht herab. Doch Contarini scheint auch in diesem Halbdunkel noch zu sehen, denn sein Schritt ist unverändert schnell. Außerdem ermöglicht der Clergyman seinem Kaplan einen zügigeren Schritt. Auf dem ersten Treppenabsatz sieht er einen Lichtschein unter einer Tür, doch sind es die Stimmen, die noch deutlicher zu ihm dringen als das schwache Licht. Ein heftiger werdendes Gespräch, das sich aber gleich unterbricht, als man die Gegenwart anderer auf der Treppe wahrnimmt.

Contarini ist stehen geblieben und dreht sich nach ihm um. Er scheint auf Anweisungen zu warten, doch ein Lächeln flattert über seine Lippen.

»Gehen wir, Contarini ... wir haben keine Zeit zu verlieren.«

Erst nachdem er diese Worte ausgesprochen hat, wird ihm klar, dass er geflüstert hat, was missverstanden werden könnte, nämlich als sei er Komplize derer, die hinter jener Türe diskutieren, fast so, als wolle er die lebhafte Unterhaltung nicht unterbrechen und versuche, mit seiner Aufforderung, schnell weiterzugehen, ihre Identität zu vertuschen.

Er wundert sich nicht über die laute Stimme seines Sekretärs, der sich zu freuen scheint, statt die Unbekannten in Verlegenheit zu bringen.

»Aber gewiss, Eminenz, wir gehen sofort weiter!«

Nein, für ihn sind es keine Unbekannten, er würde schwören, dass er ihre Namen kennt. Zwei oder drei Treppenrampen weiter unten hören sie, wie die Türe sich schließt, und gleich beugt Contarini sich vor, um nachzuschauen.

»Contarini, hören Sie auf, wir sind spät dran!«

Jetzt spricht auch er lauter, er ist irritiert. Es ist nicht das erste Mal, dass sein Sekretär eine derart herausfordernde

Haltung annimmt, was viel über seinen starken Charakter unter der vorgetäuschten Folgsamkeit seines Dienstes sichtbar macht.

Contarini hält sich zurück und steigt schnell weiter hinunter.

Endlich gelangen sie zu der weitläufigen Galerie, die wieder mit der großen Treppe verbunden ist und zu dem Flügel führt, wo die anderen Italiener sind. Sie gehen an einer Türe mit dem Wappen von Pius X. vorbei und hören eine Stimme: »Ah, Eminenz, die hochwürdigsten Kardinäle sind beim Erzbischof von Palermo, nur Sie fehlen noch.« Es ist ein Kammerprälat seiner Heiligkeit, der ihn empfängt und ihm vorausgeht, nachdem er seinen Ring geküsst hat, während Contarini sich entfernt, um nicht zu spät zu seiner Zusammenkunft zu kommen.

»Bitte sehr, Eminenz, hier entlang.«

Und gleich setzt ein neues Kommen und Gehen ein, diesmal allerdings auf derselben Etage, die durch die Wappen der letzten Päpste gekennzeichnet ist, mit den Porträts ihrer Staatssekretäre an den Wänden: Merry del Val, Maglione, Gasparri, Tardini. Und jetzt, als sie um die Ecke gehen, eine lange Loggia, die sich zum Hof von San Damaso hin öffnet, voll mit großen Blumentöpfen, in denen Zitronenbäume gepflanzt sind, und, weiter hinten, ein weiterer von den großen Fenstern erhellter Korridor. Der Prälat geht auf eine beinahe unsichtbare kleine Türe zu, die in den Putz geschnitten und von gleicher Farbe ist. Er öffnet, ohne anzuklopfen, und tritt dann zur Seite, um den Kardinal von Turin an sich vorbeigehen zu lassen.

Auf der Stelle erscheint Rabuiti, der Erzbischof von Palermo, rundlich und klein, dessen Gesicht immer Heiterkeit ausstrahlt, die Lippen zu einem Lächeln geformt, ein Ausdruck, der nie verschwindet, auch wenn die Argumente schwer wiegend und geheim sind wie das, das sie in Kürze behandeln werden.

»Wie nett von dir zu kommen, wie nett von dir! Ha, aber ich hab's unseren Freunden ja gesagt, ihr werdet schon sehen, dass Ettore kommt, ihr werdet schon sehen, dass er bei unserem Frühstück nicht fehlt!« Und leicht wie ein Vogel nimmt er Malvezzi beim Arm. Sieh nur einer, wie leichtfüßig er sich dreht! Und ständig sich drehend, geht er zu einer anderen Türe. Nachdem sie diese durchschritten haben, bricht er gleich wieder in neue Ergüsse aus: »Hier ist er, unser kostbarer Freund, hier ist er, unser Ettore!«

Und da sitzen sie allesamt um einen gedeckten Tisch, an dem ein viel reichhaltigeres Frühstück serviert wird, als es der Observanz entspricht, wie er es eben noch mit Contarini eingenommen hat, und das von den Nonnen der Hauptküche herübergeschickt wurde. Ein riesiges Holzkreuz im klassischen Stil des Donatello – ganz anders als das gotische, das ihn an seinem Betstuhl in seiner Zelle immer mit Traurigkeit erfüllt – hebt sich auf der Wand über ihren Köpfen ab. Sie alle sind gekleidet wie er, schon bereit, sich zur Sixtinischen Kapelle zu begeben, wo sie in einer Stunde wählen müssen.

Er überfliegt schnell jedes einzelne dieser Gesichter, die seit Jahren gemeinsam mit seinem eigenen in der Presse und im Fernsehen auftauchen, wenn der Pontifex durch Italien reist, bereit, ihn an ihren Sitzen willkommen zu heißen und hinter ihm ins Auto zu steigen oder mit ihrem Ewigkeitslächeln, das in Rabuiti sein glänzendstes Vorbild hat, sich einen Weg durch die Menschenmenge zu bahnen. Er erinnert sich an die Kommentare, die die Kardinäle den umstehenden Journalisten gaben, als sie die Schwellen der heiligen Palazzi überschritten, hinsichtlich der Fragen über die Möglichkeit, als Papst aus dem Konklave hervorzugehen. Einige zitterten allein bei der Vorstellung einer derartigen Möglichkeit. Andere wiesen diesen bitteren Kelch von sich. Wieder andere wussten, dass sie die Letzten waren, die so etwas verdient hätten. Und noch andere wollten nicht einmal darüber sprechen, so unwürdig empfanden sie sich. Einem jahrhundertealten Drehbuch folgend, das zur Abwendung von Unheil jedem Kirchenfürsten auftrug, beschwörend diese Hoffnung und Möglichkeit von sich zu weisen. Alle wussten, »wer als Papst ins Konklave geht, kommt als Kardinal wieder heraus«. Nur ihm und dem Patriarchen von Venedig haben die Journalisten keine Fragen gestellt.

Er bemerkt die silbernen, randvoll mit heißer Schokolade gefüllten Kannen, die gleiche Schokolade, die oft den Päpsten nach ihrer Messe serviert wird, um diese alten Herren bei ihrem Fasten zu stärken.

Während das wunderbare barocke Silbergeschirr unter einem kristallenen Kronleuchter aus Murano funkelt, der am helllichten Tag eingeschaltet ist, um den Prunk all dessen zu vervielfältigen, was auf diesem Tisch überhaupt funkeln kann, sieht er, wie Rabuiti ihm einen Stuhl herbeizieht.

»Setz dich, es spricht sich leichter mit vollem Bauch, die Schokolade ist noch heiß. Ich gieße dir eine Tasse ein.«

3

Ja, der Mann war unersetzlich. Es gab keinen anderen Papst, der fähig war, sich so der Welt zu öffnen und Dolmetscher der Sorgen und Ängste der gesamten Menschheit zu sein ... Und gleichwohl müssen wir seinen Nachfolger bestimmen, was ebenso wichtig ist, wie es schwierig erscheint, ihn zu finden, wie man ja bereits gesehen hat«, beginnt der lebhafte Erzbischof von Sizilien und bringt damit die Sache auf den Punkt.

Und gleich fährt er fort: »Deshalb müssen wir uns erforschen und versuchen, vorbereitet zur Wahl zu gehen, das dürfen wir nicht dem Spiel der numerischen Mehrheiten überlassen. Wir müssen finden, was die tiefsten idealen Gründe lenkt und leitet. Die Übereinkunft über die notwendige Stimmenanzahl, um die Mehrheit zu stellen, darf kein Selbstzweck sein, wie es dagegen in diesen Tagen der Fall gewesen ist. Ich mache mir den Vorwurf, nicht eher als heute die Reihen unter uns geschlossen zu haben.«

»Es waren keine vertanen Tage, Celso. So ist es doch auch in anderen Konklaven gewesen, die ersten Tage sind lediglich Theaterdonner, dienen aber dazu zu verstehen, wo der Heilige Geist sich niederlassen will«, bemerkte der Bischof von Genua, Silvio Marussi.

»Dem Heiligen Geist muss aber nachgeholfen werden, da hat Rabuiti Recht«, kommentiert mit seiner langsamen, schwerfälligen Stimme Alfonso Cerini, Erzbischof von Mailand, der, den alle zu hören erwarteten, so als hätten sie das

Vergnügen, sich erst nach ihm zu äußern, wenn sie verstanden haben, in welche Richtung er denkt.

»Das ist richtig, wir können es nicht dem Spiel unserer langsamen Gehirne überlassen«, sagt der Patriarch von Venedig, Aldo Miceli, zustimmend.

»Ich allerdings, der ich wahrscheinlich der Älteste hier drinnen bin«, wirft der Bischof von Florenz, Nicola Gistri, ein, »möchte euch daran erinnern, dass es auch nach dem Tod von Pius XII. unmöglich schien, einen Nachfolger für ihn zu finden. So war es auch bei Pius XI. und bei Benedikt XV. und vor allem am Vorabend des Weltkriegs, als Pius X., den wir heute auf unseren Altären verehren, uns als Waisen zurückließ ...«

»Richtig, wir dürfen uns nicht entmutigen lassen, es hilft nicht, die uns am ehesten opportun erscheinende Wahl in Erwägung zu ziehen«, sagt jetzt der Kardinal von Bologna, Siro Ferrazzi, der in diesem Augenblick, als er seine Brust berührt, bemerkt, dass er sein Kreuz in seiner Zelle vergessen hat.

»Im Übrigen werden die heldenhaften Tugenden unseres verehrten Pontifex, sofern sie denn dargestellt werden, dienlich sein, einen weiteren Papst der Liste der Heiligen hinzuzufügen«, sagt der Erzbischof von Neapel, Salvatore Carapelle, der auch nicht eine Sekunde lang den schmerzlichen Ausdruck seines mailändischen Kollegen aus dem Blick verliert.

»Sofern sie denn dargestellt werden, gewiss ...« Der Erzbischof von Mailand legt die zweite Grabplatte auf den Leichnam des Verstorbenen, denkt Ettore Malvezzi, während er sich darüber klar wird, dass man nur noch auf ihn in dieser Runde der Meinungsäußerungen wartet.

Und so setzt er alles aufs Spiel und wirft die Maske für alle Anwesenden hin: »Aber wir sind hier, weil wir einen Italiener wählen wollen, und nicht, um den Würdigsten zu wählen. Ist es nicht so?«

»Ettore, was sagst du denn da? Einen Italiener und den Würdigsten, wenn möglich«, verbessert Rabuiti, der nicht einmal angesichts dieser äußerst undiplomatischen Äußerung den Glanz seines Lächelns verliert. Dennoch ist er ihm dankbar, dass er das Gespräch auf das Kernthema gelenkt hat.

»Nicht unbedingt und auf jeden Fall einen Italiener. Doch wir dürfen nichts unversucht lassen«, beharrt Carapelle, doch gleich möchte er, dass er lieber nichts gesagt hätte, als er Cerinis Worte hört: »Auf jeden Fall einen Italiener, koste es, was es wolle.«

Tiefe Stille legt sich über den Raum.

So hat also der Amtsnachfolger des heiligen Ambrosius seine Kandidatur aufgestellt und niemand kann so tun, als würde er sie ignorieren. Er hat sich mit dem großen Ansehen seiner Person und seiner Stadt geäußert. Aber es fehlen die Kurienkardinäle, die nicht zu dieser Zusammenkunft eingeladen wurden, bemerkt Malvezzi. Es ist anzunehmen, dass sie für ihn sind, Cerini selbst kommt aus ihrem Umkreis. Vielleicht ist es nur ein Schachzug: erst die Hirten der Diözesen bearbeiten, danach die Politiker der vatikanischen Kurie.

»Ettore, deine Schokolade wird kalt ...«, bemerkt Rabuiti fürsorglich. Malvezzi hat in der Tat keinen Schluck trinken können, weil er von der zunehmenden Schnelligkeit dieses Spiels um Absprachen und Übereinkünfte in Erstaunen versetzt wurde, diesem anfänglichen Versuch, zuerst die Gemüter zu erproben, bevor die Schüsse abgefeuert werden. Doch warum so viel Verwunderung? Da sind doch Millionen gläubiger Menschen über die Welt verstreut, die darauf harren, den Namen des Stellvertreters Christi auf Erden zu erfahren. Es ist doch normal, dass diese uralte Maschinerie sich in Gang zu setzen beginnt, um ihr Ergebnis nicht zu verfehlen. Das Konklave ist auch das: ein Spiel im Hintergrund, das mit seiner ganzen Ladung von Druck und Niederlagen, Siegen und Kompromissen zu Ende gehen wird, sobald der Welt die neue weiße Gestalt erscheint. Auf die wird das Bedürfnis nach einem Vater projiziert, nach einem Vermittler zwischen Gott und dem Menschen, auf den die überwältigende Mehrzahl der Menschheit immer noch nicht verzichten kann.

Auch der Dalai Lama erfüllt dieses Bedürfnis, auch der Imam der Ismaeliten, der Patriarch von Moskau und der von Konstantinopel und viele viele moslemische Ayatollahs. Jeder spielt seine Rolle, um dem Menschen zu versichern, dass er nicht alleine ist und dass sein Leiden, sein Unglück, sein Alter und schließlich sein Tod einen genauen Sinn haben, weil sie dem Einen am Herzen liegen. Auch nicht eine Minute lang verlässt Gott seine Geschöpfe, alles wird bemessen, gewogen, beobachtet, nichts ist umsonst. Diesen Glauben brauchen die Menschen, seit den ältesten Zeiten, seit sie den Blitz und den Donner fürchteten und darin die Fußspur des Gottvaters Zeus zu erkennen meinten. Und so ist es auch noch in Zeiten des Internets und der Concorde, der Atombombe und der Antibiotika. Er fühlt sich als Teil der machtvollen Gemeinschaft gegenseitiger Hilfeleistung, als welche die Religionen auftreten, alle vereint im gleichen Erbarmen für den Menschen, der nie erwachsen wird, der immer noch nicht dem Nichts ins Antlitz schauen kann, aus dem er gemacht ist.

Malvezzi trinkt seine Schokolade, er freut sich über die unnatürliche Stille, die Cerinis Worten folgt, und er ist keineswegs bereit, sie zu unterbrechen, wie es Rabuitis Lächeln dagegen erfleht.

Carapelles blökende Stimme wirkt noch weiter ins Falsett

verschoben, als er das Wort ergreift, das keiner erpicht ist zu ergreifen: »Also, Alfonso, dann stimmen wir für dich, ich bin sicher, dass es auch noch viele weitere Nationen tun werden ... hier sind wir lediglich sieben.«

»Da liegt noch viel Arbeit vor uns, um auch die anderen zu überzeugen«, sagt der Patriarch von Venedig nachdenklich.

»Italien muss sich wieder in den Besitz seines katholischen und römischen Primats bringen, in der Gestalt eines Papstes von seinem Blut die Kräfte seines Geschlechts, den Stolz seiner universalen Berufung, die Geometrien der Intelligenz und des lateinischen Geschmacks erneuern, die in der Vermischung der Kulturen verloren gegangen sind, im Herzen der Kirche, Kulturen, die ihren barbarischen Wurzeln immer noch zu nahe sind ...«

Wer hält den Nachfolger des heiligen Ambrosius noch zurück, jetzt, da er die Bestätigung dieser Unterstützung hat? Der Ruhm seiner Redekunst hatte in der Welt Universitäten, Kulturvereine, philosophische Exklusivkreise erobert, in denen keiner von seiner Faszination unberührt blieb.

Doch dann kommt jemand, der ihre Eminenzen unterrichtet, dass in der Sixtinischen Kapelle mit der Ausweiskontrolle der Wähler begonnen wird. Man müsse sich aufmachen, auch weil die mögliche Verspätung einer ganzen Gruppe Argwohn hervorrufen und die Manöver der Italiener offenbar werden lassen könne.

Niemand wundert sich über die Kandidatur von Alfonso Cerini. Nur Gistri, der Bischof von Florenz, könnte es mit diesem Mann aufnehmen, wenn er nur nicht so steinalt wäre. Doch er ist schon vom passiven Wahlrecht im Konklave nahezu ausgeschlossen, ebenso wie alle Kardinäle, die ihren Diözesen mit einem Alter von mehr als fünfundsiebzig Jahren vorstehen: Nach dieser Altersgrenze sind sie zur Demissionierung von ihren Diözesen verpflichtet und werden daher nicht mehr gewählt, um den römischen Bischofssitz zu verwalten, im Unterschied zu den Kollegen der Kurie, denen es auch nach dieser Altersgrenze erlaubt ist, ihre Ämter beizubehalten.

So gehen sie ohne weitere Kommentare auseinander und suchen die Sixtina »in versprengter Ordnung« auf, wie Celso Rabuiti es dringend empfohlen hat.

An das Alter seiner Kollegen, an diese Versammlung von Geronten denkt Ettore Malvezzi, als er wieder über die Wendeltreppe geht, zu der ihn Contarini geführt hat, und wieder die Stimmen hört, die ihn beim Herkommen so betroffen machten. Junge Stimmen, voller Ausbrüche und Schattierungen, scharfe, spöttische Stimmen, wenn sie beleidigt werden, die, wenn sie laut lachend hervorbrechen, mitreißen und ansteckend sind, Stimmen, die in der Lage sind, sich zu erheben und wieder zu senken, wie es die Alten nicht mehr fertig bringen.

Wer können die nur sein? Assistenzpersonal, Kapläne von Eminenzen, geheime Kleriker, Kerzenträgerakoluthe, Ehrenkapläne ... Oder Schweizergardisten, diese Truppen, die zu nichts dienlich sind, doch mitunter tragisch endende Leidenschaften und Rivalitäten verbergen, wie der dreifache Mord eines der jüngsten Soldaten vor vielen vielen Jahren gezeigt hat.

Alles wurde zum Schweigen gebracht durch die einzige Justiz auf der Welt, die innerhalb weniger Tage die einzige und absolute Version des Verbrechens festlegen und den Fall zu den Akten legen kann. Er aber weiß, was diesen dreien widerfahren ist, dem Kommandeur der Garde, seiner Frau und dem jungen Soldaten. Er hatte den jungen Schweizer kennen gelernt. Er war der Neffe eines seiner ältesten Freunde aus dem Seminar.

Während er sich noch an die Einzelheiten der verwirrenden Geschichte erinnert, die sein Freund ihm eines Abends auf einem Kongress über theologische Studien erzählt hat, tritt plötzlich in seinen Blick die weit geöffnete Türe der Sixtinischen Kapelle, versperrt von Hausprälaten und Schweizergardisten, Kaplänen und Kardinälen. Diese treten, nachdem ihre Identität festgestellt wurde, einer nach dem anderen ein, um sich auf ihren Stuhl unter dem Baldachin zu setzen. Einhundertsechsundzwanzig Baldachine für ebenso viele Throne reihen sich an den beiden Längsseiten aneinander, in mehreren Reihen. Der Stuhl des Camerlengos, des einhundertsiebenundzwanzigsten Mitglieds des Heiligen Kollegiums, steht abseits, neben dem Altar.

Nur einer dieser Baldachine bleibt aufgerichtet, wenn der neue römische Pontifex proklamiert wird, wenn die anderen einhundertfünfundzwanzig heruntergelassen werden, um den neuen Würdenträger mit dem Gesang *Tu es Petrus* zu begrüßen, während der Camerlengo in Begleitung des Dekans sich rüstet, durch die verschlungenen Gänge zu gehen, welche die Säle der vatikanischen Paläste mit der Basilika von Sankt Peter verbinden. Von dort oben, von der Loggia, wird der Stadt Rom und der Welt das *Habemus Papam* verkündet.

Ettore beobachtet die Kardinäle aus dem fernen Osten, die Gruppe der Japaner, Vietnamesen, Inder, Philippinen, die sich bei jedem Aufruf zur Wahl immer gemeinsam bewegen, und sie zeigen weiterhin ihr Erstaunen über die Kunst Michelangelos, indem sie ihre Köpfe heben, um die Gewölbedecke und die Wände zu bewundern, wo sich Sibyllen und Propheten abwechseln und den Blick auf die Schmalseite lenken, an der sich die Szene des *Jüngsten Gerichts* befindet.

Wie Männern aus jenem Kulturkreis das System von Symbolen und Zeichen des Universums von Michelangelo wohl erscheinen muss? Sie alle sind zwar in katholischen Seminaren und Universitäten herangebildet worden, doch ihr Geist zuerst zum sinnbildlichen Universum Brahmas, Vishnus und Shivas. Er erinnerte sich der wunderschönen Fresken jener Gigantomachien der beiden Prinzipien im Kampf miteinander, die er auf Bali, in Bangkok, in Lhasa, auch in Kalkutta gesehen hatte ... Er erlebte vor den Augen Michelangelos die Vision des Menschen von Athen und Rom, ihre nackten Männergestalten vibrierten von klassischer Harmonie, von der unerschöpflichen Inspirationsquelle, welche die Werke des Phidias, des Praxiteles, des Skopas oder des Lysippos darstellten.

Daher ließen sich, dank der kulturellen Vermittlerrolle des Katholizismus, Brücken zwischen Orient und Okzident, zwischen Griechentum und Judentum, zwischen Römertum und Germanien errichten. Dies bewies ja auch das veristische Kruzifix flämischer Schule, das über seinem Betstuhl hing, das Ergebnis einer fast schon der düsteren Lehre Luthers von der Prädestination nahe stehenden gotischen Kunst. Alles fügte sich an diesem Ort zu einer einzigartigen theatralischen Aufführung zusammen. Die Teile standen in so harmonischen Verhältnissen zueinander, dass sich keines hervorhob, jedes seiner Existenzberechtigung treu, in einem Drehbuch, das noch auf weitere Seiten, auf unvorhersehbare Auflösungen des dramatischen Knotens zu warten schien, weit entfernt von der Katharsis am Ende.

Malvezzi bemerkt, dass auch er einige Minuten auf die Betrachtung des *Jüngsten Gerichts* verwandt hat, so wie die Kardinäle aus dem Orient, uneingedenk der umstehenden Menge.

»Bitte, entschuldigen Sie, Eminenz, aber wir müssen Ihren Ausweis kontrollieren.« Die sanfte Stimme eines Prälaten ruft ihn zum Eintreten.

Und sogleich erkennt er an seiner Seite den Erzbischof von Mailand, still, von undurchdringlichem Gesichtsausdruck. Wer weiß, mit welchem inneren Gefühl er diese Schwelle überschreitet, an diesem Tag seiner großen Gelegenheit ...

Unversehens gehen alle Lichter der Sixtinischen Kapelle an und sogleich erhebt sich das *Veni Creator Spiritus*, das von der Kantorei der päpstlichen Kapelle angestimmt wird. Die letzten Purpurträger eilen auf ihre Plätze.

Nun verhallt der Gesang und der Kardinal-Camerlengo, Vladimiro Veronelli, lässt sowohl die Eingangstüre zur Kapelle schließen als auch das marmorne Gitter, das sie teilt.

Extra omnes.

Alle müssen hinaus. Nur die einhundertsiebenundzwanzig Wahlberechtigten und die Assistenzprälaten bleiben zurück.

Doch da ist etwas, das die Augenbrauen des Camerlengos zusammenzieht. Eine Mitteilung, die ihm vom päpstlichen Arkhiatros, dem Fürsten Aldobrandini, zugestellt wurde, unterrichtet ihn, dass ganze vier hochwürdigste Eminenzen krank sind und ihre Zimmer nicht verlassen können. Der Camerlengo schüttelt sichtlich verärgert den Kopf und beschließt, den Appell ein weiteres Mal zu verschieben, um den Versuch zu machen, die Abwesenden doch noch herbeizurufen.

Das Stimmengewirr in der Aula nimmt zu. Die unerwartete Pause gibt Raum für Schlussfolgerungen und Kommentare, während sich die durch den Gesang des *Veni Creator* hervorgebrachte Atmosphäre verflüchtigt.

4

Feierlich, auf seinen Bischofsstab gestützt, das Anerbieten eines Hausprälaten von sich weisend, erscheint an der Marmorpforte eine gute halbe Stunde später der maronitische Patriarch Abdullah Joseph Selim.

Die Entschlossenheit des Camerlengo hat nur bei einem seiner renitenten Neulinge Wirkung gezeigt.

Bei den anderen dreien – den Kardinälen von Rio de Janeiro, Santiago de Chile und Sydney – war nichts zu machen, wie der Sekretär des Kardinalskollegiums, Monsignor Attavanti, dem Camerlengo ins Ohr flüstert. Und mit der Beschreibung von Einzelheiten versucht er ihn zu überzeugen, dass bei den anderen wirklich alles versucht worden sei.

»Der Kardinal von Sydney hatte furchtbare Schmerzen. Irgendwann hat er mir nicht einmal mehr zugehört und sich unter seinen Bettlaken versteckt. Der Erzbischof von Rio hat mich nicht einmal zu Ende reden lassen, er hat mich aufgefordert, aus dem Zimmer zu gehen und ihn in Frieden sterben zu lassen.«

»Und Santiago de Chile?«, beharrt der Camerlengo unzufrieden, der unterdessen die Glocke läutet, um wieder Stille in den Raum zu bringen.

»Eminenz ... war auf der Toilette und ich hatte nicht den Mut, das Wort vom Vorzimmer aus an ihn zu richten, nachdem ich ihn durch seinen Sekretär hatte verständigen lassen. Dieser hat mir allerdings versichert, dass die Inkontinenz seines Erzbischofs ihn wirklich daran hindere teilzunehmen.«

Die gespenstische Vorstellung von einem Purpurträger, der an eine Klosettschüssel gefesselt ist, löst Veronellis Anspannung auf. Er wird sich mit dem maronitischen Patriarchen zufrieden geben müssen und ist unterdessen einige Schritte auf ihn zugegangen und scheint ihn jetzt mit seinem Bischofsstab zu bedrohen. Das blasse Gesicht und der verstörte Blick unter dem runden Hut, von dem der schwarze Schleier in zwei Bändern herunterfällt, ebenso der lange weiße Bart erzeugen einen majestätischen Anblick, der die allgemeine Aufmerksamkeit auf sich zieht und das Stimmengewirr zum Schweigen bringt.

»Wenn ich das Konklave nicht lebendig verlasse, höchstwürdiger Camerlengo, wirst du mich auf dem Gewissen haben. Welchen Unterschied hätte es gemacht ...«, und ein Hustenanfall schüttelt die Brust des Libanesen und hindert ihn einige Sekunden lang daran zu sprechen, »welchen Unterschied hätte es gemacht, wenn ich heute nicht an der Wahl teilgenommen hätte? Es ist ja noch viel zu früh, eine Entscheidung heranreifen zu lassen, alle Konklaven haben kostbare Zeit zum Nachdenken gebraucht, deine Eile ist eine schlechte Ratgeberin.«

»Einige Tage sind vergangen, teurer Bruder, die Zeit ist nicht mehr so wie beim letzten Konklave. Man misst sie jetzt mit doppelter Geschwindigkeit im Vergleich zu damals.«

»Wir sind nicht dazu angehalten, ihr zu folgen, auch Krankheit ist eine Aufforderung nachzudenken, den schnellen Lauf der Zeit nicht nachzuahmen, die außerhalb dieser Räume ihr tolles Spiel treibt. Die Vorsicht und Behutsamkeit des Geistes kann sich auch in die Gebrechlichkeit des Fleisches hüllen!«

Kardinal Veronelli gibt keine Antwort mehr.

Die Gemüter in diesem Saal scheinen von gegensätzlichen Reaktionen bewegt zu werden, doch jeder scheint äußerst aufmerksam diese Begegnung verfolgt zu haben. Der maronitische Patriarch hat Charisma und sein offensichtliches Leiden hat seine Worte mit Pathos aufgeladen.

Veronelli gibt sich damit zufrieden zu sehen, dass der Kranke mit großer Mühe seinen Stuhl neben dem Erzbischof von Turin erreicht und damit die Tugend des Gehorsams ausübt.

Er? In Eile, die Sache zum Abschluss zu bringen? Er? Es ist doch nur seine Verantwortung, das schwierigste Konklave der letzten Jahrhunderte durchzuführen, er ist doch dem Druck der Regierungen der halben Welt ausgesetzt. Er musste am Telefon dem italienischen Staatspräsidenten antworten, auch dem Generalsekretär der UNO, dem französischen Staatspräsidenten, dem Staatschef der Ukraine, dem Friedensnobelpreisträger, der gar nicht mehr aufhörte, ihm einen schwarzen Papst ans Herz zu legen als Ehrenbezeugung für die Sache aller Verfolgten ... Und die Juden? Was wusste der libanesische Patriarch schon von dem Druck, den sie ausüben mussten durch diesen Feind des Islam, nämlich den Kardinal von Sarajewo, um Zusicherungen zu erhalten, dass auf keinen Fall die Wahl des Palästinensers in Betracht gezogen würde, wie dagegen in vielen religiösen Kreisen des Mittleren Ostens gemunkelt wurde.

Und der Palästinenser, der jetzt so lammfromm auf seinem Stuhl sitzt, da drüben links, auf einem der Throne, die in unmittelbarer Nähe der Pforte stehen, und sein Brevier liest – möglicherweise –, ohne an der Diskussion teilzunehmen, ohne ein Wort mit denen in seiner unmittelbaren Nähe zu wechseln. Dem Augenschein nach der sanfteste und seraphischste unter den Fürsten der Kirche, in Wahrheit aber durchaus fähig, in seinem Wagen mit diplomatischem Kennzeichen eine ganz schöne Sammlung von Mausern und MGs für seine Schäfchen in Jerusalem zu verstecken ...

Jetzt aber ist es an der Zeit, die Namen aufzurufen und die Diskussion vor dem Wahlgang zu beginnen. Es ist schon halb zwölf. Und es ist unvorsichtig, mehr als ein paar Augenblicke lang die Kontrolle über diese widerspenstige Versammlung zu verlieren.

Der Kardinaldekan Antonio Leporati liest die Liste der hoch- und verehrungswürdigsten Kardinäle in alphabetischer Reihenfolge vor, zusätzlich mit dem Namen der Kirchen in Rom, deren Titularbischöfe sie sind. Jetzt ist die Stille beinahe wieder vollkommen.

Nach dem Appell verkündet der Camerlengo, dass die Diskussion eröffnet ist, sofern einer der hochwürdigsten Kardinäle vor dem Wahlgang das Wort ergreifen möchte.

Ein paar lange Minuten gedämpften Stimmengewirrs vergehen, fast so, als würden viele, indem sie untereinander reden, den Wunsch abbremsen wollen, sich mit lauter Stimme an die Versammlung zu wenden.

Sie übernehmen nicht die Verantwortung, dieser Schiffsreise des Konklaves, das sich noch auf hoher See befindet, eine Route aufzudrücken. Die Namen, die während der Wahlgänge bereits verbrannt waren, schienen sichtlich aus dem Land der Phantasie zu stammen, sie waren Fata Morganas, Sinnestäuschungen.

Das Gerücht, der Kardinal von Mailand habe die Bereitschaft erkennen lassen, die Stimmen der Italiener auf sich zu vereinigen, und vielleicht auch die der Franzosen und der Spanier, hat noch keine Zeit gehabt, alle Mitglieder des Heiligen Kollegiums zu erreichen. Doch das Weitersagen während des Wortwechsels zwischen dem Camerlengo und dem maronitischen Patriarchen hat die Mehrheit bereits erreicht und die ersten verärgerten Reaktionen hervorgerufen.

»Die Geschichte lehrt die Italiener wirklich nicht das

mindeste«, war der Kommentar des Erzbischofs von Havanna, »sie versuchen es immer wieder.«

Ettore Malvezzi blickt um sich und schaut eindringlich in die Gesichter in seiner unmittelbaren Umgebung: in das des Patriarchen des Libanon, der Bischöfe von Palermo, Bologna, Paris, Wien, Köln, Bordeaux, Madrid und Toledo, bis hin zu den unteren, wo sich »die Legionen des Ostens« entfalten, wie Rabuiti sie gelegentlich mit Antipathie und Furcht nennt: der unierte Kardinal von Lvov und der lateinische, der von Riga, Budapest, Zagreb, Warschau, Krakau, Minsk, Kaunas, Prag, Fagaris und Alba Julia, Nitra und Sarajewo.

Von wo gehen die Feindseligkeiten wohl aus?

Wer wird die großen Manöver der wehrlosesten Macht Europas in Gang setzen, die gleichwohl die älteste und universalste ist?

Zu seiner Linken, gleich neben Cerini, hört er ein Flüstern; jemand regt sich auf und wendet sich an seinen Nebenmann, den Erzbischof von Palermo, und bittet ihn um Aufmerksamkeit. Er fängt die Nachricht des unruhigen Genuesers Marussi auf: »Du musst kandidieren ...«

Doch Rabuiti wirkt wie eine Denkerstatue, versunken betrachtet er die Propheten und Sibyllen an der Decke und ist für jedes Drängen taub. Schon setzen sich die Sekretäre des Camerlengo in Bewegung, sie nehmen die Tabletts mit den Stimmzetteln und laufen durch die Sixtinische Kapelle, um sie an die Wahlmänner zu verteilen.

Das Andauern der Stille überzeugt die Mitglieder des Heiligen Kollegiums, dass der Ruf des maronitischen Patriarchen nach der Langsamkeit des Nachdenkens nicht vergebens gewesen ist. Noch ist es sehr früh, die Maschinerie des Konklaves schneller laufen zu lassen.

Vom Altar kommt die Anweisung des Camerlengos, die

Stimmzettel nunmehr ohne Verzug auszuteilen. Mittag ist vorüber, die Glocken von Sankt Peter haben es einige Minuten zuvor geschlagen.

Nun sind alle Kardinäle über ihr Schreibpult gebeugt, einer sucht nach seiner Brille, ein anderer streicht immer wieder seinen Wahlzettel glatt, wieder ein anderer schraubt die Kappe von seinem Füllhalter, noch ein anderer schreibt schnell einen Namen auf und noch ein anderer hält sich damit auf, einem Kollegen noch etwas ins Ohr zu flüstern, andere, wie Malvezzi, bleiben mit offen liegendem Stimmzettel unbeweglich sitzen, ohne etwas zu schreiben, nur auf das weiße Stück Papier mit dem Wappen des vakanten Stuhls Petri starrend.

»Der Papst? Wie viele Divisionen hat der Papst?« Ihm fällt diese ironische Frage Stalins ein, während er den unierten Kardinal von Lvov neben sich beobachtet, als er als Erster die für das Einsammeln der Stimmzettel Zuständigen auf sich aufmerksam macht.

Er ist versucht, dessen Namen niederzuschreiben, doch er hat seinen italienischen Kollegen das Wort für Cerini gegeben. Er kann es nicht tun. Die Stimmzettel können nachkontrolliert werden, er weiß zwar nicht, wie, aber es gelingt immer herauszufinden, wie einer gestimmt hat, auch wenn die Stimmzettel später verbrannt werden.

Er beugt sich und schreibt langsam den Namen von Alfonso Cerini, Erzbischof von Mailand.

Mehr als die Hälfte hat bereits den Stimmzettel auf die großen Silbertabletts gelegt, die den Inhalt in den goldenen Kelch auf dem Altar gießen, als Ettore ein Phantasiegebilde von sich abschüttelt, das ihn weit fortgetragen hat.

Er war von der Szene der Auferweckung der Toten in dem großen Fresko von Michelangelo gefangen genommen worden, von diesen verunsicherten, überraschten Gesichtern voller Schlaf und Verwunderung, die über den Mienen der von den Posaunen der Engel zum Leben Erweckten liegen. Wer war noch gleich der moderne Schriftsteller, der Lazarus und sein Leben als vom Tod Exilierten beschreibt, gezwungen, ein zweites Mal die Luft und das Unglück der Lebenden zu atmen, sein Gesicht aber immer der Trauer über den Schlaf zuwendet, zu dem er zurückzukehren erwartet? Vielleicht ein italienischer Dichter? Corrado Govoni? Oder Rilke?

»Eminenz, würden Sie mir bitte Ihren Stimmzettel reichen?« Ein Prälat fordert ihn auf und bringt ihn so dazu, die halb geschlossenen Augen wieder zu öffnen, während er versucht, sich an den Autor dieses Lebens des Lazarus zu erinnern.

»Bist du eingeschlafen? Das kann ich verstehen, auch dich werden sie in den vergangenen Nächten aufgeweckt haben, um dich zu überzeugen ...«, kommentiert sein Nachbar, der maronitische Patriarch.

Malvezzi lächelt, erwidert aber nichts. Doch der Libanese, der ihm zugetan ist, lässt nicht locker.

»Ich habe für dich gestimmt.«

Blut schießt dem Erzbischof von Turin in den Kopf, der sich ihm ruckartig zuwendet, ihn anstarrt und seinen Arm ergreift: »Was hast du gemacht? Soll das ein Witz sein?«

»Nein, ich mache durchaus keinen Witz. Ich denke, du wärst es würdig ...«

»Tu das nicht wieder, ich bitte dich darum, es ist eine verlorene Stimme, ich könnte niemals ...« Er beendet den Satz nicht, er wird von einem eigentümlichen Entsetzen gepackt, als würde jemand oder etwas ihn hindern weiterzusprechen, zu enthüllen, wie er sich an diesem Morgen gefühlt hatte, als er die Messe las, mit der Hostie zwischen seinen Händen, unfähig, auf die Frage zu antworten: »Glaubst du denn? Glaubst du, dass ich dein Gott bin?«

»Was weißt du denn von dem, was Gott alles möglich ist, was du nie könntest?« Und der eindrucksvolle Patriarch, der sich derweil, auf seinen Stab gestützt, mit Mühe erhebt, schaut ihn mit festem, blitzendem Blick an, der ihn einen Augenblick lang an das tragische Licht des einzigen offenen Auges des Verurteilten von Michelangelo erinnert – das andere ist von der Hand bedeckt –, der dem Urteilsspruch von der Ewigkeit in der Hölle lauscht: Es ist die Gestalt, die ihn beim ersten Mal, noch als Junge, am tiefsten beeindruckt hat, dort oben, im *Jüngsten Gericht* …

Der Sekretär des Patriarchen ist schon herbeigeeilt, um ihm zu helfen, die Stufen herunterzugehen und den Raum für eine Pause vor dem Wahlergebnis zu verlassen. Der maronitische Patriarch muss etwas trinken, das Fieber ist gestiegen und trocknet ihn aus.

Der Camerlengo willigt ein, dass er sich in seine Zelle zurückzieht, ohne das Ergebnis dieses Wahlgangs, des elften, abzuwarten.

Malvezzi starrt auf den leeren Stuhl neben ihm und noch sieht er lebendig in seinen Augen das Blitzen im Blick des Patriarchen. Alles hat sich so schnell ereignet und dieser Mann hat sich in Luft aufgelöst, der Einzige des Heiligen Kollegiums, der für ihn gestimmt hat.

Er versichert sich, dass niemand der anderen in ihrer Nähe, vor allem Rabuiti, ihre Unterhaltung mit angehört hat. Doch die Stimme des Kranken war viel zu schwach und außerdem scheint er eine Bank tiefer intensiv von einem Winkelkonzil mit einem Purpurträger aus dem Osten in Anspruch genommen zu sein, mit dem er sich auf Französisch unterhält.

»Ich bitte Sie, hochwürdigste Eminenzen, wieder Ihre Plätze einzunehmen.« Veronelli erhebt sich, assistiert von zwei Kardinälen, die als Stimmenzähler fungieren, und liest aus einem großen, von Attavanti gehaltenen Registerband.

»Ich teile das Ergebnis des elften Wahlganges für die Wahl des Summus Pontifex der universellen Kirche und Bischofs von Rom mit. Wahlberechtigt sind einhundertsiebenundzwanzig Kardinäle, anwesend sind einhundertvierundzwanzig. Die abgegebenen Stimmen sind entfallen auf ...«, und die eintönige psalmodierende Stimme des Camerlengos lässt gleich von den ersten Worten an erkennen, dass es auch diesmal nicht möglich war, einen neuen Pontifex zu finden. Die Zersplitterung ist sogar noch größer geworden. Nur der Kardinal von Mailand hat zwölf Stimmen erreicht, doch die können ein gefährliches Ergebnis sein, die künftigen Wahlgänge beeinflussen und seine Kandidatur zunichte machen.

Als Malvezzi seinen Namen hört, für die einzige Stimme, die er erhalten hat, packt ihn wieder das Entsetzen. Das ironische Lächeln Rabuitis, der sich an dieser Stelle zu ihm umgewandt und ihn angeschaut hat, vermittelt ihm den Verdacht der Eigenwahl.

»Da das Quorum der einfachen Mehrheit der Wähler, die vom fünften Wahlgang an genügt, nicht erreicht worden ist, vertagen wir die Arbeit auf heute Nachmittag, siebzehn Uhr, um dann den zwölften Wahlgang durchzuführen. Wir bitten um strengste Pünktlichkeit, hochwürdigste Eminenzen.«

Veronellis Stimme fährt dazwischen, um ihn abzulenken und ihn an die Notwendigkeit zu erinnern, den Saal zu verlassen und zu seiner Zelle zurückzukehren, wo Contarini zum Mittagessen bereits auf ihn wartet.

Am Ausgang gibt es ein Gedränge. Die Kardinäle bleiben zurück und kommentieren in den unterschiedlichsten Sprachen die augenblickliche Lage, die sich nur unter größter Schwierigkeit auflösen kann.

Der Name des Erzbischofs von Mailand fliegt über die

Lippen vieler, jemand nähert sich dem Beinahe-Pontifex und drückt ihm seine innere Teilnahme und seine Unterstützung aus. Der Erzbischof nimmt die Sympathiebezeugungen mit der ihm eigenen untadeligen Reserviertheit entgegen, drückt die Hände und dankt.

Erst in dem Augenblick, als er die Hommage von Rabuiti empfängt, erlaubt er sich einen Ausbruch: »Sie wollen mich nicht, lieber Celso, allerdings konnte die Sache ihnen auch nicht verwirrter dargestellt werden.«

»Deine Kandidatur war viel zu verfrüht, man ging das Wagnis ein, sie zunichte zu machen. Aber wir können immer noch etwas tun. Ich habe in meinem Terminkalender bereits die Begegnung mit dem Oberhaupt der Deutschen notiert und auch mit Dublin und London. Ich werde den Tag damit verbringen, andere Möglichkeiten mit ihnen durchzusprechen. Die Franzosen und Spanier werden auf unserer Seite sein, aber darüber reden wir lieber an einem anderen Ort ...«

»Da stimme ich zu. Wir müssen mit dem Patriarchen von Beirut in Verbindung treten, er hatte Recht.«

Immer extravagant, »la Signora«, denkt Rabuiti; so nennen nämlich die Feinde Cerinis normalerweise den Erzbischof von Mailand. Und da ist er, bereit, seinen Gegnern eine Brücke zu bauen, um sie zu seinen Freunden zu machen und das Ergebnis einer wirklich höheren geistigen Öffnung für sich einzukassieren. Jetzt gibt er sich als *laudator temporis acti*, wehmütig der alten Langsamkeit anhängend, Freund der Kontemplation ... Und unterdessen müssen wir hier, nur um hinauszukommen, unseren Ausweis in den Computer schieben ... Was dieser Araber für die Stimmabgabe schon zählt ... Allerdings hat er einen wunderbaren theatralischen Abgang hingelegt ... Noch viel nötiger ist es, Malvezzi mit seiner Verantwortung zu konfrontieren, ich hätte nicht erwartet, dass er für sich selbst stimmt.

Die verbliebenen Kardinäle in dem Stau an der Pforte sind gezwungen, für drei Prälaten zur Seite zu treten, die mit der Schachtel der einhundertvierundzwanzig Stimmzettel vorbeigehen, um sie im Ofen des Konklaves zu verbrennen. Der alte Brauch, sie zu verbrennen ist wieder eingeführt worden, um der Welt mit dem schwarzen und weißen Rauch das negative oder positive Ergebnis des Wahlgangs zu verkünden.

Der Erzbischof von Bogotá gibt auf Spanisch zu verstehen, dass dieses Rauchgetue nicht nur beschwerlich, sondern auch lächerlich sei. Oft lasse der Rauch von unbestimmter Färbung Raum für missverständliche Deutungen. Wer weiß denn noch, wie heutzutage ein Ofen angezündet wird? Der kubanische Oberhirte pflichtet ihm bei und fügt mit lauter Stimme hinzu, dass, wenn er Camerlengo wäre, er gleich einen weiteren Wahlgang durchgeführt hätte und so weitermachen würde bis in die Nacht, mit einer Stimmenauszählung nach der anderen ... von wegen Langsamkeit durch Krankheit!

»Habt ihr's gehört? Contardi hat die Letzte Ölung empfangen«, drängt sich der Mexikaner Ezcuderos dazwischen.

Und für einen Augenblick lässt die Nachricht, dass der neunundsiebzigjährige Kardinal von Rio de Janeiro im Sterben liegt, die Kommentare verstummen und wirft über diese so unnatürliche und erzwungene Versammlung von ausschließlich Männern, über dieses Meisterwerk von Symbolen, Riten und Traditionen, die ein Konklave nun einmal darstellt, den ganz natürlichen und spontanen Gedanken an den Tod.

Der Verstand fliegt ins Heimatland zurück, in die Heimatstadt, ins eigene Haus: Orte, von denen der Arme jetzt fühlt, dass er niemals mehr dorthin zurückkehren wird. Und das Gefühl eines untrennbaren Hindernisses für die Handlungsfreiheit steigt unversehens hernieder und lässt die Kardinäle nervös werden und gibt ihnen, zwischen Wehmut und sorgenvollem Bangen, die Wahrheit einer Befindlichkeit zurück, an der in der Vergangenheit viele gelitten haben. Es ist nicht das erste Mal, dass jemand da drinnen stirbt.

»Beten wir heute für unseren Bruder Emanuele, hochwürdigste Eminenzen.« Die Stimme des Camerlengo erreicht die letzte Gruppe, die sich noch am Ausgang befindet.

5

Das Ableben Emanuele Contardis während der Nacht vermindert die Zahl der zum Konklave zugelassenen Mitglieder des Heiligen Kollegiums auf einhundertsechsundzwanzig.

Der Camerlengo, dem die negativen Einflüsse dieses Trauerereignisses auf den guten Fortgang des Konklaves nicht entgehen, ärgert sich über den Arkhiatros, den Fürsten Aldobrandini, weil er der Teilnahme eines sterbenden Purpurträgers zugestimmt hat. Er hätte es nicht erlauben dürfen, zum Wohle der Kirche.

Nun wird dieses neuerliche Hindernis die Bewegungen der Maschinerie verlangsamen, die ohnehin nur mühsam vorwärts kommt. Die Bestattungsfeierlichkeiten werden von den beiden Assistenten des Heiligen Stuhls, den Fürsten Orsini und Colonna, vorbereitet und dürfen ausschließlich von den Kardinälen zelebriert werden. Das kostet Zeit, vor allem aber Energie, und das Ganze verbreitet einen negativen Schatten über jeden dieser alten Herren, was die Sache nur verschlimmern könnte. Er kennt die Psychologie dieser Männer der Macht, er kennt die Unduldsamkeit, die über die Regeln einer Klausur zunimmt, welche durch die Geschichte aufgezwungen wurden und ihrem Leben unvermittelt den Rhythmus mittelalterlicher Bruderschaften aufdrückt.

Wenige nur hegen Sympathie für den normalen Klerus, wie die Priester genannt werden, die sich für die Regel der Klöster oder religiöser Orden entschieden haben, unter denen die angesehensten immer noch die mit Klausur sind.

Unter den wenigen, die aus den Klöstern in den Rang eines Kardinals erhoben wurden, ragt der Estländer Matis Paide hervor, der durch den unmittelbaren Gehorsam dem Papst gegenüber gezwungen wurde, auf sein kontemplatives Leben zu verzichten, den Kardinalshut anzunehmen und seine Spiritualität einer der vakanten vatikanischen Behörden aufzudrücken.

Die Behörde – die Kongregation für die Evangelisierung der Völker – wurde von dem heiligen Mann wie eine Bußübung angenommen und etwas von diesem resignierten Gehorsam hatte seine Amtsführung geprägt und die Freude über die Ausbreitung der von Christus offenbarten Wahrheit gedämpft.

Mit der Einberufung des Konklaves geschieht genau das Gegenteil: Der einstige Trappistenbruder ist mehr als jeder andere zu dieser Flucht aus der Welt bereit, er erteilt mit großem Eifer Ratschläge, er steht dem Camerlengo und seiner Behörde zur Verfügung, so als würde die andere Erfahrung seines Lebens, die Klausur, jetzt dem zur Verfügung gestellt, der sie nicht kennt.

Der Kardinal, der von einer estländischen Insel stammt, von Saaremaa, befindet sich während der unmittelbar auf das Begräbnis des brasilianischen Oberhirten folgenden Stunden allein mit dem Camerlengo in dessen Wohnräumen.

»Ich mache mir Sorgen, Paide, viele Sorgen, und zwar darüber, wie sich die Dinge entwickeln.« Mit diesen Worten beginnt Veronelli die Unterhaltung, während er sich in den Sessel sinken lässt.

»Das solltest du nicht. Meiner Meinung nach verläuft alles so wie so viele andere Male auch«, antwortet Paide, der einstige Trappist, der fast zwanzig Jahre lang in Klausur in der Abtei der Tre Fontane in Rom gelebt hat.

»Aber wir leben nicht mehr in der Zeit, wie sie einmal war, es ist eine nicht zu vergleichende Situation, sie steht unter dem Druck von Zusammenhängen, die keine Konfrontation vertragen, erdrückt von einem Papst, der in der Erinnerung ungeheuer sperrig ist ... Wie wären wir da auf der Höhe? Siehst du nicht, dass wir uns nicht verständigen können? Manchmal habe ich den Verdacht, dass sie am liebsten überhaupt keinen Nachfolger finden würden. Allein die Vorstellung, unendlich lange hier drinnen bleiben zu müssen, terrorisiert sie.«

»Du übertreibst, Vladimiro, du übertreibst. Wir haben erst einige Male gewählt, es hat auch Konklave gegeben, die haben einige Monate gedauert ...«

»Sieben Tage sind vergangen.«

»Was sind denn schon sieben Tage?«

»In sieben Tagen hat Gott die Welt erschaffen.«

»Und wir haben doch gerade erst angefangen, die Gnade dieser Klausur zu begreifen ... Es ist noch zu früh, sie in ihrem ganzen Ausmaß zu empfangen.«

»Die Gnade der Klausur? Du meinst, sie können die Gnade wirklich begreifen?«

»Sie müssten nicht nur einen Monat hier drinnen sein, sondern ein ganzes Jahr, um wiedergeboren zu werden, wenn sie hier rausgehen.«

»Und wer regiert die Kirche in der Zwischenzeit?«

»Sie würde sich von alleine regieren, vielleicht würden dann die Gläubigen auch den Wert ihrer Hirten wiederentdecken, in Abwesenheit ihrer Sünden.«

»Das sind Überlegungen nach Trappistenart, nicht nach Kardinalsart, aber auch du hast die Pflicht, dem Konklave zu helfen; als du den Kardinalshut vom Papst entgegengenommen hast, hast du auch diese Verpflichtung übernommen.«

»Aber ich helfe dir doch, nur: Du verstehst es nicht, deine Überlegungen sind viel zu weltlich, ein bisschen so wie die der Mächtigen dieser Erde.«

»Wieso, sind denn wir Kardinäle etwa nicht die Mächtigen dieser Erde? Hängen denn nicht auch von den hier drinnen logierenden Männern die Gleichgewichte so vieler Regierungen ab? Entscheiden sie nicht über das Schicksal Tausender von Bündnissen der Parteien, der Regime, der Wirtschaftsmächte? Sogar in Italien hat man bei bestimmten Streiks die Vermittlungsmacht des Kardinals der Stadt entdeckt.«

»Lass nicht zu, dass diese Worte auch in diese Mauern dringen, die Welt stirbt unter der Last dieser Worte ... Parteien, Gewerkschaften, Koalitionen, Wirtschaft, Industrie. Wenn du sie heraufbeschwörst, versinkt dieses Konklave ins Lächerliche, wie es der tut, der zum Schreiben einen Gänsekiel verwendet statt eines Computers ... Wenigstens hier soll die unreine Sprache unserer Zeit schweigen.«

»Aber ich muss zwischen diesen beiden Welten vermitteln, die du getrennt halten willst! Weißt du, wer mich kurz zuvor angerufen hat, und zwar unter dem Vorwand des Beileids für Contardi? Der italienische Ministerpräsident. Und du hättest ihn hören müssen, wie er sich mit Fragen breit gemacht und wie beharrlich er nachgefragt hat, welche Namen denn am häufigsten genannt würden! Und wie geschickt er war, den Diskurs über die scholastische Parität ins Spiel zu bringen, selbst bei einer Gelegenheit wie dieser, nur um mich zu beeinflussen.«

»Dann lass ihn reden, lass ihn sprechen, verwirre ihn mit allgemein gehaltenem Geschwätz und Versprechen und sag einfach immer ja, einfach immer ja. Das werden heilige Lügen im Dienst der Wahrheit sein.«

»Also vertrittst du die gleiche Linie, nach der ich verfahre.«

»Wer hat dir denn je den Krieg erklärt? Wann habe ich mich denn je meiner Verantwortung entzogen? Mittlerweile leite ich seit zehn Jahren die Behörde, die der Heilige Vater mir aufgezwungen hat, und Gott weiß, wie viel es mich gekostet hat zu gehorchen, meine Zelle an den Tre Fontane zu verlassen ... Nur Gott hatte ich noch über mir, für die Welt war ich schon tot und dieser verehrungswürdige Mann hat mich gezwungen, mir wieder die Last aufzubürden, von der ich mich schon befreit hatte.«

»Glaubst du denn, dass es mich nichts kostet, den Gendarmen des Heiligen Kollegiums zu spielen und ausschließlich die praktischen und politischen Probleme dieses Ereignisses zu verfolgen?«

Paide schweigt. Er will seinen Freund lieber nicht verletzen, wenn er sagt, dass er vom Wesen her der richtige Mann am richtigen Platz ist. Er entschließt sich, das Thema zu wechseln, und das tut er auf wirklich überraschende und radikale Art.

»Denk immer daran, die Klausur ist eine Freude, aber man muss etwas nachhelfen, wenn sie der erkennen soll, der sie nie erfahren hat. Der Körper muss in die Lage versetzt werden, sie auch sinnlich zu erleben. Lerne von uns Leuten aus dem Norden, denn wir leben die herrlichste und leidvollste Einsamkeit in unseren halb verlassenen Dörfern. Stell dir vor, auf meiner Insel musste ich fünfzig Kilometer laufen, bevor ich einen Menschen traf, mit dem ich ein Wort wechseln konnte. Als ich ein Kind war, habe ich jahrelang keine anderen Kinder gesehen außer meiner Schwester Karin, auch keine anderen Erwachsenen, abgesehen von meinen Eltern und meinen Großeltern.«

»Ich höre dir zu. Was sollte ich also tun, um die Strenge dieser Klausur zu mildern?«

Paide verschweigt auch diesmal einen Augenblick lang, was er denkt. Veronelli, der alles auf die einzig praktische Dimension reduziert, würde es nicht verstehen. Er will also versuchen, stufenweise vorzugehen, um ihn nicht in Verwirrung zu stürzen.

»Weißt du, in unserer Einsamkeit fielen zahlreiche Tabus, die die Menschen trennen, je festgefügter sie sind. Wir suchten uns mehr, weil wir so wenige waren ...«

»Hier sind wir nicht so wenige. Außer den einhundertsechsundzwanzig Kardinälen sind auch noch einhundertzehn Diensttuende in verschiedenen Aufgabenbereichen da, zwanzig Hausprälaten, eine Kompagnie von einhundert Schweizer Gardisten, dann noch jeweils ein Sekretär für jeden Purpurträger ... nicht mitgezählt die Nonnen, die in den Küchen arbeiten und beim Konklave nicht zugelassen sind.«

»Aber es ist die gleiche Einsamkeit: Da oben, auf Saaremaa, meiner Insel, war sie im Angesicht der Natur, hier ist sie im Angesicht Gottes. Als Kind konnte ich Gott nur im Meer wahrnehmen, im Gras, in den Sternen bei Nacht, in der Sonne, wenn das Nordlicht aufleuchtete. Dann haben sich die Augen nach innen gekehrt und ich habe gesehen ...«

Das ist ein schwieriges Gelände für Veronelli.

Paide ist von Mitleid für ihn ergriffen, er will nicht, dass Veronelli sich diesen Argumenten gegenüber als unzulänglich empfindet. Sein Kopf ist ein Betonklotz, ausgebildet nach der Manier der vatikanischen Kurie, er kann das andere nicht in sich aufnehmen. Es ist das Schicksal der meisten Männer, dass sie vor ihrem Tod sterben, in der Unfähigkeit, das Neue, das andersartige zu erkennen.

Angesichts dieser Begrenztheit ist es sinnlos, weiter um den heißen Brei herumzureden. Besser, gleich auf den Kern der Sache zu sprechen zu kommen.

»Weißt du, die größte Freude, die ich als Kind auf meiner Insel empfand, war, wenn ich mit meinen Eltern gemeinsam in die Sauna ging, nackt, wie Gott uns geschaffen hat, am Ufer eines Sees hinter unserem Haus. Einen Teil unseres Hauses hatten wir mit Öfen und Wannen ausgestattet, es fehlte an nichts, nicht einmal die Birken unmittelbar vor der Türe, deren Zweige abgeschnitten wurden und mit denen wir uns gegenseitig abwechselnd auf den Rücken schlugen ...«

»Einmal, in Helsinki, hat mich der lutheranische Bischof, der mich beherbergte, mit in die Sauna eines Hotels genommen, aber ich fing mir nur eine Erkältung ein.«

»Man wird dir nicht beigebracht haben, wie man's macht. Die Sauna ist eine Kunst. Vielleicht wäre es angebracht, diese Erfahrung noch einmal zu machen, ich selbst werde es dir zeigen.«

»Ja, wo denn? Ich glaube nicht, dass ich nach Helsinki zurückkehren kann.«

»Natürlich nicht in Helsinki, sondern hier.«

»Hier? ...«

»Ja, im Konklave.«

Der Camerlengo der Heiligen Römischen Kirche, Kardinal Vladimiro Veronelli, Titularbischof der Kirche San Carlo dei Catenari, hebt den Kopf, den er verloren an das Rückenteil seines Sessels gelehnt hat, und starrt den einstigen Trappisten an, der wegen seiner Lehre und seiner Spiritualität zum Kardinal erhoben worden war.

»Wundere dich doch nicht. Alle Kardinäle aus dem Osten wären glücklich, wenn sie sich im Wechsel von heiß und kalt und Dampf stärken könnten, wie sie es von Kind auf gewohnt sind, wie es auch mir erging, auf meiner Insel, mit meiner Familie. Die Nacktheit des Körpers ist nichts Böses und die Erfahrung lehrt, dass sie hilft, viele unsichtbare Mauern zwischen den Personen einzureißen. Erst recht bei denen, die hier eingeschlossen sind. Das Alter und die Macht haben sie in diesen Mauern, die höher sind als die Chinesische Mauer, verbiestern lassen.«

»Dann machst du also keine Witze, du glaubst also wirklich an diesen ... ich weiß nicht einmal, wie ich das nennen soll, an diesen Wahnsinn, an dieses dumme Zeug, an diese Provokation, wenn nicht noch Schlimmeres, doch ich habe Respekt vor dem Gewand, das wir tragen.«

»Ich scheine mich leider nicht deutlich auszudrücken. Ich wiederhole nur, die Klausur kann eine Freude sein, ein Ableben von der Welt, um an einem anderen Ort wiedergeboren zu werden, in anderer Form ... aber man muss dem nachhelfen und der Körper ist ein Geschenk Gottes, keine Schuld, die man sich vergeben lassen muss.«

»Aber bist du, als du in Klausur in der Tre Fontane warst, in die Sauna gegangen?«

»Nein, ich war in einem katholischen Kloster, und dazu noch in Rom. Und ich musste die Regeln befolgen. Ich spreche von einer anderen Klausur, von der auf meiner Insel, in Estland. Und von der hier, von diesem Konklave, das du richtigerweise außerhalb der Geschichte siehst und von dem du befürchtest, dass es sehr sehr lange dauern wird, viel zu lange für diese alte Herren, die gelebt und die Einsamkeit nicht kennen gelernt haben, erstickt vom Flitter nicht ihrer Messgewänder, sondern ihrer ureigenen Macht, ihrer Rolle und ihrer Privilegien, müde Masken eines Drehbuchs. Und sie haben die nackte Haut vergessen, ohne Sünde, ohne Arglist, unschuldig, wie sie als Kinder waren ...«

»Ja, glaubst du denn, dass man im Konklave in die Sauna geht?«

»Schau dir das Kruzifix an, dort, hinter dir. Es ist nackt, abgesehen von dem kleinen Schurz, nackt, so wie wir alle gemacht sind. Es ist das gleiche Kruzifix, vor dem unsere Brüder beten, allabendlich, wenn sie sich entkleiden.«

»Du willst doch wohl nicht den gekreuzigten Christus mit einem nackten Kardinal auf eine Stufe stellen!«

»Du bist es, der Arglist in diese Nebeneinanderstellung bringt, du mit deiner lateinischen, römischen, gegenreformatorischen Kultur, die dem Fleisch die Heiligkeit abspricht. Und wenn man daran denkt, dass eines der schönsten Versprechen unserer Religion die Wiederauferstehung des Fleisches mit dem glorreichen Körper ist, dem unserer Jugend, als der Körper auf dem Höhepunkt seiner Kraft und Lebendigkeit war.«

»Warum tust du so, als wüsstest du nicht, dass einige unserer Gäste nacktes Fleisch nicht mit einem unschuldigen Auge betrachten könnten?«

»Ich tue nicht so, als würde ich es nicht wissen. Nur meine ich, dass einige von ihnen nicht diese Neigung des Blicks in sich hätten wachsen fühlen, wenn das Fleisch in ihrer Kindheit gleich nackt gewesen wäre, so wie in unseren Ländern. Vorausgesetzt, dass diese Neigung wirklich eine Sünde ist und nicht einfach nur eine Art und Weise, sich anders zu empfinden als die Mehrheit. Nein, mach bitte nicht dieses Gesicht, mein Gedanke ist nicht das Kind dieses Blicks auf das Fleisch von meinesgleichen. Beruhige dich.«

»Aber ist dir klar, was es für den Vatikan bedeuten würde, wenn die Welt erführe, dass die Kardinäle, eingeschlossen im Konklave, ausruhen, indem sie in die Sauna gehen, statt zu lesen, zu schlafen, sich zu unterhalten, zu beten?«

»Die Welt? Was ist die Welt? Die, die wir im Kopf haben? Die, die ich beschworen habe, die der Vergangenheit, von der du selber anerkannt hast, dass sie sich gewandelt hat, dass es sie nicht mehr gibt. Die Welt ist in einer ständigen Werdung. Daher grämst du dich bei der Leitung des Konklaves, weil dir keinerlei Erfahrung von früher zu Hilfe kommt, du kannst dich auf kein Handbuch stützen. Die Welt ist auch aus uns gemacht, aus unserem Mut, sie aus Liebe zum Menschen zu verbessern.«

»Ich bin wahrscheinlich zu alt, um dir folgen zu können. Ich bin und bleibe ein Kardinal der Heiligen Kirche, der katholischen, apostolischen, römischen Kirche.«

»Die Klausur sollte gelebt und erlebt werden wie ein Karmel der Lustbarkeiten, nicht wie eine Thebais dämonischer Versuchungen, auch nicht wie eine Dornenwüste. Es gibt auch noch die Sinnenfreude, die zu Gott führt, eine unaussprechliche Freude. Erinnere dich an Bonaventura und lass Thomas von Aquin Thomas von Aquin sein.«

»Aber dein Vorschlag ist inakzeptabel. Das würde selbst hier drinnen zu einem allgemeinen Aufruhr führen.«

»Es ist ja nur eine der Initiativen, um uns in die Lage zu versetzen, diese Erfahrung besser zu erleben. Jedenfalls glaube ich nicht, dass es so viel Ablehnung hervorrufen würde. Du vergisst, dass die Hälfte der Kardinäle eine unmittelbare Beziehung zu ihrer Körperlichkeit, zu ihrem Körper hat. Im Nahen und Mittleren Osten ist das türkische Bad eine der meist besuchten Stätten der Begegnung. Auch die Inder messen dem körperlichen Wohlbefinden eine hohe spirituelle Bedeutung bei. Und obwohl die Sauna lediglich ein Beispiel in meiner Gedankenführung war, wollen wir doch nicht vergessen, dass im gesamten Mittelmeerraum Griechen und Römer die Thermen als einen Ort der Kultur und der politischen Begegnungen besuchten und nicht nur als einen Ort der Lustbarkeiten. Es gibt auch ein gelebtes Menschenleben vor dem Christentum, das noch heute in unseren Adern fließt.«

»Was willst du eigentlich? Dass ich den apostolischen Palast in ein Luxushotel umwandle, mit einer ganzen Reihe ästhetischer Behandlungen, Massagen, chinesischen und traditionellen Restaurants, mit Weinkellern, Fitnessräumen, Frisören und Visagisten?«

»Jetzt, wo du das Problem in dieser Form angehst, muss ich dir gestehen, dass es nicht das Schlechteste wäre, die Klausur zu erneuern. Aber es ist spät, lieber Vladimiro, und ich möchte deine Freundlichkeit nicht überstrapazieren. Gehen wir besser schlafen, die Nacht wird Rat schaffen.«

»Alles kann der Schlaf als Geschenk bringen, nur nicht die Entweihung dieses Ortes.«

»Tut mir Leid, aber auch darin stimme ich nicht mit dir überein. Das Heilige ist nicht nur Verzicht, Buße, Qual und Dunkel, sondern auch Überschwang, Glück, Schönheit, Licht. Na, also bis morgen und gute Nacht.«

Sie verabschieden sich an der Türe der Wohnung, ohne sich die Hand zu reichen. Der eine, der Camerlengo, der von dem Gespräch mit »dem Mönch« – wie Kardinal Paide im Vatikan von denselben genannt wird, die den Erzbischof von Mailand »la Signora« nennen – noch völlig verwirrt ist; der andere, ganz durcheinander von dem Bedauern, diesen Mann enttäuscht zu haben, der sich von ihm lediglich den einen oder anderen Vorschlag organisatorischer Art erwartete, um die Zeit zu verkürzen, und von der Überraschung, sich über bestimmte Dinge ausgelassen zu haben.

Paide geht durch den langen Korridor, der zur Treppe führt. An der Ecke dieses engen Durchgangs schlägt eine Standuhr die Stunde, zwei Uhr in der Nacht. Nach dieser Ecke weht ein Wind. Eine große Fensterfront steht offen im nächtlichen Dunkel, nach Süden gelegen, über den Dächern von Rom.

Die fernen Lichter der Stadt pulsieren und zeigen das Leben an, das auch während der Stunden des Schlafs nicht stillsteht, wenn auch die Stunden der Ruhe für die anderen

Bedürfnisse des Fleisches, vor allem der Lust, herhalten können und für die Liebe in jedweder Form.

Er hatte in dieser dem Schlaf entrissenen Stunde eine seltsame Bewährung erlebt, die mehr an ihn selber als an den Camerlengo gerichtet war. Dort, im Herzen der katholischen Tradition, am Heiligen Stuhl, wo alles vom Zeremoniell ausgefiltert und nichts dem Zufall überlassen wurde, hatte er es gewagt, von den Vergnügungen des Fleisches zu sprechen, von der Lebensfreude, von einer Vorstellung vom Heiligen, die in Christus die Schönheit und den Sieg erkannte.

Was hatte ihm nur den Mut gegeben, so zu reden? Zu anderen Zeiten hätte er sein Amt nicht mehr ausüben können; am nächsten Tag wäre man zu ihm gekommen, um ihn zu ergreifen und dem Heiligen Uffizium für den Prozess zu überantworten. War seine Vorstellung denn Häresie? War es der Teufel, der sich hinter seiner Inschutznahme der Natur und der Sinne versteckte? Was wusste er denn von der Lust und von der Liebe? Er, der immer und ausschließlich im Glauben sublimierte, nachdem er dessen blendendes Licht in der Ödnis seiner Insel erkannt hatte, als eine Leidenschaft, die man nicht legitimieren konnte, ihn mit zwanzig Jahren zu der Erkenntnis brachte, dass er seine Schwester Karin nicht wie eine Schwester liebte?

Als diese Liebe offenkundig wurde, die erste und einzige seines Lebens, hatte er die Kraft gespürt, für immer wegzugehen, ohne Spuren zurückzulassen, aus der Befürchtung heraus, Karin könnte ihm überallhin folgen. Fünf Jahre später, als er Student der Theologie in Marburg war, erreichte ihn die Nachricht vom frühen Tod der Schwester. Doch auch da hatte er nicht den Mut, zu den Eltern zu fahren, um die Schwester gemeinsam mit ihnen zu beweinen. Allerdings hatte er von diesem Augenblick an gespürt, dass er sie lieben konnte, indem er die losgekaufte Flamme dieser Leidenschaft im Gebet erlebte.

Im Alter von sechsundsechzig Jahren lebt diese Erinnerung unbeschadet in seinem Kopf weiter, so als wären annähernd fünfzig Jahre niemals vergangen. Und er ist dem Schicksal sonderbarerweise dankbar, dass es ihm gestattet hat, dieses Fieber, diese Liebe für eine Frau zu empfinden.

Das Konklave ist für Frauen untersagt, wie das gesamte Priesterleben dieser Geronten. Die Hälfte der Welt fehlt bei dieser Versammlung von Männern, die die Welt verstehen und ihre Leiden verarzten, ihre Gewalt zügeln, ihren Wahnsinn begleiten und ihre Schwächen verzeihen müssen. Es ist der wundersame Skandal der Vernunft, der die weltumspannende Liebe in der Entsagung der Liebe aufrecht hält: Diesem Weg ist er durch die Ereignisse in seiner Jugend gefolgt, noch bevor er begriff, dass dies die erste Stufe der Askese war. Er war die Gnade seines Lebens.

Doch vielleicht tut er seinen alten Brüdern unrecht, die jetzt in ihren Betten die Schuld des Fleisches mit dem Schlaf bezahlen. Vielleicht bewahren viele in ihrem Herzen das Geheimnis einer von der gleichen Ethik untersagten oder unmöglich gemachten oder verbotenen Liebe auf, die sie jetzt repräsentieren. Und vielleicht haben sie wie er, auf anderen Wegen, aus eben dieser umfassenden Verdrängung heraus ihre Kraft bezogen, Gott zu lieben.

6

Der Tisch im Arbeitszimmer von Ettore Malvezzi, in dem sich die italienischen Kardinäle versammelt haben, ist bedeckt mit Zeitungen in verschiedenen Sprachen.

Der Kardinal von Palermo liest mit lauter Stimme einige Schlagzeilen vor und hebt die schmeichelndsten und böswilligsten besonders hervor.

»›Das Konklave – ein Leerlauf. Keine Einstimmigkeit am zehnten Tag‹, ›Ein harter Kampf zeichnet sich ab zwischen gegnerischen Flügeln beim schwierigsten Konklave der letzten Jahrhunderte‹, ›Werden die Italiener kämpfen? Sie verlieren die ersten Runden beim Konklave. Immer noch schwarzer Rauch nach dem siebzehnten Wahlgang‹, ›Verbrannte Wachshölzer bei den ersten Wahlgängen‹, also hör sich einer diese Unverschämtheit an!«, kommentiert Rabuiti die Wortwahl. »›Die Quoten für die Kardinäle aus dem Osten steigen, doch mancher schließt die Übergangswahl eines französischen Kurienkardinals nicht aus‹ ... verstanden, Jean? Damit bist du gemeint ...«, und er dreht sich um und zeigt die Titelseite von *Le Monde* dem ehemaligen Staatssekretär seiner Heiligkeit, »aber hört euch erst diese Chinesen an, ich habe die Übersetzung bereits vorliegen: ›Wie viel kostet Italien das Konklave von Rom pro Tag? Die selbst ernannten Stellvertreter eines Gottes der Armut und der Liebe frönen in tausend Bequemlichkeiten und im Luxus auf Kosten des italienischen Staates und hegen keinerlei Absicht, nach Hause zurückzukehren. Gut hat unsere Regierung daran getan, dem von Rom zum Kardinal von Hongkong ernannten Chinesen die Ausreise und Teilnahme an dieser Versammlung zu verweigern.‹ Mit den Chinesen ist nichts zu machen ... Die Russen sind in ihrer philoorthodoxen Gegnerschaft gemäßigter: ›Die Kardinäle in Rom lassen sich Zeit, schwer zu verstehen, was in diesem Zentrum der Macht vor sich geht‹ ... seit Dostojewskis Tagen werden die Katholiken von den Russen so gesehen.«

»Was das angeht, haben sie uns noch nie besonders verstanden. Am Hof Peters des Großen hat man den Hof von Rom eine Woche lang parodiert, indem man den Papst unter Lärmen und Prasserei gewählt hat«, präzisiert Nicola Gistri, Erzbischof von Florenz, der gut Russisch kann und diesen Artikel übersetzt hat.

Er war es, der die neue Zusammenkunft der Italiener in Malvezzis Quartier gefordert hat, der unter dem Verdacht steht, sich selbst gewählt zu haben. Auf ihn soll der Schatten dieser Unzuverlässigkeit fallen.

Malvezzi hat keinerlei Einwände erhoben, er nimmt die Verdächtigung still auf sich und ist in keiner Weise bereit zu enthüllen – wie er es mit der Zeugenschaft des libanesischen Kardinals tun könnte –, wer seinen Namen auf den Wahlzettel des Konklaves geschrieben hat. Das wäre so gewesen, als würde eine Wahrheit vergrößert werden, die ihn weiterhin in Schrecken versetzt, vor allem bei dem wogenden Klima der letzten Wahlgänge, bei denen die Kardinäle aus dem Osten sich eine Schlacht mit den amerikanischen Kardinälen geliefert haben, wodurch die Geister des Kalten Krieges wieder heraufbeschworen wurden. Doch da blieb diese einzige Stimme zu seinen Gunsten.

In den letzten Nächten hatte er Mühe einzuschlafen, es dauerte drei bis vier Stunden. Die wachliegenden, aufmerksamen Sinne folgten weiterhin den tausend Geräuschen in diesem alten Palazzo, dessen Geheimnisse er nach und nach zu verstehen begann, dem brodelnden Leben, das sich hinter den Türen verbarg.

* * *

Ein paar Nächte zuvor hatte er nicht wach im Bett liegen bleiben wollen und sich gegen halb sechs angezogen. Er achtete darauf, mit seinen Bewegungen keinen Lärm zu machen, um Monsignore Contarini im Nebenzimmer nicht aufzuwecken. Danach spazierte er in dem großen Atrium auf diesem Stockwerk des Palazzos hin und her, unter den Gewölbefresken von Alessandro Mantovani, der zur Zeit von Leo XIII. als der neue Raffael gefeiert wurde. Er entdeckte, dass nahezu niemand zu dieser Zeit mehr schlief, genau wie er. Mehrere Male war er schnell laufenden Prälaten und geheimen Kammerdienern begegnet, die dem Ruf von wer weiß welchem seiner Kollegen nachkamen. Und viele der persönlichen Sekretäre stiegen die Treppen hinauf und hinunter, die zu den Küchen führten, die einen mit Medikamentenschachteln auf dem Tablett neben einer Wasserkaraffe und Gläsern, die anderen mit einem Tablett voller Nahrung.

Auch die Tätigkeit der Ärzte musste konstant sein, wenn man das den Ärzten aus der Gruppe des Arkhiatros nach beurteilen sollte, die für die medizinische Versorgung der Eminenzen zuständig waren und zwischen den verschiedenen Quartieren hin und her pendelten, die einen mit den Geräten für die Messung des Blutdrucks, die anderen mit Schachteln voller Injektionsspritzen in der Hand. Aus diesem ganzen großen und unruhigen Hin und Her von Menschen in tiefer Nacht kam der wesentliche Grund zum Vorschein, die wehmütige Notwendigkeit: das fortgeschrittene

Alter seiner Gefährten, die erst mit dem vollendeten achtzigsten Lebensjahr das Recht verloren, am Konklave teilzunehmen.

In der Nacht darauf war er über das Atrium hinausgegangen, um von einer Loggia über dem Innenhof von San Damaso die frische Nachtluft in sich aufzunehmen. Als er an einer Türe vorüberkam, hatte er die Schmerzensschreie des Kardinals von Sydney gehört, die nur dank des Morphiums gelindert werden konnten. Obwohl vom Krebs ausgezehrt, wollte er es sich nicht nehmen lassen, am Konklave teilzunehmen, und wies seinen Arzt an, nichts über den Zustand seiner Krankheit verlauten zu lassen. Es hieß, die Verabreichung von Morphium sei durch die ärztlichen Behörden im Vatikan ziemlich großzügig geregelt worden.

Jemand, vielleicht war es Rabuiti, hatte ihm enthüllt, dass es gerade dieser Missbrauch bei einer soundsovielten Krise seiner Krankheit, der Leukämie, gewesen sei, die den Erzbischof von Rio de Janeiro das Leben gekostet habe.

Beim ersten Morgengrauen nach dieser Nacht, in der er die Klagen des bedauernswerten Murray gehört hatte, des Bischofs von Sydney, hatte er nach der Rückkehr in sein Zimmer über die Telefonvermittlung seine Schwester Clara in Bologna anrufen lassen, weil er wusste, dass sie immer früh aufstand.

»Bist du es, Ettore? Wie geht es dir?«

»Mir geht's gut, aber ich bin ein bisschen in Sorge.«

»Wieso? Was ist los? Wie laufen die Dinge?«

»Nichts läuft ... alles steht still ... wie du wohl aus der Presse weißt. Aber reden wir über anderes. Wie geht es Francesco? Habt ihr ihm endlich das Auto gekauft? Und fährt er nach Amerika in diesem Sommer?«

»Wir mussten es ihm ja kaufen, ist immer noch besser als so ein Motorrad. Jetzt müssen wir zwar keine Todesängste mehr ausstehen, sondern uns nur noch gewisse Sorgen machen. Das kannst du dir vorstellen ... aber was hätten wir tun sollen? Alle seine Freunde haben eins.«

»Und Amerika?«

»Hier haben wir noch nicht nachgegeben, aber ich sehe schon, dass wir uns damit abfinden müssen.«

»Ihr habt ihn seit seiner Kinderzeit Englisch lernen lassen, da konntet ihr nicht erwarten, dass er seine Ferien in Rimini oder Rapallo verbringt.«

»Aber dahinter muss seine Freundin stecken, die ist der eigentliche Grund.«

»So frühzeitig?«

»Ettore, schließlich ist er schon zwanzig.«

»Und wer ist sie? Habt ihr euch erkundigt?«

»Natürlich, sie ist zwei Jahre älter und geht als Au-pair-Mädchen nach Amerika. Sie stammt aus guter Familie, wie man das früher so sagte.«

»Das sagt man immer noch. Habt ihr sie schon einmal gesehen?«

»Einige Male, sehr flüchtig, ohne dass er es gemerkt hat. Du kannst dir nicht vorstellen, wie das für uns war, ihn am Arm dieser Blondine zu sehen. Gestern hat er sie uns vorgestellt.«

»Sei nicht eifersüchtig.«

»Ich hätte dich an meiner Stelle sehen mögen.«

»Da hast du Recht. Aber ihr solltet ihn nicht nach Amerika gehen lassen, er ist noch so jung.«

»Das stimmt nicht, Ettore, das stimmt nicht. Mit zwanzig haben seine Freunde schon die halbe Welt gesehen.«

Und während die Schwester noch weitergeredet und auf seine Fragen geantwortet hatte, hatte Ettore Malvezzi gespürt, wie sich die dunkle Atmosphäre in diesem Zimmer endlich auflöste und sein Geist in andere Regionen seiner

Erinnerung entschwebte, das Bild des Neffen lebhaft vor Augen, als er ihn das letzte Mal gesehen hatte. Er war ihm inzwischen über den Kopf gewachsen: ein Wiesel, immer in Bewegung, immer am Telefon, um jemanden anzurufen oder Anrufe anzunehmen. In gleichzeitiger Unterhaltung mit dem Onkel, der Mutter und der Freundin am Telefon, während er aß, das blaue Jeanshemd über der Brust geöffnet, ein Ohrring im rechten Ohrläppchen.

Doch irgendwann während des Gesprächs mit seiner Schwester, hatte ihn etwas in die Wirklichkeit dieses Ortes zurückgerufen und das Bild der vollen Jugendblüte ausgelöscht. Wenige Meter von ihm entfernt, in der Nähe der Wand mit ihrem abgebröckelten Putz, liefen zwei Ratten hin und her im Bemühen, den Mut zu finden, sich im Hinblick auf eine Beute eine bessere Ausgangsposition zu verschaffen. Und die Beute konnte nur Nahrung sein, wie das Käsebrötchen, das halb aufgegessen auf dem Tablett lag und das Contarini aus irgendeinem Grund auf dem Boden zurückgelassen hatte, bevor er sich zurückzog. Es waren scheußliche Ratten, schwarz, lang und mager, mit zugespitztem Gesicht und weit herausstehenden Barthaaren, die Augen merkwürdig weiß, was sie von der schwarzen Färbung des Fells deutlich abhob.

Ihn durchfuhr ein Schauer. Das waren keine Feldratten, wie er sie von seiner Residenz auf den Hügeln der Langhe her kannte. Auch nicht die von Venedig, die Kanalratten. Diese hier hatten einen unheimlichen Charakter und ein freches Verhalten, das sie jetzt unter Beweis stellten, als sie auf das Tablett stürzten, um sich den Käse zu schnappen, obwohl es fast in der Mitte des Zimmers, nur wenige Meter von ihm entfernt, stand.

»Ettore, bist du noch da? Hörst du mich?«

»Sicher, Clara, entschuldige, ich war etwas abgelenkt.«

»Aber geht es dir gut? Wie geht es deiner Halswirbelarthrose?«

»Einigermaßen gut ... Ratten haben mich abgelenkt; unglaublich, wie groß die sind ...«

»Lasst auf der Stelle den Vatikan desinfizieren!«, brach es aus Clara heraus, die noch niemals besondere Sympathien für die Kirche gezeigt hatte.

»Das wird kein leichtes Unterfangen sein«, und während Malvezzi auf die Höflichkeiten des Abschieds zusteuerte, fingen die beiden Ratten mit einer letzten Aufdringlichkeit an, wenige Schritte von ihm entfernt um den Besitz des Provolone miteinander zu kämpfen. Ein Duell nach allen Regeln der Kunst, mit vielen Überfällen, Rückzügen, Bissen und wildem, herausforderndem Gequieke.

»Hör zu, ich muss jetzt aufhören, diese Ratten veranstalten hier einen wahren Zirkus.«

»Ich habe vergessen, dich etwas zu fragen. Es ist belanglos, aber es hat mich doch neugierig gemacht und auch Francesco hat darüber gelacht. Eine Freundin von Vicenza hat mich angerufen und mir gesagt, sie hätte in der Zeitung gelesen, dass im Konklave ein richtig schönes türkisches Bad in Betrieb genommen wird!«

»Ein türkisches Bad? Also, ich möchte wirklich wissen, wer auf diesen Einfall gekommen ist.«

»Na, Ettore, dieses Konklave müsste wirklich ein bisschen verjüngt werden ...«

Nachdem Malvezzi das Telefongespräch beendet hat, macht er sich daran, die Ratten mit einer zusammengerollten Zeitung wie mit einem Stock zu vertreiben. Doch sie sind nicht mehr da, sie sind auf die andere Seite des großen Raumes gelaufen, zur Verbindungstüre mit dem Zimmer von Contarini, der in diesem Augenblick auftaucht. Sein junger Sekretär verliert beim Anblick der Rattensarabande die Nerven und ist weniger Herr seiner selbst, als er nach außen hin wirkt. Und fängt an zu schreien.

»Contarini, was soll denn das? Holen Sie lieber einen Besen, sagen Sie, dass man dieses Logis von Ratten säubern muss ... gehen Sie!«

Contarini unterdrückte niemals sein Bedürfnis nach einer Zigarette, auch vor dem Kardinal nicht. Und während er ging, um die Anweisung auszuführen, hatte er eine aus seiner Tasche hervorgekramt und angesteckt.

»Contarini, ich gestatte es Ihnen nicht, in meinem Zimmer zu rauchen.« Doch schnell war sein Kaplan durch die Türe verschwunden und es war unwahrscheinlich, dass er nicht den Mut haben würde, sie auf der Treppe zu rauchen. Auch sein Neffe Francesco brachte seine Mutter wegen der vielen Zigaretten, die er heimlich zu rauchen angefangen hatte, zum Wahnsinn.

Und der Gedanke kehrt erneut zu seinem Neffen zurück, als – dieweil das Treffen der italienischen Kardinäle angesichts der auf dem Schreibtisch ausgebreiteten Presse lebhafter wird – die Türe auffliegt und ein junger Schweizergardist erscheint: Er kann sich nur mit Mühe auf den Beinen halten, seine Uniform ist verrutscht, die Jacke am Hals halb aufgeknöpft, den Helm hält er in der Hand.

Keiner der Prälaten hat den Mut, ein Wort zu sagen. Ein betrunkener Gardist im Dienst? Daraus lässt sich doch ein Fall machen, der den Camerlengo und seinen Hofstaat stürzt.

Der junge Mann muss sich offensichtlich in der Türe geirrt haben und Malvezzi befürchtet zu wissen, welche er eigentlich öffnen wollte. Das schöne kecke Gesicht mit den blauen Augen und dem blonden Haar, das gegen den Helm rebelliert, hatte er schon unter den häufigeren Gefährten von Contarinis Einsamkeit bemerkt.

»Wie wagen Sie es, uns zu stören? Und in welchem Zustand! Nennen Sie uns augenblicklich Ihren Namen, morgen werden Sie Ihrem Kommandanten gegenüber Rede und Antwort stehen.« Der Erzbischof von Mailand ist es, der die Empörung und vielleicht eine Spur Angst seiner Kollegen vor diesem jähen Einfall zum Ausdruck bringt. Doch die eigentliche Überraschung soll noch kommen. Der junge Mann wendet sich schnell um, läuft weg und verschwindet im Nu in den Irrgängen der Korridore, die er bestens kennt.

»Glückliche Jugend, lassen wir ihn laufen, im Grunde muss es sehr langweilig sein, wenn man mit zwanzig Jahren Gardist von uns Alten ist ...«

Diese Worte sind aus Malvezzis Mund gekommen, ohne dass er es richtig gemerkt hätte, denn eigentlich waren sie mehr an ihn selbst gerichtet als an seine Freunde. Aber er denkt an Francesco, an die heilige Unvernunft dieses Alters, die auch dem Konklave etwas Menschlicheres verleiht.

Doch »la Signora« scheint da völlig anderer Meinung zu sein. »Ich staune über dich, Ettore! Dass du dich zum Verteidiger eines Schurken machst, der die Dienstvorschrift übertreten, uns beleidigt und unsere Anweisungen verspottet hat«, rief Alfonso Cerini.

Der Kardinaldekan Antonio Leporati, der als Einziger den Raum verlassen hat, um zu sehen, ob er den Gardisten zurückrufen kann, ist wieder zurück und steht keuchend in der Türe.

»Er ist verschwunden! Wenn ich ein paar Jahre jünger wäre, wäre er mir nicht entkommen. Morgen lasse ich ihn durch den Kommandanten suchen, ihr werdet schon sehen, dass sie ihn wiedererkennen.«

»Ach, lass ihn doch. Er wird einen solchen Schrecken bekommen haben, dass er nie wieder derartige Bravourstücke unternehmen wird.« Malvezzi beharrt darauf und ist in keiner Weise von Cerinis Empörung eingeschüchtert. Und auf der Stelle wechselt er das Thema, in der Absicht, die Gemüter abzulenken, die sich mit dringlicheren Aufgaben beschäftigen wollen wie etwa dem Bild, das das Konklave durch die Schuld der Presse nach außen abgibt.

»Wir müssen die Mitteilungen noch genauer ausfiltern, vielleicht ist es notwendig, alle Anrufe zu blockieren. Oder sie einer Kontrolle zu unterwerfen.«

»Ein schwieriges Unterfangen, lieber Ettore, und fast unmöglich umzusetzen, außerdem birgt das die Gefahr mit sich, dass die Handyrechnungen astronomisch ansteigen«, bemerkt der Erzbischof von Florenz, der bemüht ist, der Aufforderung nachzukommen, das Bravourstück des jungen Gardisten zu vergessen, »und außerdem vergisst du das Teufelszeug des Internets.«

»Ich möchte allerdings eine Bemerkung anbringen, auch wenn ich mich darüber wundere, dass diese Frage noch nicht gestellt worden ist.« Diese Einleitung lässt polemische Argumente erwarten und passt zu dem, der sie zum Ausdruck gebracht hat, nämlich dem Erzbischof von Mailand.

Alle schweigen und starren zu ihm hinüber, der an der Ecke des Tisches sitzt, wo das Licht weniger stark hinfällt.

»Die Sache ist die: Sind wir es, die das Konklave abhalten, oder sind es die Herausgeber dieser Lügenalmanache? Wenn wir uns von Panik ergreifen lassen, weil wir nicht so schnell sind wie die Erwartungen, ist es, als würden wir zugeben, dass wir den Schuss entsprechend dem Bild justieren, das wir abgeben dank dieser Künstler des Lugs und Trugs, die bestimmte Interessen verfolgen. Jeden einzelnen Zeitungsherausgeber kennen wir schon ein Leben lang. Wir wissen sehr genau, wem sie dienen, wen sie fürchten, wer sie manipuliert, was sie bezahlt haben, um auf ihren Sessel zu gelangen. Vielleicht haben wir selbst uns manchmal ihres

Einflusses bedient oder ihrer Macht, um ein Faktum zu manipulieren und es entsprechend unseren Interessen umzugestalten. Daher sage ich euch: Lesen wir sie nicht mehr, haben wir den Mut und die Würde, die die Aufgabe verdient, zu der wir aufgerufen sind!«

»Du hast Recht, Alfonso, wir laufen unserem Bild hinterher, um uns ihm anzugleichen. Das ist doch, als wäre der Schatten der Herr des Körpers geworden und der Körper würde ihm folgen wie ein armseliger Sklave«, kommentiert Malvezzi, überrascht von den Bemerkungen des Mailänders, der normalerweise in der Regierung der Kirche immer in politischen statt in idealen Kategorien denkt.

»Wenn auch noch die Kirche in die Falle der Suche nach einem Konsens tappt, dann gnade Gott uns Armen«, pflichtet der Bischof von Florenz bei und mit seinen dicken Brillengläsern blickt er um sich, um herauszufinden, wie viele bereit wären, den Lärm der Massenmedien über ein so gespannt verfolgtes Ereignis nicht zur Kenntnis zu nehmen.

»Nun übertreiben wir mal nicht, das Fernsehen hat uns immer geholfen. Auch die Eröffnung des Konklaves hat Millionen von Zuschauern gehabt«, erwidert der Sizilianer Rabuiti gereizt, weil der Kollege aus Mailand eine Position vertritt, die vom Zeitgeist weit entfernt ist. Dann ergreift er die Gelegenheit, ein so dorniges Argument beiseite zu tun, indem er die Kollegen an die Priorität dieses Treffens erinnert: »Entschuldigt, aber sind wir nicht hier, um uns auf den Wahlgang vorzubereiten? Wollten wir uns nicht die Ergebnisse unserer Umfragen und Kontakte mitteilen?«

Und nach wenigen Augenblicken wendet sich die Unterhaltung wieder der Orientierung einiger neuer, gerade erst hervorgetretener Nationalitäten zu.

7

Kardinal Vladimiro Veronelli isst nicht einmal zu Ende. Er muss auf der Stelle Graf Nasalli Rocca folgen, dem Chefingenieur der technischen Abteilung der Vatikanstadt, bis zum Hauptturm von San Giovanni. Und doch hatte er zwei Abende zuvor noch in aller Ruhe die Küche der Nonnen genießen können: Das Menü bot Safranrisotto, Artischocken auf jüdische Art, Obstsalat mit Maraschino, Weißwein von Locorotondo ...

Er hatte die Happen dieses Abendessens genossen, das von den Nonnen gekocht worden war, die in diesen Tagen in den Küchen des Palazzos ihren Dienst versahen. Die Zähne des neuen Gebisses, die wegen der Empfindlichkeit des Zahnfleisches noch wenig an ihre neue Tätigkeit gewöhnt waren, ermöglichten ihm nicht die übliche Eile. Und dabei war er doch immer so schnell gewesen, bei Tisch. Als Junge, in seiner Familie, wurden ihm wegen der Schnelligkeit, mit der er das Essen verschlang, oft Vorhaltungen gemacht. Darin war er ganz anders als seine Brüder, auf die als Beispiel für ein besseres Verhalten gezeigt wurde. Er hatte seit einiger Zeit nichts mehr von seinen Brüdern gehört, auch von den Schwägerinnen nicht, auch nicht von den Neffen und Nichten, mittlerweile allesamt verheiratet und einige von ihnen hatten sogar schon Kinder. Eine zahlreiche Familie, die nicht damit zurückhielt, den Onkel Kardinal um Gefälligkeiten anzugehen. Für eine Nichte, die seit geraumer Zeit

Novizin in einem Kloster in Neapel war, hatte er eine besondere Schwäche. Eine Familie, die ihm auch einiges Kopfzerbrechen bereitet hatte, vielleicht, weil sie von ihm auch ein bisschen verwöhnt worden war. Nie jedoch so viel, wie ihm die große Familie von mehr als hundert Brüdern gab, die sich jetzt dem Augenschein nach von ihm leiten ließ ... Allerdings nur dem Augenschein nach, denn jeden Tag musste er feststellen, dass die Initiativen, die Ränkespiele, die Versuche, die Regeln zu übertreten, die Bosheiten, die Rivalitäten, die Bündnisse und die jäh erfolgenden Bündnisbrüche, die Extravaganzen eines so komplexen Mosaiks von Rassen und Traditionen ihm ihren Willen aufzwingen wollten.

Während er wieder an den paradoxen Ausgang der letzten Zusammenkunft von Prälaten dachte, der beizuwohnen man ihn gebeten hatte – einer Zusammenkunft der Kollegen aus dem Osten –, ließ er noch einmal die letzten Merkwürdigkeiten dieser Tage an sich vorüberziehen.

Vor allem anderen: der Einfall der Ratten in den Vatikan.

Das waren keine Kanalratten, keine Flussratten, keine Landratten; es waren fürchterliche Bestien, mit wildem Gesicht und Augen, die eine Absicht auszudrücken schienen. Innerhalb weniger Tage hatten sie sich den Kampfplatz geteilt wie Truppen der Hölle bei der Erstürmung des Paradieses. Denn sie zwischen den Füßen zu finden, sogar in der Sixtinischen Kapelle, während das Veni Creator Spiritus angestimmt wurde, hatte wirklich vielen den Schauder über den Rücken gejagt.

Der Kardinal von Tokyo hatte es nicht aushalten können, als er fühlte, wie eines dieser Tiere in seinen Fuß biss beim Versuch, seine Schuhsohle anzuknabbern. Er hatte einen lauten Schrei ausgestoßen, mit dem komischen Effekt, dass er damit die chromatische Tonleiter dieser heiligen Hymne um eine wirklich dramatische Note bereicherte. Die Wahl an diesem Nachmittag hatte zum ersten Mal eine gewisse Mehrheit, die größte seit Beginn des Konklaves, auf einen Kardinal vereint, der am meisten in der Diskussion stand, den Palästinenser Nabil Youssef.

Doch, dachte Veronelli, als er langsam einen Kelch Weißen trank, das war eine Posse, dieses So tun, als würde man sich auf diesen Namen einigen können, fast, ja fast war das eher ein Streich des Teufels als eine Eingebung des Heiligen Geistes. Denn über diesen Namen waren so heftig wie noch nie die Teilung und der Kampf ausgebrochen, unverblümt und klar von einem der Kardinäle gleich nach Bekanntgabe des Ergebnisses geäußert, und zwar mit einer Geste, die er danach selber übernommen hatte. Blitzartig war der Erzbischof von Boston aufgefahren, ging am Sitz des Palästinensers vorüber und rief auf Englisch: »Deine Karriere hört damit auf, gib dich keinen Illusionen hin!«

Das Problem der Rattenplage war noch nicht angegangen worden; die auf die Vernichtung von Ratten spezialisierten Firmen durften die Schwelle des Konklaves nicht überschreiten, auch wenn es jeden Tag immer alarmierendere Berichte gab.

Die beunruhigendsten kamen von einem kürzlichen Besuch in den Vatikanischen Museen, wohin er auf das dringende Bitten des Direktors eilen musste. Die schreckenerregenden Ratten breiteten sich auch dort aus und fingen an, Altarpfeiler anzunagen, aber auch Ikonen, Weißwäsche, auf Holz gemalte Bilder, Malereien jeglicher Art, doch mit großer Bevorzugung Heiligendarstellungen, die in dieser auf der Welt einmaligen Sammlung besonders zahlreich vertreten waren. Und so war es schrecklich, sie auf frischer Tat am Werk zu sehen, während sie die großen Zehen von Heiligen annagten, die Mitren von Bischöfen, die Zahnräder der Heiligen Katharina, die Augen der Heiligen Lucia, die Brüste der Heiligen Agathe, die große Zehe von Cherubim, die Mäntel der Heiligen Jungfrau auf der Flucht nach Ägypten, die roten Röcke des Herrn Jesus Christus, über die die römischen Legionäre Würfel fallen ließen. Und als sie völlig uneingeschüchtert von den Versuchen, sie zu verjagen, wieder im Sturm zurückkehrten und mit ihren scharfen Zähnen die Mähne eines Löwen in kleinste Stücke zerbissen, der ruhend vor dem in sich versunkenen Heiligen Hieronymus in seinem Arbeitszimmer lag, auch die Ruder des Bootes des schiffbrüchigen Paulus in Malta, die windzerzausten Segel auf dem See von Tiberias, kurz bevor der Herr dem Wind gebot, sich zu legen ...

Dieses Phänomen war umso verwirrender, als man, zumindest bis zu diesem Augenblick, annahm, dass die unermüdlichen Zähne dieser blasphemischen Geschöpfe es noch nie gewagt hatten, die allerheiligsten Formen des Herrn oder seiner hochverehrten Mutter auch nur zu streifen ...

Der verwirrte Camerlengo, wie auch die beiden Kurienkardinäle Rafanelli und Rondoni, die es ihm berichtet hatten, schlossen daraus, dass der Schutz Gottes noch über diesem Palazzo waltete, wo man über Jahrhunderte hinweg ihm gedient und ihn verraten hatte.

Doch wie lange würde er noch währen?

Es schien von ihnen abzuhängen, von den Gaben des Heiligen Geistes, die sie bereichert hatten, indem er ihre Entscheidungen erleuchtete ... Entscheidungen, die, abgesehen von den Wahlgängen der Kardinäle in einem Konklave, das den zweiundzwanzigsten Tag erreicht hatte, täglich auch in den anderen Bereichen dieses Lebens in der Gemeinschaft so vieler Menschen getroffen werden mussten, die sich nie gesehen und die unterschiedlichsten Gewohnheiten hatten. Eine der unangenehmsten, die er wenige Stunden zuvor hatte treffen müssen, war die während der Zusammenkunft der Kardinäle aus dem Osten im Logis des »Paters«, des Kardinals Matis Paide.

Sie waren alle einverstanden, als Paide mit der sanftesten Unbefangenheit noch einmal nach der Möglichkeit einer Sauna und eines türkischen Bades während des Konklaves gefragt hatte. Freundlich in der Art, einfach und spontan, so als würde er nach einer zusätzlichen Wolldecke für die kälteempfindlichen alten Herren bitten. Und Veronelli hatte auch den Verdacht, dass Paide die nach außen gedrungene Indiskretion einer Zeitung zuzuschreiben war, wonach die im Vatikan versammelten Kardinäle sich der heißen Dämpfe einer solchen Einrichtung erfreuen könnten ... Wer sonst hätte es sein sollen?

Es war, als wäre auch in diesem Brauch das von der Presse gezeichnete Bild, das das Verhalten diktierte, und nicht umgekehrt. Er wusste, dass über eben diese Frage von beachtlichem Gewicht für den Fortgang des Konklaves auf einer der heftigsten Zusammenkünfte der Italiener viel geredet worden war. Jedenfalls hatte er nachgeben müssen, obwohl er eine derartige Monstrosität nicht begreifen konnte. Er hatte bereits die Verpflichtung übernommen, die technische Abteilung und die Arbeitskolonne des Vatikans, die dem Konklave zur Verfügung standen, auch nachts arbeiten zu lassen, um innerhalb von zwei Tagen diese Einrichtung in einem abgelegenen Flügel der heiligen Palazzi fertig stellen zu lassen, nämlich im Wachturm von San Giovanni. Im Gegenzug hatte er allerdings auch etwas erhalten. Die Verpflichtung, nicht gegen den Palästinenser zu sein, sofern sich in den bevorstehenden Wahlgängen erneut die Tendenz abzeichnete, die Stimmen auf ihn zu vereinigen. Wer weiß, hatte Veronelli gedacht, vielleicht wird er ja zum Papst gewählt, bevor man überhaupt Zeit hat, das türkische Bad einzurichten ...

Aber dann kommt doch alles ganz anders. Die letzten Stimmenauszählungen sowohl der vormittäglichen als auch der nachmittäglichen Wahlgänge bestätigen vier ganze Male die Zersplitterung der Stimmen, während der Chefingenieur der Vatikanstadt zwei Abende nach jenem trostlosen Abendessen zu ihm kommt und den hochwürdigsten Camerlengo unterrichtet, dass alles im Wachturm von San Giovanni fertig gestellt sei. Und wenn Eminenz geruhe, ihm zu folgen, könne er ihm zeigen, wie die neuen Einrichtungen arbeiten.

»Arbeiten? Ja, seit wann denn?«

»Seit heute Nachmittag, seit der Erzbischof von Prag und der von Warschau sie gemeinsam mit ihren Sekretären einweihen wollten.« Der Ingenieur, Graf Paolo Nasalli Rocca, ist erstaunt, dass Veronelli darüber nicht informiert ist. Nach einem diesmal hastig eingenommenen Abendessen, das folglich, wegen des bekannten Problems mit dem Gebiss, auf wenige Happen reduziert bleibt, ist der Camerlengo bereit, dem Erbauer dieser abscheulichen Einrichtung zu folgen. Dabei weiß er nicht einmal, wie gekleidet er sich dort präsentieren muss. Er geht sehr langsam hinter Nasalli Rocca her, mit einer Tasche in der Hand, die in aller Eile von seinem Privatsekretär hergerichtet worden war. Er hat nicht einmal einen Blick auf ihren Inhalt werfen wollen, weil er die Auswahl der Kleidung für diesen Ort Monsignore Squarzoni überlassen wollte, der sich seit zwanzig Jahren um seine Garderobe kümmert, zusammen mit Schwester Maria Rosaria, die außerhalb des Konklaves auf ihn wartet.

Ganz allmählich, so wie er an dem langen Gang durch ein Gewirr schlecht beleuchteter Räume merkt, dass sie den Wachtturm erreichen, wächst die Versuchung, dem Ingenieur die Frage zu stellen, die er nicht den Mut hatte, seinem Sekretär zu stellen. Wie kleidet man sich eigentlich in einem türkischen Bad? Er will gerade den Mund öffnen und die peinliche Frage stellen, als urplötzlich ein Zug von Ratten aus einer halb verschlossenen Türe auf der rechten Seite ihnen beiden den Schritt verwehrt. Es sind so viele, wie er sie wirklich noch nie zusammen in den verschiedenen Flügeln des apostolischen Palastes gesehen hatte. Und doch hatte er ihn von oben bis unten inspiziert, zusammen mit einer mit Rattenvernichtungsmittel ausgestatteten Hilfsmannschaft, einer Schar von Chorsängern der Päpstlichen Kantorei, die für diese Gelegenheit zu einer Plage für die Ratten verwandelt worden war. Denn die Isolierung von der Welt in den immer langsamer dahinziehenden Tagen zwang dazu, sich in vielen Metiers auszukennen.

»Auch hier ... auch hier ... ich habe kein Personal dafür, ich brauche alle für die Arbeiten in unseren Museen. Was wird denn die Welt sagen, wenn sie erfährt, dass der Heilige Hieronymus von Leonardo da Vinci von Ratten aufgefressen worden ist!«

»Seien Sie vorsichtig, Eminenz, die sind gefährlich, die haben Hunger und finden nichts mehr zu fressen, seit wir alle Nahrungsmittel für die nächsten Tage unter strengem Verschluss halten.«

»Gehen Sie voraus, Nasalli Rocca, Sie haben weniger Jahre auf dem Buckel als ich und Sie sind besser auf den Beinen zu dieser Stunde.«

Doch es ist nicht leicht, zur anderen Seite dieses Raumes zu gelangen, wo sich der letzte Korridor befindet, der zum Turm von San Giovanni führt. Es ist völlig unverständlich, warum ausgerechnet aus dem Nebenzimmer so viele Ratten gekommen sind. Der Camerlengo gibt Nasalli Rocca ein Zeichen, stehen zu bleiben. Er will die Türe öffnen. Er tritt ein paar Schritte zurück und stößt sie auf.

Und er versteht. Es ist ein Lagerraum für Gemälde, die auf ihre Restaurierung warten, die offiziellen Porträts der Kardinäle. Von den Kirchenmännern sind nur noch ein paar undeutliche Konturen des Gesichts und ihrer Gewänder, ihrer Büsten, des scharlachroten Mantels und der auf dem Evangelium liegenden Hände übrig. Alles ist ein unvorstellbares Gewimmel monströser Mörder, die diese Gesichter, diese Namen, diese Titel aus dem Gedächtnis löschen; ein einziges großes Vibrieren von Leinwänden, Rahmen und Hölzern, auseinander genommen und in kleinste Krumen zerbissen, bevor sie in diesen kleinen gierigen Körpern verschwinden.

Beim Auftauchen des Eindringlings scheinen die Ratten eine Bedrohung zu wittern: In Trauben setzen die obersten zum Sprung an, um sich der Gefahr dieser Unterbrechung entgegenzuwerfen, und gelangen zur Türe.

Nasalli Rocca kann Kardinal Veronelli gerade noch rechtzeitig schützen, indem er ihn aus diesem Raum zieht und mit Mühe die Türe zumacht.

»Das ist ja ... ungeheuerlich!«

»Morgen, Eure Eminenz, werde ich die Gemeinde von Rom bitten, hier einzugreifen. Dort hat man Spezialisten.«

»Nein, das können wir nicht, das wissen Sie.«

»Wie Eure Eminenz befehlen, doch die Lage rät zu einer Ausnahme von den Regeln des Konklaves.«

»Wegen Ratten, die Bilder auffressen? Im Grunde sind das doch keine Werke von großem Wert. Und vielleicht ist es nicht einmal notwendig, dass einige von uns in Erinnerung behalten werden.«

»Und die Vatikanischen Museen? Und die Ölbilder in den Kapellen der vatikanischen Palazzi?«

»Die machen mir Sorge, aber fürs Erste können wir mit den Chorsängern auskommen.«

»Diesen freundlichen Sängern? Sie haben zwar wundervolle Kehlen, aber, verzeihen Sie mir, Eminenz, sie können doch nicht einmal mit einem Feuerlöscher, einer Wasserspritze und noch viel weniger mit einer Gasmaske umgehen, sie sind ein völliges Fiasko!«

Der Mut kehrt wieder in den Camerlengo zurück, er setzt sich in Bewegung, um auf die andere Seite des langen Saales zu gelangen. Und er setzt das Gespräch nicht fort. Ausgerechnet er musste diesem Konklave vorstehen, er, der kaum den Augenblick abwarten konnte, sich auf sein Landgut von Arcetri zurückzuziehen, in die Hügel seiner Toskana. Warum ausgerechnet er?

Und jetzt? Was macht man in einem türkischen Bad? Wie muss man sich zwischen so vielen nackten Männern benehmen? Warum haben Kardinäle nichts, das sie von anderen Männern unterscheidet, dort, an der Stelle ...

Er nimmt all seinen Mut zusammen und macht den Mund auf. »Nasalli Rocca, kommen auch Sie mit ins türkische Bad«, und seine Stimme ist derart demütig und flehentlich, dass der Ingenieur sich einige Augenblicke lang verlegen fühlt. Was könnte er diesem zitternden alten Mann schon antworten? Und Nasalli Rocca, ein Mann von zweiundfünfzig Jahren, ein Meter neunzig groß, stattlich und kraftvoll, ein guter Kenner der menschlichen Natur, sammelt seinen ganzen Geist zusammen und seine Unbefangenheit: »Aber sicher, Eminenz, auch wenn Sie mir ein paar Handtücher ausleihen müssen, denn ich habe nichts bei mir.«

»Handtücher? Wieso? Kleidet man sich da mit Handtüchern?«

»Entweder damit oder mit Bademänteln, im Übrigen sehe ich, dass die Tasche Eurer Eminenz damit gut gefüllt sein muss.«

»Ich weiß nicht einmal, was da drin ist, Monsignor Squarzoni hat sie mir gerichtet. Aber ich habe nicht die blasseste Ahnung, wie man damit umgehen muss. Deshalb würde ich

Sie bitten, mit hineinzugehen, Sie wissen sicher, wie man sich dort verhalten muss.«

Der Chefingenieur lächelt über die Naivität und Unerfahrenheit dieses gütigen Mannes.

Unterdessen taucht der Eingang am obersten Stockwerk des Turmes auf. Jenseits der brandneuen Glastüre befindet sich die Sauna mit dem türkischen Bad, erklärt der Ingenieur dem Camerlengo. Doch bevor sie die Schwelle überschreiten findet er den Mut, Veronelli einen Ratschlag zu geben, etwas, wozu vorher nicht einmal er den Mut gehabt hatte, es auszusprechen, so wie der Kardinal es nicht gewagt hatte zu fragen, welche Kleidung getragen werden müsse.

»Eminenz, entschuldigen Sie, doch wegen der Invasion der Ratten ... da gäbe es Abhilfe, älter und wirkungsvoller als alle Rattenvernichtungsmittel, auch wenn es diesem Ort nicht ganz entspricht.«

»Wieso, Sie glauben, eine Sauna sei angemessener? Jetzt wundere ich mich über gar nichts mehr.«

»Katzen, Eminenz, Katzen sind das sicherste Gegenmittel gegen Ratten, seit Gott die Welt erschaffen hat.«

»Katzen! Das ist richtig, sie besiegeln das Ende der Ratten, auch bei mir zu Hause, in Arcetri.«

»Und Rom ist voll von ihnen, es gibt Viertel, da sind sie zur Plage geworden und sie würden nichts lieber wollen, als sich auf unsere Ratten zu stürzen und sie in Happen zu zerteilen.«

»Richtig, in Trastevere füttert meine Nichte an die zehn von ihnen. Wieso haben wir nicht gleich daran gedacht? Bringen Sie in Erfahrung, wie man eine ansehnliche Zahl von ihnen fangen kann, damit würden wir einigen Stadtvierteln sogar einen Dienst erweisen, wir können sie gut bezahlen, sofern das nötig ist. Wenn die Besitzer sie gerne hergeben, versprechen Sie ihnen, dass wir sie ihnen zurückgeben und die Garantie übernehmen, sie gut zu füttern; wenn es fromme Leute sind, haben sie auch noch den Vorteil, dass ihnen ein schöner Ablass gewährt wird für eine gute Tat zum Nutzen und Frommen der Kirche!«

»Und der Kunst, Eminenz, sofern sie keine Gläubigen sind. Vergessen Sie nicht die Vatikanischen Museen«, ergänzt ihn Nasalli Rocca.

»Sie müssen jedenfalls diskret vorgehen, wir können uns nicht einmal in diesem Fall an die Gemeinde oder an die Regierung wenden.«

»Ich werde für die Jagd auf Katzen die wendigsten unserer Seminaristen und Studenten ausrüsten, ich hoffe, die Chorsänger sind besser in der Jagd auf Katzen als in der Jagd auf Ratten.«

»Hoffen wir's, Graf, hoffen wir's. Und es muss schnell gehen, ich bitte Sie, schnell!«

Als der Kardinal die Schwelle zur Saune überschreitet, ist es halb zwölf vorbei. Er fühlt sich so erleichtert von dieser Idee, dass er die Kraft findet, den beiden Monsignori in violetten Bademänteln zuzulächeln, die sich verbeugen, um seinen Ring zu küssen.

»Hier entlang, Eminenz, wir zeigen Ihnen Ihre Kabine.«

»Geben Sie auch dem Chefingenieur des Vatikans eine. Er will sehen, wie sein Kunstwerk funktioniert«, scherzt Veronelli. Und mit forschem Schritt folgt er den beiden Monsignori in den Korridor.

8

Wer? Nur die Kardinäle von Prag und Warschau? Aber woher, der Herr Ingenieur ist nicht richtig informiert, wir haben uns einen ganzen Nachmittag lang abgemüht, alle zu bedienen ...«, und das müde Gesicht des älteren der beiden Monsignori bestätigt die Wahrheit seiner Worte.

»Es war sozusagen ... eine Prozession, Eminenz, aber ...« Dann hält er inne, denn der Vergleich kommt ihm etwas unangebracht vor.

Der Kardinal-Camerlengo aber findet einen ungezwungeneren Ton: »Aber ja doch, eine richtige Prozession. Da soll einer die menschliche Natur begreifen. Und ich hatte so große Befürchtungen, dass sie mir diese gebenedeite neue ›Einrichtung‹ vorhalten könnten. Apropos, ich werde sie noch einweihen müssen.«

»Der Kübel mit dem Weihwasser und dem Sprengel steht schon bereit, Eminenz. Hier, das ist Ihre Kabine und die dort ist für den Herrn Ingenieur.«

»Geben Sie mir die Tasche. Nun wollen wir sie gemeinsam aufmachen, weil ich einfach nicht weiß, welche Tücher ich dabeihabe, aber eines davon will ich dem Herrn Ingenieur geben. Er hat seine Tasche zu Hause vergessen«, und er würde den beiden Bediensteten lieber nicht sagen müssen, dass er nicht einmal weiß, was in seiner Tasche ist. Er will ungezwungen wirken.

Aus der Reisetasche kommen lange Wollunterhosen mit Hosenträgern zum Vorschein, zwei Handtücher aus weißem

Frottée, davon ein kleineres, ein Paar Socken, Gummischlappen, ein Schuhlöffel, ein Kamm, eine Bürste, ein Haarföhn, eine Aufbaucreme und ein Eau de Toilette.

Die Blicke der beiden Monsignori sind undurchdringlich und verraten dem Camerlengo in keiner Weise, ob die Ausrüstung geeignet ist und vor allem, welches der Tücher dem Ingenieur gegeben werden soll. Doch Nasalli Rocca selbst hilft Veronelli über die Verlegenheit hinweg: »Mir genügt das kleinere Handtuch, das wickle ich mir um die Hüften. Wenn ihr hier noch ein paar Gummisandalen hättet, bin ich schon fertig.«

»Die finden wir gleich für Sie.«

»Haben Sie nicht einen Bademantel wie den Ihren für Seine Eminenz? Ich glaube, das wäre ideal«, gestattet sich der Chefingenieur zu sagen.

»Nicht von der gleichen Farbe. Die Kardinäle haben Anspruch auf weiße. Hier, Eminenz. Wenn Sie dann drinnen sind, können Sie ihn ausziehen und an einen Kleiderhaken hängen.«

»Nehmen Sie jedenfalls auch eines Ihrer Handtücher mit, Eminenz«, fügt Nasalli Rocca hinzu, »es kann Ihnen zustatten kommen, wenn Sie den Bademantel ablegen. Das hängt von der Hitze in der Sauna und dem Dampf ab. Wenn meine Handwerker gut gearbeitet haben, müssten wir eine solche Hitze haben, dass der Bademantel überflüssig wird.«

»Sie haben ausgezeichnet gearbeitet«, antwortet einer der beiden Monsignori, »die Kardinäle aus dem Osten haben gesagt, die Temperatur sei ideal. Und die verstehen ja was davon.«

»Also, gehen wir, es ist schon spät. Ist denn noch jemand da drinnen?«

»Gewiss, Eminenz.«

Der alte Kardinal und der Chefingenieur ziehen sich in

ihre Kabinen zurück. Als Erster kommt Nasalli Rocca wieder heraus, das pflaumenfarbene Handtuch um die Hüfte gewickelt und in Sandalen. Ihm ist nicht kalt, wie er zunächst befürchtete, die Räumlichkeiten sind gut beheizt. Von Ferne hört er eine leise Hintergrundsmusik, eine ihm bekannte Orgelmusik, vielleicht Händel, vielleicht Der Messias, er ist sich nicht ganz sicher. Nach gut zehn Minuten geht die andere Türe auf und Veronelli kommt heraus, eingewickelt in seinen weißen Bademantel, an den Füßen die etwas zu großen Sandalen.

»Hören Sie, den Segen für die Räume erteile ich ein anderes Mal, wenn Sie mich verständigen, dass niemand da ist. Monsignor Attavanti könnte dann kommen, wenn ich verhindert bin, bei allem, was ich in diesen Tagen zu tun habe. Aber ist Ihnen denn nicht kalt, Herr Ingenieur?«

»Nein, ich fühle mich sehr wohl, Eminenz.«

»Also, gehen Sie uns voraus, Monsignore.«

»Hier entlang, bitte.«

Die kleine Gruppe bewegt sich auf eine Drehtüre zu, die sich ganz am Ende der Treppe befindet. Die Musik, die durch diese Türe dringt, wird lauter. Der ugandische Monsignore geht als Erster hindurch, gefolgt von Nasalli Rocca und vom zögernden Camerlengo.

Das Innere ist sehr feucht und liegt ziemlich im Halbdunkel. Besser so, denkt der Kardinal gleich, so erkennt man sich wenigstens nicht. Sein Herz pocht heftig und für einen Augenblick kommt ihn die Versuchung an umzukehren, er blickt verstohlen zur Drehtüre zurück. Doch eine Hand streift feinfühlig seinen Arm.

»Auch du bist da, lieber Vladimiro?«

Vor ihm steht, eingehüllt in einem unvergürtelten und eben nur auf den Schultern liegenden Bademantel, ein etwas kleiner rundlicher Mann, der in dem immer noch schwachen Licht kaum erkennbar war. Aus einer Tür, die sich plötzlich öffnet und wieder schließt, verhindert ein Dampfschwall die ohnehin schon geringe Möglichkeit, den Mann zu sehen, doch Veronelli erkennt an der Stimme seine Identität. Es ist Celso Rabuiti.

Da aber erscheinen in dem zweideutigen Halbdunkel, von gelegentlichen Lichtstrahlen zerrissen, die der sich auflösende Dampf durchlässt, vor dem Blick des verwirrten Camerlengos weitere Gestalten in Weiß, die sich bewegen, während die Musik an Lautstärke zunimmt. Und es ist mit Sicherheit Der Messias von Händel, mit seinem berühmtesten Stück, dem »Halleluja«. Irgendjemand hat die Pastorale des Messias unterbrochen, um dieses große Finale zu spielen.

»Lieber Vladimiro, das ist für dich, die Nachricht, dass du hier bist, hat sich gleich verbreitet!«

Veronelli, der schwitzt und nicht mehr weiß, wohin er schauen soll, weil sein Blick sich an das Halbdunkel gewöhnt und viele Mitglieder des Konklaves erkennt, nackt, wie der Ewige sie geschaffen hat, erkennt die Baritonstimme von Siro Ferrazzi, dem Erzbischof von Bologna.

Diejenigen, die den langen weißen Bademantel eng um die Hüfte geschlungen halten, rufen in ihm, in dieser onirischen Atmosphäre, die hohe Würde des Gewandes vor Augen, das einer von ihnen tragen wird. Dieses Gewand, das bereits in drei Größen vorliegt, entsprechend dem Körperbau des Gewählten.

Jetzt kann er die Hitze nicht mehr ertragen. Er öffnet den Gürtel und legt sich das weiße Handtuch auf die Schulter. Ihm kommt es vor, als würde es so schwer wiegen wie ein Bleimantel, der gleiche, der in Dantes Göttlicher Komödie mit seiner mörderischen Temperatur die Heuchler peinigt und außen mit Gold bedeckt ist.

»Du musst mit da hinüber kommen, wo die finnische Sauna ist.« Es ist Rabuitis Stimme, die ihn dazu einlädt.

»Nasalli Rocca, wo sind Sie?«, fleht er und fühlt sich verloren, unfähig, ohne seinen Führer auch nur einen Schritt zu tun, den Mann, der seine Verwandlung vom Camerlengo in einen Körper begleitet hat, der sich auszieht und Dämpfe in sich aufnimmt: der einzige Zeuge, der ihn in diesem Augenblick beruhigen und nicht dem Zweifel überlassen soll, einen der schrecklichsten Alpträume seines Lebens zu durchleiden.

»Eminenz, ich bin hier, hinter Ihnen. Sehen Sie mich nicht?«

»Jetzt schon, jetzt schon! Ich hatte plötzlich die Befürchtung, ich hätte Sie verloren.«

Oh, wenn er erst einmal dieses Abenteuer hier überstanden hat, wird der erste Mensch, der seinen Ärger zu spüren bekommen wird, dieser Wirrkopf von Paide sein: Seinetwegen ist er in diese Falle getappt! Wem sollte er denn seine Schuld beichten? Wer kann sein Gewissen freisprechen, dass er dem Vorschlag nachgegeben hat, aus dem apostolischen Palast einen Ort von Kuren und Bädern zu machen? Und wie ist es möglich, dass seine Mitbrüder da drinnen herumgehen wie seraphische Schatten des Paradieses? Und dieses »Halleluja!« erst, das jetzt den Höhepunkt seiner jubelnden Kraft erreicht! Wie konnten sie ihn nur mit diesem Stück begrüßen? Er hatte es immer und ausschließlich vom Glanz der Altäre her gehört, gekleidet in prachtvolle Messgewänder, mit eingearbeiteten kostbaren Gemmen und Gold, unter einer goldbestickten Mitra, an den höchsten Feiertagen, wenn er, assistiert von zwei Bischöfen, das Hochamt zelebrierte. Und jetzt stimmten sie es an, während er halb nackt war und die Mattigkeit des Fleisches ihn aufforderte, auch noch das wenige abzulegen, das seinen Anstand beschützte. Und dieses weiße Gewand, dieses weiße Gewand über dem nackten oder halb entblößten Fleisch! Und wenn es schon in diesem Vorraum so heiß ist, was für ein Backofen wird es erst da drinnen sein? Hinter dieser Türe kann keiner den Bademantel aushalten ... Und in einem verzweifelten Versuch des Aufbegehrens, öffnet er den Mund: »Nasalli Rocca, gab es denn nicht auch ein türkisches Bad? Bringen Sie mich doch bitte dahin.«

»Dann kommen Sie hier entlang, ja, dahin, von wo vorhin der Dampfschwall hergekommen ist.«

Er folgt Graf Nasalli Rocca und geht durch eine Türe aus hellem Holz mit einem runden Sichtfenster, durch das man nichts erkennen kann.

Das Halbdunkel weicht nun einem künstlichen Licht von bläulicher Färbung, von dem man nicht begreift, woher es kommt, auch weil der viele Dampf es nicht zulässt, Einzelheiten wahrzunehmen. An drei Seiten des großen Raumes sind so etwas wie Sitze aufgereiht, auf denen einige Personen ohne den weißen Bademantel sitzen. Wenigstens diese blasphemische Ähnlichkeit der Kleidung ist verschwunden. Aber wer werden die wohl sein? Er sieht, dass sie aufstehen ... – Oh, mein Gott, sie haben mich erkannt und wollen mir ihre Ehre erweisen ... Da, die letzten Töne des »Halleluja«.

»Was für eine Ehre, Vladimiro!«

»Willkommen, willkommen, lieber Vladimiro!«

»Was für eine Freude, dich hier zu sehen!«

»Bitte, bleibt sitzen, bitte sehr, bleibt doch sitzen.« Unter den liebenswürdigen Stimmen hat er die des Mannes erkannt, der das alles provoziert hat, Matis Paide. Doch da lädt ihn Nasalli Rocca ein, neben ihm Platz zu nehmen: »Entspannen Sie sich, hochverehrungswürdiger Camerlengo, das Schöne am türkischen Bad ist die Erleichterung, die es dem müden Fleisch wie dem unseren gewährt. Setzen Sie sich doch hierher, neben mich, lassen Sie mich Ihren Bademantel aufhängen, behalten Sie nur das Handtuch auf dem Schoß, aber lassen Sie es locker, die Zirkulation muss ungehindert stattfinden, ohne Fesseln, ohne Schnüre, einfach so.«

Er lässt sich wie ein Kind führen, gibt den letzten Widerstand auf. Er setzt sich neben Nasalli Rocca und überlässt sich der Hitze des Raumes, dem warmen Streicheln der Dampfschwälle, die, in gewissen zeitlichen Abständen, aus zwei Öffnungen im Boden hervorquillen. Jetzt ist es wieder ein Händel-Stück, doch diesmal ein sehr langsames und sehr verinnerlichtes Rezitativ, weit von jeder triumphierenden Musik entfernt. Und es ist angenehm, diesen Tönen zu folgen, während eine zunehmende Mattigkeit seine verspannten Glieder löst und nach und nach die letzten Schatten wegwischt, die ihn noch quälen:

Die Ratten und ihre biblische Plage. Die Katzen, die der Stadt gestohlen werden müssen, um aus ihnen die Paladine des Vatikans zu machen. Die Nachrichten von draußen, bei den jüngsten Telefongesprächen mit den beunruhigten Mächtigen der Erde. Die nicht eingehaltenen Vereinbarungen für die Wahl an diesem Morgen. Die Aufregung und Polemik, die in der Folge der Kandidatur des Palästinensers aufgetreten sind ... Alles weicht, da ist nichts mehr, wofür es sich lohnt, sich zu peinigen, wenn das Fleisch, sein altes achtundsiebzigjähriges Fleisch so unmittelbar auf die Gewährung einer Pause bei diesem fürchterlichen Konklave anspricht.

Im den Dampfwolken erkennt er eine Gestalt, von der er weiß, dass es Paide ist. Auch das Ressentiment gegenüber diesem Mann weicht und weitet den Raum für etwas anderes, das der Nachsicht und der Komplizenschaft ähnelt.

Die Freude der Klausur; er erinnert sich der Worte des

Mannes aus dem Norden: »Man muss den Sinnen nachhelfen, um diese Freude zu erkennen«, hatte er gesagt. Und er wundert sich nur noch schwach, nicht auf die Blicke Acht gehabt zu haben, auf die Art der Blicke, die er am meisten an einem Ort wie diesem fürchtete. Jetzt hält er die Augen geschlossen, da ist kein Verlangen mehr zu sehen, den Gesetzen der Wirklichkeit hinterherzulaufen, es reicht, den Maßanalysen der freien Gedankenassoziationen zu folgen, er ist nicht mehr der Camerlengo, er ist niemand mehr, unter den Lidern ...

Als er sie wieder öffnet, erkennt er die langsame, weiche Stimme eines der Französisch sprechenden Kardinäle, er spricht über den nächsten Wahlgang, er wird für den Primas von Spanien stimmen, gemeinsam mit vielen Spaniern und Franzosen.

Da, der Gedanke an den morgigen Tag kehrt zurück!

Doch die Art, in der sie darüber sprechen, scheint so anders als der Ton, der sie beherrscht, wenn sie angezogen sind, da ist so etwas wie eine Einfachheit, ein Mangel an Feindseligkeit, ein nicht mehr vorhandenes Wettstreiten. Der Stimme fehlt es an Abstufungen und Farben, doch er wäre nicht in der Lage, sie zu erkennen. Er hört noch der Rede eines Hispanoamerikaners zu, des Kardinals von Bogotá, dem ruhigen Ton dessen, der sich nicht allzu ernst nimmt. Was für ein Wandel da doch eingetreten zu sein scheint! Ein paar Augenblicke lang stellen sie sich hier drinnen nackt, wie sie sind, nicht mehr dar, sie erinnern sich nicht mehr, anders als in der Sixtinischen Kapelle, wer sie sind, welche Rolle sie bekleiden und wie sie von den anderen behandelt werden müssen, mehr noch: wie sie erwarten, von den anderen behandelt zu werden.

Er reißt seine Augen auf, als er in dem Halbdunkel, in dem sich mehr und mehr auflösenden Dampf an der gegenüberliegenden Seite die nackten Formen einen kleinen Kruzifixes erkennt.

Es ist beinahe ein Uhr in der Nacht, als Vladimiro Veronelli in Begleitung des Chefingenieurs des Vatikans und dreier Kardinäle den Turm von San Giovanni verlässt und in seine Zimmer zurückkehrt.

Seit langem hat er sich nicht so wohl gefühlt. Er betrachtet einen Augenblick die Räumlichkeiten, aus denen er gerade hinausgeht, während die beiden philippinischen Monsignori und der afrikanische sich niederknien, um ihm den Ring zu küssen.

Einen Augenblick lang, angesichts dieser Geste, die ihm die ganze Schwere seiner Rolle zurückgibt, fühlt er Wehmut. Das Bewusstsein, dass sich, zugleich mit seinem Gewand, das seine Person und die Personen seiner Gefährten wieder zurechtgerückt hat, bald auch in seinem Kopf die furchtbare Notwendigkeit zeigen wird, sich wieder darzustellen. Und er begreift, dass der Ort, der so viel Widerwillen in ihm erregt hat, einem Konklave innerhalb des Konklaves gleichkommt. *Cum claude*, mit dem Schlüssel, verschlossen. Doch im Herzen des Menschen, in der Nacktheit des Fleisches, nicht in der flüchtigen Dauer der den Masken von der Macht zugewiesenen Rollen, dem Regisseur so vieler Schauspiele der Geschichte.

Erst in diesem Augenblick des Kusses auf den Ring versteht er, dass die beiden Monsignori diese Aufgabe möglicherweise übernommen haben, weil sie dem von ihm an diesem Ort so sehr gefürchteten Blick gegenüber nicht unempfänglich sind. Und zum ersten Mal fühlt er, dass er über das lächeln kann, was ihm so viel Schrecken eingejagt hatte, und er bleibt stehen, um sie väterlich zu segnen.

9

Während die Fürsten der Kirche erneut eine Verständigung über den Namen des künftigen Papstes suchen, führt Graf Paolo Nasalli Rocca am Tag nach der Eröffnung der Sauna und des türkischen Bades persönlich eine Erkundung in den Teilen von Rom durch, in denen es vor Katzen nur so wimmelt.

Und es ist eine ausgesprochene Jagd, die vielen älteren Römern den Eindruck vermittelt, sie würden wieder die Bedrohung durch eine Hungersnot erleben, einer Geißel der Urbs in den letzten schreckensvollen Kriegsmonaten. Denn nur Kochtöpfe können ihrer Meinung nach die Endstation dieser armen Tiere sein. In den vorgesehenen Stadtbereichen – am Pantheon, am Forum Romanum, am Largo Argentina, an der Salita del Grillo, an der Piazza Vittorio, an der Piazza Sallustio – kommen an diesem frühen Morgen unversehens einige große schwarze Autos an, die verstohlen langsam fahren. Ihnen entsteigen spindeldürre Gestalten blasser Jugendlicher, die desorientiert sind, doch alle gehorsam der Führung durch einen Mann folgen, der Rom gut kennt und zwischen den einzelnen Gruppen hin und her läuft.

Sie locken die Katzen mit Dosen köstlichen Futters an, das sie an den Stellen absetzen, wo der Gestank von Katzenurin ihre Gegenwart eindeutig erkennen lässt, und stürzen sich mit riesigen Netzen auf die kleinen Tiere, die mit dem Verschlingen dieses Mannas beschäftigt sind. Sie wollen entkommen und miauen fürchterlich, doch sie verschwinden allesamt in den großen Kisten dieser Autos, die nach einigen Stunden an die Orte der Jagd zurückkehren, nachdem sie die kostbare Beute im Innenhof von San Damaso abgeliefert haben. Nur in einigen Fällen kommt es zu einer Diskussion zwischen den freundlichen, schon ganz priesterhaften Jugendlichen und den Leuten. Dies sind die Katzenfütterinnen der Stadtgebiete, wo die einfacheren Leute von Rom wohnen, und diese Frauen sind völlig unempfänglich für die großzügigen Geldangebote, mit denen sie für den Verlust eines ihrer lieben Geschöpfe entschädigt werden sollen. Den rebellischsten unter ihnen gelingt es sogar, den schon vollen Sack auf die Straße zu entleeren und die inzwischen zu Bestien gewordenen Katzen zu befreien.

Der eine oder andere bemerkt, dass nicht alle Autonummern römisch sind; einige dieser klammheimlich auftauchenden Autos haben nämlich ein Nummernschild des Vatikans. Noch viel ausgefallener ist, dass diese für Repräsentationszwecke gemacht zu sein scheinen, mit einem kleinen Thron anstelle der Rücksitze, was an ein bestimmtes Auto mit absolutem Vorfahrtsrecht im Verkehrsgewühl von Rom erinnert.

Auch wenn die Jagd im Verlauf der Nacht weitergeht, halten die Katzen noch am selben Abend ihren Einzug im Vatikan und bemächtigen sich seiner.

In Wellen, bis Tagesanbruch, entleeren die jungen Seminaristen des Chors ihre Säcke mit den Katzen auf den verschiedenen Etagen der apostolischen Paläste, während einige Autos zwischen der Stadt und den Durchfahrten der Leoninischen Mauer hin- und hereilen.

Vom Staatssekretariat über die Rattenbekämpfung informiert, ziehen sich die Kardinäle vorzeitig zurück. Nicht alle haben den gleichen vertrauten Umgang mit Katzen und einige sind verwirrt bei der Vorstellung, sich mit ihnen abgeben zu müssen und sie in ihren Zimmern zwischen ihren Sachen herumstreifen zu lassen.

Fast keiner von ihnen kann in dieser Nacht ein Auge zutun. Denn die armen Tiere mauzen verzweifelt und verlieren sich in den weiten Räumen dieses Palazzos, der einem beängstigenden Labyrinth ähnlicher ist als einer Wohnstatt für lebende Personen, und vergessen, aus den hier und da aufgestellten Schüsselchen zu fressen und zu trinken. Sie suchen den Ausgang von diesem Konklave und wissen nicht, dass dies auch für die Kardinäle schwierig wäre. Die wildesten unter ihnen, die von der Kälte, von der Dunkelheit und vom Hunger besonders bösartig geworden sind, fauchen, wenn sie die purpurfarbene Kleidung eines Prälaten sehen, und wenn der Unglückliche ihnen auch noch zu nahe kommt, versuchen sie ihn zu kratzen und krallen sich an seiner Kleidung fest.

Tags drauf werden viele von ihnen tot aufgefunden, die vor Schreck gestorben sind und schon zu alt waren, um auf den Dreck und auf die Freiheit der römischen Straßen und Plätze zu verzichten.

Doch nach nur zwei Nächten fangen die Dinge an, sich zu verändern. Der uralte Krieg zwischen Katze und Ratte bricht zur Zufriedenheit des Heiligen Kollegiums in seiner ganzen Gewalt aus. Und der Camerlengo ist auf der Stelle überzeugt, dass ein gutes Rudel von diesen Katzen sofort auch in die Vatikanischen Museen hinübergeschickt werden muss. Denn nach ihrer Eingewöhnung und nachdem die ersten Opfer des Raubzugs gefallen sind, haben diese Tiere mit ihrer Vitalität und ihrem Beuteinstinkt ein Gespür bekommen für die beunruhigende und köstlich schmackhafte Anwesenheit dieser wunderbaren Exemplare des Feindes. Und so beginnt eines der infernalischsten Spektakel, das man sich vorstellen kann.

Überall, unter den Betten, auf den Schränken mit den kultischen Geräten, auf den Altären der Kapellen, auf den großen, an den Wänden hängenden Kruzifixen, auf den Baldachinen der Thronstühle in der Sixtinischen Kapelle, auf den Betstühlen, auf den Treppen, in den Küchen, in den Waffenkammern der Schweizergarde, in den Räumen der Wohnung des Pontifex, im Hof von San Damaso: überall finden schreckliche Kämpfe bis aufs Blut statt.

Die Ratten, erschreckt von diesem massenhaft anwesenden Feind, scheinen angesichts des bedrohten genetischen Erbes merkwürdige Fähigkeiten zu entwickeln und quieken in höchsten Tönen. Und im Entsetzen des bevorstehenden Todes, im Geruch eines Endes, das sich lediglich hinauszögern kann, stellen sie sich auf ihre Hinterpfoten, heben das von langen Schnurrhaaren zugespitzte Gesicht und stürzen sich von oben her in die Attacke. Dabei suchen sie immer den Vorteil der Überraschung, indem sie ihre scharfen Zähne auf die Augen und die Nase der Katzen richten.

Die heiligen Palazzi sind voll von toten Ratten, von zerrissenen Katzen, von Zeichen eines Kampfes, der immer deutlicher die Markmale einer abnormen, düsteren Auseinandersetzung annimmt.

»Basta! Das kann man wirklich nicht mehr ertragen, wirklich nicht mehr, Cerini, wir müssen uns entscheiden, eine Übereinkunft finden, und zwar sofort, sonst werden wir hier drinnen noch verrückt«, sagt in jenen Tagen der Kardinal von Dublin zu seinem Amtsbruder aus Mailand, als er von zwei Ratten angegriffen wird, die sich von einem Kronleuchter auf eine weiße Katze zu seinen Füßen gestürzt haben. Und während er die Tropfen der Lampe aus böhmischem Kristall sich noch hin- und herbewegen sieht, die seltsame Lichtspiele auf den mit roter Seide bespannten Wänden hervorbringen, hat er Mühe, der Antwort seines

Mailänder Amtsbruders Glauben zu schenken: »Lieber John, das ist nur der Anfang.«

»Nur der Anfang? Wieso, reicht es dir noch nicht?«

»Weil seit dieser Nacht mein Zimmer von Skorpionen heimgesucht wird!«

»Du machst wohl Witze?«

»Das können dir meine beiden Sekretäre bezeugen, die mir geholfen haben, diese ungeheuer gefährlichen Insekten stundenlang zu jagen.«

»Skorpione? Das ist ja furchtbar!«

»Du wirst schon sehen, wir müssen auch noch gegen diese Plage des Bösen kämpfen. Denn sie sind von besonderer Färbung, nicht eigentlich schwarz, sondern dunkelgrün, ein schillerndes Grün, das an die Schuppen einer Schlange erinnert.«

»Was für ein Graus ...«

»Wenn du sie alle beisammen siehst, Legionen von ihnen, wie ich sie unter meinem Bett entdeckt habe, auf dem Fußboden meines Badezimmers und in meinem Kleiderschrank, kommen sie dir so, in einem Haufen, wirklich aalglatt vor, wie Schlangen.«

»Aber könnten sie vielleicht nur ... bei dir sein, Alfonso? Ist doch möglich, dass irgendetwas mit der Spülung und den Abflussrohren in dem Teil des Palazzos nicht in Ordnung ist.«

»Das kann ich nur hoffen, für uns alle.«

Doch es ist kein Einzelfall, der sich im Logis des Kardinals von Mailand zuträgt.

Die Skorpione zeigen ihre Anwesenheit nach und nach zuerst auf den untersten Etagen der heiligen Palazzi; danach, von schwindelnden Hoffnungen auf neue Eroberungen und höher liegende Herrschaftsgebiete versucht, nehmen sie die dritte, die vierte und die fünfte Etage in Besitz, bis hin zu den Privatgemächern des Pontifex auf der obersten Etage.

Und alle sind sie von dieser merkwürdig unnatürlichen dunkelgrünen Färbung, mit einem starken Schillern an den Greifzangen und am Schwanz.

Der Camerlengo ist der Letzte, der sich der neuen Plage beugt, als er sie in seinem Logis auf der fünften Etage entdeckt, kurz bevor er sich zurückzieht, um die Messe zu lesen, angesichts des Wahlgangs am Vormittag. Er zieht sich gerade die Schuhe mit der Silberschnalle an, als er einen Schrei ausstößt: Ein Skorpion im Schuh hat ihn in den großen Zeh gestochen.

»Squarzoni, rufen Sie den Arzt! Machen Sie schnell!«

Der korpulente Arkhiatra braucht eine Weile, weil einer der Aufzüge beschädigt ist und er dadurch gezwungen wird, die Treppe zu Fuß hochzusteigen. Eine Übung, die einem, wenn man wie er siebzig ist, ziemlich schwer fällt und die nicht ratsam erscheint bei seinen Herzproblemen. Doch die berufliche Pflicht und die hohe Stellung des Patienten erlauben keine Verzögerung. Als er das Zimmer des Camerlengos betritt, ist er dermaßen blass, dass Monsignor Squarzoni sich fragt, ob er nicht einen weiteren Arzt herbeirufen soll, um auch diesem Mann beizustehen.

Doch der müde alte Herr ist der Nachfahre eines der nepotistischsten Päpste der Geschichte, Clemens VIII., und gibt nicht auf. Nachdem er aus seiner Arzttasche eine Spritze und ein Fläschen herausgezogen hat, bereitet er umgehend eine Injektion mit einem Gegengift vor, weil er ja bereits vom Kaplan unterrichtet worden war. Er kann die Spritze gerade noch rechtzeitig in den Arm des Camerlengos setzen, der um einen Stuhl bittet. Erst als er seiner Pflicht nachgekommen ist, lässt er sich nieder, um durchzuatmen.

Die Nachricht, dass der Camerlengo sich plötzlich nicht mehr wohl fühle, macht die Runde und verschiebt den Wahlgang. Die Initiative einer Anzahl von Kardinälen gibt Veronelli eine Vorstellung davon, wie gefährlich für die Einheit der Kirche die Richtung ist, die die Ereignisse genommen haben.

Die Kardinäle von Indien, Japan, Australien und den Philippinen haben allen ihren Kollegen mit einem einheitlichen Dokument den Namen des unierten Kardinals der Ukraine vorgeschlagen, Wolfram Stelipyn. Eine neuerliche Provokation, wie die, Nabil Youssef zu wählen, den Palästinenser, denkt Veronelli gleich, als er die Kopie des Dokuments erhält.

»Sagen Sie Rabuiti, er soll die Italiener zusammenrufen. Ich möchte sie nach dem Abendessen sehen, Squarzoni, aber nicht hier bei mir ... sondern im Turm von San Giovanni.«

Veronelli hat sich versichert, dass er sich dank Aldobrandinis Eile innerhalb weniger Stunden wieder erholen wird, und erlässt die Anweisung, das Konklave solle für vier Uhr nachmittags zusammenkommen. Damit versucht er, Zeit aufzuholen, wenn es gelingt, vor dem Abend zweimal zu wählen. Doch die Nacht wird der Vertiefung dieser problematischen Kandidatur mit den Vertrautesten gewidmet sein, sofern an diesem Nachmittag keine unreparablen Neuigkeiten wegen dieses slawischen Namens dazwischenkommen.

Die Agenda für den Tag ist minutiös vorbereitet, da erscheint Squarzoni an der Türe und meldet ihm, dass Nasalli Rocca am Telefon sei.

»Stell ihn sofort zu mir durch ... Hallo ...«

»Wie geht es Ihnen, Eminenz? Haben Sie sich erholt?«

»Das glaube ich wirklich. Heute Nachmittag wollen wir versuchen, zwei Wahlgänge durchzuführen. Es freut mich, Sie zu hören.«

»Ich will Ihnen einen Vorschlag machen, der uns helfen könnte, das Problem mit diesen Skorpionen zu lösen«, und der Ingenieur lächelt, denn er denkt an den Widerstand des Camerlengos, dieses neue Problem in den vergangenen Tagen zur Kenntnis zu nehmen.

»Sie sind der richtige Mann, wenn es darum geht, bestimmte Fragen zu lösen, das muss ich anerkennen. Mit den Katzen sind Sie unglaublich gewesen; aber bisweilen verwirren Sie mich, Sie scheinen Gefallen an ... bestimmten heiklen Situationen zu finden. Ich habe an Ihnen gezweifelt; in einer Nacht habe ich geträumt, dass es Nasalli Rocca selbst war, der die Ratten in die heiligen Palazzi gebracht hat und statt der Katzen gerade diese Viecher anlieferte. Sie erhalten von der Gemeinde Rom doch wohl keine Schmiergelder für die Katzen?«

Nasalli Rocca bricht in Gelächter aus.

»Dann werden Sie mich wohl auch für einen Hühnerzüchter halten, wenn Sie meinen neuen Vorschlag hören.«

»Wieso? Sprechen Sie!«

»Weil der natürlichste Feind der Skorpione die Hühner sind, Tiere, die viel klüger sind, als man glaubt, und in jedem Fall die mutigsten gegenüber diesen teuflischen Insekten. Ihre Pickerei ist tödlich.«

»Jetzt, wo Sie mich daran erinnern, haben Sie schon wieder Recht. Ich erinnere mich gut an den Hühnerstall meiner Mutter auf dem Land. Hin und wieder brachte sie sie auch nach Hause, genau aus diesem Grund.«

»Dann können wir sie auch in die heiligen Palazzi bringen!«

»Aber das ist doch widerlich!«

»Ich könnte bereits ein paar Tausend beschaffen. Ich habe mich auf einer Hühnerfarm hier in der Nähe erkundigt, in Colleferro. Ich habe auch schon ausgerechnet, wie viele wir auf jeder Etage einsetzen müssen, ausgenommen die Sixtinische Kapelle.«

»Die Sixtinische Kapelle? Sind Sie verrückt? Hühner in der Sixtina! Niemals!«

»Eminenz, vielleicht hat man Ihnen nicht berichtet, dass sie heute Morgen auch bereits dahin gekommen sind, und da, wo sie bereits hochgeklettert sind, bedrohen sie die Fresken. Und bei ihrem Zerstörungswerk folgen sie einer seltsamen Geometrie: Sie kratzen vor allem den im Verhältnis zum Betrachter oberen Teil ab, da, wo die Farbe heller ist ...«

»Davon wusste ich nichts! Sobald ich wieder auf den Beinen bin, laufe ich zur Kapelle hinüber ... Aber um vier haben wir einen Wahlgang, wie sollen wir das machen? Es ist doch schon elf!«

»Zu dieser Zeit sind, wenn Sie mich autorisieren, unsere Hühner schon am Werk. Sie sind kräftig und wohl genährt und sie sind es gewöhnt, mitten in der Nacht geweckt zu werden, um noch mehr zu fressen, im Glauben, es sei schon Tag. Sie werden schon sehen, sie werden eine gute Arbeit machen.«

Während der Camerlengo der Heiligen Römischen Kirche zuhört, wie der wunderbare Ingenieur in der ihm eigenen Unbeirrbarkeit seinen Schlussfolgerungen zueilt, denkt er an die mythische Gestalt des Erzengels Michael, dem sichersten Feind des Teufels, der ebenfalls die Kräfte der Finsternis dahin zurückjagen konnte, von wo sie gekommen waren.

»Eminenz, hören Sie mich?«

»Sicher höre ich Sie, Nasalli Rocca, unser großer Schutzpatron ... im Grunde sind Sie ja wie der Erzengel Michael für dieses Konklave, das bedroht ist ...«, und er traut sich nicht, den Satz zu Ende zu bringen, genau zu sagen, von wem es bedroht ist.

»Ich mache lediglich meine Arbeit, weiter nichts. Ich

verfüge nicht über die Kräfte, die Sie mir zuschreiben, aber trotzdem danke ich Ihnen. Also, kann ich loslegen?«

»Machen Sie's nur, aber lassen Sie mir die Zeit, damit ich meine engsten Mitarbeiter in Kenntnis setzen kann. Es wird nicht einfach sein, ins Konklave ... Wie viele Hühner, haben Sie gesagt?«

»Dreitausendsiebenhundert, Eminenz, wenigstens für heute.«

»Hoffen wir, dass die ausreichen.«

»Ich werde sie von der Stazione Vaticana herbringen, in einem Lebensmittelwagen, das fällt weniger auf. Sie wissen ja, das sind keine stillen Tiere.«

»Das scheint mir gut überlegt.«

»Danke, Eminenz, bis später und gute Genesungswünsche. Ich sause jetzt nach Colleferro, zu meinen Hühnern.«

Was würden wohl jetzt seine Mitbrüder über diese neuerliche Initiative sagen, die so wenig der Würde dieser illustren Versammlung entspricht? Jemand hatte ihm ja schon die Anwesenheit dieser Katzen vorgeworfen. Noch hatte er die donnernde Stimme des Spaniers Oviedo im Ohr, des Kardinals von Madrid, der ihm den Vorwurf gemacht hatte, durch den Kampf dieser abscheulichen Tiere eine unmögliche Atmosphäre geschaffen zu haben, kurz nachdem er von einer riesigen schwarzen Katze gekratzt worden war.

Er hatte nicht den Nerv sich vorzustellen, was für ein Durcheinander jetzt ein zu einem Hühnerstall degradiertes Konklave hervorrufen würde. Hätte Nasalli Rocca nicht den beunruhigenden Hinweis auf die Zerstörung des Jüngsten Gerichts gegeben, würde er sich niemals dazu durchgerungen haben, die Hühner da hineinzulassen, befördert zu Helfern der Engel gegen die Mächte des Bösen.

10

Überaus pünktlich zieht der Kardinal-Camerlengo in die Sixtinische Kapelle ein, begleitet vom Kardinaldekan und von den Würdenträgern, die den symbolischen Schirm für den verwaisten Stuhl Petri halten und Mappen aus rotem Samt mit den Geheimpapieren des Konklaves mit sich führen. Eben überschreitet er die Schwelle und bleibt, beim Anblick des großen Freskos auf der hinteren Wand, vor Entsetzen versteinert stehen.

Der gesamte obere Teil dieses wunderbaren Gemäldes, in dem die Seligen sich um den Erlöser scharen, so wie sie vom Posaunenschall der Engel zur Ewigkeit erwachen, ist ein riesiges grün schillerndes Gewimmel, ein einziger ungeheuerlicher Teppich von Skorpionen, die längst den Blick auf die Farben und auf die Formen verstellen.

Die Gesichter der Kardinäle sind nach oben gerichtet. Der eine schüttelt den Kopf und kann es nicht fassen, einem anderen laufen Tränen über die von Runzeln gefurchten Wangen, wieder ein anderer fällt niedergeschmettert auf seinen Stuhl und schlägt die Hände vors Gesicht, noch ein anderer sucht in der Menge nach jemandem, vielleicht gerade nach dem Camerlengo. Denn er ist es, an den sich, als er ihn auf der Türschwelle erblickt, Kardinal Ettore Malvezzi zitternd wendet.

»Nur das Gute greifen sie an, nur die Heiligen. Was sollen wir tun? Wir können hier doch nicht herumsitzen und unsere Hände in den Schoß legen!«

Veronelli, der in seinen Adern noch eine leichte Nachwirkung des Gegengifts spürt, hat einen sekundenlangen Schwindel. Was sollen wir denn deiner Meinung nach tun? Sollen wir das Veni Creator Spiritus singen, wie die anderen Male? Sollen wir Hilfe rufen, die die Wände säubert, unter der Gefahr, dass die Malerei zerstört wird?

Malvezzi ist noch nie eine große Hilfe gewesen.

»Das sehe ich auch, Malvezzi. Wenn du an deinen Platz zurückkehrst und wir nicht die Ruhe verlieren, wenn du mich den Altar hinaufsteigen lässt, finden wir gemeinsam einen Ausweg. Aber von hier gehen wir nicht weg, ehe nicht der neue Papst gewählt worden ist.«

Und er geht entschlossen nach hinten. Dabei kämpft er sich seinen Weg mühsam durch die Menge der Kardinäle, die noch nicht den Mut aufgebracht haben, sich, wie an den anderen Tagen, auf ihre Thronstühle zu setzen.

Nicht einmal die beispielgebende Handlungsweise des Camerlengos drängt sie zu ihren Sitzen. Die Atmosphäre ist die einer von Emotionen ungeheuer verwirrten und aufgewühlten Versammlung, die sich kaum lenken lässt. Doch Veronelli gibt nicht nach und geht schnurstracks auf seinen Stuhl am Altar zu, von wo aus er den Vorsitz wahrnimmt. Mit einem Zeichen ruft er Monsignor Squarzoni zu sich.

»Gehen Sie und geben Sie Nasalli Rocca zu verstehen, dass er das Federvieh durch die kleine Türe hier hinter mir hereinlassen soll. Aber beeilen Sie sich, denn die hier verlieren den Verstand.«

Und er weiß, dass sie hinter ihm sind, über seinem Kopf, diese Metastasen des Bösen. Aus dem Augenwinkel schaut er verstohlen nach oben und erkennt, dass die heiligen Figuren des Erlösers und seiner hochverehrten Mutter immer noch unversehrt sind. Dieses Phänomen wiederholt sich bei den Heiligendarstellungen in den Vatikanischen Museen. Er fühlt sich ermutigt, diesen Kampf fortzuführen, in der Gewissheit, dass die Mächte des Guten den Sieg davontragen werden.

Wie in Trance strömen, mehr geschrien als gesprochen, deutlich bis in die hinterste Ecke der Kapelle vernehmbar, aus seinem Mund die lateinischen Worte: »*Vade retro, vade retro, Satana!*«

Und in genau diesem Augenblick erscheint den in der Sixtinischen Kapelle verstreut herumstehenden Kardinälen – die einen im Mittelgang zwischen den Sitzen, andere auf ihren Sitzen, wieder andere am Ausgang und wieder andere auf den Stufen zwischen den Thronstühlen, noch andere um den Altar herum – eine Unzahl weißer Hühner, die unter ohrenbetäubendem Lärm, in dem sich die letzten lateinischen Worte des Camerlengos verlieren, hereingedrängt werden.

Das Schauspiel, das sich da sichtbar vor den Fürsten der Kirche abspielt, wirkt wie die dramatische Parodie dessen, was Michelangelos Phantasie bewegt hat, dem Jüngsten Gericht Gestalt zu verleihen.

Eine große Welle von grüner Färbung, wogend wie Wasser im Meer, bewegt sich und wimmelt an der Wand der Heiligen, während die Hühner, halb wahnsinnig beim Geruch dieser luftigen Skorpione, den alten Traum vom Öffnen der Flügel verwirklicht zu haben scheinen. Die armen Kardinäle flüchten sich entsetzt auf die andere Seite der Kapelle, in die Nähe des Ausgangs. Die in der Sixtina verbliebenen Ratten, die sich unter die hölzernen Aufbauten für die Thronstühle verschanzt hatten, flüchten und versuchen zum Ausgang zu gelangen, gejagt von einer Meute von Katzen. Die Wut, der Eifer der Katzen ist derart, dass sie einige der älteren Kardinäle hinstürzen lassen, während das Massaker an den Ratten vollzogen wird.

Doch längst ist der Fußboden das Reich des Federviehs: Die Hühner stürzen sich auf die Skorpione, die in Trauben von dem Fresko herabfallen und die Gesichter der Auserwählten, der Engel, der Toten freigeben, die sich im Tal von Josaphat versammeln. Einige dieser Hühner haben es durch Auffliegen geschafft – die in der Nähe Stehenden trauen ihren Augen kaum –, die im untersten Bereich herumwimmelnden Skorpione mit einem Schnabelpick zu durchbohren. So viel sollte wohl für die gesamte teuflische Masse genügen, um an Kraft zu verlieren und sich nach und nach in Wogen von der Wand abzulösen.

Nur mit Mühe kann man am Altar die ernste Gruppe des Camerlengos und der Prälaten ausmachen, die sich in diesem Höllenlärm nicht von der Stelle gerührt haben. Eine wirklich statuarische Gruppe von stoischer Tugend, die dort betet und den lateinischen Worten des Camerlengos folgt. Worte, die niemals jemand erfahren wird. In der Öffnung einer der hinteren Türen, durch die dieser Hühnersturm hereingebrochen ist, erkennt man, undeutlich sichtbar im Staub, der die schon längst nicht mehr atembare Luft erfüllt, die kräftige Gestalt des großen Regisseurs dieser Befreiung vom Bösen, Graf Nasalli Rocca, den Erzengel Michael des Konklaves.

Doch ist es der Tumult der Konklaveteilnehmer, der die Übereinstimmung mit dem Fresko von Michelangelo noch verstärkt. Der Husten der älteren Kardinäle, ihr schweres Atmen, die Hilferufe dessen, der, zu Boden gestürzt, von Hühnern und Katzen überrannt wird, das wütende Miauen der Rattentöter, das wilde Gegacker Hunderter und Aberhunderter Hühner, das verzweifelte Quieken der in die Gurgel gebissenen Ratten, das Klagen derer, die – ob Mensch, ob Tier – spüren, dass sie gestochen oder gebissen werden, bilden ein klangliches Höllendrama.

Stunden müssen vergehen, bevor wieder Stille und Friede im heiligsten Raum der vatikanischen Palazzi herrschen. Stunden, in denen unter Anweisung des unermüdlichen Nasalli Rocca das gesamte Dienstpersonal im Konklave aufgerufen ist, den bedauernswerten Fürsten der Kirche zu Hilfe zu eilen.

Niemand der Hilfeleistenden kann beim Anblick des da drinnen Geschehenen ein Gefühl des Schreckens unterdrücken; einige der Schwächeren fallen nach wenigen Schritten in der Kapelle in Ohnmacht. Es bedarf der ganzen eisernen Entschlossenheit des Chefingenieurs des Vatikans, unterstützt von der Festigkeit des Camerlengos, der unbeweglich auf seinem Platz bleibt, gleichwohl aber mit Blicken die ganze Operation leiten kann, um dort, in diesem Inferno, Ordnung zu schaffen. Und langsam zieht es sich in die Hälfte zurück, die ihm seit Beginn der Zeit zugewiesen ist.

Die am schwersten Verletzten müssen eilends in den Krankenbereich transportiert werden, wozu Unterstützung von den umliegenden Krankenhäusern herbeigerufen wird. Kaum wird dem Camerlengo bewusst, dass der Sturm sich gelegt hat und er wieder vom Altar herunterschreiten kann, erlässt er an den Pressesaal die Anweisung, die Telefonverbindungen zu kappen und die mit dem Internet verbundenen Computer abzustellen. Doch er will das Schlachtfeld nicht verlassen, bevor die Sixtinische Kapelle nicht von den letzten toten Tieren und den letzten Haufen von Skorpionen geräumt worden ist. Die siegreichen Katzen und Hühner, die diese Auseinandersetzung überstanden haben, sollen, versehen mit Fleisch und Hühnerfutter, in die Sakristeien und in die vatikanischen Gärten getrieben werden, die Bereiche, in denen Katzenkörbe und Hühnerställe aufgestellt werden. Er übernimmt die Verantwortung für diese vollkommen unorthodoxe Entscheidung, die außerhalb des Vatikans unverständlich wäre, in der Welt, die die Wahrheit über diesen nicht stattgehabten Wahlgang nicht kennt und auch weiterhin nicht erfahren soll. Den sechsundsechzigsten seit Schließung der Tore des Konklaves.

Erst als sich nach einigen Stunden alles beruhigt hat in der durch die geöffneten Fenster gereinigten Luft, auf dem mit Sägemehl gefegten Boden, auf dem Altar, wo die Kerzen wieder angezündet werden, auf den Thronstühlen, die wieder ausgerichtet und gesäubert worden sind, entscheidet sich Veronelli, Squarzoni und Nasalli Rocca zu folgen, die wegen seiner blassen Gesichtsfarbe immer besorgter werden. Und ihrem Drängen nachgebend, erschöpft von der Mühe und von seinen Empfindungen, akzeptiert er es, wieder in seine Gemächer zurückzukehren und steigt auf die Sedia Gestatoria, den Tragestuhl. Auf dem Weg, während ihn das Schaukeln des schon seit vielen Jahren nicht mehr benutzten Stuhls wiegt, dass ihm fast die Augen zufallen, ruft ihm der jähe Anblick der Türe, hinter der sich die von den Ratten zernagten Porträts von Kardinälen befanden, das Bild der zerstörten Kunstwerke in den Vatikanischen Museen vor Augen. Sofort informiert er sich, was denn da geschehen sei, wo Nasalli Rocca ein Gutteil der Katzen hatte hinbringen lassen. Und er erhält die tröstliche Nachricht, dass die Ratten fast völlig verschwunden seien und sich die erhaltenen Kunstwerke, wenigstens für den Augenblick, in Sicherheit befänden.

Unterdessen ist es acht Uhr geworden, als er sich auf das Bett in seinem Zimmer wirft.

Squarzoni sorgt dafür, dass bei seiner Ankunft ein Feuer im Kamin brennt, das knistert und eine angenehme Wärme verströmt. Ein Billett von Kardinal Malvezzi wartet auf ihn. Er öffnet es: »Du warst großartig. Jetzt weiß ich, dass wir wirklich nicht mehr weggehen, bis wir den neuen Papst gewählt haben. Der ja auch du sein könntest.«

Ein weiteres ist da, vom Kardinal von Palermo: »Ich weiß nicht, wie viele von uns heute Abend, nach dem Nachtessen, in der Lage sein werden, sich ins türkische Bad zu schleppen, wie du erbeten hast, aber ich will versuchen, dort zu sein.«

Ach ja, er hatte vergessen, dass er die Italiener alle zusammen dort hinbestellt hat. Aber als er diese Idee hatte, war ja auch noch nichts vorgefallen. Sein Sekretär reicht ihm die Liste der eingegangenen Telefonate, bevor die Anweisung ergangen war, sie zu blockieren. Sie ist so lang, dass es ihm nur möglich ist, die ersten Namen zu überfliegen. Aus allen Teilen der Welt wird angerufen. Einen Augenblick lang streifen seinen müden Kopf die unterschiedlichen Uhrzeiten auf der Erde, die Zonen, die den Globus in Zeitabschnitte unterteilen und so viele Probleme bei internationalen Verbindungen aufwerfen. Er wird niemandem antworten. Allerdings gibt er am Telefon der Zentrale und dem Presseraum die Anweisung, die Verbindungen zur Welt ab punkt Mitternacht wieder zu öffnen. Denn es besteht die Befürchtung, dass dieses Schweigen missverstanden und für das Zeichen der erfolgten Papstwahl gehalten werden könnte, wenn es länger andauert.

Noch einmal liest er die Billetts der beiden Kardinäle. Malvezzi ist immer der gleiche Unbeständige. Jetzt schlägt er gar seine Kandidatur vor. So, als wäre nicht allen bekannt, dass sein Alter weit vorgeschritten ist. Als wüsste man nicht, dass er für einen Kurienpolitiker mit streng zentralistischer Sichtweise gehalten wird. Malvezzi hätte mit seinen gerade einmal dreiundsechzig Jahren das richtige Alter. Aber was ist nur in die Asiaten gefahren, die Kandidatur des Ukrainers vorzuschlagen? Die unierte Kirche ist doch ein Pulverfass, die Wunden mit Russland könnten sich doch wieder öffnen! Nein, er muss sich wirklich im türkischen Bad kräftigen, auch um zu erfahren, welches Spiel diese Kardinäle im Sinn haben.

»Squarzoni, richten Sie mir meine Tasche, ich gehe zum Turm von San Giovanni. Kommen Sie in einer halben Stunde und sagen Sie mir Bescheid. Ich werde etwas essen, wenn ich wieder zurück bin.«

Als er alleine ist, schließt er die Augen halb und sieht wieder das erschreckende Schauspiel in der Sixtina vor sich. Und schließlich bricht er in ein befreiendes Weinen aus, dessen Wohltat er in dieser furchtbaren Stunde nicht haben konnte, im Unterschied zu vielen Kardinälen. Diese Höllenszene hatte ihm wieder das *Dies irae* ins Gedächtnis zurückgerufen, das lateinische Gebet, das er, gemeinsam mit seinen Prälaten, gebetet hatte, den ganzen unaufhörlichen Augenblick des Kampfes über, reglos und unbeteiligt an dem Spektakel in der Sixtina.

Und so, wie er sich ganz allmählich wieder der lateinischen Worte dieses Hymnus erinnert, fällt er in einen so tiefen Schlaf, dass Monsignore Squarzoni nicht den Mut findet, ihn zu wecken, als er ins Schlafzimmer zurückkehrt mit der fertigen Tasche für seine Eminenz und einem kalten Gericht für den Augenblick, wenn er vom Turm von San Giovanni zurückkehren wird.

Endlich schläft der Kardinal-Camerlengo des Konklaves. Und im Schlaf träumt er.

Wieder ist er am Altar der Sixtinischen Kapelle, doch was in dem Saal stattfindet, in dem seit Jahrhunderten das Konklave stattfindet, erscheint dem Ereignis angemessener und bedarf seines Gebetes nicht mehr.

Vor ihm, in zwei Scharen geteilt, stehen eine Menge nackter oder halb bekleideter Frauen und Männer, eingehüllt in die gleichen Dampfwolken des türkischen Bades. Er erkennt sie, angefangen bei dem Verurteilten auf der Linken, der nur ein Auge offen hält, das von Entsetzen erfüllt ist. Sie alle sind von der Wand mit dem Fresko hinter ihm herabgestiegen, Heilige und Verurteilte des *Jüngsten Gerichts*.

Das blühende Fleisch der heiligen Frauen, mehr aber noch das kräftige braune der verurteilten, ertragen nur schwer die Schurze und Schleier, mit denen ihre Schamteile bedeckt sind. Daniele da Volterra hatte sie über die Leiber gemalt, als Michelangelo noch lebte. Alle haben den gleichen Ausdruck der Erwartung, selbst noch in Scheidung von Erlösten und Verworfenen, derer sie eingedenk bleiben. Eine Ruhepause in der Vollstreckung der Strafe ist erreicht worden. Eine Pause zwischen Zeit und Ewigkeit, in der der Höchste Richter und die Gerichteten ausruhen können.

Die Frauen massieren weiterhin ihre Brüste und Beine, den Hals und die Arme in der Hitze des Dampfs, sie schließen ihre Augen halb und lächeln. Einige von ihnen wenden den Blick zum Altar, auf ihn, suchen aber nicht ihn, sondern jemanden, der sich versteckt haben muss oder noch nicht gekommen ist. Die Verlegenheit des Camerlengos angesichts dieser Frauen wird nur gemildert durch das Bewusstsein, dass er unsichtbar ist. Er weiß, dass sie auf den Höchsten Richter warten, er weiß, dass sie mit ihren Augen nach dem Erlöser suchen und sich für ihn schön machen.

Unter den jüngsten dieser Frauen ist eine, die seine Aufmerksamkeit auf sich zieht, eine in der ersten Reihe, mit blondem Haar, das fast bis zu den Knien herabfällt und ihre Blöße bedeckt. Sie hält ihren Kopf geneigt und singt, denn sie bewegt die Lippen in Gedanken versunken. Für diese junge Frau allein möchte er sichtbar sein, möchte er reden wollen. An ihrer Seite steht ein Mann, mit dem Rücken zu ihm gekehrt, seine festen Pobacken sind erkennbar und sein breiter muskulöser Rücken. Einen Arm hat er auf die Schulter der Gefährtin gelegt und für einen Augenblick fragt sich der Camerlengo, ob dies nicht ein Verurteilter ist, der sich von der Frau verabschiedet, die er geliebt hat und jetzt durch das Urteil Christi von ihr getrennt wird, eine letzte Geste seiner Zuneigung.

Ihr weißes Fleisch und sein dunkleres erscheinen wie die Chiffren für das Gute und das Böse im Farbenlicht des *Jüngsten Gerichts*.

Doch der Gefährte der Frau deutet eine Bewegung an, als wolle er sich umdrehen, und mit außerordentlicher Langsamkeit wendet er den Oberkörper, ohne sich je von ihr zu lösen, ja, er wechselt sogar den Arm, um sie weiterhin an der Schulter zu berühren, und dreht sich um.

Es ist Matis Paide, nackt, wie er ihn in der Sauna gesehen hatte, doch »mit dem glorreichen Körper, dem der Jugendzeit, auf dem Höhepunkt unserer Kraft«, wie er eines Abends gesagt hatte, als er über die Auferstehung des Fleisches sprach. Und die junge, zauberhafte Gestalt an seiner Seite, mit geneigtem Kopf und singend, ist seine Schwester Karin, jene Schwester, von der Paide ihm erzählt hatte, dass sie das einzige Mädchen war, das er über so viele Jahre auf seiner baltischen Insel gesehen hatte.

Jetzt allerdings ereignet sich etwas, das Michelangelos lebendig gewordenes, bebendes Fresko durcheinander wirbelt. Paide blickt ihn fest an, so, als würde er ihn sehen, ja ihn sogar erkennen, denn nach ein paar Zeichen mit der Hand, die ihn auffordern, vom Altar herabzusteigen und näher zu kommen, hört er deutlich seinen Namen, ausgesprochen mit nordischem Tonfall: »Vladimiro, komm!«

Doch er kann sich nicht von seinem Sessel lösen, er kann ihnen nicht entgegengehen, er kann sich nicht vom Leben lösen, das reglos wird, wie es zuvor das Fresko von Michelangelo war, zwischen den Toten und den Lebenden liegt eine unendliche Entfernung ...

»Vladimiro, komm!«, sagt der junge, wunderschöne Matis Paide, der jetzt mit dem ganzen Arm die Schulter der Schwester umfasst ... »Vladimiro, komm und lausch meiner Schwester!«

Er merkt, als er da die Lippen bewegt, um zu antworten, dass er sich nicht bewegen kann, aber die Stimme wird nicht hörbar, nicht einmal ein vernehmbarer Laut. Eine Dampfwolke, dichter als die vorigen, drängt sich zwischen sie und einen Augenblick lang sieht er die beiden Geschwister nicht mehr, während ein scharfer aufdringlicher Geruch in seine Nase dringt. Da sind sie wieder, die Schwaden lösen sich auf. Er hatte schon befürchtet, er könnte sie verlieren, sie könnten entschwinden, denn etwas sagt ihm, dass sie nicht wirklich sind und von einem Augenblick auf den anderen weg sein könnten. Und das will er nicht, er will, dass sie wirklich sind, dass sie sich von ihm streicheln lassen, dass Karin sich hören lässt und er ihrem Gesang lauschen kann. Und als würde sein Gebet erhört, vernimmt er endlich die Stimme der Schwester, erkennt die Worte, die zuerst stumm über ihre Lippen kamen: *»Wir sind durch Not und Freude / gegangen, Hand in Hand ...«*

Doch der scharfe Geruch, der seine Nase bekümmert, wird stärker, die Vision der Verdammten und der Seligen verblasst, die Stimme von Paides junger Schwester wird schwächer und verstummt schließlich ganz, irgendetwas tilgt das lebendige Fresko vom Tod aus und bleicht sowohl Farben wie Stimmen, er befindet sich nicht mehr in der Sixtina ...

Jetzt liegt er wach in seinem Schlafzimmer und der Geruch, der seinen Schlaf besiegt und den Traum aufgelöst hat, ist der Gestank dreier Hühner, die in der Nähe seines Bettes nach den letzten Skorpionen scharren.

Er erinnert sich, dass Nasalli Rocca ihn auf dem Weg von der Sixtina hierher auf die Zweckmäßigkeit hingewiesen hatte, sowohl die Hühner als auch die Katzen in allen Räumlichkeiten des Konklaves frei herumlaufen zu lassen, um sie von den anderen Viechern zu befreien. Und er hatte diesem Vorschlag von der Sedia Gestatoria aus zerstreut und abgelenkt zugestimmt.

11

Ettore Malvezzi wacht auf, als das Fenster mit den gelben Scheiben ihm gegenüber so wie an vielen anderen Morgen erleuchtet wird. Die Bewegung der Schatten hinter diesen matten Scheiben erinnern ihn an den neuen Tag, der ihn erwartet. Was wird heute wohl sein, nach dem Höllenspektakel in der Sixtina?

Das beharrliche Mauzen einer weiß-rötlichen Katze, die sich an seinen Bettdecken reibt, erinnert ihn daran, dass die Katzen auf ihr Futter warten. Zu dieser Stunde richtet Contarini bereits den Altar für die Messe und das Körnerfutter für die Hühner her. Sie haben sich die Aufgaben geteilt, weil sein Kaplan eine ausgesprochene Abneigung gegen alles Katzengetier hat. Und da klopft er auch schon. Es ist halb sieben.

Der Kardinal steht auf und trinkt den Gerstenkaffee, den ihm sein Kaplan zubereitet hat. Wie müde Contarini aussieht! Und seine Haare, wie unordentlich, widerborstig gegenüber dem Gel, das sie, mit dem Mittelscheitel, immer in perfekte Symmetrie brachte. Ein solches Aussehen entspricht gar nicht seiner Art.

Doch nach allem, was sich ereignet, ist es nur natürlich, dass auch die intimsten Gewohnheiten, die Rituale des Aufwachens und des Alltäglichen sich verändern.

Doch die Bitte, die er nun an sich gerichtet hört, verblüfft ihn aufs äußerste: »Eminenz, vor der Messe möchte ich die Beichte ablegen.«

Darum hatte er ihn in all den Jahren nie gebeten. Nach ein paar Augenblicken antwortet er, dass er dies sehr gerne tun werde.

Und das verstörte Gesicht von Monsignore Contarini, der die Augen halb schließt, als würde ihn bei der Zustimmung seines Erzbischofs eine Erleichterung vermischt mit großer Verlegenheit erfüllen, setzt Ettore Malvezzi wiederum in Verlegenheit. Während er sich nun wäscht und das auf einem Hocker kauernde Huhn im Blick behält, denkt er über Contarinis Verhalten während dieses einen Monats und sieben Tagen des Konklaves nach und das war wesentlich geheimnisvoller als sein Verhalten zu Hause. Vor allem wegen der Gesellschaft, der er, der normalerweise die Einsamkeit suchte, zugeneigt war, wie die jungen Männer der Schweizergarde, die oft zum Abendessen eingeladen wurden. Ein letztes Aufleuchten der Jugend, ganz zweifellos.

Glatt rasiert, parfümiert, gekämmt, bereits in die Messgewänder gehüllt, sitzt der Kardinal von Turin neben dem Betstuhl, wohin Contarini sich mehr katapultiert als niedergekniet hatte, sobald er seinen Erzbischof bereit sah, unter dem großen gotischen Kruzifix.

»Seit wann beichten Sie nicht mehr?«

»Seit wir ins Konklave eingetreten sind, Eminenz.«

»Und was haben Sie vor Gott zu beichten?«

»Vernachlässigung meiner Pflichten und das Rauchen, Eminenz. Sie haben ja keine Vorstellung davon, wie viel ich heimlich in dieser Zeit geraucht habe.«

»Irrtum, ich habe eine sehr genaue Vorstellung. Zu deiner Entschuldigung rechne ich das der nicht gerade leichten Atmosphäre hier drinnen zu. Aber es ist immer und zuerst eine Schuld dir gegenüber. Entschuldigen Sie, Contarini, mir ist das Du einfach entschlüpft, als ob ich meinem Neffen eine

Gardinenpredigt halten würde, der dem gleichen Laster frönt.«

»Aber das ist noch nicht die schwerste Schuld, Eminenz, und ich weiß nicht, wie Sie jemals vergeben können, was ich sagen muss.«

»Gott vergibt jede Schuld, sofern die Beichte aufrichtig ist. Aber sprechen Sie, zögern Sie nicht, auch weil es schon spät ist und wir nicht unpünktlich ankommen dürfen, heute Morgen noch weniger als sonst«, und seine Gedanken fliegen, als er auf die Pendeluhr blickt, die Viertel nach sieben schlägt, zur Sixtinischen Kapelle.

»Wenn auch nur in meinen Wünschen, so bin ich doch unkeusch gewesen, Eminenz, ich bin unkeusch gewesen. Es ist eine Versuchung, die mir nicht einmal in diesem Augenblick eine Ruhepause lässt.«

Dann waren diese fröhlichen Zusammenrottungen der Schweizergardisten hier also für Abenteuer, die sie gemeinsam erleben wollten ... aber mit welchen Frauen denn? Und was soll diese Betonung von »in diesem Augenblick«? Und welchen Blick hat Contarini, als er zu den beiden Hühnern sieht, die gackernd in der Nähe des Betstuhls etwas aufpicken. Wie er sie ansieht ...

»Contarini, was haben Sie denn?«

»Nichts, Eminenz, aber Sie selbst sehen ja diese schamlosen Tiere, wie es ihnen gefällt, einen anzumachen, wie sie ihre Schamteile zur Schau stellen, wenn sie ihren Kopf senken!«

Der Kardinal wendet sich um, um die unschuldigen Tiere genauer anzusehen, die in die Mitte des Zimmers vorgerückt sind und, während sie weiterpicken, ein leichtes Zittern zeigen, bevor sie, schön deutlich dem Blick sich darbietend, aus ihrem Hinterteil den doppelten Tribut der Natur von rötlicher Konsistenz herauslassen. Auch der Kardinal weiß, dass dieses kostbare Federvieh für seine natürlichen Bedürfnisse nur eine Lösung zur Verfügung hat.

»Entschuldigen Sie, Contarini, aber was haben Sie nur gegen diese armen Tiere? Sie wollen doch wohl nicht, dass wir ihnen Unterhosen überziehen. Sie wissen doch genau, welchem Umstand wir die Ehre ihres Besuchs in den heiligen Palästen zuzuschreiben haben.«

»Ach, Eminenz, Eminenz! Das sind Frauen, Frauen mit offenen Kleidern, nackte Frauen, die hier eingedrungen sind und nicht aufhören, uns in Versuchung zu führen. Ich weiß nicht, wie lange ich noch widerstehen kann!« Und er bricht in Tränen aus und hält seinen Kopf zwischen den Händen.

Da war immer etwas Merkwürdiges um diesen Jungen mit der geheimnisvollen Vergangenheit, den seine Ehetragödie aufgewühlt hat. Jetzt kommt seine ganze Zerbrechlichkeit zum Vorschein, seine unterdrückte, problematische Liebesfähigkeit. Ach, dieses Konklave, wie viel Schaden fügte es der Psyche der schwächsten Gäste zu!

Und der arme Beichtvater, der doch im Ruf stand, wunderbar in der Ausübung dieses barmherzigen Dienstes zu sein, so dass ihm sogar die Ehre widerfahren war, nach Rom gerufen zu werden, um dem Papst die Beichte abzunehmen, eine Begegnung, die dann doch nicht stattgefunden hat, weil der Papst gestorben war, dieser Beichtvater ist sprachlos.

Wenn er die erregte Seele seines Kaplans in die Realität zurückführt, wenn er ihm diese verwirrende Gedankenverbindung zwischen einem Huhn und einer Frau untersagt, befürchtet er, eine heftige Reaktion auszulösen und mit ansehen zu müssen, wie er, wer weiß, aufsteht und eine dieser Hennen in seine Arme nimmt, um die tiefe Wahrheit seiner Obsession unter Beweis zu stellen. Und wie der Vogel, dieses Objekt außergewöhnlicher Aufmerksamkeit, in ein großes Geschrei und Entsetzen ausbricht, was Leute herbeirufen und ihm den Vorwurf von Misshandlung einbringen würde. Wenn er dem Wahnsinn seines Sekretärs nachgibt, fürchtet er, dass er in den kommenden Tagen noch mehr Raum beansprucht und sich damit sowohl der Möglichkeit nach Rückgewinnung dieser wunderbaren Intelligenz als auch des ruhigen Lebens dieser langen Lebensgemeinschaft berauben würde, von der er sich nicht vorzustellen vermag, wie er sie durch jemand anderen ersetzen könnte.

Es siegt die Trägheit, die Furcht vor Veränderung, die Befürchtung, auf die kostbare Gesellschaft Contarinis verzichten zu müssen.

»Glauben Sie denn, Contarini, dass nicht auch ich das merke? Glauben Sie denn, ich sähe nicht, wie sich diese schamlosen Hennen verhalten? Glauben Sie denn, ich wüsste nicht, dass sie nur unter dem Vorwand hierher geschickt worden sind, Jagd auf Skorpione zu machen, in Wahrheit aber nur uns arme Priester in Versuchung führen sollen? Und trotz allem, machen Sie's wie ich, üben Sie sich in der Tugend der Geduld, stärken Sie Ihre Keuschheit durch das Gebet, vermeiden Sie es, alleine mit ihnen zu sein. Sie werden sehen, wir werden geheiligt aus diesen Prüfungen hervorgehen: Dieses Konklave ist eine Art Abschlussprüfung der heroischen Tugenden der Kirche bei ihren Dienern. Betrachten auch Sie es als ein Privileg, dass Sie daran teilgenommen haben, so wie es Ihr unwürdiger Erzbischof sieht. Denken Sie daran, dass nur den Heiligen der Thebais, dem heiligen Pachomius, dem heiligen Antonius Abbate die Versuchungen des Teufels in Gestalt von Frauen zugestanden wurden, wie uns ...«, und als er sieht, dass sich der verwirrte Ausdruck des armen jungen Priesters nach und nach löst und sich sein Gesicht von den Falten glättet und er wieder seine gewohnte Haltung annimmt, erteilt er ihm, auf das

Pendel der Uhr blickend, ohne weiteren Verzug die Absolution.

»Jetzt feiern wir die Messe und bitten den Herrn um alle Kraft und Stärke, die wir brauchen, um den neuen Tag anzugehen. Zur Buße werden Sie mir alle Zigaretten aushändigen, die Sie versteckt haben, und zehn *Ave-Maria* für die Heilige Jungfrau beten.«

»Sicher, Eminenz, aber ... die da ... könnte ich die wohl ins Nebenzimmer schließen?«

»Tun Sie, was Sie für richtig halten, Contarini, doch meiner Meinung nach sollten wir gleich von diesem Augenblick an die Stärke unseres Herzens unter Beweis stellen, ohne uns Bedingungen auferlegen zu lassen, so, als wären sie gar nicht da, als wären es einfach nur Hennen.«

Und er sieht, wie der Sekretär den Kopf neigt, nachdem er einen verstohlenen Blick auf die beiden Hühner geworfen hat, die zum Schreibtisch des Kardinals hinüberscharren und sich gelegentlich mit dem Schnabel einen Floh aus dem Gefieder picken.

Während der Messe zeigt Contarini ein normales Verhalten. Man könnte der Meinung sein, dass die Beichte diesem aufgewühlten Verstand geholfen hat. Doch während er dem Bischof beim Ablegen der Messgewänder hilft, lässt ein Satz deutlich erkennen, dass er durchaus nicht so ruhig ist: »Zaira und Zenobia haben sich während der Messer ruhig verhalten. Sie haben nie gestört, sie haben sich aus ihrer Ecke nicht wegbewegt.«

Besser wohl, auch dieses Mal auf ihn eingehen, denkt Malvezzi, und antwortet gleichgültig: »Ein Verhalten, das Ihrer wirklich würdig ist, lieber Contarini, das kann man nicht anders sagen. Das lässt vermuten, dass sie sich auch bei ihrer Zurschaustellung zusammenreißen werden. Aber gehen wir jetzt, um Gottes willen, sonst kommen wir zu spät.«

Zaira und Zenobia, woher hat er nur diese Namen?

Den ersten kann er mit keiner Person in Verbindung bringen, den zweiten schon, das muss wohl eine Königin von Palmira gewesen sein, eine Rebellin gegen Rom, erinnert sich Malvezzi, während er seinen Milchkaffee trinkt. Und wieder denkt er an die Eigentümlichkeit, auf die er sich jetzt einlassen muss, sofern die Zeit sie nicht heilt. Es ist wohl besser, wenn er mit dem Arzt darüber spricht, in weiser Voraussicht, dass sich die Vorstellung auch verschlimmern und dann zu einer Belastung werden kann.

An diesen sinnvollen Schritt soll sich Ettore Malvezzi später erinnern, denn jetzt, als er mit einer gewissen Bangigkeit an die Pforten der Sixtina gelangt, findet er ein großes Schild auf den verschlossenen Türflügeln vor:

Das Konklave ist wegen dringender Restaurierungsarbeiten an den Fresken der Sixtinischen Kapelle unterbrochen. Die hochehrwürdigen Kardinäle werden im Laufe des Tages Mitteilung erhalten betreffs des Ortes, an welchem die neuen Plenarsitzungen im Falle einer längerfristigen Unbenutzbarkeit der Kapelle stattfinden.

Vladimiro Veronelli,
Camerlengo der Heiligen Römischen Kirche

Es ist weniger die – an sich schon hinreichend für Erschütterung sorgende – Nachricht über die Unterbrechung der Arbeit, die ihn verwirrt, als vielmehr, dass er in der aufgebrachten Menge von Kardinälen, die vor dem verschlossenen Eingang stehen, in dem Geflüster, den Vertraulichkeiten und Kommentaren im Flug die Gewissheit auffängt, dass sich ein Unbehagen auch bei vielen anderen hier eingeschlossenen jungen Prälaten breit machte, das dem seines Sekretärs sehr ähnlich ist. Zuerst ist es ein einigermaßen nichts sagender Kommentar des Erzbischofs von Rennes: »Ich hätte nie geglaubt, dass gewisse Halluzinationen sich auch hier drinnen ausbreiten könnten.«

Dann eine weitaus explizitere Äußerung zum Thema seitens des Bischofs von Dublin, des Primas der Kirche von Irland: »Hennen im Gewand von Odalisken – ist das nicht unglaublich? –, das sehen meine Mitarbeiter, sogar mein junger Chorist, der unschuldiger ist als Abel. Du müsstest ihn hören, wie er die Anmut dieser geilen, schamlosen Dinger beschreibt!«

Auch der Erzbischof von Westminster scheint aus dem gleichen Grund konsterniert zu sein, während er seinem Kollegen aus Montreal zuhört: »Das ist eine Halluzination, gegen die, wer weiß aus welchem Grund, nur wir Alten immun sind. Sie grassiert nur unter den Jüngeren.«

Jetzt ist Malvezzi endgültig entschlossen, die Ärzte zu konsultieren, um zu erfahren, wie er sich seinem Sekretär gegenüber verhalten soll. Das Problem jedenfalls ist von allgemeiner Bedeutung, auch wenn man aus der Ungläubigkeit des einen oder anderen wie Rabuiti und Cerini schließen kann, dass diese halluzinatorische Ansteckung durchaus nicht alle jungen Prälaten betrifft.

Aber welcher strategische Trick würde Contarini überzeugen, sich von einem Arzt untersuchen zu lassen? Wie kann er ihm diese Angelegenheit glaubwürdig präsentieren?

Diese Besorgnisse vertraut er Kardinal Lo Cascio an, während er sich anschickt, gemeinsam mit seinen Amtsbrüdern, denselben Weg wieder zurückzugehen.

»Könnten wir uns nicht einen Grund ausdenken, weshalb alle unsere Mitarbeiter sich einer ärztlichen Untersuchung unterziehen müssen? Was weiß ich, ein Rundschreiben des Präfekten des Vatikans oder des Leiters des Gesundheitswesens, mit dem die Untersuchung wegen der hygienischen

Gefahren des Zusammenlebens mit den Hühnern zwingend vorgeschrieben wird?«

»Aber genau das müssen wir vermeiden, wir dürfen nicht von Hühnern sprechen, nichts über hygienische Gefahren sagen, die diese Kreaturen hervorrufen. Sie würden sich nur noch mehr beunruhigen und argwöhnen, dass dahinter ein Plan von uns Alten steckt, um uns möglicherweise der Zuneigung dieses Federviehs zu versichern! Lass dir von Dunvegan erzählen, was seine Mitarbeiter sagen!«

»Hab schon verstanden. Dann bleibt also nichts, was wir tun können? Und welchen Vorwand wir für eine ärztliche Konsultation finden sollten?«, beharrt Malvezzi, der wegen seines Sekretärs keine Ruhe findet.

»Also, wenn ich aufrichtig sein soll, dann sehe ich keine Notwendigkeit für eine Konsultation in einer Atmosphäre, die, wie soll ich sagen, insgesamt ein bisschen halluzinatorisch wirkt. Ich habe den Eindruck, dass wir allesamt einen Arzt brauchen, der uns eine gute Therapie verschreibt. Meinst du nicht auch?«, antwortet Lo Cascio, als er einer wilden Verfolgungsjagd der Ratten durch die Katzen ausweicht, die zwischen den Kardinalskutten hindurchschießen.

»Besser, wenn wir so weitermachen und mit unseren Macken leben. Manchmal sind Therapien ja noch schlimmer. Und diese Symptome dauern auch nicht ewig, du wirst schon sehen, wenn erst mal der Papst gewählt ist, werden sie verschwinden.«

»Schon, aber wie kommt man da heraus? Denn darum geht es! *Facilis discensus averni,* aber da herauszukommen, aus dieser ... Sache, wenn das Konklave noch weitergeht, das scheint immer schwieriger zu werden«, kommentiert vieldeutig und geheimnisvoll Alfonso Cerini, der nach den letzten Sätzen des Gesprächs zwischen Malvezzi und Lo Cascio näher gekommen ist.

Mit der ihm eigenen Gedankenschärfe hat der Erzbischof von Mailand – der weiterhin der angesehenste italienische Kandidat ist – die Befürchtung zum Ausdruck gebracht, die zwischen einigen Hundert Menschen seit siebenunddreißig Tagen stärker wird: die Angst, aus diesen Räumen nicht mehr herauszukommen, aus diesen Räumen, die zu einem engen Labyrinth von Visionen und Zwangsvorstellungen geworden sind, wie ein Gefängnis.

Viele denken wieder an bestimmte Indiskretionen aus dem Pressezentrum, wo das Internet das Echo der Welt auffängt. Eine Schar Demonstranten von Kommunion und Befreiung, Gläubige des Opus Dei, polnische Ordensschwestern und Priester waren in diesen Tagen vor den Säulengängen des Bernini mit großen Schrifttafeln aufmarschiert, auf denen sie ihren Protest gegen die Tatenlosigkeit der Kardinäle, den unglaublichen Verzug ihrer Wahl, die Verantwortungslosigkeit einer Haltung zum Ausdruck gebracht haben, die eine nicht wieder zu heilende Zerrissenheit am Herzen der Heiligen Kirche heraufbeschwor. Denn von einigen nationalen Kirchen, vor allem in Afrika und Lateinamerika, begann sich die Drohung zu verbreiten, den Papst anderenorts zu wählen, mit einer Versammlung von Bischöfen und Priestern.

Und dennoch war diese Furcht vor einem Schisma nicht das beunruhigendste Symptom, das von draußen zu ihnen drang. Fast noch besorgniserregender war das mit dem gegenteiligen Vorzeichen, nämlich das eines fortschreitenden Desinteresses am Konklave, wie es von vielen Zeitungen und ausländischen Fernsehstationen demonstriert wurde, doch vor allem von den italienischen. Nicht länger waren es die Titelseiten, die sich mit dem beschäftigten, was im Vatikan, jenseits des bronzenen Tores, geplant wurde. Es zeigten sich die ersten Spuren einer gewissen Ermüdung der wichtigsten Informationsquellen, die darauf abzielten, den Artikel über das Konklave auf morgen und dann auf noch einen anderen Tag zu verschieben, in Erwartung von konkreteren und endgültigeren Anzeichen und Mitteilungen. So konnte man die Schlussfolgerung ziehen, dass nichts über die außerordentlichen Ereignisse nach draußen gedrungen war, die diese armen Nachfolger der Apostel so durcheinander gebracht hatten, und daraus einerseits die Erleichterung über einen weniger starken öffentlichen Druck auf ihre Entscheidung ableiten, andererseits den Zweifel an einer von einer bösen, geheimnisvollen Macht verursachten Verzögerung der Erkenntnis der Wahrheit. Denn es war nun wirklich nicht normal, dass rein gar nichts über das, was im Angesicht Hunderter Anwesender in der Sixtina geschehen war, nach draußen gedrungen war. Die lobenswerte Vorsicht des Camerlengo, der für zwölf Stunden jede Kommunikation unterbunden hatte, konnte als Erklärung nicht genügen. Und wie könnte man nach Ablauf dieser Zeitspanne glauben, dass wirklich alle der Versuchung zu widerstehen gewusst hätten, derart schmackhafte Mitteilungen nicht an die Presse weiterzuleiten, ja dass nicht einmal die kleinste Klatschgeschichte aus dieser von Kämpfen und Rivalitäten zerrissenen, für Neid und Rache so durchlässigen Welt, wie der Vatikan es war, nach draußen gelangt wäre?

Das Interesse der Zeitungen ließ also nach. Sie veröffentlichten nur noch jeden zweiten Tag Mitteilungen und stellten immer knappere und weniger wichtige Plätze zur Verfügung, statt etwas über die Ruhe des Geistes zu verbreiten, was zu Beginn des Konklaves eher willkommen gewesen wäre. Und das führte dazu, dass die Unbeschwertheit nach allem, was vorgefallen war, eine Gefährdung erlebte, indem das Fieber der Ruhelosigkeit angeheizt wurde und auch das Bewusstsein, gewissermaßen ganz ohne Bild zu leben, bar aller Fenster und Türen zur Welt.

12

Gleich nach der Schließung der Sixtinischen Kapelle werden, fast vierzig Tage nach Beginn des Konklaves, einige Symptome dieser Klaustrophobie in aller Deutlichkeit sichtbar.

Am schwersten leiden die darunter, die, anders als Kardinal Paide, der die »Wonnen« der Klausur so wertschätzt, diesen völlig abhold sind: die Kardinäle, die es gewohnt sind, inmitten der Realität der wichtigsten Diözesen zu leben, mit Telefonen, Faxgeräten, Handys, E-Mails, und immer dienstbereiten Flugzeugen und Autos, die sie an jeden gewünschten Punkt der Erde bringen.

Die ersten Fälle von Notaufnahmen in der Krankenstation des Vatikans werden beobachtet. Diese liegt zu den Privatgärten des Pontifex hin und täuscht von den Fenstern aus mit dem rötlich gefärbten Novemberlaub der Platanen so etwas wie Freiheit und Offenheit zur Welt vor, wie es die Kardinäle in ihren Logis gar nicht wahrnehmen können.

Doch ist es der Fluchtversuch zweier Konklaveteilnehmer, nämlich Horace Winnipeg aus New York und Anthony O'Hara aus Philadelphia, durch eines dieser Fenster im zweiten Stock, der eine Vorstellung davon gibt, wie sehr der schlechte Zustand der verschiedenen Eingewiesenen lediglich psychosomatische Äußerungen eines einzigen Leidens sind: nämlich der Angst, da drinnen eingesperrt zu bleiben wie in einer Falle, und der Wahnsinnslust zu fliehen.

Die beiden Kardinäle von dreiundsiebzig und von neunundsiebzig Jahren hatten sich abgesprochen, die Flucht während der Nacht zu wagen, wenn die Aufsicht durch das medizinische Pflegepersonal weniger intensiv ist.

Nachdem sie das Fenster ausgewählt hatten, das auf ein drei Meter darunter liegendes Dach führte, von dem aus man an einem mit Griffen und Stützen reichlich versehenen Fallrohr zur Erde hinunterklettern konnte, hatten sie aus dem Fenster so etwas wie einen primitiven Strick geworfen, der aus ihren sämtlichen zusammengerollten Bettlaken bestand. In der Dunkelheit jedoch konnten sie nicht eindeutig kontrollieren, wohin ihr Strick fiel. Der Lärm der Hühner machte es dann klar und zum Unglück der beiden wurden auch die halb eingeschlafenen Pfleger auf sie aufmerksam. Es war einer der riesigen Hühnerställe, die Nasalli Rocca außerhalb des Palazzos hatte bauen lassen. Dort konzentrierte sich der Nachschub der aus Colleferro, Zagarolo und Frosolone stammenden Hühner, um die Reihen der Tiere aufzufüllen, die durch die Bisse der Skorpione, die ins Schwarze getroffen hatten, wehrlos geworden waren, aber auch, um den Plan einer immer engmaschigeren vernünftigen Präsenz der Tiere in allen Gebäuden des Heiligen Stuhls umzusetzen.

Sie wurden kurz hinterher entdeckt, in Trainingsanzügen und Joggingschuhen und tief ins Gesicht gezogenen schwarzen Mützen, um sie weniger leicht erkennbar zu machen. Das alles in dem Teil der Gärten, wo sie so tun wollten, als würden sie ihn zu ihrer Ertüchtigung durchlaufen, für den Fall, dass sie zu dieser Stunde auf jemanden stoßen sollten.

Ein Komplize sollte mit einem großen silbergrauen Kabrio am Ausgang der vatikanischen Eisenbahnstation bereitstehen. Ein Wagen mit amerikanischer Autonummer hatte in der Tat die große Neugier der Gardisten, die an dem dortigen Zugang ihren Dienst versahen, auf sich gezogen, weil es lange dort geparkt hatte und weil der Fahrer überaus nervös war und ständig auf die Uhr blickte.

Der offenkundigen Verlegenheit der Pfleger, die den Kardinälen halfen, den langen Strick einzuholen, setzten die Allerverehrungswürdigsten ein hochmütiges Schweigen entgegen. Sie waren sich nicht sicher, ob sie dem Kardinal Camerlengo überhaupt Rechenschaft über ihr Verhalten ablegen mussten.

»Wenn ich bei besserer Gesundheit wäre, hätte ich es auch versucht«, gestand vom Bett nebenan Di Sacramento, der farbige Kardinal aus Luanda, als er den beiden zusah, wie sie nach ihrem fehlgeschlagenen Ausbruchsversuch die Bettlaken wieder aufknoteten.

»Und ihr hattet wirklich Pech«, fügte er lächelnd hinzu, »na ja, beim nächsten Mal wirds schon klappen.«

Die beiden Amerikaner antworteten nicht. Sie wurden abgelenkt von dem lärmenden Durcheinander, das sich vom Ende der Treppe jenseits der Tür zum Krankensaal erhob.

Genau in diesem Augenblick erschien nämlich der Kommandeur der Schweizergarden mit zwei Soldaten von wirklich bemerkenswerter Statur. Sie überbrachten den beiden Kardinälen von New York und Philadelphia den Befehl, ihnen in die Gemächer des Kardinal-Camerlengos zu folgen.

Die Nachricht explodiert innerhalb des Konklaves wie eine Bombe. Der bedauernswerte Camerlengo versucht noch immer, sich einen Reim auf die Sache zu machen.

Ein unerhörter Skandal, zwei Kardinäle, die den Versuch unternehmen, aus dem Konklave zu fliehen! Dafür gab es auch nicht den Schatten eines Präzedenzfalls in der Kirchengeschichte, zumindest nicht in der nachtridentinischen. Noch nie hat sich etwas derart Schwerwiegendes ereignet. Das, was Veronelli aber am meisten zu schaffen macht, den die Nachricht von der Krankenstation in den frühen Morgenstunden wie ein Blitz getroffen hat, ist die Absehbarkeit der psychologischen Folgen auf viele andere Konklaveteilnehmer.

»Wie haben die das nur gemacht?«, fragt Veronelli immer wieder Monsignore Squarzoni, während er eilig seinen Morgenmantel überwirft. Squarzoni, der im Unterschied zu vielen jungen Kollegen bei seinen Halluzinationen den Katzen den Vorzug gibt, weil er in diesen Tieren etwas Ephebisches und weniger Weibliches wahrnimmt, ein Objekt der Begierde von unbestimmter Identität, antwortet, indem er auf seinen Armen eine große schwarze Katze mit gelben Augen streichelt, die völlig weltverloren vor sich hin schnurrt.

»Fast würde ich es vorziehen, wenn sie diesen Strick aus Bettlaken verwendet hätten, um sich aufzuhängen!«, ruft der Camerlengo, der sich vor seinem Sekretär nicht mehr zusammennehmen kann, »einen Selbstmord hätten wir wie einen natürlichen Tod aussehen lassen können, das ist ja schon andere Male passiert. Doch dieser Skandal wird die Gemüter anstecken, er wird sich wie ein Ölteppich ausbreiten. Jetzt werden viele zu fliehen versuchen. Schon sehe ich, wie sie von Bord des sinkenden Schiffes gehen und mich hier alleine zurücklassen.«

Nachdem er den Befehl gegeben hat, sie zu ihm zu führen, schickt er, um die Zeit zu überbrücken, den Präfekten des Heiligen Stuhls fort, um Mitteilungen über den Fortgang der Restaurierungsarbeiten einzuholen, die ohne jede Ruhepause durchgeführt wurden; sogar nachts hatte man an der Wiederherstellung des Raumes gearbeitet. Unter seinen Papieren sucht er nach der Liste der Schäden, die ihm vorgelegt worden war, findet sie aber nicht. Er verjagt die Hühner, die sich auf den Sessel neben dem Kamin niedergesetzt haben, und findet den Ordner, den er suchte. Er nimmt einen Deodorantspray und versprüht Rosenduft in dem stinkenden Zimmer. Dann zieht er sich weiter an.

Squarzoni kommt mit einer endlich positiven Nachricht herein, der ersten an diesem Morgen: Die Sixtina ist fertig, die Schäden haben sich als wesentlich weniger schwer herausgestellt als zunächst befürchtet. Nur eine Unannehmlichkeit habe man noch nicht in den Griff bekommen können, lässt der Präfekt des Heiligen Stuhls ausrichten: den immer noch andauernden und sicher nicht angenehmen Geruch der Tiere, die er aus Vorsichtsgründen weiterhin in der Kapelle belassen habe. Sosehr man auch versuche, die Luft der Sixtina mit Weihrauch zu parfümieren, so würden Hühner und Katzen gleichwohl weiter ihren Tribut der Natur zollen und also auch weiter den Boden beschmutzen und die Luft verpesten. Auf jeden Fall würde eine ganze Dienerschaft mit Besen und Mülleimern, mit Sägemehl und Kies bereitstehen, um das unangenehme Phänomen nicht ausufern zu lassen.

»Also, gut dann, gehen wir ins Konklave zwischen Hühnern und Katzen, es gibt Schlimmeres«, kommentiert der Camerlengo diese Ausführungen. Und er fügt hinzu: »Gehen wir, Sqaurzoni, rufen Sie die Würdenträger und die Prälaten des Gefolges. Sagen Sie ihnen, sie sollen für halb neun bereit sein, hier bei mir, zum offiziellen Einzug ins Konklave. Wie? Ach, sie sind schon hier? Gut, dann führen Sie sie herein.«

Monsignor Squarzoni unterbricht ihn, um ihm Ihre Eminenzen, die Erzbischöfe von New York und Philadelphia zu melden, die in diesem Augenblick auf der Türschwelle des Arbeitszimmers erscheinen, begleitet von zwei Schweizergardisten.

Das Erste, was ins Auge fällt, ist ihre Kleidung. Es ist dieselbe wie bei der Flucht, weil keine Zeit war, die Talargewänder anzuziehen. Der New Yorker trägt einen himmelblauen Jogginganzug mit senkrecht verlaufenden schwarzen Streifen und dem Schriftzug eines bekannten Autoreifenherstellers. Der Bischof von Philadelphia ist bekleidet mit einem rosafarbenen Jogginganzug mit einem Pentagramm, das den Anfang eines Songs wiedergibt, *Cheek to cheek*.

Es wird keine von schwierigen Augenblicken freie Unterhaltung sein, dieses sehr lang andauernde Gespräch zwischen den drei Kardinälen: Die Stimmen werden so laut, dass sie bis an die Ohren der zwischenzeitlich eingetroffenen Würdenträger dringen, die den Camerlengo begleiten sollen. Dieser Umstand und der Wunsch, die Stimmen zu überdecken, veranlassen Antonio Leporati, der das Gefolge anführt, den Augenblick zu nutzen, um gleich das *Veni Creator Spiritus* mit einigen jungen Chorsängern probehalber anzustimmen. Mit dem Ergebnis, dass, während die Stimmen der drei Kardinäle nicht mehr zu hören sind, ein wütendes Mauzen einiger erschreckter Katzen aufsteigt, wohingegen einige Hühner sich, wer weiß wie, aufgefordert fühlen zu gackern, als hätten sie gerade ein Ei gelegt.

»So ein Höllenlärm hier drinnen!«, ruft Veronelli, als er die Türflügel aufschlägt und die beiden Kollegen in den Jogginganzügen hinausgehen lässt.

Doch das Schauspiel, das sich ihm darbietet, erschreckt seinen Blick noch mehr als das Stimmengewirr von Menschen und Tieren seine Ohren. Denn die jungen Chorsänger scheinen der Verführung dieser Weibspersonen zu unterliegen, welche die Hühner mit ihrem jäh ausgebrochenen Gackeranfall in ihren Augen darstellen. Sie versuchen zwar, der Versuchung, sie anzublicken, zu widerstehen, doch verpassen sie ihre Einsätze, verlieren die Takte, verlangsamen das Tempo und treiben den Kardinaldekan in den Wahnsinn.

»Hör schon auf, Leporati, hör schon auf. Es ist besser,

wenn sie auch in der Kapelle nicht singen: Denn auch da müssen wir unsere tapferen Wächterinnen beherbergen«, empfiehlt dem Dekan flüsternd der Camerlengo, der von der Aussicht auf die Wiederholung derart verkommener Visionen völlig aufgewühlt ist.

Und der Zug setzt sich in Bewegung, während die beiden Kardinäle, die gerade die Reprimenda, den Tadel, erhalten haben, zu ihren Logis eilen, um ihr Talargewand mit den roten Borden anzuziehen, das ihrer Würde eher entspricht. Erst als der letzte Chorsänger herausgetreten ist, hört das Gegacker und Miauen von Hühnern und Katzen auf.

Das Schauspiel dagegen, das sich dem Blick des Camerlengos bietet, als er die Schwelle zur Sixtina überschreitet, in der die Kardinäle dicht gedrängt stehen, scheint beruhigender zu sein.

Die Anordnung der Thronstühle zur Rechten und zur Linken scheint völlig in Ordnung zu sein, wie auch der Gang in der Mitte, wo nach jeweils einem Meter ein Dienst habender Prälat sich bereit erweist, den Verehrungswürdigsten ihren Platz zu zeigen oder den Ältesten auf diesen etwas engen Treppen hinaufzuhelfen. Über allem liegt das eifrige Raunen einer betriebsamen Versammlung, die sich anschickt, ihre Arbeit in einem immer noch nicht beruhigten Geist zu beginnen, allerdings auch verspricht, mit Blick auf die Aufgabe, derentwegen sie hierher bestellt worden ist, nichts unversucht zu lassen.

Das großartige Fresko des *Jüngsten Gerichts*, befreit von jeder nicht geheueren Metastase seiner grandiosen Allegorie des Kampfes zwischen dem Guten und dem Bösen, erhebt sich klar und rein, ohne auch nur den Schatten eines Skorpions. Und die Freude, es in seiner herrlichen Figürlichkeit wiederzusehen, die seit mehr als vierhundert Jahren die Entscheidung dieser Versammlung erleuchtet, ist dermaßen, dass man auch den Gestank von Katzenpisse und Hühnerkot ertragen kann, die auf der Stelle in die Nase der Kardinäle gedrungen ist, sobald sie den Raum betreten haben.

Hier und da, zwischen den Stühlen, entlang der Treppen, auf dem Korridor und vor dem Altar, bemerkt man, wenn man genau hinblickt, die diskrete Anwesenheit einiger älterer Prälaten – diese Funktion ist den Jüngeren untersagt worden, aus Vorsicht gegenüber ihrer Verwundbarkeit – mit Kehrschaufeln, Besen und kleinen Abfalleimern, die aufmerksam den Fußboden absuchen. Die Objekte so großer Sorgfalt, nämlich die Katzen und Hühner, streifen in der Kapelle umher, mit der Sicherheit einer inzwischen längst friedvollen Selbstverständlichkeit, so als hätten sie ihre römischen Straßen und Plätze, ihre gastlichen Umzäunungen in Colleferro fast schon vergessen.

Eine auf einem Thronsitz zusammengerollte Katze blickt argwöhnisch auf den Alten, der auf sie zukommt, und wählt eine andere Stelle für ihre Siesta aus, nach der letzten aufgefressenen Ratte.

Ein Huhn stakt misstrauisch von einer Treppenstufe zur nächsten, wobei es bei jedem für ihre Rasse charakteristischen Sprung den entsetzten Kopf bewegt und das Auge immer eingedenk der Beute bleibt, die ihm stellenweise immer noch die Herrschaft streitig zu machen wagt. Denn einige Skorpione, die überlebt haben und sich des einen oder anderen dunklen Hohlraums im Wandsockel der feuchten, abgeplatzten Mauern bedienen, denken weiterhin über ihre stolze Revanche nach. Und so zeigen sie gelegentlich aus dem Loch, in dem sie sich verborgen halten, die Bedrohung ihres Stachels vor, der hin- und herbewegt wird wie ein rotes Tuch vor einem Stier oder wie eine lockende Bandiere. Bei einem solchen Anblick verlieren die Hühner sogar noch die wenige Intelligenz, die die Natur auch ihnen geschenkt hat.

Sie stürzen sich mit flatternden Flügeln auf die Höhle des Feindes und hacken mit dem Schnabel mehrmals auf den Boden, doch vergebens.

Veronelli kann sich allerdings über die wieder eingetretene Ordnung der Dinge nicht lange freuen, auch der letzten Dinge wie das *Jüngste Gericht*. Denn gleich wird er nervös, als er sieht, wie der Leiter der päpstlichen Musikkapelle, Maestro Antonio Liberale, die jungen Chorsänger für den Hymnus *Veni Creator Spiritus* einzutreten auffordert. Und dabei waren seine Anweisungen an den Kardinaldekan doch eindeutig.

»Squarzoni, gehen Sie zu ihm und sagen Sie ihm, dass heute Morgen unter gar keinen Umständen gesungen wird! Gehen Sie, gehen Sie unverzüglich, ich bitte Sie, bevor diese Jugendlichen eintreten!«

Das sprachlose, das gedemütigte Gesicht von Maestro Liberale versichert ihm, dass die Anweisung verstanden worden ist.

Doch einer der Chorsänger, vielleicht der eifrigste, vielleicht derjenige, der mehr als die anderen diesen hier versammelten Eminenzen die Schönheit seiner Stimme zeigen will, kann noch rechtzeitig eintreten. Und darauf konzentriert, die Partitur des Gesangs zu lesen, achtet er weder auf die Gesten seines Musikmeisters noch auf die von Squarzoni. Erst eine andere Stimme hebt seinen Kopf hoch, ganz durcheinander vom Staunen, wie alle anderen im Übrigen dort drinnen, und lässt ihn verwirrt und enttäuscht die Aufforderung wahrnehmen, dass er sich zurückziehen soll.

Ein Hahn, der seine Hennen nicht einmal im Konklave alleine lassen mochte und möglicherweise der Kontrolle von Nasalli Roccas Männern entgangen war, kräht. Und zwar kräht er derart prahlerisch, derart stark und fröhlich, mit einer so sicheren Überzeugung, er würde die Sonne heraufrufen und ihr helfen aufzugehen – ja, auch in diesem mit alten Männern überfüllten Raum wieder aufzugehen, zwischen Weihrauchwolken, Katzen, Ratten, Skorpionen und bestimmten reglosen Gesichtern auf den Wänden, die nur auf ein Zeichen zu warten scheinen, um nach unten zu steigen –, dass sich einen Augenblick lang keiner mehr rührt.

Und weil er sich sozusagen von dieser doppelten Reglosigkeit, der der Lebenden in der Kapelle und der der Toten auf der Wand, herausgefordert fühlt, vielleicht auch, weil er Zweifel hat, vielleicht doch nicht alles gegeben zu haben, erneuert er seine Kraft, diesmal auch von zwei anderen Hähnen unterstützt, die sich zwischen den Hennen verstecken. Schließlich müssen sie doch alle gemeinsam das Aufsteigen der Sonne begrüßen!

Es ist kein Aufwachen wie das, an das er gewöhnt ist, in seinem Harem in Colleferro, wo das Licht sich plötzlich in tiefer Nacht über die Schar seiner Hennen ergießt. Dies hier ist ein trauriger Hühnerstall, in dem man große Mühe hat, das Licht laufen zu lassen, daher hat man ihn und sein ganzes Volk von Söhnen und Töchtern der Sonne hierher gerufen. Denn sein Gesang zieht auch die Sonne herunter, das weiß er, kein anderer Hahn kann so krähen wie er ... nicht einmal die beiden kleinen Hähne, die ihn jetzt musikalisch begleiten, es aber nicht wagen, ihre Töne über die seinen zu legen, sondern nur sie zu verstärken, in den Augenblicken von Pausen in seiner Hymne an die Sonne.

Die Kardinäle stehen stumm da und lauschen dieser außerordentlichen Variation im Musikprogramm der Kapelle. Die einen denken bei diesem Krähen an die dreifache Mahnung an den ersten römischen Pontifex, an Petrus, der dreimal den Namen Christi verleugnete. Andere blicken nach oben auf die Sibyllen und Propheten und denken, welche unübliche Verbindung der Himmel von Heiligen,

Helden und Hoheit des Geistes da zusammenzwang. Wieder andere schließen hingegen die Augen und fragen sich voller Entsetzen, welche weitere Prüfung jeder von ihnen in diesem Konklave noch durchzustehen hat, bevor er endlich den neuen Petrus sehen kann. Erstaunt und verwirrt sind gerade die beiden verhinderten Flüchtlinge eingetreten, die amerikanischen Purpurträger, als man den starken Ruf einer Stimme: »Stopft ihm doch endlich den Schnabel!« das ekstatische Zuhören durchschneiden hört.

Der toskanische Tonfall weist ihn als Italiener aus.

Und es ist in der Tat Kardinal Zelindo Mascheroni, der Präfekt der Glaubenskongregation, Sohn einer Portiersfrau der Grafen Cenami aus Lucca, einer der unbeugsamsten Paladine der katholischen Orthodoxie.

Er war es, der die vom verstorbenen Papst vertretenen unnachgiebigen Thesen zur Familienethik verfasst hatte. Auf ihn gehen die unerbittlichsten Attacken auf die bürgerliche Gesetzgebung hinsichtlich der Abtreibung, der Geburtenkontrolle, der Scheidung und der faktischen Lebenspartnerschaften zurück.

13

Kardinal Mascheroni beschränkt sich nicht darauf, den unverschämten Hahn zur Ruhe aufzufordern, der unterdessen von den gewissenhaftesten Hausprälaten unter den Hühnern gesucht wird. Jetzt, da er schon einmal das Wort ergriffen hat, noch bevor der Camerlengo es erteilt, stürzt er sich unter dem Höllenlärm der Hühner, die ihren Protest darüber herausschreien, dass sie von den Inquisitoren dieses gefiederten Giordano Bruno belästigt werden, in eine strenge Strafrede.

Und er verschont keinen. Nicht den Camerlengo, nicht den Dekan, nicht die anderen Kardinäle und ganz besonders nicht die, die einen Fluchtversuch unternommen haben oder krank sind. Nicht die Chorsänger, nicht die jungen Kapläne, nicht Nasalli Rocca, auch nicht den Chef des Pressezentrums, Monsignor Michel De Basempierres. Und auch die nicht unter den Kardinälen, die die meisten Stimmen auf sich vereinigt haben.

Niemand kommt davon. Alle haben sich schlecht benommen und damit den gerechten Zorn des Herrn über diese Versammlung feiger, sinnlicher, schwacher Männer herabbeschworen, die unwürdig sind, den Heiligen Geist in ihrem Herzen und in ihrem Verstand zu empfangen. Der Kardinal-Camerlengo der Heiligen Römischen Kirche hat das Konklave wirklich in einen Hühnerstall verwandelt, doch nicht in erster Linie deshalb, weil diese Tiere aufgrund eines fragwürdigen Beschlusses des Grafen Nasalli Rocca die

Nase belästigen und die Heiligkeit dieses Ortes beleidigen. Sondern vielmehr haben seine Unschlüssigkeit und seine Unfähigkeit, dem schaukelnden Boote Petri eine Richtung vorzugeben, die Wahlgänge der Hohen Versammlung zu einem einzigen Hühnergegacker verkommen lassen. Jawohl, ein leeres Gegacker von Hühnern ist das Konklave geworden.

Und als wolle er die Worte des Kardinals glossieren, steigt ein so noch nie gehörter hoher, schriller, respektloser, befehligender letzter Krähton des Hahnes auf, bevor er in die Fänge des Kerzenträgerakoluthen Monsignor José Felipe Gomez gerät, und zwar gerade in dem Augenblick, als der Purpurträger aus Lucca die Metapher vom Hühnergegacker seiner verehrungswürdigen Kollegen wiederholt.

Andere Camerlenghi hätten die Kirche in nicht minder schwierigen Augenblicken zu lenken verstanden, indem sie eine so entschlossene Haltung an den Tag gelegt hätten, wie sie nötig war!, donnert Kardinal Mascheroni, während der arme Veronelli gemeinsam mit seinen sehr verlegen dreinschauenden Würdenträgern endlich seinen Platz erreicht hat. Und so, als habe der Umstand, den Camerlengo nun, ganz Ohr, an seinem Platz zu sehen, Kardinal Zelindo Mascheroni, Präfekt der Glaubenskongregation, schlagartig gesättigt, wendet er sich einem anderen Flügel der Kapelle zu, einem Flügel hinter ihm, wo die beiden Erzbischöfe von Philadelphia und New York ihre Plätze einnehmen.

Und unverzüglich kommt er auf das zu sprechen, von dem viele wollen, dass es nicht zur Sprache kommen sollte. Sowohl der Camerlengo, wegen der Auswirkung auf die, die möglicherweise noch nichts darüber erfahren haben; als auch die beiden Schuldigen, die Veronelli bereits Schadenersatz versprochen und garantiert haben, nie wieder einen Fluchtversuch zu unternehmen; als eben auch alle Purpurträger, die die Gründe der beiden Amerikaner verstehen, es aber vorziehen, den Unmut und das Unbehagen ihres Gewissens hinter Schweigen zu verbergen.

Der taube Kardinal von Shanghai, Zacharias Fung Pen-Mei, verschlimmert die Lage noch, als er in die nur von der Aufregung der Hühner leicht gestörten Stille, in die Mascheronis Worte tauchen, seine Frage einem Nachbarn förmlich zuschreit: »Was? Wer ist ausgebrochen?« Und sein Amtsbruder aus Venedig, Aldo Miceli, muss ihm mehrere Male zuflüstern, dass niemand ausgebrochen sei. Bis schließlich Mascheroni, genervt von dieser Unterbrechung und von dem Winkelkonzil zwischen dem Tauben und dem Venetianer, dem Chinesen die Antwort zuschreit: »Doch, verehrungswürdigster Bruder, der Versuch auszubrechen ist von unseren Brüdern aus Philadelphia und aus New York unternommen worden!«

Der verwirrte Ausdruck des Erzbischofs von Shanghai befriedigt die theatralische Sehnsucht Mascheronis. Doch da der Chinese nicht gut gehört hat, wendet er sich gleich wieder an seinen Amtsbruder aus Venedig, um den Grund für den Fluchtversuch der beiden Kardinäle zu verstehen. Denn er hat nichts davon gehört, dass sie jemals eingesperrt worden seien, so wie er, der Jahre in chinesischen Gefängnissen zugebracht hat. Schließlich kennt er die beiden, sie sind zwei anständige Männer. Und er weiß auch nichts über eine religiöse Verfolgung in den Vereinigten Staaten, wo er seit vielen Jahren im Exil lebt.

Doch indessen hat sich Mascheroni mit Volldampf auf die beiden Schuldigen gestürzt. Und er wagt grauenvolle Ausmalungen über ihr Schicksal, wenn ihnen der Ausbruch aus dem Konklave tatsächlich gelungen wäre. Die Lächerlichkeit des Heiligen Kollegiums, das von sich behauptete, vom Heiligen Geist erleuchtet zu sein. Die unheilvolle Fernsehorgie von Interviews, denen sie sich nicht hätten entziehen können und die sie ein Leben lang verfolgt und gebrandmarkt hätten. Die Instumentalisierung ihres Falles seitens der Feinde der Kirche, die doch nur darauf warten zu zeigen, dass das Haus Gottes in seinen Grundfesten unterminiert ist …

Die beiden Angeklagten haben nach ein paar Sätzen dieses flammenden Diskurses aufgehört, amerikanisches Kaugummi zu kauen. Sie hatten nicht den Mut, ihren Ankläger während seiner Worte anzublicken. Doch jetzt zeigt sich ihrem Blick eine Szene, die wieder Lust aufkommen lässt, das Haupt zu erheben, auch wenn die Überraschung sie daran hindert weiterzukauen.

Direkt über dem Kopf von Kardinal Mascheroni, an der Spitze des Ornaments, das den Baldachin des Thronsitzes ziert, hat sich ein weißes Huhn niedergekauert. Und entweder ist es bis ins Mark gerührt von den ständigen Stößen, die die deklamatorische Haltung und die Wucht des Gestikulierens auf den Stuhl des Kardinals übertragen, oder es ist wegen der Unannehmlichkeit und Langeweile dieser Höhe, die es an einer mehr irdischen Operation hindert, dass es sein Hinterteil so vorstreckt und eine rötliche Ausscheidung mitten auf den kahlen Schädel Mascheronis platziert und damit seine Rede unterbricht.

Dieser Zwischenfall nimmt seinem Hauptdarsteller alle Lebendigkeit und Dramatik, und während er sich mit dem Taschentuch abwischt, kann seinem Blick das eine oder andere höhnische Kichern und die Bewegung vieler Hände an den Mund, um den Ausdruck ihres Gesichtes zu verbergen, nicht entgehen. Vom unteren Ende der Sixtinischen Kapelle, hinter dem Altar, in der Stille, die nun folgt, kann man das Flügelschlagen des Hahns zwischen den Händen seines Kerkermeisters, Monsignor Gomez, hören, der versucht, seine Füße zu binden, bevor er ihn hinausträgt, nachdem er mehrere Male gepickt worden ist.

Der Camerlengo, dem auch nicht das Geringste dieser Szene entgangen ist, verbindet die verschiedenen Augenblicke miteinander. Wie das wohl das Huhn gemacht hat, bis da oben hinaufzugelangen, über den Kopf des Mannes, der zur Ruhe aufgefordert hat! Jedenfalls ist das Tier, das seinem unschuldigen Instinkt folgt und die Sonne heraufruft, von der einsichtsvollen Henne gerächt worden ...

Dann fährt Kardinal Mascheroni in seiner Rede fort. Doch nun hat er nicht mehr die Macht, so bissig und beunruhigend in das Gewissen der Anwesenden einzudringen wie zuerst, bevor ihn das tückische Huhn zum Träger seiner innersten Vertraulichkeiten auserwählt hatte.

Und so kann er auf das Verhalten der Chorsänger zu sprechen kommen, die sich den schamlosesten aller unkeuschen Phantasien hingegeben haben, die den Geishas in gewissen Häusern in Shanghai würdiger sind, wenn sie ihre Kunden mit der Kunst des *Fan-chung* umgarnen, als jungen Seminaristen des Vatikans. Aus den gleichen Gründen kann er sich erregen, wie Männer mit einer so intensiven religiösen Erfahrung wie die Sekretäre der Kardinäle nur den Versuchungen nachgeben konnten, überall Frauenspersonen im Hinterhalt zu erblicken. Er kann Graf Nasalli Rocca einen Pragmatismus vorhalten, der einer Versammlung von Eisenbahnern würdiger ist als einem Konklave der Heiligen Römischen Kirche. Er kann sich auf die Unfähigkeit dessen stürzen, der dem Pressezentrum des Vatikans vorsteht, Monsignor De Basempierres, der die Kontakte zur Welt verliert, die mit weniger Aufmerksamkeit und weniger Teilnahme das höchste religiöse Ereignis des Okzidents verfolgt. Schließlich kann er sich auf den Erzbischof von Mailand schleudern, schuldig, dass er in mehreren Wahlgängen das Konklave zum

Erlahmen gebracht hat, und zwar aufgrund seiner persönlichen Ambitionen, und auf den palästinensischen Kardinal Nabil Youssef, schuldig, das Boot Petri mit der Last der Politik befrachtet zu haben. Danach geht er zur Demontage aller Parteien über, die sich innerhalb der zwei Monate des Konklaves herausgebildet haben, und attackiert ihre herausragendsten Exponenten, auch den einen oder anderen Kardinal, der mehr Stimmen auf sich vereinigt hat. Doch schenkt man ihm nicht mehr die gleiche Aufmerksamkeit.

Während der gesamten langen Rede des Kardinals Zelindo Mascheroni scheint sich die Spannung – die doch immerhin gegensätzliche Reaktionen, Gegenangriffe und Verteidigungshaltungen hätte hervorrufen müssen – stattdessen in den Blicken der Purpurträger und der Dienst habenden Prälaten zu materialisieren: Und die werden durchgängig gefangen genommen von einem einzigen Objekt, da oben, über dem Kopf des Redners. Die respektlose, nachdenkliche Henne verweilt weiterhin hockend auf dem Baldachin, völlig unbeeindruckt von der Schwere der vom Kardinal angeführten Argumente. Und die Erwartung einer möglichen Antwort auf seine Geste löst die Schuldgefühle auf, verwässert jeden provozierenden Passus dieses schallenden Diskurses im Lächerlichen, erstickt die Lust, zu antworten und sich zu verteidigen.

Daher wundert sich niemand, außer dem Präfekten der Glaubenskongregation, als sich nach dem Krawall die Stimme des Camerlengos erhebt und Mascheroni für seinen großzügigen Beitrag dankt und gleich die Möglichkeit gibt, das Wort zu ergreifen, wer es denn zu ergreifen wünscht.

Lange Augenblicke der Stille treten ein, die nur eben vom Geflüster der Kardinäle am Eingang unterbrochen wird, wo sich unterdessen das Gerücht verbreitet, dass eine Katze in einer leeren Kerzenschachtel fünf wunderschöne Kätzchen zur Welt gebracht habe.

Sogleich finden sich einige Kardinäle in eine lebhafte Diskussion darüber verwickelt, ob es nicht sinnvoll sei, ihre Katzen zu sterilisieren, zumal viele von ihnen trächtig seien und bald Junge bekommen werden.

Diese Frage bringt wieder, aber anders und auf paradoxe Weise, jene ethischen Grundsätze zur Sprache, die ausgerechnet Kardinal Mascheroni verteidigt hatte, womit er oftmals vor allem in Nordeuropa und in Südamerika Kritiken und Verständnislosigkeit bis an die Grenze der Zerreißprobe auslöste. Wenn die Sterilisation den Töchtern Evas nicht erlaubt ist, wie kann sie dann den Katzen zugestanden werden? Wie musste man sich dem Problem der Geburtenbeschränkung in der Tierwelt stellen?

Kardinal Veronelli kann von der anderen Seite der Sixtina aus nicht recht verstehen, warum sich das Warten auf einen Redner so hinzieht. Doch das Fortdauern des Geflüsters, das stärker wird und an Lebhaftigkeit sogar zuzunehmen scheint, macht ihm verständlich, das irgendetwas die Palme der allgemeinen Aufmerksamkeit der bereits halbierten Autorität Mascheronis entrissen hat.

»Eminenz, fünf Kätzchen sind geboren worden«, raunt Thomas Tabone in sein Ohr, der maltesische Ehrenprälat.

»Fünf? Ja, wo denn?«

»Hier drinnen, Eminenz, im Eingang zur Kapelle, in einer Kerzenschachtel. Katzen suchen immer geschützte Orte für ihre Jungen aus.«

Einer der Kardinäle in unmittelbarer Nähe des Sitzes des Camerlengos muss die Unterhaltung mit angehört haben und lächelt zustimmend. Damit will er Veronelli versichern, dass dieses eigentümliche und nicht vorhersehbare Ereignis für den Augenblick die Aufmerksamkeit vieler Konklavisten in Anspruch nimmt.

»Wenn Sie nur sehen könnten, wie niedlich die sind, eines ist getigert wie die Mutter, die anderen sind ...« Doch jetzt hört der Camerlengo nicht mehr zu, sondern erforscht den in Falten gelegten, beleidigten Ausdruck des Kardinals Zelindo Mascheroni, der mit Sicherheit nicht über Katzen und Kätzchen im Konklave sprechen will.

Er blickt nach oben, über den Kopf des Kardinals. Jemand versucht, mit einem Kerzenstab die bedrohliche Henne zu verjagen, die ein Attentat auf seine Würde unternommen und die Spannung mit einem Gelächter aufgelöst hat.

Aber was ist jetzt zu tun? Doch schon nimmt der Malteser Tabone Veronellis Ohr gefangen und lässt ihn wissen, dass die Geburt dieser kleinen Wesen die Frage nach der Opportunität aufgebracht habe, die anderen Katzen sterilisieren zu lassen, und dass der Grundsatz des Schutzes der Würde die Gemüter auch im Konklave spalte.

Aber was ist jetzt zu tun?

Noch nie hat sich ein Camerlengo der Heiligen Römischen Kirche diese Frage stellen müssen.

Der nächste Wahlgang muss durchgeführt werden, aber es fällt ihm zu, ihn vorzubereiten und ihn nicht einfach so zur Sprache zu bringen, bevor nicht dieses müßige Problem der Katzen aufhört, die Hauptsorge der Kardinäle zu sein. Und es ist wichtig, so bald wie möglich irgendetwas zu versuchen, weil die Diskussion da drüben, beim Kardinal Paide, heftiger wird und Rabuiti und einige andere Italiener einbezieht, die vielleicht weniger tierfreundlich sind. Das zusätzlich immer finsterer werdende Gesicht Mascheronis, der informiert wurde, welche Abstrusität ihm den Primat der Aufmerksamkeit gestohlen hat, lässt ihm keinen Ausweg. Die beiden Augen starren auf den Camerlengo und fordern ihn auf, aus der Sixtina auch nur den Verdacht einer derartigen Ungebührlichkeit zu vertreiben.

Doch da erhebt sich plötzlich jemand und ergreift das Wort.

Er bittet den Camerlengo um die Erlaubnis, auf Lateinisch sprechen zu dürfen, weil er sich auf Italienisch nicht perfekt auszudrücken weiß.

Die Versammlung kehrt zur Ruhe zurück.

Wer hat denn den Mut, nach Mascheroni das Wort zu ergreifen? Ist es wirklich möglich, dass der Hohe Erzbischof der Ukrainer aus Lvov es wagt? Schmächtig und schüchtern wie er ist, tut er wenig dafür aufzufallen. Man kennt ihn eher als Namen und als auszuspielende Karte und weniger als Person. Von nicht eben guter Gesundheit, ist er vom Arzt sogar angewiesen worden, während der Wahlgänge in seinem Logis zu bleiben.

Der unierte Erzbischof von Lvov der Ukrainer beginnt seine Rede mit einer Hommage an die Vorsicht des Kardinal-Camerlengos der Heiligen Römischen Kirche, der die nicht leichte Aufgabe empfangen hat, die Versammlung in einem der heikelsten Augenblicke in der Geschichte der Kirche zu führen.

Dann huldigt er gleich darauf Kardinal Zerlindo Mascheroni, dem Präfekten der Glaubenskongregation, dessen edle Besorgnis für das Schicksal des Konklaves von jedem geteilt werden müsse, der von Gott für diese wichtige Aufgabe auserwählt worden sei. Alles sei dunkel und ohne Präzedenzfälle in dieser Stunde. Auf der Sixtina und auf dem apostolischen Palast scheinen bedrohliche Kräfte zu lasten, die Geister anderer Zeiten in der Kirche heraufbeschwören, als die Kräfte des Bösen die Oberhand zu gewinnen schienen, zwischen Schismen und Trennungen, die sogar den Stuhl Petri von Rom entfernten und nach Avignon trugen.

Doch wo ist heute eine Heilige Caterina Benincasa, die Rat erteilen und den Zügen der Kirche folgen kann, wenn deren Haupt Entscheidungen trifft, die eher vom Teufel als vom Herrn inspiriert sind?

Das Wort »diabolus« wird vom Kardinal kunstvoll in die Versammlung geworfen wie ein Stein in einen Weiher und verursacht weitere konzentrische Kreise in den vorher so ruhigen Wassern. Denn der Purpurträger spricht es deutlich aus und wiederholt es dreimal, um dann still zu verharren und absichtsvoll starr auf das Fresko von Michelangelo zu blicken, auf den unteren Teil, den der Verworfenen und der Teufel.

Nachdem er ein Glas Wasser getrunken hat, nimmt er das Wort wieder auf und kommt entschlossen auf die Vorschläge zu sprechen, die er seinen höchst verehrungswürdigen Mitbrüdern unterbreiten möchte. Deren Herzen sind von der eigentümlichen Intensität dieser einfachen Worte bewegt, die in einem Latein gesprochen werden, das dem Heiligen Hieronymus würdiger ist als dem Heiligen Thomas, und warten nun auf die Schlussausführungen.

»›*Summa hac Ecclesiae Magistrae tempestate novam animam in proximo pontifice necesse esse* …‹, um die vom Kampf gegen den alten Feind geschwächten Kräfte zu erneuern. Und ihre jüngste Seele ist Afrika, die Erde, wo die Evangelisierung am üppigsten blüht, das ist richtig, aber wo die Auseinandersetzung zwischen Gut und Böse auch den Höhepunkt erreicht. Dort haben die Rassen- und Stammeskriege, die unermüdlichen Machtkämpfe den Charakter primitiver Auseinandersetzungen einer von der Schöpfung noch warmen Menschheit, die gerade erst aus dem irdischen Paradies vertrieben wurde. Dort erneuern Kain und Abel noch immer Tag für Tag im Brudermord die gegensätzlichen und sich ergänzenden Kräfte von Liebe und Hass. Dort sind die

Hauptakteure des Sündenfalls noch lebendig, Adam, Eva, die Schlange ... Die Welt muss nach Afrika zurückkehren, wieder bei seiner schrecklichen Unschuld anfangen, bei seiner Treue zum Kampf zwischen Licht und Finsternis, der sich verdunkelt und verborgen hat im Fortschritt des Westens, dem großen Kranken dieser Erde. Der neue römische Pontifex muss wirklich neu sein und sich in den regenerierenden Wassern Afrikas baden, um mit einer echten Taufe wiedergeboren zu werden. Der neue Papst muss sich von dieser Erde eine Spiritualität entleihen, die weder Zweifel noch Zweideutigkeiten, Ausnahmen und Kompromisse mehr kennt, die gleiche Spiritualität, die Tertullian und Augustinus, die beide von schwarzer Hautfarbe waren, die Kraft gegeben hat, wie die Helden der Ilias gegen den Feind zu kämpfen. Der Fürst der Finsternis hat jetzt den letzten Streich gegen die Kirche geführt, sie ihres Oberhaupts beraubt und dort, in ihrem Herzen, im Konklave, den Generalstab seiner Milizen eingenistet, das Arsenal seiner finstersten Maschinerie.«

Und während der slawische Kardinal eine neue Pause macht, um zu trinken, kehrt sein Blick zu dem Fresko zurück, gefolgt von der gesamten Versammlung, in einem immer tiefer werdenden Schweigen.

»Vielleicht wundert ihr euch, dass gerade einer eurer Mitbrüder aus dem Osten, ein Mann, den viele von euch bei ihren Entscheidungen privilegiert haben, womöglich weil sie einen Augenblick lang glaubten, dass er das Problem lösen könnte, das euch hier quält, sich hiermit an euch wendet. Vielleicht haltet ihr es für Feigheit, Angst, Flucht aus der Verantwortung. Aber so ist es nicht. Auch mein Land ist so krank wie der Westen. Sein christliches Herz schlägt nicht mehr so stark, dass es den Rhythmus einer ganzen Nation bestimmen könnte wie zu Zeiten Dostojewskis und Tolstois; der

Materialismus der Armut hat es in siebzig Jahren so umgekrempelt, wie der Materialismus des Reichtums Europa korrumpiert hat. Sucht den neuen Pontifex in Afrika! In einem Mann, der zu den einfachsten Glaubensformeln hinabsteigen kann, im Kontakt mit den irdischsten und ursprünglichsten Kräften, ein Mann, der in der Lage ist, gegen das Böse zu kämpfen, mit seinen Waffen, um den Teufel zu besiegen, der dabei ist, unseren Verstand mit seinen Krallen zu packen, uns aufgrund unserer Müdigkeit zu überwältigen, aufgrund unserer Angst, im Dunkeln herumzutappen, aufgrund unserer Glaubenszweifel, unserer Furcht vor Vereinsamung und unserer Angst, die wenigen Tage, die uns noch bleiben, in einer unsinnigen Klausur zubringen zu müssen. Es gibt einen Mann, der kommt aus Afrika und in Afrika ist er ein viel geliebter Hirte, würdig all unserer Hoffnungen. Ich fordere euch jetzt auf, teuerste Mitbrüder, eure Stimme ihm zu geben!«

Damit geht die Rede von Wolfram Stelipyn zu Ende. Er setzt sich wieder auf seinen Platz und wischt sich den Schweiß ab, der seine Kardinalskappe in den Nacken hatte rutschen lassen.

Er hat den Namen des schwarzen Kardinals, den er meinte, nicht genannt und lässt damit die Versammlung in einer äußerst beunruhigenden Unterbrechung zurück. Seine Worte haben durch ihre Intensität, durch die Kraft ihrer Erwägung Verwirrung ausgelöst und in so strengen und überzeugenden Formen wieder den dualistischen Konflikt zwischen Teufel und Gott eingebracht.

Doch die Verlockung einer Umkehr zu den Ursprüngen, wie sie dieses Bild von Afrika heraufbeschworen hat, klingt für viele Europäer wie eine Verurteilung ihrer Bildungsentwicklung und ihrer Entscheidungen in der Regierungsführung der Kirche. Und sie schafft eine Unruhe und Unduldsamkeit, die in denen, die am ehesten geneigt sind, sich Fragen zu stellen, den durch die Worte des Slawen angerissenen dualistischen Konflikt zu erneuern scheinen.

14

Warum nur hatte dieser Mann – der auch den weniger von seinem Vorschlag Überzeugten inspiriert zu sein scheint – es vermieden, den Namen des afrikanischen Kandidaten zu nennen?

Das fragen sich an diesem Abend viele im Turm von San Giovanni, die dort zusammengekommen sind, um sich von den Mühen des Tags im türkischen Bad zu erholen, nachdem die beiden Wahlgänge vom Morgen und vom Nachmittag die Namen der zum Papst Wählbaren unter die elf afrikanischen Kardinäle und den Ukrainer selbst verstreut haben.

»Es war einfach unmöglich, ihm diesen Namen zu entlocken«, wiederholt der Kardinal von Paris, De Jouy, mehr sich selbst als Matis Paide gegenüber, schließt halb die Augen und überlässt sich dem wohltuenden Gefühl von Wärme.

»Er hat nur gesagt, dass es an uns liege, ihn zu suchen. Es war fast so, als hätte er Angst, ihn zu nennen, wie wenn ein Schatten der Vorsicht ihn hindern würde, diese Verantwortung auf sich zu nehmen«, erwidert Paide.

»Und trotzdem hat er die Unverfrorenheit gehabt, uns zu sagen, dass wir allesamt von der Geschichte überholt worden sind«, bemerkt Rabuiti, der seinen Bademantel abgelegt hat und den Dampf nicht mehr erträgt.

»Vielleicht mag ich mich ja irren, aber dahinter steckt ein Geheimnis, da weht ein mysteriöses Lüftchen. Der Unierte verbirgt irgendetwas, vielleicht schickt er eine kodierte Botschaft aus«, schaltet sich der Kradinal von Bologna, Siro Ferrazzi, in das Gespräch ein.

»Aber an wen denn?«, fragt Rabuiti.

»An die in Frage stehende Person, an den neuen Tertullian oder an den neuen Augustinus, wenn dir das lieber ist«, scherzt Ferrazzi wieder.

»Ja, es sieht so aus, als würde er diesen Mann auffordern, sich zu erkennen zu geben«, fügt Paide hinzu, »so als käme es ihm zu, sich selbst zu nominieren.«

»Und einstweilen ist es ihm gelungen, die Afrikaner gegeneinander auszuspielen. Das ist das wunderbare Ergebnis seines Schweigens«, stellt der Kardinal von Palermo fest, als er zu den Duschen hinübergeht, weil er die übermäßige Hitze nicht mehr ertragen kann.

»Das ist nicht das einzige Ergebnis. Es ist ihm gelungen, dem Konklave eine Richtung zu weisen, und das ist immerhin etwas. Wir werden nicht mehr hinter die Furche, die er gezogen hat, zurückkehren. Viele andere sind ebenfalls der Meinung, dass eine Besinnung auf die Ursprünge nötig ist, die er in der Entscheidung für Afrika erkennt«, sagt Paide, während eine Arie von Albinoni im Hintergrund in eine lebendigere Bewegung übergeht, »nur muss man verstehen, ob es der Hirte von Luanda, von Kinshasa, von Lusaka, von Nairobi, von Daressalam oder von Antananarivo ist ...«

»Oder von Maputo oder von Dakar«, glossiert Ettore Malvezzi, der gerade in diesem Augenblick eintritt und sich gleich in die Unterhaltung stürzt, um den Impuls zu unterdrücken, wieder hinauszugehen.

»Mir scheint, es sind auch die von Addis Abeba und von Kampala da«, sagt der Bischof von Genua.

»Einer von ihnen ist hier ... Sprich leiser«, empfiehlt Rabuiti, der von der Dusche zurückkommt.

Gleich darauf öffnet sich die Glastüre und es erscheint,

im Kontrast zwischen seiner Haut und dem weißen Bademantel, der gerade erwähnte, aber in den Dampfschwaden noch nicht deutlich erkennbare Kardinal.

Beim Anblick des Kardinals kehrt die Erinnerung an die am Vormittag und Nachmittag während der Wahlgänge durchlebten Stunden zurück, die der Aufforderung des slawischen Kardinals gefolgt waren. Eine durchaus nicht ins Leere gefallene Aufforderung, die aber zu keinerlei Übereinkunft geführt hatte.

Gleich nach dem Beitrag von Wolfram Stelipyn hatte der Camerlengo dem slawischen Bischof gedankt, die Abstimmung eröffnet und unverzüglich die Wahlzettel verteilen lassen, damit sich das durch die Rede von der Kandidatur der Afrikaner hervorgerufene Klima der Nachdenklichkeit nicht verflüchtigte. Er hatte nicht versuchen wollen zu klären, auf welchen der elf farbigen Prälaten der unvorhersehbare Redner sich bezogen hatte: Freilich, Stelipyns Vorsicht würde nach und nach seinen Wert voll zur Geltung bringen. Wenn dieser Mann schwieg, musste er seine Gründe dafür haben und alle zugunsten der Lösung des Problems, ohne jede Absicht, der Erleuchtung durch den Heiligen Geist ein neues Hindernis in den Weg zu legen. Im Übrigen entzogen sich vier oder fünf von ihnen schon aus Altersgründen dieser Möglichkeit. Der Name würde nach den ersten Wahlgängen zum Vorschein kommen, er würde sich im Licht der ersten fehlgeschlagenen Versuche, ihn zu beschwören, erschließen. Fast zwei Monate hatten sie gewartet, jetzt konnten sie sich auch noch etwas gedulden.

Als ihm die Stimmzettel der einhundertsechsundzwanzig Abstimmenden gebracht wurden, hatte er, während er sie laut vorlas, gleich das Gefühl, die richtige Entscheidung getroffen zu haben, nämlich zuzulassen, dass die Wahrheit dieses Namens sich ihren Weg von selbst in die Herzen bahne.

Dreiundzwanzig Stimmen wurden für den Kardinal von Uganda abgegeben, zweiundzwanzig für den von Angola, neunzehn für den von Madagaskar, siebzehn für den von Mosambik und neun für den Kardinal von Kamerun. Die anderen fünfundzwanzig Stimmen verteilen sich auf den Kardinal von Mailand, der immerhin noch sieben bekam, auch auf Stelipyn, der drei erhielt, und eine Anzahl anderer, auf die eine oder zwei entfielen, wie den Palästinenser, den Bischof von Bombay, den von Sarajevo und den von Buenos Aires. Auch für Malvezzi gab es eine Stimme und ein Stimmzettel war unbeschrieben. Alle waren durchaus wählbar, zumal der älteste unter ihnen, der Kardinal von Kamerun, neunundsechzig Jahre war. Ein junger Mann, wenn man an das Durchschnittsalter dachte.

Die dreiundzwanzig Stimmen für den Ugander, Kardinal Joseph Masaka, stellten den Rekord des gesamten Konklaves dar, weil niemand an den vorhergehenden Tagen so viele Stimmen bekommen hatte.

Als am Nachmittag der nächste Wahlgang bevorstand, nach intensiven Konsultationen der Kardinäle, die die Bereitschaft für eine afrikanische Lösung zu beschleunigen schienen, war die Spannung über das Ergebnis förmlich in der Luft zu spüren. Niemand achtete mehr auf Hühner und Katzen, niemand beklagte sich mehr über den Gestank, der in der Zwischenzeit noch ungeheuerlicher geworden war. Die Kerzenschachtel mit den fünf neugeborenen Kätzchen wurde den afrikanischen Schwestern in den Küchen anvertraut. Die Hähne waren eingefangen und in den großen Hühnerstall unterhalb der Krankenstation gebracht worden, wo sie auf der Stelle wieder angefangen hatten zu krähen. Die Putzkolonne für die Sixtina machte weiter mit Besen und Silberschaufeln, das schon, doch mit einer Diskretion, welche Dienstpersonal und Prälaten miteinander zu verschmelzen schien, denn sie bewegten sich auf Zehenspitzen und gerieten in Panik bei dem Gedanken, dass sie Aufmerksamkeit auf sich ziehen könnten. Es gab sogar den Vorschlag, dass sie alle gemeinsam, in Abwesenheit der Chorsänger, die wegen der sie in Versuchung führenden Visionen auf ihre Zellen verbannt waren, das *Veni Creator Spiritus* singen sollten. Und die betagten Kehlen hatten sich in einem mühevollen Chor voll falscher Töne zum Herrn erhoben, um ihm eine gemeinsame Hoffnung darzubringen.

Das war der einzige Augenblick, in dem die Tiere Anzeichen einer neuerlichen Beunruhigung erkennen ließen, weil sie von dem Durcheinander aufgeschreckt wurden. Doch die Geduld hatte die Oberhand gewonnen und keiner der Kardinäle hatte protestiert wegen der Katze, die fauchte, oder wegen des Huhns, das ein Ei legte, tief bewegt, unmittelbar dort unter der Soutane des Purpurträgers. Und das *Veni Creator Spiritus* war bis weit nach hinten gedrungen, bis zu den letzten Worten, die der Erzbischof von Shanghai wegen seiner Taubheit verspätet in die bereits eingetretene Stille der Mitbrüder blökte.

Die Ergebnisse der Stimmenauszählung hatten nicht geringes Erstaunen ausgelöst. Die Streuung hatte sich auf alle Afrikaner ausgebreitet, auch auf die, die am Vormittag keine Stimme erhalten hatten, zum Nachteil des Uganders und des Angolaners, wohingegen jetzt auch der Kardinal von Äthiopien Stimmen erhalten hatte, ebenso der des Senegals, der von Zaire und der von Tansania. Nur der Kardinal von Mailand hielt seine Position mit den üblichen sieben Stimmen. Alle anderen hatten ihre Position verändert, einige verloren sogar ihre einzige Stimme wie Malvezzi, der Palästinenser und der Bischof von Sarajevo.

Es war deutlich, dass die afrikanische Aufforderung weiterhin die Köpfe der Kardinäle inspirierte, doch eben aufgrund ihrer Anziehungskraft verursachte sie einen internen Kampf um die Kandidaturen der Farbigen. Niemand wollte sich dieser anfänglichen Äußerung entziehen; vielleicht baten sie alle um die Waffenehre, um eine Platzierung wenigstens bei den ersten Feuerproben, damit die Würde gewahrt bliebe, um sich anschließend zugunsten des einen Höchstverehrungswürdigen zurückzuziehen, den Stelipyn kennen musste.

Die Abwesenheit des Ukrainers beim zweiten Wahlgang war bemerkt worden, doch sein Gesundheitszustand war nie stabil gewesen. Oder vielleicht war seine Abwesenheit angesichts des Drucks, dem er in diesen Stunden ausgesetzt war, auch diplomatischer Natur, um dem Gang des Nachdenkens und der Entscheidungsreifung wirklich freien Lauf zu lassen. Als er den neuen Wahlgang, den achtzigsten, auf den nächsten Vormittag ansetzte, fühlte der Camerlengo, dass die Dinge sich bewegten und die Maschine sich wirklich wieder in Gang gesetzt hatte, wenngleich auch mit Rucken und Ladehemmungen nach so langem Stillstand.

An all das denken auch die Gäste im Turm von San Giovanni, von denen die einen sich in der Sauna, die anderen im türkischen Bad befinden, als sich unter großer Anteilnahme die Nachricht verbreitet, dass auch der ukrainische Kardinal im Begriff stehe einzutreten und bereits seinen weißen Bademantel im Empfang genommen habe. Sein Gesundheitszustand erlaubt es ihm also nicht, sein Bett zu verlassen, wohl aber, sich in den letzten Stunden »seines« Tages die Annehmlichkeit eines Dampfbads zu gönnen ... Vielleicht ist es aber in seiner Heimat auch nur eine Gewohnheit unter vielen anderen. Oder vielleicht war es ja auch der päpstliche Arkhiatra selbst, der ihn untersucht und ihm diese Erfahrung angeraten hat?

Die gleichzeitige Anwesenheit des schwarzen Kardinals und des großen Anregers dieser Wahl an dem Ort, wo man dem Körper die der Müdigkeit des Alters geschuldete Erleichterung gewährt, verbreitet unter den Kardinälen eine eigentümliche Aufgeregtheit. Kaum hat man sich darüber gewundert, den Kardinal von Turin hier zu sehen, der noch nie vorher hierher gekommen war, schon fliegt von Mund zu Mund die Nachricht, dass niemand Geringerer als Kardinal Zelindo Mascheroni komme. In seinem Gefolge sind ein paar Schweizergardisten und singen ihre Corps-Hymne: »*Notre vie est un voyage / dans l'hiver et dans la nuit, / nous cherchons notre passage / dans le ciel où rien ne luit ...*«

Was hat so viel Aufwand zu bedeuten? Wird überhaupt Platz sein für die Gardisten in diesen für die Purpurträger reservierten Räumlichkeiten? Und wenn es sich um eine Provokation des Unnachgiebigsten unter ihnen handelt, um die Laxheit der Sitten zu tadeln?

Von diesem Mann muss man alles erwarten. Unglücklicherweise befindet sich weder in der Sauna noch im türkischen Bad ein boshaftes Huhn, das seinen moralinsauren Eifer neutralisieren könnte.

Man erfährt, dass Mascheroni auch für seine vier Gardisten um Erlaubnis gebeten hat, eintreten zu dürfen, was der philippinische und der afrikanische Monsignore ihm nicht verweigern konnten. Und jetzt wartet man im türkischen Bad, wo sich die Italiener mit Paide und den farbigen Kardinälen zusammengetan haben, jeden Augenblick darauf, dass der Erzbischof von Lvov, der Präfekt der Glaubenskongregation und die vier jungen Soldaten eintreten.

Das Warten führt unterdessen dazu, dass man die Formen des afrikanischen Kardinals erkennt. In seinem breiten gutmütigen Gesicht erscheint der lächelnde Ausdruck des Bischofs von Maputo in Mosambik, Carlo Felipe Maria Dos Angeles.

Im zweiten Wahlgang dieses Tages hat er zwanzig Stimmen erhalten, eine mehr als am Vormittag. Dieser nackte Mann, der sich gerade gesetzt und seinen Bademantel ausgezogen hat, könnte der erste schwarze Papst der Geschichte werden.

Das ist ein Gedanke, der durch die Köpfe aller geht, als sie ihn erkennen und dann schweigen. Und die ungute Atmosphäre dieser Stille, die im Gegensatz zu der Unterhaltung steht, von welcher der Afrikaner gerade noch ein Bruchstück aufschnappen kann, bringt vor allem den in Verlegenheit, der der Auslöser dafür ist.

Dos Angeles hat Stelipyns Rat befolgt, sich an diesen Ort zu begeben, wo man besser die Wendung der Dinge verstehen kann, ohne jeden Verdacht, dass die anderen afrikanischen Kardinäle den gleichen Rat erhalten hatten. Denn innerhalb weniger Minuten erscheinen sie nahezu alle und zwängen sich auf den noch freien Bänken zusammen. Nun sind die neuen schwarzen Kandidaten da, die Stimmen erhalten haben.

Und aus ihrer Überraschung, die sie nicht verbergen können, spürt man, dass sie nicht erwartet haben, ihre Gefährten dort zu treffen. Jemand wie der Bischof von Luanda bedauert das und denkt an die Richtigkeit des Pascal'schen Gedankens, demzufolge uns der größte Teil des Unheils deshalb widerfährt, weil wir unfähig sind, alleine in unserem Zimmer zu bleiben.

Die Glastüre geht auf und es erscheint der Erzbischof von Lvov, eingemummt in einen Bademantel, der seinen Schritt behindert, viel zu lang für seine kleine Person. Kaum ist er über die Schwelle getreten, stehen die neun afrikanischen Kardinäle auf, um ihm ihren Platz anzubieten, doch er macht sich über so viel Aufmerksamkeit lustig, geht in die Ecke und setzt sich neben Malvezzi.

»Was für eine schöne Musik! Was ist das?«, fragt er den Erzbischof von Turin mit starkem ausländischen Akzent.

»Das muss ein Komponist des achtzehnten Jahrhunderts sein.«

»In meiner Kathedrale erklingt immer eine Hintergrundmusik, wie hier. Meine Chorsänger sind hervorragend, wir haben sie aufgenommen, auf diese Weise hören sie nie auf zu singen.«

»Wenn dir eine gute Massage mit Birkenzweigen Freude macht, lieber Stelipyn, ich habe eine ganz schöne Menge kommen lassen. Du musst das ausprobieren, es ist gut für den Blutkreislauf!« Matis Paide richtet diese Einladung an ihn und deutet auf das neben ihm am Boden aufgestapelte Reisig.

»Wie freundlich, danke, man hat mir gesagt, du wärst Finne, du verstehst etwas davon.«

»Nein, ich bin Este, von einer Insel vor Finnland, dort wachsen die Birken so wie hier die Akazien und Linden.«

»Also, wie macht man diese Massage?«

»Ich zeig's dir. Nimm einen Zweig in die Hand und schlage ihn sanft, aber anhaltend auf meinen Rücken«, und der frühere Trappistenmönch, der überzeugteste Fürsprecher der Wonnen der Klausur, zieht sich aus, steht auf und bietet seinen Rücken der behelfsmäßigen Rute des slawischen Kollegen dar.

Der Anblick des kräftigen nackten Körpers des estischen Kardinals steht in komischem Gegensatz zu dem hinfälligen kleinen Körper seines schüchternen Flagellanten, der rasch den kleinsten Zweig, den er finden kann, ergreift und auf den breiten Rücken dieses Mannes zu schlagen beginnt, der, trotz seiner sechsundsechzig Jahre, immer noch kräftig und aufrecht ist.

»Fester, Wolfram, fester«, bittet Paide.

Und der kleine Ukrainer, dessen Kapuze über dem Kopf

ihn einem Elf ähnlicher macht als einem Fürsten der Kirche, versucht, größere Kraft aus seiner Hand herauszuholen. Die Mühe und die Hitze lassen sein Gesicht rot werden, wohingegen die Bewegung ihm den Gürtel seines Bademantels löst.

Und so, als wäre es Nacheiferungssinn oder Verlegenheit, die es durch irgendeine Tätigkeit zu überwinden gälte, stehen die Afrikaner, die ihnen gegenübersitzen, einer nach dem anderen auf, nehmen die verbleibenden Birkenzweige und beginnen, dem Rat Paides folgend, sich gegenseitig zu schlagen. Und so schlägt Kinshasa Daressalam, Maputo schlägt Atananarivo, Douala schlägt Kampala, Dakar peitscht sowohl Addis Abeba als auch Luanda.

Nach und nach, angesteckt von der stillen Rhythmik dieser Bewegungen, nehmen auch die Italiener einen Zweig und beginnen, nachdem sie sich ihr bereitwilliges Opfer ausgesucht haben, auf dessen Rücken zu schlagen, ohne jemals das Flagellantenpaar aus dem Blick zu lassen, das die Schar anführt, Stelipyn und Paide, die beiden großen Vorposten der Kirche im Norden. Man hört nur die ständige wiederholte Aufforderung »Fester, fester!«, die Paide an Stelipyn richtet und die, wie ein Mantra, diese Übung beseelt, damit aber auch in die Erinnerung vieler die Kasteiungen früherer Zeiten zurückruft.

Paide weiß, dass er in Kürze Stelipyn auffordern muss, seine Massage zu unterbrechen, um die Rollen zu wechseln und ihn zu schlagen. Doch die Schwächlichkeit des ukrainischen Bischofs hindert ihn daran, dies zu tun, weil er befürchtet, dass sein Amtsbruder diese Anstrengung nicht durchhält. Doch ist es Stelipyn selber, der ihn aus dieser Peinlichkeit erlöst: »Jetzt ist die Reihe an mir«, und er zieht seinen weißen Bademantel aus.

Dieser kleine verkrampfte Körper ohne Muskeln, die schlaffe, gelbliche Haut, die hervorstehenden Knochen, dieser gekrümmte Mann, der sich der Schmähung der Peitsche darbietet, könnte in den Augen der Anwesenden nicht besser das Klima der Bußfertigkeit vervollkommnen. Paides Hand ist leichter als eine Feder, verhindert aber nicht, dass ein leichtes Torkeln von Stelipyn ihn dazu bringt innezuhalten.

»Fester, fester«, lautet die Aufforderung des Slawen, der seinen Kasteiungswettstreit nicht verlieren will, als er auf die Afrikaner blickt, deren Energie in der Kraft des Streichs auf die Haut, in der Größe der Bewegung bei weitem die jedes anderen Fürsten der Kirche übertrifft.

In diesem Augenblick, als Stelipyn die kraftstrotzende Nacktheit dieser schwarzen Körper betrachtet, fliegt die Türe erneut auf. Reglos auf der Schwelle, gelähmt vor Verwunderung, erscheint Kardinal Zelindo Mascheroni, Präfekt der Glaubenskongregation.

Hinter ihm lugen die Blondschöpfe von vier Schweizergardisten hervor.

15

Kardinal Zelindo Mascheroni findet nicht den Mut einzutreten. Der Anblick der nackten Flagellanten, eingehüllt in Dämpfe, vor dem Hintergrund des Kruzifixes, das er an der gegenüberliegenden Wand erkennt, hat seinen Höhepunkt von erbarmungswürdiger Intensität in der Gestalt des armen Stelipyn, der sich den Schlägen des rasenden Paide unterzieht.

Doch was das Bild vervollständigt, das infernalische Szenen vor dem Auge erstehen lässt, gleich denen, die er jeden Tag auf dem Fresko der Sixtina betrachtet, sind die neun schwarzen Kardinäle, die einander kräftig schlagen. Er, der Präfekt der Glaubenskongregation, schließt die Augen und bittet den Herrn, ihm die Worte mit mehr Glück einzugeben als im Konklave.

Es hatte ihn nicht wenig Mühe gekostet, den weißen Bademantel anzunehmen, der ihm wie eine Verhöhnung des päpstlichen Gewandes vorgekommen war. Doch er hatte sich eine Inspektion dieses Ortes auferlegt, weil er in Erfahrung hatte bringen können, dass sich dort die Afrikaner mit ihren Unterstützern träfen. Allerdings war er mit den Schweizergardisten und einem ihrer Offiziere gekommen, weil er befürchtete, irgendetwas Unangenehmes könne sich ereignen, das seine Würde verletzt und ihn zwingt, Hilfe zu erbitten. Er war noch nie in einem türkischen Bad, doch hatte er sich äußerst lebhaft seiner Einrichtung widersetzt.

Nun, angesichts dessen, was sich seinem Blick darbietet,

erlebt er die vollkommene und totale Infragestellung seiner Befürchtungen. Denn niemals hätte er glauben können, dass man sich an diesem Ort derart asketischen und ernsten Praktiken des Flagellantentums hingibt. So kann er, völlig verwirrt und hinsichtlich seines Argwohns voller Reue, dem Kardinal von Neapel zunächst nichts antworten, der ihn auffordert, die Türe zu schließen, damit die Wärme nicht hinauszieht. Doch lässt er sich von der feuchten Hand Rabuitis fügsam ins Innere des großen Baderaums schieben. Hinter ihm huschen wie Schatten auch die vier Schweizer hinein, getreu dem Auftrag, Kardinal Mascheroni nie alleine zu lassen, auch wenn sie sich ziemlich unbehaglich dabei fühlen.

Mascheronis Erscheinen führt sogleich dazu, die Massagen der Kardinäle mit den Birkenzweigen zu unterbrechen, doch nicht, weil sie aufgrund seiner Anwesenheit eingeschüchtert wären, sondern weil sie noch immer an die bewegende Szene denken müssen, als ihm das Huhn das Resultat seiner Konzentration auf den Kopf setzte. Und während sich jeder wieder mit einem Lächeln hinsetzt, suchen sie zwischen den einzelnen Dampfschwällen aufmerksam danach, ob sich nicht irgendein Federvieh bis in diese Räume vorgewagt und jeder Kontrolle entzogen hat ...

Paide steht auf, sammelt nacheinander aus der Hand der Kardinäle die Birkenzweige wieder ein und bemerkt in den Augen das maliziöse Aufleuchten ihrer Hoffnung zum Schaden des armen Mascheroni. Dieser sitzt stocksteif, mit vorgewölbter Brust, genau vor der größten Dampföffnung, die ihm ihre Hitzeschwälle mitten ins Gesicht schießt. Husten schüttelt seine Brust, als Leutnant Kapplmüller von der Schweizergarde, der den Befehl erhalten hatte, ihn zu eskortieren, mit einem Handtuch umwickelt auf ihn zukommt und fragt, wie sich seine Eminenz fühle.

»Wie ich mich fühle? Ein bisschen sonderbar, aber das

geht vorbei«, und in der Wand aus weißem Dampf, der sich weiter über ihn ergießt, sieht er bloß eine unscharfe Gestalt vor sich, hoch gewachsen, nur mit Mühe an der Stimme erkennbar. Erst als der von einem Thermostat in Zeitintervallen kalkulierte Ausstoß zu Ende ist, beruhigt sich sein Husten und sein Auge gewöhnt sich an das Halbdunkel in diesem Raum.

Da endlich sieht er den Leutnant, den jungen Hans Kapplmüller, der ihm den Rücken zugewandt hat, nachdem er wieder zu seinen drei Gefährten zurückgegangen ist. Der Anblick dieses Rückens von perfekter Muskulatur, dieses starken Nackens, der vom Honig lockiger Haare bekrönt wird, dieser Beine, die wie Säulen so fest sind, dieser Anblick scheint ihm unerträglich zu sein.

Denn vor ihm befindet sich ja auch der Niedergang des von Falten durchfurchten Körpers von Wolfram Stelipyn und der des Erzbischofs von Palermo, der durch sein Übergewicht zu einer unflätigen Karikatur reduziert ist. Gleich rechts von ihm rahmt der Prälat von Neapel ihn ein, dessen Arthrose sein Profil auf eine runde Parenthese reduziert hat, das Kinn längst mit dem Brustbein verbunden, die wenigen weißen Haare vom Wasserdampf durcheinander gebracht und widerborstig auf seinem Schädel stehend wie bei einer Vogelscheuche. Der müde hinkende Schritt des Kardinals von Genua scheint sich der Bewegungslosigkeit ergeben zu müssen, während sein bläuliches Gesicht von der Beschwerlichkeit des Atmens kündet, das bei den jungen Schweizern hingegen, neben ihrem Offizier, dem natürlichen Hauch einer Meeresbrise gleicht.

Was ist das eigentlich für ein Ort?

Welcher Tortur haben sich seine verehrungswürdigsten Mitbrüder da unterzogen? Es verlangt viel Mut, der Wahrheit der Reifung zum Tode ins Antlitz zu blicken, das ist wirklich eine Geduldsübung und eine Kasteiung, dass sich alle zusammen ausziehen, dem Heiligen Ignatius von Loyola durchaus würdig. Und er hatte wer weiß welche Ungebührlichkeiten im Hinblick auf das Gewand befürchtet, das sie tragen!

Nun beeindruckte ihn nur das Schauspiel des Gegensatzes zwischen der eigenen Würde, gestützt vom Gewand in der Pracht des Purpurs, und der Wahrheit dieser Körper, die keine Hand je in der Nacht, in der Abgeschiedenheit eines ehelichen Schlafgemachs, gestreichelt hatte. Dieses Fleisch hatte nie die Süße und Sanftheit kennen gelernt, die seinen Verfall abmilderten. Und wenn es einmal blühend und schön war wie das dieser herrlichen jungen Männer, so war es dies doch nie für die freudvollen Blicke einer Frau. Jung und fruchtbar für niemanden, haben sie sich Gott und der Zeit dargeboten, die es verbraucht. Doch die Gemeinschaft der Gläubigen empfing den Schatz dieses stillen Martyriums; ein Opfer, das nicht mehr vor den wilden Tieren im Kolosseum stattfand, sondern angesichts der aufblühenden Liebe von Brüdern und Schwestern, angesichts der Geburt von Neffen und Nichten. Die Kirche war reich an derlei Verzicht, eine offene Wunde, die zu ertragen man sich angewöhnt, auch wenn sie gelegentlich dazu verleitet, sich die Frage zu stellen, wie wohl die andere Entscheidung ausgesehen haben würde. Diese jungen Männer, die ihren Dienst in der wohl ältesten Militäreinheit Europas versahen, würden, wie alle Soldaten, nach einer gewissen Zeit wieder nach Hause zurückkehren und bald danach einer Frau begegnen. Für sie würden dieser Dienst, dieses Konklave, diese lange Trennung von der anderen Hälfte des Himmels lediglich eine Jugenderinnerung sein.

Genau in diesem Augenblick sieht er, wie Leutnant Kapplmüller sich umdreht und dem Blick sein schweißgebadetes Gesicht bietet, das von der Atmung her schön gefärbt ist, seine breit geöffnete Brust, die Hüften in das Frottiertuch gewickelt, das mit Sorgfalt über dem Bauch eingerollt ist. Das Lächeln auf diesen Lippen, einem Rest von der Unterhaltung mit seinen Gefährten, verschwindet allmählich und das Pflichtbewusstsein kehrt zurück. Die Pflicht, über diese alten Männer zu wachen und über ihn, ohne sich allzu viele Fragen zu stellen, ohne die Befehle des Kommandanten zu kommentieren noch zu diskutieren. Doch was für eine Schande, sich diesem Mann in der gleichen Nacktheit zu zeigen wie die anderen Kardinäle! Wie spürt er jede Autorität über diesen Offizier schwinden, der doch seine Anweisungen zu empfangen gewöhnt ist, ohne ihm auch nur in die Augen zu blicken, ohne auch nur mit dem Blick zu verweilen, um zu sehen, ob das Gesicht eine Müdigkeit verrät.

Als er auf seiner Bank neben Stelipyn sitzt, der ihn ganz ungeduldig sprechen will, begreift er vor diesem stehenden Soldaten, dass er viel zu klein ist, wenn auch nicht von der Statur her.

Kardinal Zelindo Mascheroni schließt seine alten Augen, die verlernt hatten, die Schönheit zu lieben, indem sie das Reich vergessen hatten, das sie auf Erden genoss. Und für ein paar Augenblicke taucht er, während ein neuer, ein längerer und stärkerer Dampfschwall ihn einhüllt, in die Lust ein, in den Wolken zu verschwinden, fernab von der Schmähung der Jahre und der Wüste des Alters.

»Höchst verehrungswürdige Eminenz, ich bin sehr froh, dass Sie hier unter uns sind …« Stelipyns süßliche Stimme versucht ihn auf den Grund seiner Anwesenheit dort zurückzuführen. Denn jetzt versteht Mascheroni, dass die Indiskretionen über die Zusammenkunft im türkischen Bad nur ein von dem slawischen Prälaten ausgedachter Trick waren, um auch ihn hierher zu locken.

Er öffnet wieder die Augen und sieht auf den von den Jahren gebeugten Mann, das Gesicht runzelig, das viele russische Winter durchgemacht hat, einige von ihnen im Gefängnis in der Zeit der sowjetischen Verfolgung. Er verbietet es sich, zu den Gardisten hinüberzuschauen und erwidert die Höflichkeiten des betagten Kardinals, der doch so stark ist, ungeachtet seiner Senilität: »Und ich bin froh, dich zu treffen, lieber Bruder. Aber duzen wir uns doch.«

»Wir sind nicht hier, um ein türkisches Bad zu nehmen, wie du wohl verstanden haben wirst. Wir müssen versuchen, von hier mit klaren Ideen wegzugehen, klarer als die von heute Nachmittag.«

»Lass mich erst die Gardisten wegschicken, es scheint mir nicht angebracht, dass sie weiter hier sind.«

»Wieso hast du sie überhaupt mitgebracht?«

»Weil ich befürchtet habe, dass ... Ach, komm, das erkläre ich dir ein anderes Mal. Jetzt ist es schon spät, wir haben nicht viel Zeit.«

Er schließt seinen Bademantel, wendet sich an Leutnant Kapplmüller und seine Soldaten und geht ein paar Schritte auf sie zu.

Sie lehnen alle vier an der Wand, im Stehen, denn sie haben nicht gewagt, neben den Kardinälen Platz zu nehmen.

Ihr Handtuch ist vom Schweiß durchnässt und klebt an ihrer Haut. Es zeigt ihre Hüften in der perfekten körperlichen Form dessen, der seinen Körper durchtrainiert erhalten muss.

In diesem Augenblick steht einer der Kardinäle auf, dessen Gesicht im Nebeldunst der Dämpfe nicht erkennbar ist. Als der Bademantel über dem Bauch aufgeht, zeigt er sein Geschlecht. Mascheroni dreht sich weg, um die Beleidigung seines armen Mitbruders zu vergessen, die ihm ungewollt bei der so peinlichen Indiskretion dieses Anblicks zugefügt worden war. Er erinnert sich der biblischen Geschichte von Cham, der die Nacktheit seines alten betrunkenen Vaters Noah entdeckt. Und die Beleidigung des gedemütigten Patriarchen. Wieder dreht er sich weg, um mit dem Leutnant zu sprechen. Da spürt er, wie eine Kralle sich in seine Brust schlägt und ihn auffordert, diesen Körper zu betrachten, an dem das Geschlecht sich nur vorstellen lässt. Seine Sinne vernebeln sich, während er mit einem Hauch von Stimme Leutnant Kapplmüller zuraunt, dass er sich durchaus mit seinen Soldaten zurückziehen könne. Und, er weiß nicht, wie, entfährt es seinem Mund, dass er später in seiner Zelle auf ihn warte, um den Tagesbericht aufzusetzen.

Er stützt sich gegen die Wand. Ein großer Spiegel über einem Waschbecken wirft das Bild zurück. Im Spiegel sieht er die Gruppe der Gardisten hinter ihm hinausgehen. Was geschieht nur mit ihm? Mit siebzig noch an derartige Verwirrungen zu glauben. Er, der das Maß der Ethik ist? Er, der von Gott die Macht verliehen bekommen hat, genau in die Herzen der Gläubigen zu blicken und das Geheimnis und die Gabe der Sexualität zu regulieren? Er, der aus der Kirche die verjagt hat, die sich diesem Begehren hingeben, das sich eben auch ihm mit schrecklicher Macht gezeigt hat und dem man nur den Willen der Selbstaufgabe entgegenstemmen kann?

Das ist es also, was die Verstoßenen, die Lasterhaften, die er von der Feier und Empfängnis der Sakramente ausgeschlossen hat, erleiden. Dieser Schrecken, den er, im Namen Christi, andere ertragen ließ. Ein Leben lang, schon seit seiner Zeit als Junge im Seminar in Prato, war er der unnachgiebigste Ankläger des Lehrers für Theologie, der zu gewissen Aufmerksamkeiten gegenüber den jungen Seminaristen neigte, wenn er sie in seinem Arbeitszimmer empfing ...

Er hat noch das Bild von dem fuchsigen Bart im blassen Gesicht des Paters Esmeraldo vor Augen, des kolumbianischen Theologen, der mit vierzig Jahren in diesem Seminar auftauchte, wo er, so schien es, von seinen Oberen versteckt worden war. Und noch immer spürt er die feuchte Hand des Priesters, der ihm die Haut am Hals oberhalb des weißen Kragens streichelt, ja, genau, der Schauder ist der gleiche ... Und an dem Tag, an dem er vom Rektor des Seminars befragt wird, nachdem er den Kolumbianer angezeigt hat, unterzeichnet er ohne weiteren Verzug die Erklärung, aufgrund welcher Pater Esmeraldo davongejagt wird. Und in der Erinnerung klingt noch die Antwort auf die Frage seines Zimmergenossen: »Was hat der arme Kerl dir denn getan? Auch wenn er dich berührt hat, er war doch ein tüchtiger Lehrer.« »Nein, er war ekelig ...«

»Was hast du denn, Mascheroni? Fühlst du dich nicht wohl? Vielleicht ist es besser, du gehst hinaus, es ist gefährlich, wenn du länger als eine Viertelstunde hier drinnen bleibst.« Paide ist es, der mit ihm redet und fürsorglich seinen Arm nimmt.

Er führt ihn fort, als wäre er von einer Schlange gebissen worden. Und Paide schaut ihm fest in die Augen. Was für ein Mann ist dieser Mascheroni nur, der dorthin kommt, begleitet von einer Truppe von Gardisten, so als wolle er sie von dort verjagen, und der jetzt so zittert, so blass ist, so unfähig, ohne die Insignien seines Ranges er selbst zu sein? Er erträgt es nicht einmal, auch nur gestreift zu werden.

»Ja, vielleicht ist es besser, wenn ich einen Augenblick hinausgehe ... Eigentümlich ... ich verspüre großen Durst.«

»Das ist nur natürlich, du hast viel geschwitzt.«

Zelindo Mascheroni verlässt torkelnd den Raum des türkischen Bads. Gleich findet er den philippinischen Monsignore, der ihn in einen kleinen Raum mit Kühlschrank und Getränken bringt, wo er trinken kann.

Er bittet, dass er sich wieder ankleiden kann, und wird zu seiner Kabine geführt. Als er heraustritt in seinem Talargewand, seinem roten Käppchen und dem Brustkreuz aus Brillanten, fühlt er sich nicht besser, wie er eigentlich gehofft hatte. Das Gewand hat gemeinsam mit seinem Aussehen nicht seine innersten Gedanken zusammengefügt und geordnet, in denen noch immer das Bild dieses halb nackten Körpers mit dem verhüllten Geschlecht nistet.

Sofort bittet er um einen Spiegel.

Als er vor ihn geführt wird, erkennt er in dem Bild langsam die Maske des Mannes, von dem er jetzt bezweifelt, dass er je wieder zu diesem werden könnte. Und wieder überkommt ihn der Wunsch der Selbstauflösung, um nur nicht dem Begehren nachzugeben, das sich seiner inzwischen bemächtigt hat.

In seinem Herzen verwünscht er den Gedanken, diesen Ort besucht zu haben. Der Schweiß rinnt in Bächen über sein Gesicht und seinen Schädel, wo er am Vormittag von dem Hühnerhaufen getroffen worden war. Wirklich scheint es so, als wolle die Maske nicht mehr in sein Gesicht zurückkehren. Lieber weg hier, vielleicht fügt sich fern von hier alles wieder zusammen.

»Bitte, sagen Sie dem Kardinal von Lvov, ich hätte mich nicht wohl gefühlt und würde in meine Zelle zurückkehren. Ich werde morgen mit ihm sprechen.«

Das Konklave kümmert ihn keinen Deut mehr, auch wenn er hierher gekommen war, um ihnen bei der Lösung des Problems zu helfen.

Der Impuls zu fliehen, ist stärker.

Er will sich auf das Treffen mit Kapplmüller vorbereiten, den er zum Rapport bestellt hat. Er weiß nicht, warum er ihm diesen absurden Befehl gegeben hat, er kann doch der Begegnung mit dem jungen Leutnant gar nicht standhalten, er kanns nicht, kanns nicht ... Er weiß nicht, welche Worte er ihm sagen könnte, allein, in seinem Zimmer. Gleichwohl muss er eilen und ihn empfangen, er muss sich auf das Treffen vorbereiten. Es muss doch einen Weg geben, wie er es durchstehen kann, ohne den Schrecken zu ertragen, den er in den Dampfschwaden gespürt hatte, während er heimlich seine Schönheit betrachtete. Es muss doch einen Weg geben, dass der junge Mann sich um ihn kümmert, ohne diese Schande ertragen zu müssen. Es muss doch einen Weg geben, der alles rettet, seine Ehre, seine Begierde, die bei ihm eingeschlagen ist wie der Blitz in eine alte Pflanze, und sein gesamtes Leben, das sich jetzt vor ihm erhebt, um ihn zu richten. Ihm unverstellt erscheinen zu können und gleich darauf, gleich nachdem es gesagt ist, wieder verschwinden ... Eine Geste, eine Maske, eine Stunde seines Lebens, die schon außerhalb des Lebens ist ...

Die Nachricht, dass Zelindo Mascheroni gegangen sei, weil er sich nicht wohl fühle, scheint nur den Erzbischof von Lvov zu verwirren. Alle anderen haben ihn wie einen Fremdkörper hier drinnen empfunden. Einer, der dahin gekommen war, um wer weiß was für Geheimnisse oder Verhaltensweisen zu begreifen, mit der gleichen Hochnäsigkeit, die er immer hatte. Und dann die vier Soldaten, die er bei sich hatte, was für ein Mangel an Feinfühligkeit und Takt! Nur Stelipyns sanfte Art hatte ihn merken lassen, wie unangebracht das alles war, und ihn veranlasst, sich von ihnen zu verabschieden.

»Diesem Mann geht es nicht gut. Und es wird ihm noch

schlechter gehen, er braucht Hilfe!«, sagt Stelipyn, als ob er laut dächte.

»Wir müssen uns um anderes kümmern, Wolfram, wir sind wegen unserer afrikanischen Brüder hier«, sagt Malvezzi in der Gewissheit, das auszusprechen, was viele denken, die unterdessen das türkische Bad verlassen haben, um sich, in ihr Handtuch eingewickelt, entweder auf den Schaumstoffliegen auszuruhen oder in die Sauna zu gehen.

»Ich habe Sorge um das, was passieren wird ... und dann auf uns zurückfällt«, fügt der slawische Bischof mit hauchdünner Stimme hinzu. »Wir müssen für ihn beten!«

»Gehen wir doch rüber in den Vorraum, hier hält man es nicht aus, komm Wolfram«, und Matis Paide hilft dem Ukrainer aufzustehen und hinauszugehen, und so machen es auch die, die alleine im Dampfraum zurückgeblieben sind.

Jetzt sitzen fast alle auf den Bänken und Stühlen des Vorraums, die zu den Umkleidekabinen und den Ruheräumen führen. Auch die Kardinäle, die sich in der Sauna befinden, werden hinzugerufen.

»Wir sind fast vollzählig«, scherzt Rabuiti, blauviolett im Gesicht wegen der Reaktion auf die Hitze, die er hatte ertragen müssen. Und in seinem Herzen verflucht er diese körperliche Praxis und trauert der schönen Sonne in seinem Sizilien nach, wo man sich im Licht und an der Luft erwärmen kann.

Die dann folgende Unterhaltung, die unter den in weißen Bademänteln gekleideten Kardinälen stattfindet, von denen sich die einen die Haare, andere die Beine und die Arme, wieder andere das Gesicht abtrocknen, wird sogleich vom Kardinal von Kampala, Joseph Masaka, aufgenommen, der am Vormittag genau dreiundzwanzig Stimmen auf sich vereinigen konnte.

Im Namen aller anderen Afrikaner spricht er seine ganze

Dankbarkeit für das in sie gesetzte Vertrauen aus. Niemand habe die Absicht, sich der Verantwortung zu entziehen, sie würden sich aber erlauben, einige Zweifel an der Angemessenheit einer dermaßen radikalen Entscheidung auszusprechen. In der Antike hatten die Bürgerkriege, die die Einheit des Imperiums in Stücke geschlagen hatten, bis Rom selbst zerstört war, immer dann begonnen, wenn der Thron von einer der verschiedenen Provinzen des Imperiums entrissen wurde. Und so hat es denn spanische, illyrische, afrikanische und arabische Kaiser gegeben, bis zur Auflösung durch die Hände des Barbars Odoaker, der die kaiserlichen Insignien dem römischen Kaiser von Byzanz übergeben hatte. Der afrikanische Papat würde in der Zukunft das Recht aller Komponenten der Universalität nach sich ziehen, ihn zu ererben. Mit den Folgen eines Verlustes der zentralen Stellung Roms, was bereits bei dem verstorbenen Pontifex, wie man sehen konnte, zweifelhafte Ergebnisse hervorgebracht hatte. Die einseitige Sichtweise hätte vor der universellen den Vorzug erhalten, zum Nachteil der Mission des Bischofs von Rom. Wenn einer von ihnen gewählt würde, würde er ganz fraglos das gesamte Gewicht seiner Kultur, seiner Traditionen, seiner Begrenztheiten mitbringen.

Denn Afrika sei nicht nur der von dem hochwürdigsten Bruder aus Lvov ausgemalte Mythos.

Afrika sei auch Animismus, magisches Denken, Glaube an das Okkulte, an Zauberei, Ablehnung der westlichen Rationalität, Stammeskult, Primat der körperlichen Stärke über die Vernunft, das Recht des Stärkeren, sexuelle Promiskuität, Polygamie, Unschuld und Grausamkeit der Sinne. Sie seien stolz, zu diesem Schmelztiegel der Elemente, zu diesem Gemenge von Kräften zu gehören, doch fürchteten sie, dass dies zum Schaden der Kirche sein könne, wenn es einmal allgemeine Anschauung geworden sei, verkündet vom

Lehrkatheder des Petrus. Sie entzögen sich also nicht, sagten sie noch einmal, sie seien bereit für das Opfer, die Tiara zu empfangen. Doch sie hätten die Pflicht, ein Nachdenken über eine derart riskante Wahl auszulösen, überzeugt, dass die Universalität der Kirche in der Wahl eines italienischen Papstes ihre wertvollste Stütze bekommen würde.

Die Schlussäußerungen des Uganders rufen nicht wenig Aufregung in dem Raum hervor. Dass ausgerechnet aus Afrika Unterstützung für die verlorene Sache Italiens kommen soll, schlägt wie eine Bombe ein. Cerini, Rabuiti, Malvezzi, Bellettati, Rossi Del Drago, Ferrazzi, Capuani, Leporati, Marussi und Lo Cascio fühlen sich wieder mit von der Partie, wo sie doch erwartet hatten, dass für Italien die Türe für immer verschlossen wäre.

Als Erstes erhebt sich die schwache Stimme des ukrainischen Prälaten, um zu antworten, und bittet die Mitbrüder, ihm zuzuhören.

Es ist ein schwerer Irrtum zu glauben, die lokalen Kulturen würden den Papat lahm legen. Im Gegenteil, er wird von ihnen neu belebt.

Dass Rom das Zentrum sei, ist nur eine leere Formel, ein blutloses Zeremoniell, den jungen Generationen, der Menschheit der Zukunft immer ferner entrückt. Der Wille Roms, alle zu repräsentieren, ohne jemand von ihnen zu sein, ist immer eine Anmaßung gewesen. Dies hatte seinen Sinn zu Beginn der Kirchengeschichte, als die Kirche noch Erbin des Römischen Reiches war. Doch seit Jahrhunderten ist sie überholt. Tut sie so, als würde sie vergessen, warum Luther so viel Gefolgschaft fand? Und das Schisma des Ostens? Er, der von dort kommt, spürt, dass nur durch Akzeptieren der Vielfalt des Mosaiks das Gesamtbild erhalten werden kann.

Er wird durch das laute Nachdenken des Kardinals von Turin unterbrochen: »Nur ein Heiliger kann die Kirche retten. Ein Heiliger muss an ihrer Spitze stehen, jemand, der mit der Macht des Wunders den göttlichen Ursprung der Kirche beweisen kann. Die Welt will Faktisches, die Macht der Fakten, die Gewalt der Argumente, den Skandal der Vernunft.«

»Ja, wer ist denn ein Heiliger unter uns?«, ruft Matis Paide ironisch.

»Keiner«, antwortet Stelipyn, »keiner von uns ist bereits heilig. Heilige sind immer erst im Nachhinein entdeckt worden, wenn der Tod ihre Heiligkeit erhellte. Und vielleicht ist ja auch unter uns einer, der es werden wird ...«

»Doch Gott will ihn uns nicht offenbaren oder sind wir so blind, dass wir zu seinen Lebzeiten seine Spur nicht erkennen? Wir, die wir glauben, hier im Konklave, erleuchtet zu sein vom Heiligen Geist.« Das sagt Alfonso Cerini mit der gewohnten Dramatik in Stimme und Gestus.

Und er fährt, an Malvezzi gerichtet, fort: »Jedenfalls, lieber Ettore, die Heiligen gehören keiner Nation an, sie gehören nicht der Geschichte an, sondern sie gehören der Ewigkeit. Ich glaube durchaus nicht, dass ein Heiliger die Kirche leiten könnte, eine Institution, die in der Kunst geübt ist, die Menschen zu regieren, und die sind keine Heiligen.«

»Aber ein Exorzist schon! Der kann der Kirche in dem Augenblick helfen, in dem wir uns befinden. Ihr seht doch alle, in welchem Zustand wir sind, bedrückt von den Kräften des Bösen und alles andere als inspiriert vom Heiligen Geist!«, ruft Ettore Malvezzi aus.

16

Mitten in der Nacht wird Vladimiro Veronelli vom getreuen Squarzoni geweckt.

»Es tut mir Leid, Eminenz, aber etwas Schlimmes ist passiert. Sie müssten mit mir kommen.«

»Ja, was ist denn passiert?«

»Es geht um Kardinal Mascheroni. Mir wurde aufgetragen, nur Sie in Kenntnis zu setzen und Sie dringlich zu bitten, sich unverzüglich zum Logis des Präfekten der Glaubenskongregation zu begeben. Aber auch ich weiß nichts Genaues ...«

Veronelli kleidet sich mühevoll an, ihm ist kalt und er ist schläfrig. Er stellt keine Fragen mehr, dieser Mascheroni ist ein gefährlicher Feind, man muss auf der Hut sein und die Bedrohung nicht unterschätzen. Und es ist besser, Leporati, den Dekan, nicht zu verständigen. Das würde die Lage nur komplizieren, wenn der Vorfall so viel Diskretion erfordert.

Er folgt Monsignor Squarzoni, der eine Taschenlampe benutzt, und plötzlich spürt er, wie etwas seine Haare greift und an ihnen zieht. Entsetzt bleibt er stehen und führt eine Hand zum Kopf, um sich von diesem lästigen Etwas zu befreien. Und gleich zieht er sie zurück, völlig entsetzt von der Berührung mit einem warmen samtigen Winzlingskörper, der zwischen seinen Fingern pulsiert und quiekt. Eine Fledermaus! Da erst merkt er, dass auch sein Sekretär versucht, die Haare von einer fliegenden Maus zu befreien. Das Flackern der Taschenlampe in Squarzonis Händen lässt einen Lichtstrahl zufällig an die Decke steigen und zeigt, dass sie voller Fledermäuse ist.

Sie sind da in unzähliger Menge: an den Querbalken, an den Simsen, an den Bilderrahmen und jetzt, aufgeschreckt vom Licht, fliegen sie herum und schreien alle zusammen in einem unerträglichen Konzert.

Dass es sich um eine neue Plage im Palazzo handelt, dafür hat der Camerlengo den Beweis, als er die Schwelle von Mascheronis Logis erreicht, wo ihn der Leutnant der Schweizergarde und Tommasini, der Privatsekretär des Kardinals, erwarten. Nicht ein Saal, nicht ein Korridor ist frei von diesen Kreaturen, die ihn, nachdem er sich mit Mühe von der ersten befreit hat, gezwungen haben, immer die Hände über dem Kopf zu halten, um sie zu verscheuchen.

»Was ist vorgefallen, dass man mich zu dieser Stunde der Nacht weckt?«

»Kommen Sie mit uns, Eminenz, Sie werden es selber sehen«, antwortet Tommasini mit den glänzenden Augen eines Menschen, der geweint hat.

Sie treten ins Vorzimmer ein und gehen ins Arbeitszimmer des Kardinals, von da aus in das kleine Schlafgemach.

Und der Camerlengo versteht, aus welchem wirklich schweren Grund er geweckt wurde.

Auf dem Bett liegt in der Reglosigkeit des Todes Kardinal Zelindo Mascheroni, der Präfekt der Glaubenskongregation.

Er liegt dort im Morgenmantel, auf der linken Seite, Hände und Arme ausgestreckt in dem offenkundigen Bemühen, die Klingel auf dem Nachttisch zu erreichen, um nach Hilfe zu rufen. Doch das Gesicht ist nicht das des Kardinals: Es ist das noch nicht fertig geschminkte Gesicht einer Frau. Die halb geschlossenen Augenlider sind angemalt, die Wimpern eines Auges sind dunkel gefärbt, eine Augenbraue mit Wimperntusche unterzeichnet, die Wangen gepudert und mit Rouge aufgetönt, die wenigen Haare seines kahlen Kopfes sind unter einer aufgeblähten dunkelblonden Perücke verschwunden.

Veronelli kann eine Träne nicht unterdrücken.

Ein paar Sekunden absoluter Stille vergehen, bevor er seine Sprache wiederfindet. Er räuspert sich.

»Wer ... wer hat ihn nur so zugerichtet?«

»Niemand, Eminenz. Ich habe ihn so gefunden, als ich auf seine ausdrückliche Anweisung zum Rapport um ein Uhr in der Nacht hierher gekommen bin«, sagt Leutnant Kapplmüller.

»Er muss an einem Herzinfarkt gestorben sein, ganz plötzlich«, fügt der Leutnant hinzu, »angesichts der Umstände haben wir auf Sie gewartet, bevor wir den Arzt verständigen, auch, weil nichts mehr zu machen war.«

»Das haben Sie gut gemacht. Aber ... die Perücke? Und diese Kosmetika?«

»Die hat er in dem Raum in der Nähe der Treppe gefunden, wo die Reinigungsfrauen ihre Sachen aufbewahren; er wars, der ihnen manchmal Anweisungen gegeben hat, er kannte sie alle. Und sie haben ihre Sachen eben da gelassen, vor dem Konklave«, fügt Monsignor Tommasini hinzu und lässt seinen Tränen freien Lauf, »die Perücke ... die Perücke hat er von der Statue der Heiligen Zita genommen, der er gläubig ergeben war. Die steht in der Kapelle ... Sie stammt aus Lucca ... Er hat sie hierher bringen lassen.«

»Beten wir jetzt für seine Seele«, und der Kardinal-Camerlengo erteilt dem Leichnam langsam seinen Segen, indem er um das Bett herumgeht, während Squarzoni zusammen mit Kapplmüller das *Requiem aeternam* betet.

Es gelingt ihm nicht, den Blick von diesem Gesicht abzuwenden, von diesen so ausgetüftelten Zügen, die in der letzten Stunde seines Lebens die einzige Sorge dieses Mannes gewesen sein müssen. Sollte der Tod ihn wirklich in dem Augenblick ereilt haben, als er dabei war, sein Gesicht zu verändern und ihn damit für immer dieser neuen monströsen Gestalt überantwortet haben?

Wer hätte denn jetzt den Mut, ihm diese Maske wieder abzunehmen? Denn sicher konnte man die Leiche eines so widerlich zugerichteten Kardinals nicht in der Kirche beisetzen, deren Titular er war, im Dom von Frascati. Und er musste die Anweisungen dafür geben.

»Monsignor Tommasi, bevor ich die Ärzte rufe, muss ich Sie um einen barmherzigen Dienst für den Mann bitten, dem Sie so viele Jahre gedient haben.«

»Wa... was kann ich tun?«, fragt Mascheronis Privatsekretär.

»Wir können die Leiche nicht in diesem Zustand aufbahren.«

»Ah, schon verstanden, ich werde das machen. Darum kümmere ich mich.«

»Für alle ist seine Eminenz an einem Herzstillstand während des Schlafs gestorben, nicht wahr, Leutnant?«

»Sicher, sicher, Eminenz, verstehe sehr wohl!«

»Was hatte er, als Sie mit ihm gesprochen haben? Haben Sie etwas Seltsames bemerkt?«

»Nur, dass er schwerfällig atmete.«

Er hatte sich also auf diese Weise für das Treffen mit dem Leutnant hergerichtet: Dieser junge Offizier der Schweizergarde musste die Person sein, der er sich in dieser Totenmaske zeigen wollte. Und während er sieht, wie Tommasini mit leichter Hand die Perücke vom Kopf des Kardinals zieht und Watte im Badezimmer holt, um die Spuren dieses grotesken Make-ups zu verwischen, indem er das Gesicht langsam reinigt, das nun immer blasser wird, schließt er die Augen.

Als er sie wieder öffnet, steht die starke Gestalt des Schweizers in seinem Blickfeld. Ohne Helm, das Hemd aufgeknöpft, mit der Nachlässigkeit, die die so späte Stunde gestattet. Die Stunden der Nacht, die fast alle Menschen zusammen verbringen, eingeschnürt im gleichen Bett, ein Mann und eine Frau. Und er begreift, welcher Bewegung des Herzens Zelindo Mascheroni nicht hat widerstehen können. Und wieder rührt ihn etwas im Inneren, während er das *Requiem aeternam* betet.

An der Türe einer etwas weiter entfernten Wohnung wird geklopft.

»Lassen Sie niemanden eintreten, Monsignore, Kardinal Mascheroni schläft und will unter gar keinen Umständen gestört werden, aus welchem Grund auch immer«, fordert Veronelli eindringlich. Tommasini sichert ihm das zu: »Das war Kardinal Malvezzi, der nicht schlafen kann. Er kam hier vorbei, hat Licht brennen gesehen und war besorgt: Nach dem, was heute im Turm von San Giovanni Kardinal Mascheroni widerfahren ist, hat er die Befürchtung gehabt, dass er sich nicht wohl fühlte. Aber ich habe ihm gesagt, es gehe ihm gut und er würde schlafen. Er sagt, die Fledermäuse wären überall im Palazzo und hätten die höchst verehrungswürdigen Kardinäle angegriffen, als sie aus dem türkischen Bad kamen.«

»Bei Tagesanbruch wird der Arkhiatra kommen und den Totenschein ausstellen, den ich ihm diktieren werde. Wir feiern unverzüglich die Totenmesse, sobald die Verwandten und die römischen Behörden benachrichtigt sind. Für jetzt lautet der Befehl: Absolutes Stillschweigen. Bis morgen, gute Nacht, Monsignore, gute Nacht, Leutnant. Gehen wir, Squarzoni, und dass Gott uns beistehen möge«, sagt Veronelli abschließend.

Auch wenn es ihm immer noch kalt ist, will der Camerlengo unverzüglich zu Malvezzi, um zu erfahren, was während des Beisammenseins im Turm von San Giovanni beredet wurde, und um ihm, sofern es nötig wäre, die traurige Nachricht zu übermitteln, wobei er ein paar Besonderheiten verschweigen würde. Er möchte die ersten Reaktionen ausprobieren und verstehen, was beschlossen wurde, sofern etwas beschlossen wurde.

Er trifft Malvezzi an, der gerade seine Unterkunft erreicht hat, mit zerzausten Haaren, die Kappe verdreckt, die Hände verschrammt, unzweideutige Zeichen einer Belästigung durch die Fledermäuse. Er scheint zufrieden zu sein, ihn zu sehen, unfähig, Schlaf zu finden, und wie immer darauf aus, seine Besorgnisse in Worten mitzuteilen. Er fasst kurz zusammen, was im türkischen Bad herausgekommen ist. Die Afrikaner hätten Einwände erhoben, sie befürchteten den Verlust der zentralen Stellung des Papats für den Fall einer Entscheidung, die ihnen den Vorzug gebe, und unterstützten die Zweckmäßigkeit der Rückkehr zu einem italienischen Papst. Doch der Widerstand ihres »Patrons«, Stelipyn, sei tapfer gewesen und habe für eine Unterhaltung voller gegensätzlicher Standpunkte gesorgt.

Einer der Afrikaner, der Erzbischof von Kampala, hatte sich beim Beharren auf seiner Person mehr als die anderen beleidigt gefühlt und da war ein richtiger Wettkampf der Entschuldigungen und Vorwände unter den anderen acht losgegangen, um sich der Kandidatur zu entziehen. Der eine machte das Recht auf seine bevorstehende Pensionierung geltend, wie der von Addis Abeba; ein anderer beklagte seinen Gesundheitszustand, wie der von Kinshasa; wieder ein anderer konnte nicht ein Land verlassen, das sich ständig am Rand eines Bürgerkriegs befand, wie Mosambik, wo er als Friedensrichter unter wilden Rivalitäten vermittelte; noch ein anderer hatte gerade die empfindlichste Phase einer neuen Evangelisierung in einem Land eingeleitet, das noch vom Bürgerkrieg zerrüttet war, wie Angola; Und ein anderer wiederum hinterließ keine Erben, die auf der Höhe wären, seine Mission fortzuführen, weil sie noch zu jung und unerfahren waren, wie der von Kamerun; ebenfalls ein anderer musste erst noch die Übersetzung der Bibel in Suaheli vervollkommnen, dem unerlässlichen Instrument für die Verbreitung des Glaubens in einem Land wie Tansania, wo der Islam immer mehr Menschen bekehrte ...

In Wirklichkeit schienen, nach Malvezzis Auffassung, alle vereint gegen einen von ihnen zu sein, seit er im Eifer einer Diskussion über die Heiligkeit ganz naiv und ohne jede Absicht, irgendeinen zu benennen, die Zweckmäßigkeit beschworen hatte, angesichts des im Konklave herrschenden Klimas einen Exorzisten zu wählen.

»Denn während der gesamten folgenden Diskussion«, präzisiert Malvezzi, »sahen sie sich einen Augenblick lang in die Augen, während sie ihre verschiedenen Vorwände vorbrachten, um dann immer wieder dieselbe Person anzustarren, so, als würde ich deren Kräfte kennen und sie absichtlich beschworen haben und als wollten sie nicht in meine Falle tappen.«

»Wusstest du denn wirklich nicht, dass unter den Afrikanern ein Exorzist ist?«, fragt ihn Veronelli daraufhin, der der gewundenen, zögerlichen Art des Turiners immer noch nicht vertraut. Dann, angesichts der Sprachlosigkeit Malvezzis, der stumm bleibt, fragt er ihn kurzerhand, wer dieser Kardinal denn nun sei.

»Der Tansanier, der Erzbischof von Daressalam, Leopold Albert Ugamwa«, antwortet Ettore Malvezzi. Und fügt hinzu, dass Ugamwa am Ende der Diskussion, in später Nacht, gezwungen wurde zuzugeben, in seiner Diözese die bösen

Geister aus vielen Seelen vertrieben zu haben, doch nie Wert darauf gelegt habe, es die anderen wissen zu lassen.

Veronelli versucht, sich an die Gesichtszüge dieses afrikanischen Bischofs zu erinnern, doch er hat Mühe, sie vor seinem Auge erscheinen zu lassen, weil er befürchtet, sie mit denen der Afrikaner zu verwechseln, die in seiner Nähe sitzen, in der ersten Reihe, rechts von seinem Sitz in der Sixtina.

Nur eine Einzelheit in Malvezzis Beschreibung erleuchtet ihn, als sein Turiner Mitbruder sich bei den Augen von schrecklicher Unruhe aufhält, großen, runden, pechschwarzen, flinken und doch nahezu immer zu Boden gerichteten Augen, als müsse er die Rebellion in ihnen zähmen. Jetzt erinnert er sich an das Blitzen in diesen Augen, die bisweilen auch den seinen begegnet sind.

Wer weiß, aus welchem Grund, doch es ist in diesem Augenblick, dass ihm das Bild der geschwärzten Augenlider, der vom Tod besiegelten Augen des Kardinals Mascheroni wieder in den Sinn kommt. Er gibt die Nachricht seines plötzlichen Infarkttodes an Malvezzi weiter, der keine Ruhe finden kann und, seinen Gedanken folgend, ständig wiederholt: »Das also ist der Grund! Das also ist der Grund!«

»Der Grund für was, Ettore?«

»Das ist der Grund, dass er gehen wollte. Das ist der Grund, weshalb er sich immer wieder an die Stirn fasste, als ob er etwas verscheuchen wollte, das ihn quälte. Auch Paide hatte es bemerkt und ihm geraten hinauszugehen. Doch am ungewöhnlichsten waren Stelipyns Worte, nachdem Mascheroni gegangen war, Worte, die eine Tragödie vorausahnten, aber er machte auch Andeutungen über dunkle Folgen für das Konklave.«

»Was für Folgen?«

»Das hat er nicht genau gesagt, aber ich erinnere mich an

Stelipyns Worte: ›Ich fürchte für das, was geschehen ... und auf uns zurückfallen wird.‹«

Dieser Typ von *Starez*, der der Ukrainer ist, denkt der Camerlengo, ist also auch mit prophetischem Geist begabt. Besser jedoch, dass er seine schmerzvolle Prophezeiung nicht genauer beschrieben hat und ihm damit die Möglichkeit gibt, den Teil der Wahrheit zu verhüllen, den man nicht offen legen kann.

»Und was machen wir morgen? Stimmen wir trotzdem ab?«, fragt Malvezzi.

»Nein, Ettore, wir müssen noch einen Tag der Trauer wegen Mascheronis Tod wahren.«

»Besser so. Weißt du, wir sind allesamt wesentlich unsicherer aus dem Turm gegangen als vorher. Es ist, als ... als würde dieser Afrikaner, der die Dämonen verjagt, die Furcht materialisieren, die wir alle hier drinnen empfinden.«

Doch Veronelli will dieses Gespräch nicht fortführen. Es gibt schließlich schon viel zu viele beängstigende Sorgen.

Jetzt müssen reguläre Esequien für Kardinal Zelindo Mascheroni angeordnet werden, den Präfekten der Glaubenskongregation, einem der höchsten Persönlichkeiten des Heiligen Stuhls, trotz seines skandalösen Abgangs. Dann ist da die neue Plage der Fledermäuse. Doch eine Abhilfe wird sich schon finden, wie bei den anderen auch.

Und dann muss er noch Stelipyn aufsuchen, dessen Fähigkeit, in die Zukunft zu schauen, in diesem Augenblick des Konklaves äußerst gelegen kommen könnte, und vielleicht hat sie ihre wertvollsten Ergebnisse bereits geliefert, indem er zu einer afrikanischen Entscheidung aufrief.

Daher verabschiedet Veronelli sich von Malvezzi, wünscht ihm eine gute Nacht, auch wenn bereits das erste Licht der Morgendämmerung zu sehen ist und jemand hinter den gegenüberliegenden Fenstern mit den gelben

Scheiben zeigt, dass er bereits aufgestanden und in Bewegung ist.

Die einzige Erleichterung darüber, dass es in dieser furchtbaren Nacht so unglaublich spät geworden ist, ist der Umstand, dass das erste Tageslicht inzwischen die Fledermäuse in ihre Winkel verscheucht und das Feld den Hühnern und Katzen überlässt.

Als er seine Wohnung wieder betritt, findet er Squarzoni vor, der auf ihn wartet: »Wir müssen das Programm für die Trauerfeierlichkeiten festlegen, Eminenz, und sofort Anweisungen erlassen.«

»Ach ja, richtig. Haben Sie eigentlich etwas über diesen armen Mann gewusst?«

»Nein, Eminenz, Kardinal Zelindo Mascheroni war der Eckstein für Sittenstrenge, ich habe niemals etwas über ihn sagen hören, das nicht völlig untadelig gewesen wäre.«

»Er hatte eine Schwester und einen Bruder in Lucca. Teilen Sie ihnen die Nachricht bitte mit, in meinem Namen, in angemessener Weise. Dann würde ich gerne noch einmal mit dem Leutnant der Schweizer sprechen. Wie heißt er noch?«

»Kapplmüller, Hans Kapplmüller.«

»Ob wir wohl einen Augenblick für ihn finden, der morgige Tag wird uns keine Zeit zum Verschnaufen lassen. Dem Kardinal von Turin habe ich bereits erklärt, dass Mascheroni plötzlich während des Schlafs verschieden ist. Hat Ihnen schon jemand Fragen gestellt?«

»Einige Kollegen, und ich habe allen dasselbe erklärt. Aber seltsam ist es schon. Es schien so, als wäre niemand so neugierig, dass er Einzelheiten wissen wollte, wie wir dagegen befürchtet haben.«

»Was ... glauben Sie, weshalb?«

»Ich könnte es nicht mit Sicherheit sagen. Aber, vielleicht ... Vielleicht, weil niemand ihn liebte, den bedauernswerten Kardinal. Er hätte sein Leben doch einfach leben können. Im Grunde wäre das doch viel menschlicher gewesen ...«

Der Camerlengo, der bereits das Brustkreuz, das Käppchen und den scharlachroten Schulterumhang abgelegt hat, dreht sich blitzartig um: »Monsignor Squarzoni! Ich habe das diesmal überhört. Die Gattin Cäsars darf keinem Verdacht unterliegen. Wir sind die Gattin: Die Kirche ist die Braut Christi. Vergebung, ja, Mitleid, ja, niemals aber Zustimmung, seien Sie des Gewands eingedenk, das wir tragen.«

17

In der Sala Clementina, in der die Eulen während des Tages schlafen wie in jedem Raum des Palazzos, werden die Esequien für Kardinal Zelindo Mascheroni gefeiert. In der Nacht, wenn die von Nasalli Rocca besorgten Raubvögel erwachen, würden sie ihren Kampf gegen die fliegenden Mäuse fortsetzen. Und der ärgste Feind der Fledermäuse, das Feuer, würde ihren Krieg mit Fackeln und Lichtern unterstützen, die im ganzen Palazzo angezündet würden, um sie zu verschrecken.

Die Totenmesse wird von drei Kurienkardinälen gefeiert – Rondoni, Racanelli und Lo Cascio –, die jahrelang an der Seite des Hingeschiedenen gearbeitet haben, und doch hat sie in der offiziellen Förmlichkeit des Orts, wo auch der Leichnam des verstorbenen Pontifex aufgebahrt wurde, den schlichten Ton, der einem Konklave entspricht. Keine Gesänge, kein Gast von draußen, kein Vertreter der italienischen Regierung.

Sogar die Familie des Verstorbenen kann ihren lieben Angehörigen erst in Frascati in Empfang nehmen, wo er im Dom der Stadt, dessen Bischof er war, für die feierliche Beisetzung aufgenommen wird.

Der Kardinaldekan Antonio Leporati ist mit der Gedenkrede beauftragt worden. Während seiner Rede vor den sitzenden Purpurträgern blickt er mehrmals nach oben zur Decke, um die Eulen zu beobachten, und zwingt damit auch die Kardinäle, vom Sarg, von den Kerzen, von den vier Schweizergardisten, die an den vier Ecken des Teppichs unterhalb des noch offenen Sargs die Ehrenwache stellen, wegzublicken.

Von der ersten Reihe aus betrachtet der Camerlengo zum letzten Mal die wächserne Maske, in die sich das geschminkte Gesicht des Kardinals unter den barmherzigen Händen seines Sekretärs verwandelt hat.

Aufgrund eines einzigartigen Zufalls ist es ausgerechnet Leutnant Kapplmüller, der die Ehrenwache für den Kirchenfürsten hält. Sein Gesicht ist unter dem gebogenen Helm halb verdeckt und undurchdringlich. Es scheint, als ob sich die Darsteller dieser Tragödie auch nach der Katharsis am Ende immer noch nicht in einem letzten Abschied von ihren heimlichen Zuschauern trennen können. Im Hintergrund des Saals, unter der kleinen Menge der Prälaten, bemerken Monsignor Tommasini und Monsignor Squarzoni die unangebrachte Gegenwart des jungen Offiziers. Gleich blickten sie sich an, als sie den Leutnant auftauchen sahen, der seine Soldaten anführte. Sie haben nie ein Wort über die Vorfälle in der Nacht gewechselt, doch beide würden es lieber sehen, wenn er nicht anwesend wäre.

Antonio Leporati hat seine Gedenkrede beendet.

Mit langen Pausen hat er seine Bemerkungen über die Strenge und den außerordentlich reichen Lehrinhalt durchsetzt, die das Leben und den Dienst des Präfekten der Glaubenskongregation auszeichneten. Er hat auch nicht versäumt, daran zu erinnern, dass unter den möglichen Gründen für einen so jähen Tod auch die Sorge war, zu einer Lösung der schwierigen Entscheidung beizutragen, derentwegen sie in Rom versammelt sind.

An dieser Stelle hat der Camerlengo, der nur wenige Meter von Kapplmüller entfernt sitzt, ein kaum wahrnehmbares Zucken des Leutnants wahrgenommen, ein ganz leichtes Wanken seiner hochgewachsenen Gestalt.

In der ersten Reihe, nur ein paar Sitze von Veronelli entfernt, sitzt auch der unierte Erzbischof Stelipyn. Mehrere Male beobachtet Veronelli den bewegten Blick, vielleicht ist er der Einzige unter allen Anwesenden, der während Leporatis Rede Tränen vergießt. Dieser Mann weiß Bescheid, auch wenn er nicht gesehen hat, was er selbst zu Gesicht bekam, als er mitten in der Nacht geweckt wurde. Er muss versuchen, ihn unter vier Augen zu sprechen, er wird die Gaben seines Vorhersehens nicht dem verweigern, der die höchste und letzte Verantwortung für dieses Konklave hat.

Nach dem Ende der Trauerfeier ziehen sich die Kardinäle in ihre Zellen zurück, während der Leichnam von Kardinal Mascheroni die Leoninischen Mauern verlässt.

Ein weiterer Tag ist dahingegangen, ein weiterer Tag der Leere, verfinstert durch einen zweiten Todesfall nach dem des Erzbischofs von Rio de Janeiro, Emanuele Contardi. Der Schatten des Zwangsgewahrsams an diesem von Fledermäusen wie eine mittelalterliche Ruine heimgesuchten, von Katzen und Hühnern wie eine verlassene Bergfeste belagerten Ort wird immer länger.

Es scheint, der einzige Ausweg aus diesem unendlichen Konklave ist der von Contardi und Mascheroni aufgezeigte, der erstere nach zermürbendsten Leiden, so als würde er sich abkämpfen, ihn zu verdienen, der zweite mit der Schnelligkeit eines Blitzschlags, wie einer, der bei einer unwiederholbaren Gelegenheit nicht fehlen will. Und es gibt einige, die Stelipyns Worte noch im Ohr haben, die er in dem Augenblick sagte, als Mascheroni den Turm von San Giovanni verließ, um sterben zu gehen, mit der Anspielung auf »das, was ihm widerfahren und auf uns zurückfallen wird«. Schwierig ist es nicht, die Zuverlässigkeit dieser Worte zu prüfen, in diesem Klima von schwerer Depression, die durch den jähen

Tod des Mannes hervorgerufen wurde, der nur vierundzwanzig Stunden vor seinem Ableben gegen die Untätigkeit des Konklaves gewettert hatte. An wen kann er sich denn jetzt, in dem allgemeinen Durcheinander der Gemüter, wenden?

An Stelipyn, mit seinem ansteckenden Elan von beängstigter Sorge um die Zukunft der Kirche und der Menschheit, die aufgefordert werden, zu den Ursprüngen zurückzukehren, zu einem weit vom Fortschritt entfernten Naturzustand? An Leporati, den gebildeten, eurozentrischen Italiener, der den römischen Zentrismus wieder nach oben bringt und die Fähigkeit, in einem Netz aus eher politischen Beziehungen als aus pastoraler Fürsorge die Zukunft der Kirche zu knüpfen?

Vielleicht an den Erzbischof von Daressalam, dessen Ruf als Exorzist wie eine Handgranate explodiert ist und seine magischen Fähigkeiten und uralte apokalyptische Visionen über die Gegenwart des Bösen im Herzen der Kirche heraufbeschworen hat? Oder an den maronitischen Patriarchen, Abdullah Joseph Selim, dessen Stimme sich erhoben hat, um einen Beitrag von Weisheit beizusteuern, der von einem so fatalistischen und den Plänen Gottes ergebenen Empfinden von Zeit überzogen war?

Oder vielleicht an Kardinal Paide, den einstmaligen Trappistenmönch, der, obwohl so asketisch, eine Vision vom Glauben hat, die sich dem ökumenischen Dialog öffnet? An Nabil Youssef, den Palästinenser, dessen Möglichkeit, den Stuhl Petri zu besteigen, sich aus dem Bewusstsein nährt, Oberhirte eines sich im Kampf befindlichen Volks zu sein, das zum Symbol für alle Unterdrückungen und Revanchen im Namen der Gerechtigkeit geworden ist?

So, als würde eine einzige Losung durch die Köpfe so vieler von der Welt getrennter Männer wehen, hält man an diesem

Abend in vielen Gruppierungen des Konklaves Versammlungen und Begegnungen unter dem Vorwand eines Abendessens ab.

Im Büro des Kommandanten der Schweizergarde, Kellermann, der jeden Abend nach Hause zu seiner Familie zurückkehrt, verkürzt Leutnant Kapplmüller die Zeit mit weniger gewichtigen Mitgliedern des Konklaves, die gleichwohl einen großen Einfluss auf die haben, die den Papst wählen. Mindestens dreißig Sekretäre und Kapläne und um die zehn Hausprälaten haben sich dort versammelt. Jeder von ihnen hat etwas Essbares und Trinkbares zu dieser Zusammenkunft mitgebracht. Der Versammlungsraum mit einem langen Tisch ist für diesen Abend sorgfältig von jeder Art anwesenden Getiers freigemacht worden.

Monsignor Giorgio Contarini macht gemeinsam mit Hans Kapplmüller die Honneurs de la Maison, sie empfangen Flaschen und Tabletts mit Speisen, die sogleich in der Küche verschwinden. In Erwartung der Spaghetti all'amatriciana blüht die Unterhaltung unter den am Tisch sitzenden Gästen.

Die Unterhaltungen scheinen von einer bewussten Schizophrenie bestimmt zu sein, denn jeder Sekretär, der dem Freund sehr private Seiten des Kardinals enthüllt, für den er Dienst tut, gibt seinen Worten einen leicht denunziatorischen Beigeschmack. Ressentiments, Eifersucht, Unleidigkeit mischen sich mit Angeberei, Bewunderung, Zuneigung. Es ist ein gegenseitiges Ausfragen, ein Wiederholen intimer Einzelheiten, ein hervorgekehrtes Lachen, ein theatralisches Sich-Wundern und Empörtsein, ein Herbeirufen von Freunden, damit sie Zeugen dessen werden, was gerade enthüllt wird, ein Wetten, ein Schwören. Ein brodelnder Kochtopf könnte kaum mehr Dampf ablassen.

Oft ist Kapplmüller in dem immer lauter werdenden

Stimmengewirr versucht, seine Gäste um Ruhe zu bitten. Doch etwas Nachsichtiges und Rührungsvolles hält ihn immer wieder zurück. Diese aufgewühlten Gesichter, diese fiebrigen Augen, diese durchscheinenden Hände, die durch die Luft wirbeln, um die Figuren zu fassen, die das Wort erfindet, diese den schwarzen Gewändern so unfolgsamen Körper, die einen Rest von Jugend verraten, die sich der Kasteiung der Sinne am meisten widersetzt, weil sie der letzte Strahl von Sinnlichkeit vor der endgültigen Entsagung sind, erfüllen ihn mit Respekt und Mitleid. Er kennt viele von ihnen da drinnen, die sich in diesen drei Monaten Konklave bei ihm und seinen Soldaten zu Vertraulichkeiten vorgewagt haben. Die Halluzinationen, die sie angesichts der Hühner und Katzen erlebt haben, waren für ihn nicht überraschend. Für ihn war es nicht schwer, ihnen entgegenzukommen, um sie nicht zu verwirren, auch aufgrund einer subtilen und unruhigen Vorliebe fürs Wissen und Erkennen.

In Contarinis Logis hat er Stunden damit verbracht, über Liebesabenteuer aus seiner Jugend in Basel zu erzählen. Das war die einzige Art, wie er Giorgios Geschichten entgegentreten konnte, als der darüber faselte, was Zaira und Zenobia ihm an diesem Tag erzählt hatten und dass sie sich immer auf so peinliche und provozierende Weise als Weibchen darboten und sich an den unglaublichsten Stellen befanden, als wäre er das ständige Objekt ihrer Verführungskünste ... Wenn er wieder in sein Quartier zurückkehrte, wechselte er ein paar Worte mit seinen Soldaten, die sehr oft ebenfalls gerade von ähnlich wahnsinnigen Unterhaltungen zurückkamen, und er hörte in ihren Erzählungen das Echo vom dem, was er gerade aus Contarinis Mund gehört hatte.

Da sitzt er, da hinten am anderen Ende des Tischs, sein Freund Giorgio, damit beschäftigt, das Abendessen herzurichten oder den vielen zu antworten, die das Wort an ihn richten, Fragen zu stellen oder die Türe den letzten Spätankömmlingen zu öffnen.

In diesem Augenblick kommt der große Servierteller mit den dampfenden Spaghetti auf den Tisch. Einstimmig erhebt sich ein Chor von Komplimenten. Die Gäste werden unter tausend Bemerkungen rasch bedient, bis es wieder still wird und jeder sich auf den Genuss des Essens konzentriert. Unterdessen gehen in der Küche die Vorbereitungen für die Überraschung des zweiten Gangs hektisch vor sich: Porchetta alla romana, Spanferkel auf römische Art. Der Duft, der von der oftmals offen stehenden Küchentüre hereinzieht, während man noch die Spaghetti isst, fordert zu Wetten heraus, welche Köstlichkeit bald auf den Tabletts zu sehen sein wird. Die Freude, in dieser monatelangen Abgeschlossenheit gemeinsam zu essen, gibt einigen die verloren gegangene Vitalität und Heiterkeit zurück, wodurch die Phantasmen der Einsamkeit verdrängt werden.

Nach dem ersten Gang verändert sich der Ton der Unterhaltung. Das unbewusste Vergnügen, das Privatleben der eigenen Doppelgänger zu enthüllen, nämlich der einhundertfünfundzwanzig Kardinäle, die sie an sich ketten, verliert sich in der Lust, diesmal über sich selbst zu sprechen. Der Schwerpunkt der Unterhaltung verlagert sich, wieder erscheint die Phantasiespiegelung der Zukunft, des Lebens, das sich da draußen abspielt und sich bald auch wieder für jeden von ihnen abspielen wird.

Nachrichten aller Art, auch die unbedeutendsten, fliegen von einem Ende des Tischs zum anderen: Fußball, Politik, Sport, Benzinpreiserhöhungen, Rabattverringerungen, neue Begebenheiten vom Krieg im Mittleren Osten, von der Börse, vom Euro im Kampf mit dem Dollar, vom letzten Konzert von Lucio Dalla, vom Moderator, der für das neue Festival von Sanremo ausgewählt wurde … Die immer noch vorherrschende Sprache ist Italienisch, wenn auch nur knapp, denn das Englische nimmt, genau betrachtet, bei vielen ausländischen Sekretären und Kaplänen zu.

Die Auswirkung einer monatelangen Abgeschlossenheit zeigt sich im Hunger nach Nichtigkeiten, nach flüchtigsten und flatterigsten Nachrichten, die vom Lehrmeister der Information über das Nichtige abgesegnet werden, dem Fernsehen. Denn einer wie Contarini kann angesichts dieser Nachrichtenorgie nicht umhin zu denken, dass sie sich algebraisch in der Null beim Endresultat aufheben, jede eine vorläufige Etappe des unzusammenhängenden Wegs auf das Ende eines jeden Dinges zu, das Leben.

Für einen Augenblick fängt Contarini den Blick Kapplmüllers auf und im Lächeln des Freundes gewahrt er den eigenen Schatten von Überdruss und Vergnügen bei dieser lebhaften Versammlung von hungrigen Kollegen, die keinen anderen Wunsch haben, als wieder in die Normalität zurückzukehren, nach so viel Leben im Ausnahmezustand. Doch wer weiß, ob Kapplmüller auch den jähen Ton von Langeweile bemerken kann, die seinen Freund bei der Vorstellung erfasst, wieder dort hinauszumüssen, in das heiß ersehnte normale Leben?

Er, Contarini, fürchtet, dass der Leutnant in seinem Leben nicht den Wurm spürt, der in seinem arbeitet. Und vielleicht werden viele dieser Kollegen, die davon träumen auszubrechen, wovor sich ja selbst zwei Kardinäle nicht fürchteten, gleich nachdem sie den Käfigen ihrer Gewohnheiten überantwortet werden, den ersten Biss eben dieser Langeweile spüren.

Endlich kommt das Spanferkel auf den Tisch, begrüßt von einer richtigen Ovation für Monsignor Bini, der, zusammen mit zwei Helfern, aufrecht in der Küchentüre steht, in Schürze und Kochhaube. Das Spanferkel hält in seinem

Maul eine große Zitrone und scheint die Berührung mit einem Zauberstab zu erwarten, um wieder ins Leben zurückzukehren, so erstaunt und verzaubert wie es ist in seiner Haltung und überrascht vom Tod. Und während die Flaschen hin und her wandern, wird die Unterhaltung erneut langsamer, das Stimmengewirr verstummt und wird nur eben vom Plong und Plang des Bestecks ersetzt. Einer blickt bereits auf die Uhr und denkt ans verdammt frühe Aufstehen, das ihn erwartet. Doch um nichts auf der Welt möchte er diesen Raum verlassen, er wäre bereit, die Nacht über aufzubleiben, wenn er nur die eine oder andere wertvolle Information begreifen könnte, das eine oder andere Indiz, das ihn verstehen lassen könnte, was sich alle am Schluss des Hauptgangs wieder fragen: Wohin treibt das Konklave, wen wählen sie?

So kommt man, während sich am Ende des Spanferkels Beilagen und Süßspeisen ankündigen, mit jener friedvollen Konzentration, die der volle Bauch bei vielen Tischgästen zurücklässt, wieder auf das Argument zurück.

Die Blicke wenden sich an die beiden farbigen Sekretäre, den der Bischöfe von Daressalam und von Luanda. Doch die schwarzen Münder bleiben verriegelt, wenn auch lächelnd, trotz der Sticheleien der beharrlichen Fragen, auf die sie einsilbig antworten, ohne sich je festlegen zu lassen. Der Sekretär des Kardinals von Hongkong, der aus Sansibar kommt und Suaheli spricht, kann angesichts dieser ostentativen Gleichgültigkeit nicht mehr an sich halten. Und weil er seine schweigsamen Kontinentalleute provozieren will, beginnt er mit einer merkwürdigen Reihe von Bewegungen, begleitet von der rhythmischen Wiederholung eines Satzes, einer Art Nänie, die immer mit einem kurzen hohen Ton der Stimme und einer Bewegung des Fußes abschließt, der auf den Boden stampft. Wie angesteckt von der Bewegung und der Nänie, antworten die beiden anderen Afrikaner mit dem Stampfen des Fußes, genau in dem Augenblick, in dem der Mann aus Sansibar, Augustin Marangu, mit seinem Fuß nach dem kurzen hohen Ton stampft. Und das Crescendo des Rhythmus, der auch nicht die geringste Unterbrechung erfährt und seine Ausführenden in keiner Weise in Verlegenheit zu bringen scheint, hat die Wirkung, dass alle Anwesenden schweigen und die Szene beobachten.

Dann geschieht das, worüber noch lange gesprochen wird.

Nach und nach fühlt sich jeder der Anwesenden von einer Raserei durchdrungen, die stärker ist als jegliche Fähigkeit zur Kontrolle. Und angefangen bei denen, die schon stehen, danach die Sitzenden mit einbeziehend, die allesamt vom Tisch aufstehen, verbreitet sich eine unaufhaltbare Lust, den Fuß im Takt mit den drei afrikanischen Sängern zu stampfen, die unterdessen weiterhin unter der Führung des Mannes aus Sansibar die Formel der Litanei, die hohen Töne, das Stampfen mit den Füßen intensiviert haben.

Der Gesang ist längst zum Tanz geworden, der über die Hälfte des Saales ansteckt. Niemand kann mehr still stehen, jeder bewegt Arme, Hände, Füße, Finger, so als würde er der aufmerksamen Lenkung eines unsichtbaren Chorleiters folgen. Das unverständlichste Phänomen ist, dass alle sicher sind, die Worte in Suaheli auszusprechen und mit absolut frei erfundenen Klängen antworten, die gleichwohl eine Bedeutung für die Ohren der drei Afrikaner haben müssen, deren Hände inzwischen angefangen haben, den Tisch als Tamburin zu benutzen, indem sie rhythmisch auf die Holzoberfläche trommeln.

Jetzt werden auch die letzten Hartnäckigen, die mit den Beilagen und den Süßspeisen aus der Küche gekommen sind, nämlich Monsignor Squarzoni und seine Helfer, vom Wirbel des Tanzes erfasst, dem sie folgen, wobei sie die Tabletts mit unvermuteter Geschicklichkeit in Händen halten, ohne auch nur einen Tropfen des Inhalts fallen zu lassen.

Augustin Marangu geht jetzt zu einem komplexeren Rhythmus über, nimmt seine beiden fügsamen und gut gestimmten Choreuten an die Hand, fängt einen Tanz an, bei dem der Körper von der Hüfte an abwärts erzittert, und lässt die immer höher aufsteigende Stimme frei herausströmen. Auf ein Zeichen der drei geben sich alle Anwesenden die Hände, bilden eine Kette, die um den Tisch zu kreisen beginnt, zunächst langsam, dann schneller, bis ein rasender Rhythmus erreicht wird, der die ersten Opfer fordert.

In der Tat können einige der Anstrengung von Gesang und Tanz nicht standhalten und stürzen zu Boden, sie kommen aus der infernalischen Wollust verstört zurück, kurzatmig, benommen von der Anstrengung und dennoch nach vorne gebeugt, um mit ihren Blicken den drei Afrikanern zu folgen.

Plötzlich, wie von Zauberhand berührt, bleibt alles stehen: Ein unglaublich durchdringender hoher Ton Marangus bringt Tanz und Gesang zum Stillstand. Die Ersten, die den am ärgsten Betroffenen, die auf dem Boden sitzen, zu Hilfe eilen, sind die Schweizergardisten und Kapplmüller, die allerdings auch nicht dem Zauber der Ansteckung zu widerstehen vermocht haben.

18

Doch die Unterbrechung eines Tanzes, der gerade erst mit seiner ansteckenden Verführung begonnen hat, dauert nur wenige Minuten.

Als würde eine geheime Übereinkunft den drei schwarzen Prälaten die Fackelträger zuordnen, bereit, zu dieser Stunde in jedem Flügel des Palazzos die Feuer und Lichter zu entzünden, um die Fledermäuse zu verscheuchen, setzt beim Glockenschlag der Mitternacht alles wieder mit einer noch weiter gesteigerten Raserei ein. Die drei afrikanischen Monsignori rhythmisieren nach einem Zeichen Marangus aufs Neue Stimme und Körper, mit einem sogar noch gekonnteren Kontrapunkt von hohen Tönen und Fußstampfen, und weisen auf die Türe. Einer öffnet sie. Und die Schar der Korybanten, die erneut alle durch ihre Hände miteinander verketteten Anwesenden einbeziehen, verlässt den Saal des Kommandanten der Schweizergarde mit tänzelndem Schritt.

Sie zieht in den langen Korridor, der zum Innenhof von San Damaso führt, nimmt dann die lange Treppe zur ersten Etage hinauf, verweilt dort und dringt in die Räume und Säle der verschiedenen Büros des Staatssekretariats. Der Schrecken treibt die Hühner an, sich zu verstecken und vor dem unerträglichen Getöse zu fliehen. Die Katzen verhalten sich nicht anders, sie kriechen unter Schränke, Sessel, Vorhänge, überall dahin, wo etwas Schutz bietet vor den Kreaturen, die in ihr Gebiet eingefallen sind.

Nachdem die erste Besetzung des Palazzos durchgeführt ist, treibt die dionysische Raserei die Tänzer auf ein Zeichen von Monsignor Marangu zur zweiten Etage hinauf, wo einige der höchst verehrungswürdigen Kardinäle bereits schlafen. Und weil sie mitten in tiefer Nacht von diesem Aufruhr, der sich vom Ende der Treppe her als neuerliche Gewalttat ankündigt, geweckt werden, haben sie, als die Türen auffliegen, bereits den Rosenkranz in Händen. Die meisten erahnen darin eine neue Prüfung und empfehlen sich wegen der Müdigkeit ihrer Kräfte der Allerheiligsten Jungfrau Maria an. Und während eine Art von Tertianafieber ihre Glieder schüttelt, vereinigen sie sich so, in Pyjama und Nachthemd wie sie sind, mit der Schar der Tänzer und bewegen sich mit ihrem Kaplan weiter, den sie nur mit Mühe erkennen, mit seinen zerzausten Haaren, seiner unordentlichen Kleidung und barfüßig. Bevor sie aber das Bewusstsein über das verlieren, was sie tun, erahnen sie, dass der Zauber seinen Ursprung bei den drei schwarzen Prälaten hat, in dem Afrika, das sie in der Kraft einer seiner dunkelsten Magien verkörpern.

Danach besetzt der Zug der Korybanten die dritte Etage, dann die vierte, wobei sie bei jedem neuen Palastflügel immer neue, von dieser sich ausbreitenden Bewegungs- und Gesangspest Angesteckte unter sich aufnehmen, und kein Kardinal kann sich dem entziehen, er wird Opfer der höchsten Respektlosigkeit, des verrücktesten Körperfiebers, der Notwendigkeit erlegen, sich nicht mehr mit Worten auszudrücken, sondern mit den Bewegungen eines hypnotischen, ansteckenden Tanzes, der seine Tänzer im Wirbel der Bewegungen entäußert und die ganze Nacht über dauert, bis zum ersten Licht der Morgendämmerung, erhellt von den Fackeln, unter den weit aufgerissenen Augen der Eulen, und nach und nach, mit haargenauer Präzision, die höchst verehrungswürdigen Kardinäle weckt, ohne Ausnahme für irgendeine Rolle oder irgendeinen Rang, nicht einmal für den Kardinal-Camerlengo.

Die tolle Besessenheit scheint nur einen Mann zu verschonen, der einen ruhigen Schlaf in seinen Räumen auf der fünften Etage schläft, wohin der, der diese zügellose Schar anführt, es vermeidet hinaufzugehen. Das ist der Erzbischof von Daressalam, Leopold Albert Ugamwa, der Exorzist, den der gutmütige Stelipyn im Traum schon den Stuhl Petri besteigen sah. Doch seine Eminenz hat keinen so tiefen Schlaf, dass er nicht den immer lauter werdenden Lärm wahrnehmen würde, der von den unteren Etagen kommt, gegen sechs, wenn er gewöhnlich vor dem Wecker und seinem Sekretär aufsteht. Und etwas an diesem diffusen Lärm aus den unteren Zimmern beginnt ihn im Halbschlaf mit Sorge zu erfüllen. Denn er erkennt in der Tonart der Musik, in den festen Intervallen dieser Stimmen ein recht vertrautes Echo. Voller Zweifel, dass es nur ein Bruchstück des Traums in dieser Nacht ist, der in der Missionsschule seiner Kindheit in Dodoma spielte, wo er mit seinen Geschwistern gesungen hatte, versucht er wieder einzuschlafen. Bis ihn schlagartig ein Wort und eine Stimme aufwecken, die er nur allzu gut kennt: Diese Stimme wiederholt ein Wort, das er nur bei seinen Exorzismen zu wiederholen wagt.

Und sofort steht er auf, ergreift die ersten Kleidungsstücke, die er auf dem Stuhl neben dem Bett findet, und legt zuletzt das Brustkreuz um seinen Hals. Er läuft zur Türe, dann, dem Lärm folgend, der nach oben dringt, eilt er über zwei unendlich lange Treppenrampen zur nächsten Etage hinunter.

Und dann endlich sieht er, was den apostolischen Palast in Aufruhr versetzt: Verwirrt und besessen von einer Kraft, deren Wesen er bestens kennt, bewegt sich die Schar seiner bedauernswerten Mitbrüder vor ihm hin und her. Doch wie durch Zauber beruhigt sich jetzt die Menge angesichts des gleichen Schreis, den er am Abend zuvor nur für einige Augenblicke aus sich herausgestoßen hatte, und der großen Geste der Arme, die den hohen Ton begleitet.

Als wolle er sich ihrer absoluten Wirksamkeit versichern, wiederholt Kardinal Ugamwa sie nach einigen Minuten, bis er sicher sein kann, dass der Zauber gelöst ist.

Während sich alle niedersetzen, die einen auf den Boden oder auf die Teppiche, andere auf Stühle, andere lehnen sich an die Mauer, erhebt sich ein Klagen und Weinen, Ausrufe, Beschimpfungen, Schmähungen gegen die drei Afrikaner, die den Tanz angeführt haben. Diese stehen nun benommen und verwirrt, als würden auch sie aus einem Alptraum erwachen, vor Kardinal Ugamwa, in tief zerknirschter Haltung, und bekommen strenge Worte zu hören.

Doch schon erkennt man in der Menge die Hellebarden der Schweizergardisten, die, unter dem Befehl ihres Obersten, Tobias Kellermann, kommen und die drei Prälaten verhaften, schuldig, den Frieden des Konklaves gestört zu haben. Und der sichtlich erregte Oberst beginnt eine lebhafte Diskussion mit dem Kardinal von Daressalam. Der Offizier will weder Erklärungen noch von mildernden Umständen hören. Diese Zauberer werden unverzüglich in eine Lage versetzt, in der sie dem Konklave nicht mehr schaden können, das der erwartungsvollen Menschheit den Namen des Nachfolgers Christi zu benennen hat.

Unterdessen erscheinen von den Treppen und Aufzügen her weitere Mitglieder der Schweizergarde, Hausprälaten, Ärzte der vatikanischen Krankenschaft, der Oberarzt Prinz Aldobrandini, Chorsänger, Graf Nasalli Rocca, die, welche die Pest des Tanzes im heiligen Palast noch nicht befallen hat. Und beim Anblick dieser erbarmungswürdigen Menge sind sie sprachlos. Die Diskussion zwischen Kardinal Ugamwa und Oberst Kellermann wird immer heftiger: Ugamwa hat verstanden, was mit den drei Afrikanern gegen ihren Willen geschehen sein muss, doch er muss seinen Verdacht in einer zurückgezogenen Diskussion überprüfen. Und was die Dinge noch schwieriger macht, ist, dass die Reaktionen vieler Kapläne der Kardinäle immer bedrohlicher werden. Die drei müssen vor der Wut derer in Sicherheit gebracht werden, die entschlossen sind, auch ihre Hände zu gebrauchen, wie etwa die Italiener, die bereits Augustin Marangu ins Gesicht geschlagen haben, dem Sekretär aus Sansibar des Kardinals von Hongkong. Zwischen der Dringlichkeit zu begreifen und der Zweckmäßigkeit, die drei zu beschützen, hat Letztere im Herzen des schwarzen Kardinals den Vorrang.

So werden also die drei »Zauberer« eilig durch eine Menge, die an ihnen zieht und zerrt, weggeführt in das Gefängnis der Wachmannschaft, in dem noch nie ein Priester eingesperrt worden war.

Während die armen Kardinäle mit ihren Sekretären diese Etage des apostolischen Palastes frei machen und in ihre Logis zurückkehren, geht Ugamwa auf den Erzbischof von Lvov, Stelipyn, zu, der erschöpft auf einem Sofa liegt.

»Verzeih ihnen, guter Wolfram, sie werden auf jeden Fall die Strafe bekommen, die sie verdient haben.«

»Ich hab ihnen schon verziehen, ich hoffe nur, das wird nicht wieder vorkommen! Sie haben der Sache Afrikas sehr geschadet und ich habe die Befürchtung, dass es sich um eine Sabotage handelt«, antwortet mit hauchdünner Stimme der Slawe.

»Ich weiß nicht, aber fraglos ist ihnen die Formel eines uralten Ritus entfahren, ein Tanz, der die Geister des Bösen verjagt in der Nacht. Das ist eine Art, sie zu erschrecken, aber auch, die Nacht aufzuheben, indem man sie mit Klängen erfüllt.«

»Warum haben sie damit nicht aufgehört, als sie gesehen haben, dass sie uns damit vernichten?«

»Sie haben mir gesagt, sie hätten nicht gewusst, wie sie das machen sollten, sie hätten es zwar versucht, spürten aber eine starke Gegenkraft, stärker als die Formel, die sie kannten ... und ich kann mir auch denken, wer das war ...«

»Aber warum nur wollten sie uns eine Probe dieser Kräfte geben?«

»Wolfram, das ist es, was ich noch herausfinden muss, auch wenn ich aufgrund einiger Hinweise den Verdacht habe, dass es nur ein Streich von jemandem war, der ein Glas Wein zu viel getrunken hatte und die übermäßige Aufmerksamkeit der anderen Kollegen von sich ablenken wollte.«

»Das Übel dieses Konklaves ist der Mangel an Diskretion: Der Palazzo hier ist voller Löcher, jeder spioniert. Wenn unsere Sekretäre und Kapläne, allerdings auch unsere Mitbrüder, verstünden, ihre Zunge im Zaum zu halten, würde es zu so vielen Zwischenfällen nicht kommen!« Diese Worte werden von einem völlig verwirrten Camerlengo ausgesprochen, dessen Gesicht noch blauviolett ist, die Kleider in schweißgetränkte Fetzen zerrissen, mit immer noch unregelmäßigem Atem, das Handgelenk einem Arzt überlassend, der den Puls fühlt.

»Es freut mich, dass du den Euphemismus Zwischenfälle gebrauchst, lieber Veronelli, du bist wirklich überirdisch. Ich würde andere Begriffe gebrauchen für diesen Höllensabbath, den Afrika in diesen Mauern heraufbeschworen hat!« Auch der Kardinal von Mailand verzichtet nicht darauf, Dampf abzulassen und den Vorfall in dem Sinn zu verwenden, den Stelipyn am meisten gefürchtet hat. Auch noch mit seiner

Atemnot und in seiner unordentlichen Bekleidung, weil man ihn so aus dem Schlaf gerissen hat, wahrt er sogar im zerrissenen Nachthemd einen Rest seiner Würde.

In diesem Augenblick gehen ein paar Hausprälaten vorüber, um die brennenden Fackeln zu löschen, mit denen die Fledermäuse verscheucht wurden. Die Eulen kehren zurück, um in jedem Winkel des langen Saals und dem Vorraum zu schlafen, und verteilen sich, soweit das Auge reicht, in dem Labyrinth der Räume in der fünften Etage. Die Rückkehr der Hühner und Katzen, vom Personal herbeigerufen für die gewohnte Mahlzeit, wirkt wie ein freundlicher Brauch, die lustige Episode eines Märchens, verglichen mit dem, was vorgefallen ist. Vielleicht kann nur der Schrecken der Skorpione an der Wand des *Jüngsten Gerichts* den Vergleich damit aushalten.

An diesem Morgen werden die Messen mit höchster Hingabe in allen Privatkapellen gefeiert. In der Luft liegt das noch nie so stark gewesene Bedürfnis nach Sammlung und Gebet.

Der Camerlengo muss dieses Bedürfnis nach Sammlung spüren, nach der Gelegenheit, allen seinen Mitbrüdern eine Pause einzuräumen, um wieder zu sich selbst zu finden. Und für den ganzen Tag befreit er sie von der Pflicht, sich in der Sixtinischen Kapelle zum soundsovielten Wahlgang gegen Ende des nunmehr dritten Monats des Konklaves zu versammeln. Die höchst verehrungswürdigsten Kardinäle werden erst für den folgenden Tag zusammengerufen, für neun Uhr vormittags und für vier Uhr am Nachmittag, falls es beim ersten Wahlgang schwarzen Rauch geben sollte.

Doch für den armen Veronelli bleibt, anders als für seine Kollegen, an diesem Tag nicht viel Zeit, um sich der Meditation zu widmen.

Von draußen, von der Welt jenseits des bronzenen Tors,

sind neuerliche Alarmsignale und Zeichen der Ungeduld über die lange Verspätung der Proklamation eines Papstes gekommen. Gleich nachdem er die Messe von Monsignor Squarzoni gehört hat, was notwendig ist, weil er noch nicht die Kraft hat, auf seinen Füßen zu stehen und sie selber zu feiern, wird ihm die Post gebracht, die das Staatssekretariat von einigen Botschaften erhalten hat. Gleich drei Staatsoberhäupter, zwei Könige und ein Staatspräsident, übermitteln dem verehrungswürdigsten Camerlengo das schwere Unbehagen ihrer Völker über die Abwesenheit des in ihren Ländern am meisten gefolgten geistigen Führers.

Zwei von ihnen machen mit einzigartiger Übereinstimmung auf das gleiche besorgniserregende Phänomen aufmerksam: die Neigung der erzkatholischen Gemeinden, in ihren eigenen Reihen unter den Bischöfen, die sich um ihre Diözesen kümmern, nach einer Autorität zu suchen, die an die Stelle des Bischofs von Rom tritt. Die Bedrohung der Rückkehr gallikanischer Freiheiten innerhalb des Rahmens der nationalen Kirchen sei in diesem Augenblick in keiner Weise zu unterschätzen. Auch könne man, fuhren die Briefe fort, das zunehmende Phänomen der Konvertierung zu Religionen und Philosophien von anderer hoher Spiritualität als der dem Katholizismus innewohnenden nicht verschweigen. Die immer häufiger werdenden Einladungen in ihre Staaten seitens religiöser Gruppierungen an den dreizehnten Dalai Lama, Tenzin Gyatso, auf der Suche nach Proselyten für seine antichinesische Kampagne und für den Schutz des tibetischen Volks, das von ethnischer Säuberung bedroht ist, seien äußerst bedeutungsvoll.

Der König des allerkatholischsten dieser drei Länder, Spanien, wies zusätzlich darauf hin, dass die Politik des religiösen Ökumenismus des hingeschiedenen Pontifex diesen Übertritt zu anderen Glaubensrichtungen der metaphysischen Besorgnis gefördert habe, die immer an der Basis religiöser Projektion stehe.

Vom Bett aus, wo er die vom Staatssekretariat zugestellten Blätter überfliegt, blickt der Kardinal-Camerlengo auf, um das große Kruzifix in seinem Zimmer zu betrachten. Er legt die Briefe auf den weißen Überschlag seines Betttuchs zu seiner Rechten und nimmt die Brille ab.

In seinem Fleisch spürt er immer noch die Mattigkeit des siebenstündigen Tanzes. Der Schlaf will in der so ungewohnter Stunde nicht kommen. Schon die Tagesstunden gewähren ihm keinen, doch diese Briefe rauben ihn ihm endgültig. Die Verantwortung für ein Schisma oder mehrere Schismen lastet auf seiner Seele. Aber er darf sich nicht, er kann sich nicht der Verzweiflung hingeben. Vielleicht kann die afrikanische Karte noch ausgespielt werden, er muss herausfinden, welcher Natur die Kräfte der Pastoren in diesem Teil der Welt sind. Oder vielleicht, wenn diese Möglichkeit nach dem Schrecklichen, was in der Nacht geschehen ist, versperrt sein sollte, ist es ein Wink der Vorsehung, dass Afrika seine wahre Seele enthüllt hat.

Zwischen verschiedenen Vermutungen hin und her schwankend, bemerkt der Camerlengo nicht einmal, dass die Hühner durch die halb geöffnete Türe gekommen sind und wieder in den Falten der damastenen Tagesdecke herumpicken ...

Wer es dagegen merkt und sie, unduldsam gegenüber dieser ständigen anomalen Gesellschaft, ohne zu zögern, aus seinem Zimmer jagt, ist der Kardinal von Daressalam in seinem Logis auf der zweiten Etage des apostolischen Palastes, der darauf wartet, die drei schwarzen Prälaten zu empfangen. Er hat es erreicht, sie alleine befragen zu können, in seinen Räumen, nach einer neuerlichen Diskussion mit dem Kommandanten der Schweizergarde. Er hat Kellermann gedroht, er werde sich an die Autorität des Camerlengos wenden, dessen Macht während der Zeit, in der der Heilige Stuhl verwaist ist, nahezu absolut ist, und den Amtsmissbrauch hinsichtlich der Verwahrung anführen, und er hatte Erfolg.

Jetzt, wo er sie in der Türe seines Arbeitszimmers erblickt, in dem er kurz vorher noch die Messe gelesen hat, verwirrt ihn einen Augenblick lang die Vorstellung von der Behutsamkeit der ihn erwartenden Diskussion und auch das Bewusstsein des nicht wieder gutzumachenden Schadens, der der Heiligkeit dieses Orts und dieses Konklaves durch das Verhalten der drei Monsignori zugefügt worden ist.

»Könnte ich vielleicht erfahren, wie Sie so etwas anrichten konnten?«

»Eminenz, es war meine Schuld. Ich wollte meine Freunde provozieren.«

»Ich musste einfach mitmachen nach der ersten Bewegung.«

»Es war wirklich der einzige Weg, sie zum Schweigen zu bringen, wir konnten ihre Fragerei einfach nicht mehr ertragen. Wir waren uns sicher, wir würden uns an die ganze Formel erinnern, stattdessen ...«, beharrt der Sekretär des Bischofs von Luanda.

»Sprechen Sie bitte nacheinander! Es gibt schon genügend Durcheinander hier drinnen«, wettert der Kardinal. Er hat die Rückkehr der hartnäckigen Hühner bemerkt, deren Blick auf einige Skorpione in den Wandritzen gefallen war.

»Sprechen Sie, Marangu, denn Sie scheinen mir der Urheber dieser Heldentat zu sein«, fügt er leise hinzu.

Und die lange, unzusammenhängende Erklärung, die dann folgt, bestätigt seinen Verdacht. Diesem Mann, der die rituellen Geheimnisse einer bestimmten Zauberkunst kennt, die er von den uralten Stammesquellen seines Geschlechts erlernt hat, ist die Kraft, die er gewissermaßen zum Scherz und möglicherweise aus einem Anflug von Exhibitionismus heraus angerufen hat, aus der Hand geglitten. Dies war nicht der Palast, in dem man ungestraft mit diesen Kräften herumspielen konnte.

Was überall anders auch als harmlose Äußerung der Fähigkeit hätte gelten können, die Rhythmen zu beherrschen, die im Körper pulsieren, und die Stimme, den Atem, den Schritt, die Tonart, die Lust aufzustehen oder die Lust einzuschlafen zu lenken, ist an diesem Ort zu etwas ganz anderem geworden. Denn der, der in den heiligen Palästen seine schreckliche Klaue erhoben hat, um das Fresko des *Jüngsten Gerichts* zu verfinstern, indem er diese Unmenge teuflischer Tiere ausgerechnet auf die Seite der Guten geschleudert hat, lag immer im Hinterhalt bei jeder anderen Wiederholung der Notwendigkeit, die sich seit Adams Fall aufgetan hat: die Wahl zwischen Gut und Böse. Die hatte eine Ruhepause nur in den Augenblicken, in denen sich das Sein von den Ketten des Werdens befreit. Und es war die Macht, die die Riten aus anderen Jahrhunderten der Geschichte überliefert haben, von anderen Orten der Erde, weit entfernt von Rom, wo der Herr sonst sein Antlitz gezeigt hat: Die Reinheit des Seins aus dem Gefängnis des Werdens befreien, die Furchen der Zeit verlassen, ins Ewige einmünden, für ein paar Augenblicke – das, was Monsignor Marangu, unterstützt von seinen weniger erfahrenen Helfern, verstanden hat, in der zeitlosen, erinnerungslosen, bewusstseinslosen Raserei eines Tanzes erstehen zu lassen. Was allerdings, aufgefangen von dem, der die Befreiung des Kampfes zwischen Gut und Böse nicht wollte, als Verlockung wirkte und sich auf die Erinnerungslücken unseres armen Marangu stützte.

Der Prälat, in derselben Region von Afrika geboren wie

der Kardinal, hört, gemeinsam mit seinen Kollegen, die strenge Antwort auf seine Erzählung, ohne etwas zu erwidern, vielleicht auch ohne sie ganz zu verstehen. Doch am Ende entfährt seinem Mund eine mehr an sich selbst als an den Kardinal gerichtete Frage: »Warum hat der Herr uns so schwach erschaffen?«

Doch gleich kommt Ugamwa die Antwort auf die Lippen: »Weil er uns als freie Menschen erschaffen hat, Marangu.«

19

Deus amentat quos vult perdere …«, las in dieser Nacht zu später Stunde der Kardinal von Mailand, Alfonso Cerini, in einem alten Kommentar der *Sermons* von Bossuet.

Das lateinische Zitat des Kommentators aus dem Buch Sacharja der Bibel passt ziemlich genau. Ja, so ist es: Gott verwirrt dem die Sinne, von dem er will, dass er sich Schaden zufügen soll ... Das ist es, was in diesen Mauern geschieht, denkt er, während er an seinem Tisch voller Bücher sitzt, die seit drei Monaten in dieser Abgeschiedenheit seine liebste Gesellschaft sind, Bände, die er mitgebracht hat und die nur einen kleinen Teil seiner großen Bibliothek in Mailand darstellen.

Nun ist das Maß voll: Dieser Höllentanz durch die Räume der heiligen Palazzi! Wer kann noch zweifeln, dass der Böse einen weiteren Punkt für sich verbuchen konnte im Kampf, den er im Herzen der Christenheit zu entfachen vermochte?

Ist die Isolierung von der Welt denn nicht länger die weise, ideale Bedingung, welche die Tradition bei einem Konklave zu befolgen anrät? Nun erkennt Cerini die Falle, in die die zu dieser Prüfung Aufgerufenen aus Furcht tappen. Er weiß, dass die Kontakte zur Außenwelt abnehmen. Er weiß, dass in verschiedenen Teilen der Welt die Neigung sichtbar wird, an eine mögliche Autonomie von Rom zu denken. Er fühlt, wie das Vergessen und das Desinteresse wie Quecken um die Mauern des Vatikans Wurzeln schlagen. Und die Strategie des Bösen ist sehr subtil gewesen, eingespannt zwischen Spiel und Schrecken, zwischen Arglist und Gewalt, Vergnügen und Wahnsinn, Anspielung und Entstellung. *»Deus amentat quos vult perdere ...«* So ist es.

Wie ein Zauberer hat er auf die Sinne eingewirkt und hat dabei die strengen Sitten mit unwürdigen körperlichen Praktiken der Diener der Kirche aufgeweicht, die im Turm von San Giovanni viele von ihnen versammelt haben und auch ihn verführten. Er hat auf die Vorstellungskraft gedrängt, indem er Geister biblischer Plagen heraufbeschworen hat, mit der Heimsuchung teuflischer Tiere wie Ratten, Skorpione und Fledermäuse. Er hat auf ihr abgestorbenes Wirklichkeitsempfinden gesetzt, indem er Fluchtreaktionen aufgrund der Klaustrophobie hervorrief, die nach und nach ihr Gemüt erschreckte, wie im Fall seiner beiden Mitbrüder, die einen Ausbruch gewagt hatten. Er hat versucht, ihr Gleichgewicht mit der grauenhaften Vision seiner Macht zu verwirren, die er den Horden von Skorpionen anvertraute, und mit ihnen das Fresko vom *Jüngsten Gericht* überdeckt. Er hat mit ihrer Intelligenz gespielt, indem er sie mit einer unendlichen Reihe flüchtiger Allianzen trübte, die am Vormittag die Pläne des Vorabends vernichteten. Am Ende hat er auf wilde, entheiligende Weise Besitz von ihren alten Körpern ergriffen, mit dieser Art Veitstanz einer ganzen Nacht, der die Würde des Heiligen Kollegiums mitten ins Herz getroffen hat. Doch die schändlichste Niedertracht war, dass er die höchsten Hoffnungen mit der Wahl eines afrikanischen Kardinals entfacht hat, sie dann aber jäh und gerade aufgrund dieser Entscheidung zusammenstürzen ließ. Und dann noch den Spalthieb gegen das Konklave mit diesem mysteriösen Tod von Zelindo Mascheroni, der so plötzlich, so still, so unerwartet kam und den Eckstein der katholischen Orthodoxie traf, und das gleich am Morgen nach seinem schallenden Beitrag im Konklave. Zwei seiner Mitbrüder sind in diesen drei Monaten hingeschieden: der Bischof von Rio de Janeiro und Mascheroni. Auch dieses Gespenst weht über den Gemütern derer, die sich aufgrund ihres Alters dem Ende nahe fühlen. Und der Gedanke über den Irrsinn, den er jetzt in den *Sermons* Bossuets findet, ist wie eine Verschwörung, ganz allmählich ihre Wahrnehmung der Dinge zu verwirren. Welches Ungemach wird wohl noch auf sie herniederkommen, nach dem Tarantelbiss jenes Tanzes? Nein, nicht das Hinterherlaufen nach der Jugend der Welt, nicht die Flucht in die Altertümlichkeit Afrikas und seine magischen Denkweisen, nicht die Rückkehr zum Naturzustand sind es, die die Kirche mit einem afrikanischen Papst retten. Vielmehr muss man noch höher zielen, auf das Römische der Tradition, auf das göttliche Gleichgewicht zwischen römischer und barbarischer Welt, aus der die Moderne hervorgegangen ist, indem weiterhin das Erbe des Apostels Paulus gelebt wird, des römischen Bürgers aus Tarsus, der den Supremat Roms hochgehalten hat wie eine Fahne. Die Welt bedarf noch eines Mittelpunkts, eines Leuchtturms, eines Hirten. Alles Böse, das die Kirche mit der Menschheitsgeschichte geteilt hat, ist der Preis, der gezahlt werden musste, um deren Schritte zu lenken, damit sie nicht alleine sei. Undankbar ist es jetzt, ihr den Rücken zu kehren, weil sie sich aufgrund der fehlbaren menschlichen Natur mit großer Schuld befleckt hat. Es ist feige, sich der Illusion einer zweiten Jugend hinzugeben, indem man sich in den Wassern Afrikas wäscht. Die Tradition ist nicht im Lauf der Zeit verflogen, die Vergangenheit ist keine Arabeske aus Rauch, den man hinauslässt, um den Blick in einem neuen Verständnis der Dinge frei zu machen. Die Vergangenheit ist ein Fels, sie ist ein Schatz. Aus diesem Grund glaubt der Erbe des Heiligen Ambrosius und des Heiligen Carlo Borromeo weiterhin an seine Kandidatur für den Papat.

Während der Kardinal Erzbischof von Mailand tief in der Nacht mit der Lektüre von Bossuets prunkvollem Französisch beschäftigt ist und an der lateinischen Stelle des Kommentars innehält, kehrt etwas weiter entfernt, im selben apostolischen Palast, Contarini in sein Logis zurück. Er kommt von der Kaserne der Schweizergarde, wo er zum Abendessen Gast von Hans Kapplmüller war. Nach dem üppigen Trinkgelage ist er auf seinen Beinen nicht ganz sicher. Weil er seinem Gleichgewichtssinn nicht vertraut, gibt er sehr darauf Acht, wo er seinen Fuß hinsetzt, denn er hat auch die Befürchtung, dass er Kardinal Malvezzi aufwecken könnte. Das wäre das Letzte, was er sich wünschen würde, sich von ihm in diesem Zustand überraschen zu lassen.

Er lauscht an der Türe zum Arbeitszimmer seiner Eminenz. Absolute Stille. Vorsichtig öffnet er die Türe und zittert wegen der schnarrenden Scharniere.

Ein Mondstrahl fällt auf den Schreibtisch und den Holzboden. Alles befindet sich in einwandfreier Ordnung: Zeitungen, Messbuch, Dokumente, Briefe, Bände, Schreibgeräte, Radiergummi, Bleistifte, Medikamente, der Photorahmen mit dem Bild des Kardinals inmitten der jungen Männer seines Seminars in Turin, alles genau so, wie er es selbst angeordnet hat, wenige Stunden bevor er wegging, ohne zu sagen, wann genau er wieder zurück sein würde. Das unter der Türe durchscheinende Licht bestätigt ihm, dass die Gewohnheit seiner Eminenz, bis spät zu lesen, sich auch nicht an dem auf den Tanz folgenden Abend verändert hat.

Durch das Fenster dringt das Licht der gelben Scheiben von gegenüber ...

Als der Wecker morgens um sechs klingelt, erkennt er für einen Augenblick nicht mehr sein Zimmer, so tief ist sein Schlaf. Gerne würde er weiterschlafen, die Nachwirkungen der Trinkerei sind spürbar. Doch von der anderen Seite der Wohnung erreichen ihn verhaltene Geräusche des Mannes, der schon auf ist und ihn, im Arbeitszimmer auf und ab gehend, erwartet. Er nimmt das Päckchen mit den Zigaretten, die ihm Hans Kapplmüller überlassen hat. Er lächelt. Der Anblick des ersten Huhns des Tages lässt ihn gleichgültig. Er steht auf und füttert die Tiere. Alles ist vorbei.

Während der Messe, bei der er für seinen vom Tanzschweiß schwer erkälteten Erzbischof dient, unternimmt er jede nur denkbare Anstrengung, damit dieser die Gleichgültigkeit angesichts des Hin und Hers der Hühner im Raum bemerkt. Noch macht er sich Sorgen über das, was Hans ihm hinsichtlich des Plans anvertraut hat, die jüngeren Sekretäre und Kapläne durch ältere, aus verschiedenen Diözesen herbeigerufene ersetzen zu lassen.

Und Ettore Malvezzi nimmt erleichtert die Heilung seines ebenso wertvollen wie unvorhersehbaren Sekretärs zur Kenntnis, der den ganzen Abend lang nicht da war, ohne ihn zu verständigen, wohin er ging. Er hatte das Licht erst ausgemacht, als er hörte, dass er zurückkam.

Beide sind überaus pünktlich um fünf vor neun vor der Pforte der Sixtinischen Kapelle, wo der ausgefallene Wahlgang vom Vortag nachgeholt wird.

Der Camerlengo hat gerade seinen Appell beendet, als sich einer der Kardinäle aus den letzten Reihen in der Nähe der Marmorbalustrade erhebt und ums Wort bittet.

»Das ist der Kardinal von Brasilia«, flüstert ihm einer der beiden Stimmen auszählenden Kardinäle zu, Luigi Lo Cascio.

»Ich erteile Ihnen das Wort, Höchstverehrungswürdiger«, antwortet der Camerlengo, der ihn noch nie reden gehört hat, weder in der Öffentlichkeit noch privat, doch misstraut er der Überstürzung, mit der sich dieses Konklavemitglied zu

Wort gemeldet hat. Und zum anderen Stimmenauszähler, Attilio Rondoni, dem Generalvikar der Vatikanstadt, gebeugt, fragt er, ob ihm schon etwas darüber bekannt sei, was der Brasilianer nun sagen wird.

»Nein, Vladimiro, aber der ist nicht einfach, gewöhnlich manövriert er im Dunkeln ... und ich weiß, dass sich in der Nacht in seinem Logis alle Kardinäle von Südamerika getroffen haben.«

Er muss in der Tat ein großer Drahtzieher sein, dieser Kardinal José Maria Resende Costa, denn in seiner ruhigen, analytischen Rede, die ganz im Gegensatz zu seiner ungeduldigen Wortmeldung erscheint, versteht er, unterschiedliche und gleichwohl überzeugende Gründe anzuführen, um die letzten Hoffnungen der afrikanischen Partei zunichte zu machen, und ihr zum ersten Mal die Bestrebungen und die Bemühungen um Gerechtigkeit einer neuen Partei entgegenzusetzen, die noch niemand in Erwägung gezogen hat, nämlich die hispano-amerikanische.

Er stellt seine zweiundzwanzig Mitbrüder der Reihe nach vor, die den Teil der Welt schützen, der durch den Wirtschaftsimperialismus der Vereinigten Staaten am meisten geschunden ist, den Teil der Welt, wo Millionen von Menschen im Hunger, in der Prostitution, in Kindersklaverei, im Drogendealergeschäft, in einer unmenschlichen Ausbeutung der Arbeitskraft leben, um dem amerikanischen Volk seinen Primat zu sichern. Die Wahrheit über diese ungeheuerlichen Verfälschungen, die von den Vereinigten Staaten weiterhin das Bild der Hüter des Friedens und der Gerechtigkeit auf Erden liefern, würden sie in den Tiefen ihrer Diözesen genau kennen.

Und dann nennt er sie einen nach dem anderen, lässt sie aufstehen, als würde es sich um die Vorstellung der Zeugen der Anklage vor einem höchsten Gericht handeln, die für einen Prozess dort hingekommen sind, den man nicht mehr weiter aufschieben kann.

Und es erheben sich und erkennen die Wahrheit vieler der schrecklichen Anklagepunkte an, die eine Unzahl ihrer Söhne und Töchter peinigen, die Hirten von Buenos Aires, Bahía, Bogotá, Tegucigalpa, Santa Cruz de la Sierra, Belo Horizonte, Caracas, Medellín, Lima, São Paolo, Brasilia, Mexico City, Quito, Aparecida, Managua, Havanna, Cordoba, Guadalajara, Monterrey, San Juan de Puertorico, Santiago und Port Louis. Der in den ersten Wochen des Konklaves zu beklagen gewesene Todesfall rechtfertige die Abwesenheit des dreiundzwanzigsten Hirten, Ettore Contardi, Erzbischof von Rio de Janeiro.

Seit Jahrhunderten wird diesem wunderbaren Winkel der Welt sein Schicksal versagt, blühen und sich ausbreiten zu dürfen, trotz der umfangreichen Gaben und Geschenke, die der Herr sowohl der Natur seiner Ebenen, seiner Meere, seiner Berge als auch der Betriebsamkeit seiner Städte hat angedeihen lassen. Grund sei der Strick um den Hals seitens der traurigen Unterdrückung, die immer noch und immer wieder das Recht des Stärkeren dem Recht des Schwächeren entgegenhielte. Südamerika sei niemals frei gewesen, die Botschaft von Simon Bolivar und von San Martin müsse überhaupt erst noch wahrgenommen werden, denn nur auf den Dokumenten hätten die Nationen des Aufstands gegen Spanien ihr Recht auf Selbstbestimmung erobert. Diejenigen, die als Erste auf diesem Kontinent den gerechten Protest gegen den Unterdrücker erhoben hätten, indem sie England in einem langen Krieg davonjagten, beseelt von dem glühenden Wunsch nach Freiheit und Gleichheit im Namen des Rechts auf Glück, dieselben hätten dann ebendiese Ideale verraten. Denn sie hätten sie dem anderen Teil des Kontinents verweigert, indem sie die Tyrannei des Königs von

England durch die des Präsidenten der Vereinigten Staaten ersetzt hätten. Wenn – was sie alle glaubten – das Konklave den Ort darstelle, an dem der Heilige Geist einen breiteren Strahl seiner erlösenden Kraft inspirieren würde, wäre die Wahl eines von ihnen ein Zeichen der Vorsehung. Denn dies würde der Kirche die Möglichkeit bieten, die keine fortschrittliche politische Kraft in zwei Jahrhunderten in der Lage war wahrzunehmen. Der Spiritus Parakletos könne sich nicht in den Kräften der schwarzen Magie manifestieren, die das Heilige Kollegium in der vergangenen Nacht beleidigt habe. Der Schrecken dieses Stammestanzes, der ihr Fleisch geschwächt habe, sei ein nur allzu deutliches Zeichen gewesen. Afrika sei nicht reif, es könne warten, bis die Reihe an ihm sei, um einen seiner Hirten für die Spitze der Kirche anzubieten. Doch wehe, wenn man Opfer der Faszination dieser dunklen Mächte würde. Einen Exorzisten als Papst? Das wäre doch, als würde man in die düstersten Stunden des Mittelalters zurückfallen, als Gregor VII. von Heinrich IV. vorgeworfen wurde, er sei ein ...

Der Kardinal von Brasilia hat seinen Satz noch nicht zu Ende gesprochen, als sich Schreie hinten und aus der Mitte des Saales erheben. Mit ausgestreckten Händen, aufgeregten Gesichtern, alle starr auf einen Punkt gerichtet, machen sie deutlich, dass niemand mehr zuhören kann.

Michelangelos Fresko vom *Jüngsten Gericht* verschwindet langsam, wie eine Vision, die sich in Luft auflöst. Die Gesichter der Heiligen und der Verdammten sind bleiern, ohne jede Physiognomie, ohne alle Augen, Falten, Fleischfarbe. Gut und Böse vermischen sich.

Die Gewänder verschwinden, die Posaunen der Engel, das Boot und die Ruder des Charon, die Räder und Pfeile des Martyriums, die Säule mit der Geißelung Christi und das Kreuz seiner Kreuzigung, die Wolken, die Gräber, der Hautbalg des Heiligen Bartholomäus mit dem Gesicht Michelangelos, die Bärte, die Haare, die Hände, die Schenkel, die Beine, die Lumpen, die die Schamteile bedeckten.

Nur die Gesichter von Maria und dem Erlöser widerstehen im Mittelpunkt dieses riesigen grauen Schattens, der seit Jahrhunderten für die Vorstellungswelt von Millionen Menschen äußerst lebendig gewesen ist in den Gestalten des Gerichts, das die Menschheit am Ende der Zeiten erwartet. Auch den Propheten und Sibyllen an der Decke widerfährt das gleiche Schreckliche. Die nackten Wände nehmen die Sixtinische Kapelle durch die Hand eines anderen Malers wieder in Besitz, der das Nichts malt und es vorzeigt, als wäre die Erde bereits nur noch Wüste, die Menschheit ausgelöscht, die Monumente zerstört und in Trümmer und die Werke, die das Leben erheiterten, ohne jede Überwelt.

»Ugamwa! Tu etwas! Halte das auf!«, hört man auf Englisch rufen.

»Aber er ist es doch, der es zerstört! Mit einer seiner Magien, er ist es, er ist es!«, wettert von einer anderen Seite auf Deutsch der Kardinal von Köln.

Der Kardinal-Camerlengo erhebt sich und mit lauter Stimme ruft er den verehrungswürdigsten Erzbischof von Daressalam und gibt damit zum ersten Mal der vorherrschenden Stimmung in der Versammlung der Kardinäle nach: »Höchst verehrungswürdiger Leopold Albert Ugamwa! Tun Sie etwas, damit das alles ein Ende hat!«

In dem diesen Worten folgenden Tumult erhebt sich plötzlich der schwarze Bischof von seinem Sitz, bahnt sich, beschützt von den Schweizergardisten, einen Weg durch die Menge und steigt zum Mittelgang herunter.

Ein stumpfer Gegenstand, von irgendeinem Stuhl auf ihn geschleudert, streift an seinem Kopf vorbei, ohne ihn zu treffen: Jemand hat ein Messbuch nach ihm geworfen.

Man sieht, wie er sich langsam in die Richtung wendet, aus der der Gegenstand gekommen ist. Das in Tränen aufgelöste Gesicht spricht für sich und zwingt einige der Nächststehenden zu schweigen. Dann, als würde er gegen einen ungeheuer starken Wind ankämpfen, erheben sich seine Gewänder und verrutschen, während er sich ebenso wie die Schweizergardisten mit den Armen das Gesicht schützt.

Und die Anstrengung, auf den Altar zuzugehen, in die Richtung von dem, was einmal das *Jüngste Gericht* war, scheint übermenschlich zu sein. Doch der Tumult, der die Ursache für den ungeheuerlichen Sturz des Freskos war, legt sich bereits, während alle in der Kapelle den Hauch jener Kraft wahrnehmen, die dem armen Exorzisten widersteht und immer gebieterischer und gewalttätiger über ihre eigenen Häupter bläst.

Dieser Wind ist nicht durch die fest verschlossenen Fenster gedrungen. Er ist kein plötzlich aufgetretener Luftzug, der die Türen auffliegen ließ. Sondern ein kalter Todeshauch, der in die Knochen dringt und das Blut gefrieren lässt.

Dann ereignet sich das, was jede Fähigkeit, weiterhin gegen diesen Mann zu protestieren, besiegt, diesen Mann, der in kleinen Schritten auf die Wand mit dem Fresko zugeht.

Ugamwa sagt etwas, er wiederholt es laut und immer lauter, mit einer furchtbaren Kraftanstrengung, die seine feierliche Gestalt in zwei Teile zu krümmen scheint. Und plötzlich sieht man das *Jüngste Gericht* wieder leuchten, in der Lebendigkeit seiner wunderbaren Farben und tausend Formen, während der Wind auf der Stelle überall in der Sixtinischen Kapelle aufhört.

Doch von dem Exorzisten, dem schwarzen Kardinal, der den Zauber gegen den Geist des Bösen ausgeführt hat, gibt es keine Spur mehr.

Er ist verschwunden, so wie vorher die Farben von der Wand verschwunden waren, die jetzt wieder von neuem Leben wimmelt.

Vergebens suchen die vier Schweizergardisten nach ihm, sie betasten die Luft, wo er noch wenige Augenblicke zuvor mit ihnen gegen die Wucht des Winds angekämpft hat. Vergebens suchen sie ihn in der gesamten Kapelle, in den Zugängen, in den Vorräumen, in der Sakristei.

Der große Exorzist hat das Konklave verlassen.

20

An diesem Abend war der maronitische Patriarch Abdullah Joseph Selim zu Kardinal Malvezzi gekommen, um ihm einige Bücher zurückzugeben, und war dann zum Abendessen geblieben. Die lange Abgeschlossenheit des Konklaves lastet auf dem Gesundheitszustand des Bischofs aus dem Nahen Osten, der zwar immer kränklicher wird, doch in der Lage ist, sich seinem Zustand in einer Weise entgegenzustellen, dass das Herz des Turiner Kollegen, der in der Sixtinischen Kapelle den Sitz neben ihm einnimmt, nicht aufhört sich zu verwundern und aufzurichten. Sie sitzen neben dem brennenden Kamin, und während Monsignor Contarini den Tisch abdeckt, gehen die beiden Freunde noch einmal die Ereignisse des Tages durch, angefangen beim Wahlgang vom Nachmittag, dem einzigen, der durchgeführt wurde, trotz der begrenzten Anwesenheit von Wählenden.

Der größte Teil des Heiligen Kollegiums war nämlich in seinen Logis geblieben, noch immer erschüttert von der Szene, in der sich einer der angesehensten Kandidaten für die Wahl zum Papst einfach in nichts aufgelöst hatte. Das Ergebnis war ernsthaft von der Rede des brasilianischen Bischofs beeinflusst worden, denn zweiundzwanzig Stimmen waren zu seinen Gunsten ausgefallen. Doch es handelte sich um eine immer noch prekäre Position, denn sie war einer numerischen Stärke anvertraut, die noch weit von der einfachen Mehrheit der Versammlung entfernt war, die nach den ersten beiden Wahltagen ausreichend wäre.

Malvezzi hatte sich gewundert, eine Stimme über die des libanesischen Patriarchen hinaus zu erhalten, von dem er als Antwort zu hören bekommen hatte: »Was weißt du schon, was Gott möglich ist zu tun?« Jetzt aber wurde der Satz, der ihn vor annähernd zwei Monaten so betroffen gemacht hatte, auf eine tragischere und beunruhigendere Weise vervollständigt. Denn Gott schien sich von seinen Söhnen weit zurückzuziehen und damit furchtbare Tage wie diesen zu ermöglichen: Einer von ihnen, vielleicht schuldig, magische Kräfte ausgeübt zu haben, war von den Mächten des Bösen verschluckt worden.

Ließ der Herr das Kampffeld bis zu diesem Punkt frei? Dieses Konklave, das in seiner Geschichte bisweilen innerhalb weniger Tage für eine Wahl nach der Hohen Inspiration abgeschlossen war, zog sich jetzt mühevoll dahin und wurde der Beweis für die Ferne Gottes.

Ob seine Gegenwart anderswo sein könnte? Ob er andere auserwählt hat, seine Gnade zu empfangen und ihn zu vertreten?

Malvezzi hatte in der vorhergehenden Nacht über die Geschichte von Sauls Wahnsinn meditiert, der sich bewusst war, dass Gott ihn verlassen hatte, aber keine Ahnung hatte, dass der junge David in aller Heimlichkeit von Samuel zum König von Israel gesalbt worden war. Der Teufel war bereits Herr über die verwirrte Seele König Sauls, der kurze Zeit später verurteilt wurde zu sterben.

Ob die Kirche so fern von Gott ist wie die Seele Sauls? Wenn es so ist, wo verbirgt sich dann der junge David?

Dergleichen Fragen vertraut Malvezzi dem Maroniten an, der ihm seit ein paar Minuten still zuhört, ins brennende Feuer im Kamin starrt, während eine Katze sich an seinem Talar reibt. Als Malvezzi mit seinem Gedanken zu Ende ist, verharrt der Libanese noch in Schweigen. Dann, die Worte langsam und deutlich aussprechend, fordert er seinen Kollegen zu einer weiter gefassten Sicht dieses Krieges auf, der nur Christen und Feinde Christi einbezieht. Nicht nur von seiner Kirche zieht sich Gott zurück, sondern von der halben Menschheit und das Erbe bleibt beim weniger begünstigten, beim ärmeren Teil. Der Egoismus, nachgeäfft vom wirtschaftlichen Fortschritt, vom Wettlauf zum Erfolg, hat das Endstadium des verbreitetsten Unbehagens in der reichsten Gesellschaft des Westens erreicht, der Narzissmus ist der Sieg des Bösen. Das Gute lebt in der Stille, wo es weder Stimme noch Macht besitzt.

Und es lebt in den Völkern, von denen an diesem Tag auch der Kardinal von Brasilia gesprochen hat, in der Unterentwicklung Afrikas, in den Millionen vom Notwendigen Ausgeschlossenen, die in Russland unter die Macht der Mafia gebeugt sind, in den Ausgestoßenen, den von allen Verhandlungstischen Verjagten wie den Kurden, den Burmesen, den Irakern, in den in Ketten gefesselten wie den Iranern unter dem Joch der Ayatollahs. Die Kirche ist in diesem Kampf nicht privilegiert, sondern einbezogen wie die gesamte Menschheit. Doch er, der aus einer vom Krieg zwischen gegensätzlichen Glaubensrichtungen und unterschiedlichen Rassen heimgesuchten Welt kommt, meint sagen zu können, dass die Kirche zuweilen nicht da ist, wo die offizielle katholische Kirche ihre Zelte aufschlägt, sondern im gegnerischen Lager.

Gott hat in seinem heimgesuchten Libanon die Schilder ausgetauscht und erscheint sehr häufig nicht in den Scharen der reichen Katholiken, sondern in denen der armen Moslems.

Nach dieser letzten Äußerung macht Malvezzi ein Zeichen der Verwunderung, indem er den Sessel vorrückt. Die

Offenbarung fällt mit dieser Annahme. Wo wird das hohe Lehramt der Zeugenschaft von Wahrheit enden, für die die Kirche Lehrerin und Aufbewahrerin ist?

Der Patriarch nimmt sich nach dieser Unterbrechung wiederum Zeit. Dann antwortet er, dass er wirklich zufrieden sei, für ihn im Konklave gestimmt zu haben, weil niemand sonst mit ebenbürtiger Kohärenz das Römische, den Italozentrismus des Papats darstellen könne. Das Problem liege jedoch in der Frage, ob die Wahl des Papstes immer noch bedeute, Christus anzurufen, die Menschheit zu führen in der Gestalt seines ältesten Stellvertreters. Im Bewusstsein, etwas Schwerwiegendes gesagt zu haben, das nicht wenig Verwirrung in seinem Gesprächspartner hervorruft, schweigt Abdullah Joseph Selim.

Nun gewinnt der Satz, der Ettore Malvezzi so sehr erleuchtet hat, »Was weißt du denn davon, was Gott möglich ist?«, noch einmal eine andere Bedeutung und bringt seine letzten Gewissheiten durcheinander. Er fordert dazu auf, die Lähmung des Konklaves nicht als perverse Einmischung des Bösen zu verstehen, sondern als neue Seitenwahl des Guten, das Rom und sein exklusives Recht, es zu vertreten, verlässt, und so in perfekter Übereinstimmung mit seinen Zweifeln zu sein, die ihn in der Nacht versucht haben, als er die Seiten der Bibel über Saul und seinen Wahnsinn wiederlas.

Die Pendeluhr im Arbeitszimmer schlägt neun. Der Patriarch ergreift seinen Stock, der an seinem Sessel lehnt, und steht auf, um sich von dem Freund zu verabschieden und zu seinem Logis zurückzukehren. Gewohnt, das Bett nur für wenige Stunden am Tag zu verlassen, tritt er auf Malvezzi zu, umarmt ihn dreimal nach orientalischer Sitte und dreht sich um, um sich an Contarinis Arm festzuhalten.

Ettore Malvezzi bleibt stehen und betrachtet die Türe, durch die dieser problematische Mann verschwunden ist.

Dann begibt er sich zum Fenster, das auf den Innenhof hinausgeht, und sieht zu seiner Überraschung, dass große Schneeflocken niederfallen. Nach der übertriebenen Milde der Temperatur im Oktober und November ist der Winter merkwürdig verfrüht gekommen und macht mit der Kälte die Abgeschiedenheit im apostolischen Palast noch schwieriger. Das Tageslicht verabschiedet sich jeden Tag früher. Um vier Uhr nachmittags muss er schon die Lampe im Arbeitszimmer einschalten, wie auch die unbekannten Bewohner hinter dem Fenster mit den gelben Scheiben, gleich ihm gegenüber, das jetzt in die Nacht strahlt. Der Wärme des Kamins und der ziemlich alten Heizkörper gelingt es nur schwer, die Feuchtigkeit aus diesen großen Räumen zu verscheuchen. Also, die Stimmen, die Selim ihm gegeben hat, stellen keine überzeugte Zustimmung dar, sondern sind lediglich die Konzession an ein Ritual, von dem er nicht mehr bis auf den Grund seiner Seele überzeugt ist. Und er, der Erzbischof voller Zweifel, der jeden Morgen die Messe liest, mit der Qual, nicht immer den Herrn in der von ihm selbst geweihten Hostie zu erblicken, er wird jetzt zum Stützbalken dieser uralten und überholten Gewissheiten.

Er denkt wieder an den Appell des Bischofs von Brasilia zurück, der ihn einen Augenblick lang tief berührte, indem er ihm eine wirksame Möglichkeit für eine endgültige Wahl aufzeigte. Und es war auch eine leidenschaftlich politische Rede. Die Reaktion der nordamerikanischen Kardinäle, die immer mit ihren Ländern in Kontakt stehen, wird nicht auf sich warten lassen. Der Camerlengo und der Kardinal haben erneut furchtbarem Druck standhalten müssen, über die diplomatischen Kanäle, die die Absonderung nicht respektieren.

Ein Frösteln überkommt ihn, während die Schneeflocken gegen die Fensterscheiben wehen und an ihnen herunterlaufen. Jetzt belebt sich das Fenster gegenüber mit Schatten hinter den Scheiben, mit Leben, die ihm weiterhin Gesellschaft leisten, ohne sich je zu zeigen. Es ist Viertel nach neun. Er kann zum Turm von San Giovanni gehen und sich aufwärmen. Dort würde er viele seiner Mitbrüder antreffen, durchgefroren wie er und vielleicht auf der Suche nach jemandem, mit dem man noch einmal Gedanken austauschen und die letzten unerklärlichen Ereignisse kommentieren kann.

Selim hat ihn mit dem Zweifel zurückgelassen, dass wenige, auch im Konklave, immer noch die uralten Gewissheiten hegen, während die Welt draußen, die durch den Fall des politischen Bipolarismus die Scheinwerfer für ihre Navigation verloren hat, sich jetzt mit einem verschwommenen, synkretistischen Deismus zufrieden geben muss: die Gefahr, von der Männer wie der Erzbischof von Mailand am meisten befürchtet hatten, dass dies so kommen würde.

Gerade ist er dabei, sein Logis zu verlassen, als das Telefon stürmisch klingelt.

Die Versuchung kommt ihn an, nicht zu antworten und einfach wegzugehen. Doch die Sorge, dass er nun schon seit über zehn Tagen nichts mehr von seinen Verwandten gehört hat, lässt ihn umdenken.

Er hebt den Hörer ab. Die Telefonzentrale verbindet ihn mit seiner Schwester in Bologna.

»Schon ziemlich lange, dass wir uns nicht hören. Wie geht es euch?«

»Gut, Ettore. Jetzt schon, aber wir haben keine schönen Augenblicke durchlebt, deshalb wollte ich dich nicht stören ...«

»Was ist passiert?«

»Francesco hat einen schlimmen Unfall gehabt, aber letzten Endes ist er mit ein paar Knochenbrüchen davongekommen.«

Die Stille, die auf der anderen Seite der Leitung folgt, macht seiner Schwester deutlich, wie gut es war, ihren Bruder nicht eher verständigt zu haben, bis die Gefahr vorüber war. Gleichzeitig übermittelt sie ihr stärker als die anderen Anrufe das mittlerweile akute Leiden des einzigen Bruders, der ihr nach dem Tod von Carlo vor einigen Jahren geblieben ist: Diese Abgeschlossenheit wird zur großen Belastung. Sie sieht ihn seit Anfang September nicht, als sie ihn bei der Eröffnung des Konklaves in Rom besuchen gekommen war.

Malvezzi starrt mit der ganzen Energie seiner Augen auf das erleuchtete Fenster gegenüber, das mit den gelben Scheiben. Der Schrecken dieser Nachricht, abgemildert durch die Mitteilung, dass Francesco lebe, dringt bis in seine Seele und löst zum ersten Mal den nicht zu bremsenden Impuls aus zu fliehen.

»Aber ... jetzt geht es ihm doch gut, nicht, Clara?«

»Ja, Ettore, er hat nur einen Oberschenkelhalsknochen und ein paar Rippen gebrochen, das wird schon wieder, mit vielen Tagen im Bett. Wenn du herauskommst, wirst du ihn schon wieder auf den Beinen sehen.«

»Wenn ich herauskomme ... da hast du ganz Recht, aber wer weiß, ob ich jemals hier rauskomme!«

Es ist das erste Mal, dass der Bruder sich in dieser Weise äußert. Ein wirklich außergewöhnliches Zeichen von Unruhe und Müdigkeit bei einem so unglaublich geduldigen Mann, der nicht minder fähig ist, die Bewährungsprüfungen seiner Lebensform auf sich zu nehmen.

»Wie laufen die Dinge? Beim letzten Mal war es mir, als hätte ich verstanden, dass sich etwas am Horizont abzeichnen würde.«

»Jetzt sieht man allerdings nichts mehr davon und es gibt sogar Fälle, da verschwindet einer wie ein Phantom.«

»Ich habe auch gehört, dass einer unter dem Vorwand von gesundheitlichen Problemen nach Hause geschickt werden wollte, das hab ich in den Zeitungen gelesen, aber schon vor einiger Zeit.«

»Nein, es geht nicht um diese ... Na, lassen wir das, du würdest es mir nicht glauben, wenn ich's dir erzähle, manchmal kommt es auch mir wie ein Traum vor, aus dem ich nicht aufwachen kann. Reden wir lieber über Francesco. Wo ist er denn jetzt?«

»In einer Klinik, wir haben ihn in eine Klinik in der Nähe von Bologna bringen wollen, zu gewissen Freunden von Eugenio. Da hat man auch einen kleinen Eingriff vornehmen müssen. Aber es ist alles gut, er bekommt Besuch von vielen Freunden und Freundinnen, er langweilt sich und fragt oft nach dir.«

»Gib mir seine Telefonnummer.«

»Sicher. Er hat ganz lange Haare, weißt du, eitel wie er ist, lässt er sie immer von seiner Freundin in Ordnung bringen und waschen, aber wehe, du schneidest sie ihm.«

»Ist er immer noch mit demselben Mädchen zusammen?«

»Ja, Caterina. Sie ist alles andere als eine dumme Gans. Du wirst sie auch kennen lernen. Weihnachten wird Francesco wieder zu Hause sein, und wenn du nichts dagegen hast, haben Eugenio und ich daran gedacht, auch sie einzuladen, zu Heiligabend.«

»Tja, nicht mehr lange, dann ist Weihnachten.« Der Gedanke an dieses Fest, das er als Pfarrer immer inmitten seiner Gläubigen verbracht hat, danach als Weihbischof, schließlich als Kardinal, in Turin, und immer hat er den Heiligen Abend seinen engsten Verwandten gewidmet, das bewegt ihn wieder. Er ist keineswegs sicher, dass er zu diesem Datum das Konklave verlassen kann. Es wäre das erste Weihnachten allein, nach vielen Jahren.

Jetzt sind die sich bewegenden Schatten hinter den matten Fensterscheiben gegenüber verschwunden; bald wird das Licht ausgemacht und sie werden schlafen. Doch er muss sich beherrschen, er muss zurückhalten, was ihn fortreißen will, und die Schwester merkt das. Sie versagt sich ihre gewohnten ironischen Bemerkungen über das Konklave und die Kardinäle. Jetzt ist das Licht im Zimmer gegenüber gelöscht worden. Der Hund, der sich nicht jeden Morgen hören ließ, bellt. Die Katzen in seinem Zimmer wenden alarmiert den Kopf.

»Ettore, bist du noch da?«

»Ja, Clara, ich höre dich.«

»Also, passt es dir für Weihnachten, bei dir, mit Francesco und seiner Freundin?«

»Ja, sicher, Clara ...«

»Ich werde sie nicht bitten, ein schwarzes Kleid zu tragen, denn im Grunde geht sie ja noch nicht den Papst besuchen«, scherzt seine Schwester. Doch es ist nicht die Stimmfärbung ihrer stets einigermaßen beißenden Ironie. In diesem Bild liegt eine ziemlich feinfühlige Zuneigung und zum ersten Mal lässt er sich gehen und scherzt darüber, seit er hier eingemauert ist.

»Ach, Clara, mir würds schon reichen, wenn ich hier rauskäme!«

»Ich werd dich schon rausholen aus diesem Käfig, und wenn ich kommen und dich aus den Klauen der Garden befreien müsste«, und jetzt ist Claras Stimme sogar noch anders, guttural und langsam, als würde ein Hauch von Angst auch sie verwirren.

Jetzt reden sie nicht mehr. In der Stille können sie, Bruder und Schwester, ihren Atem hören.

Doch eine Glocke von Bologna, von der er weiß, dass es die von San Domenico ist, in der Nähe von Claras Wohnung, schlägt deutlich die Uhrzeit: Viertel vor zehn. Die Weite der Welt führt ihn in ihre Wohnung zurück, wo für den Onkel immer das Zimmer bereit war, das sie, zum Scherz oder aus Prahlerei, »das Zimmer des Kardinals« nannten.

Dieser Stundenschlag bringt wieder den Neffen in Malvezzis Gedächtnis zurück.

»Kannst du mir also Francescos Telefonnummer geben?«

»Das ist die 051657632, du kannst ihn anrufen, wann du willst, er ist nämlich alleine im Zimmer.«

»Gut, dann rufe ich ihn morgen früh an, nach der Messe, um acht. Sag ihm das.«

»Ich ruf ihn gleich an. Aber du, meld dich einfach ein bisschen öfter.«

Aber wie sollte er sie öfter anrufen, ihr erklären, dass er mitten unter Hühnern, Katzen und Eulen sprach, mit der Furcht vor einer neuen Plage des Bösen, die Kardinäle dazu bringt auszubrechen und die Frommen, wie den Patriarchen von Beirut, ihres Glaubens beraubt, wirklich Wähler des Stellvertreters Christi zu sein?

Sie sieht das alles nicht, sie kann nicht wahrnehmen, wie sanft das Abgleiten in den Wahnsinn ist, der längst in den Gesten aller da drinnen durchscheint, von den jungen Kaplänen bis hin zu den alten Prälaten.

Er kann ihr das nicht erzählen, er hat die langsame, subtile Gewöhnung an dieses Klima des ewigen Aufschubs der Wiederkehr in sich. Vielleicht kündigt sich der Wahnsinn so an: Wie eine seltsame Gewöhnung, die die Absicht, von dort hinauszugehen, auf morgen verschiebt, und unterdessen wird sie allmählich immer leichter und erträglicher. Alles

Üble im Leben hat diesen zweideutigen Stil, diesen rhythmischen Takt der Täuschung. Damit kündigt sich das Alter an wie ein gedämpft verzehrender Schmerz, der mit weiser Verstellung das Fleisch zermürbt, den perfekten Brauenbogen verblassen lässt, die Festigkeit der Brust, die Kurve der Hüfte aufweicht. Auch Krankheit kennt diese Kriegstaktik, dieser Nichtwiderstand, der mit der Gesundheit zusammenleben kann und mal hier, mal dort die Durchlässigkeiten stopft, aus denen er schließlich, eines Tages, hervorbricht. Das Konklave ist die Schule echter Exerzitien geworden, so perfekt, wie es nicht einmal der Verstand des schwarzen Papstes, des Generals der Jesuiten, sich erträumen könnte.

Nein, er kann ganz einfach nicht erzählen, was er empfindet, weder ihr und noch viel weniger seinem Neffen. Er wird Francesco morgen anrufen, nicht jetzt gleich, was seine Schwester erstaunte. Und wer weiß, ob morgen, beim Aufwachen, dieser Wunsch, der ihn jetzt versucht, nicht schon vergangen ist, wie so viele andere Bitten um Hilfe in diesen letzten Wochen.

»Also. Jetzt muss ich mich verabschieden, Clara, wir hören uns bald.«

»Wann?«

»In ein paar Tagen, übermorgen.«

»Dann bis Sonntag, Ettore. Ich umarme dich.«

Als er den Hörer aufgelegt hat, stützt er sich auf einen Stuhl in der Nähe. Eine auf der Gardinenstange hockende Eule kommt auf ihn zu, um eine Fledermaus mit den Krallen zu packen. Federn fliegen, Flügel schlagen, ein strudelnder Wirbel und dann ein dumpfer Aufschlag. Die Fledermaus liegt tot auf dem Boden. Der Eule geht es wohl auch nicht viel besser. Er sieht, dass sie blutet, ein Flügel kann sich nicht mehr heben, sie hüpft in der Nähe ihres Opfers herum. Und eine Katze peilt sie an. Er verscheucht die Katze und hebt die Eule auf seinen Schreibtisch, außerhalb der Reichweite der Katzen.

Jetzt klingelt das Telefon erneut.

»Onkel! Kommst du denn nie aus diesem Fuchsbau heraus? Bist du noch nicht müde, den Papst zu spielen?«

»Francesco ... ja wie geht es dir denn? Du hast einen Unfall gehabt, aber du bist noch einmal davongekommen.«

»Sicher, wenn ein gebrochener Oberschenkelhals und drei Rippen nichts sind: nur vierzig Tage Langeweile, fast so lang wie dein Konklave. Aber du schlägst mich immer, zumindest nach Punkten. Weißt du, dass wir uns seit dem Sommer nicht mehr gesehen haben?«

»Ich weiß, ich weiß. Aber hast du inzwischen die Prüfung für deine Ingenieurswissenschaft hinter dir?«

»Die hätte ich am Tag nach dem Unfall ablegen sollen, ich hab den Termin verpasst. Und wenn ich dran denke, wie ich gebüffelt habe!«

»Wissen geht niemals verloren, du wirst schon sehen. Aus einer Verhinderung wird dir ein Vorteil entstehen, du wirst eine bessere Note bekommen.«

»Ich bin kein Perfektionist, mir genügt auch ein ausreichend. Aber wie geht es dir, Onkel? Ich würde meine linke Hand hergeben, wenn ich nur wissen könnte, wie ihr euch da drinnen die Zeit vertreibt. Gelegentlich höre ich etwas über euch und suche immer nach deinem Namen. Aber von dir wird nie gesprochen, Onkel!«

»Schließlich bin ich ja auch kein Fußballer, Francesco. Besser, wenn du nichts über mich hörst oder liest! Unser Leben hier ist ein bisschen zerfahren, ungefähr so wie deins in der Klinik, glaube ich. Auch hier passiert nie etwas ...«

»Also, dann täuschst du dich, hier gibt es wunderschöne Krankenschwestern und ich hab den Eindruck, dass mit den Ärzten ...«

»Das sind keine Gespräche, die du mit deinem Onkel Kardinal führen solltest, der außerdem im Konklave eingeschlossen ist, Francesco. Na, jedenfalls habe ich ein bisschen gelogen, auch hier drinnen amüsieren wir uns, aber auf unsere Art.«

»Und was für eine Art ist das?«

21

Wir spielen Verstecken, lieber Francesco, und das gelingt uns manchmal so fabelhaft, dass wir die gar nicht mehr finden, die sich versteckt haben, nicht mal nach dem Spiel. Und dann tanzen wir auch, manchmal ganz ohne Ruhepause und die ganze Nacht hindurch, bis der Tag anbricht und wir nur noch todmüde ins Bett wollen. Und dann machen wir auch Zauberkunststücke. Stell dir vor, da gibt es einen, der ist so hervorragend, dass er das ganze Fresko vom *Jüngsten Gericht* verschwinden und dann wieder hervorkommen lassen kann. Oh, und dann macht uns der Kampf zwischen Tieren großen Spaß, es werden sogar Wetten auf die Begegnungen zwischen Hühnern und Skorpionen, Ratten und Katzen, Fledermäusen und Eulen abgeschlossen. Sind wir dann müde von all diesen Vergnügungen, gehen wir in die Sixtina und wählen den Papst oder wir ruhen uns in den Dampfwolken des türkischen Bads im Turm von San Giovanni aus. Jetzt sag du noch, wir würden uns im Konklave nicht zu Tode amüsieren, Franceso!«

»Heh, Onkel, du bist großartig, du hast immer noch eins auf Lager, richtig stark!« Und das Gelächter des jungen Neffen steckt ihn an und er schüttelt sich vor Lachen, während die Eule mit dem verletzten Flügel sich wieder oben auf die Gardinenstange gehockt hat. Ein Glück, dass er die Versuchung hatte, die Wahrheit zu parodieren; aber das hatte Francesco in ihm ausgelöst. Im Gespräch mit Clara wäre ihm die Lust dazu nie gekommen. Die Schwester hätte ihn unterbrochen und gefragt, ob er sich nicht wohl fühle.

»Also, höchst verehrungswürdiger Onkel, dann kann ich ja beruhigt sein, es geht dir gut und bald sehen wir uns, zu Weihnachten.«

»Na, besser gehts gar nicht! Sicher, Weihnachten bring ich dir ein paar Hühner vom Konklave mit, auch fürs Neujahrsessen. Wenn du nur sehen könntest, wie schön fett die sind!«

Und während sich Francesco unter Lachen verabschiedet, fühlt der Kardinal Erzbischof von Turin, wie sich der Kreis des Wahnsinns immer fester um ihn schließt, im sinnlosen Ausfall aus seiner dem Witz, dem Märchen, dem albernen Geständnis der Narren überlassenen Belagerung, die nur in den Schnurren der Entweihung der Wahrheit ihren Tribut zahlen können. Denn auch das waren sie dabei zu werden, er und die anderen Kardinäle, im Konklave: so etwas wie Gaukler, Narren, Idioten Gottes, die die Provokation bis zur äußersten Grenze treiben, damit Gott sich zeige. Ein Konklave, das im Karneval erneut zusammentritt, damit er an anderer Stelle hervorkomme, solange er nur erscheint. Eine Sonne, die nicht im Osten aufgeht, sondern im Westen, aber dennoch aufgeht.

Und mit dieser Erschütterung im Herzen entschließt er sich Schlag halb elf, zum Turm von San Giovanni zu gehen, wo er durch die einen Spaltbreit geöffnete Türe des Vorraums ohne besondere Verwunderung eine große Ansammlung erkennt.

Nur mit Mühe findet er noch eine freie Kabine.

Alle sind da, die Franzosen, Deutschen, Spanier, die Kurien- und die Diözesanitaliener, die Afrikaner, die Süd- und Nordamerikaner ...

Er trifft auf Kardinal Paide, der sich in der Kabine neben der seinen entkleidet.

»Und drei ...«, sagt er mit einem Seufzer und verstört blickenden Augen, die fest und starr auf das asketische Gesicht des ehemaligen Trappistenmönchs gerichtet sind.

»Und drei ... was?«

»Und drei von uns, die gehen, lieber Paide: Contardi, Mascheroni und Ugamwa.«

»Du kannst die anderen beiden doch nicht mit unserem großen Exorzisten auf eine Stufe stellen. Ugamwa ist durchaus nicht tot.«

»Bist du dir da auch ganz sicher? Verstehst du etwas von Magie?«

»Man braucht nichts von Magie zu verstehen, um zu wissen, dass er nicht von uns gegangen ist. Doch wir müssen für ihn beten, erinnere dich, dass du es während deiner Messe tust.«

Ettore Malvezza erwidert nichts und fängt an, sich nun seinerserseits zu entkleiden. Das Echo von Francescos Gelächter ist ihm noch lebhaft im Ohr und wird in Wellen so intensiv, dass es ihn wieder ansteckt, ohne sich darum zu kümmern, ob es jemand merkt. Und auch in diesem Augenblick kann er nicht an sich halten und bricht in ein knappes Gelächter aus.

Paide tut so, als hätte er die unmotivierte Freude überhört, und geht ihm ins türkische Bad voraus. Malvezzi ist nicht der erste Kollege, der in diesen letzten Tagen Zeichen eines psychischen Ungleichgewichts von sich gibt. Zudem hat er bereits bemerkt, dass Malvezzi an einer nervösen Hyperlalie leidet, die möglicherweise von Klaustrophobie herrührt. Er hält sich wegen seiner Trappistenerziehung weiterhin für einen glücklichen Menschen: Er kann in Schweigen und Stille verharren, und das für Tage, ohne sich jemals einsam zu fühlen. Eher ist es schon die Gesellschaft der anderen, die ihn oftmals die Einsamkeit spüren lässt. Auch deshalb mag er die Sauna, er will der Versuchung widerstehen, seinem Nächsten aus dem Weg zu gehen: An diesem Ort ist er zu Vertraulichkeiten gezwungen, zur Unterhaltung, zum direkten Kontakt, wie auf seiner Insel als Kind.

»Aber wann kommt denn unser großer Exorzist nun wieder?«

In den Dämpfen sieht er ihn zwar nicht, aber an der Stimme erkennt er Malvezzi, der ihm gefolgt sein muss und ihm wohl keine Ruhepause geben will.

Er entschließt sich, nicht zu antworten und von den Dampfwolken zu profitieren, die ihn schützen.

»Wer kann das schon wissen? Das wissen nur die schwarzen Kardinäle, warum fragst du nicht sie?«, antwortet eine Stimme, die er nicht zu identifizieren weiß, weil der Dampf so dicht ist in dieser Nacht mit dem ersten Schneefall. Die zuständigen Techniker haben die Temperatur erhöht.

»Ich habe keine Angst. Ist jemand unserer Brüder aus Afrika hier drinnen?«

Nun gestaltet sich die wenig sensible Art dieser Frage in der Anonymität der Dampfwolken für einen der vielleicht zu Unrecht der Magie beschuldigten Bischöfe provozierend und lästig.

»Ich bin hier.«

»Wer bist du?«

»Carlo Felipe Maria Dos Angeles, aus Maputo ...«

»Also, dann frage ich dich. Rufst du Kardinal Leopold Albert Ugamwa oder soll ich ihn rufen? – Ugamwa, worauf wartest du? Blase, blase kräftig und die Mauer wird einstürzen!«

Ein langes Schweigen folgt den letzten absonderlichen Worten Malvezzis.

Matis Paide will gerade den Mund öffnen, um die Spannung abzumildern, als er etwas Merkwürdiges wahrnimmt.

Der Dampf teilt sich schnell, während die Temperatur fällt. Inzwischen sind alle zu sehen, die alten Bischöfe im Adamskostüm, die einen sitzend, die anderen stehend, wieder andere an die Wand gelehnt.

Und mittendrin, in Zentrum des großen Raums, erscheint von Kopf bis Fuß in sein schwarzrotes Gewand gekleidet, der Kardinal Erzbischof von Daressalam, Leopold Albert Ugamwa.

Ein immer stärker werdendes Gelächter ist zu hören, immer stärker und stärker, und hört nicht mehr auf.

Das ist Ettore Malvezzi, der nicht mehr aufhören kann. Wer ihn auffordert, sich zu mäßigen, dem antwortet er nur, und wiederholt den Satz immer schneller, er müsse sofort mit Francesco telefonieren.

»Telefonieren? Ja, siehst du denn nicht, Ettore, dass unser Ugamwa zurückgekommen ist? War es denn nicht das, wonach du gefragt hast?«, versucht Rabuiti einzuwenden und beginnt zu verstehen, dass mit seinem Turiner Freund etwas Schreckliches vor sich geht.

»Ich bitte euch, lasst mich mit Francesco telefonieren.«

Der Kardinal von Daressalam verlässt unterdessen bewegt und benommen den Raum, der schlagartig wieder warm wird und sich mit Dampf füllt.

Einige Kardinäle verlassen das Dampfbad, in dem neben Ettore Malvezzi nur Celso Rabuiti und Matis Paide zurückbleiben.

Die kleine Schar, die den Bischof von Tansania umstellt, will ihn nicht mehr gehen lassen. Viele berühren ihn und schütteln ihm die Hand, ohne den Mut zu finden, mit ihm zu reden, ihm Fragen zu stellen, die nur ein verwirrter Kopf wie Malvezzi sich unterstehen würde an ihn zu richten.

»Armer Ettore, wir werden ihn in seine Zelle zurückbringen müssen«, sagt in der Nähe Ugamwas der Bischof von Venedig, Aldo Miceli.

»Aber er war es, der die Kraft besaß, mich zurückkehren zu lassen!« Die Worte des Exorzisten setzen alle in Erstaunen.

»Was willst du damit sagen?«

»Dass seine Sonderlichkeit gut ist, wie meine Magie. Malvezzi begreift noch alles, doch in anderer Weise. Deshalb hat er mich gerufen, denn er hat mich gesehen, er wusste, dass ich noch innerhalb dieser Mauern war.«

Jetzt tritt wieder Stille unter sie. Der Diskurs nimmt eine Richtung, die seitens des Afrikaners erneut eine Denkweise ins Feld führt, die sich mit der ihren nicht versöhnen kann. Ugamwa, der Malvezzis Fragilität verteidigt und beschützt, versetzt sich unversehens wieder in eine Lage, die ihm nur den Argwohn der Kurbischöfe des Papstes einbringt.

»Warum wollt ihr nicht verstehen? Wenn er nicht auch die Einfachheit eines Kindes hätte, hätte er mir nicht den Durchgang für meine Rückkehr öffnen können.«

»Was sagst du denn da? Wie soll der arme Malvezzi denn fähig sein. Durchgänge zu öffnen?«, beharrt der Patriarch von Venedig.

»Auch die vom Bösen errichteten höchsten Mauern geben nach. Doch einer, der den Gefangenen dieser Mauern um eine kleine Anstrengung zu bitten versteht, aus ihnen herauszutreten, kann dieses Gefängnis in ein Kinderspiel verwandeln. Das ist es, was Malvezzi zu tun verstanden hat, indem er mich aufforderte ... gegen die Wand zu blasen. Damit hat er mich befreit.«

In diesem Augenblick erscheinen an der Türe Matis Paide und, auf seinen Arm gestützt, Malvezzi. Ein ekstatisches Lächeln liegt auf den Lippen des Turiners.

Es bedarf keiner Worte. Dieses Lächeln ohne Grund, ohne Objekt, dieses Lächeln ohne Zweck spricht. Und es gibt Ugamwa Recht: Dieser Mann hat den Faden der Lügen und der Wahrheiten verloren und Gut und Böse haben aufgehört zu lügen, aufgehört, anders zu erscheinen.

Rabuiti betrachtet in diesem Augenblick das Telefon auf einem Regal des Vorraums und denkt, dass es seinem lieben Ettore nicht mehr dienen muss, um Francesco anzurufen. Und wirklich geht der Kardinal von Turin an dem Telefon vorüber, ohne es überhaupt wahrzunehmen, und lässt sich freundlich vom estländischen Kardinal zu den Umkleidekabinen geleiten.

Jemandem muss es gelungen sein, den Kaplan, Monsignor Contarini, zu verständigen, denn man sieht die hagere Gestalt des kreideweißen Prälaten an der Türe auftauchen und wie ein Blitz in die Umkleidekabinen verschwinden. Der tansanische Bischof setzt sich, immer noch von vielen Kardinälen umringt, im Vorraum nieder. Er will keine Fragen mehr zu dem, was sich ereignet hat, beantworten. Er will nur noch dem Camerlengo antworten, dem er Rechenschaft über seine okkulten Kräfte ablegen muss.

Jetzt taucht Ettore Malvezzi wieder auf, begleitet von seinem Kaplan. Er wirkt weniger durcheinander, auch wenn das ekstatische Lächeln immer noch auf seinen Lippen liegt und zu verstehen hilft, welches Verhältnis er nun zur Wirklichkeit hat. Ugamwa geht auf ihn zu und fragt ihn, wie es ihm gehe, und Malvezzi, statt ihm zu antworten, segnet ihn, indem er das Kreuz in die Luft zeichnet. Die Geste des Kardinals ist von großer Würde, es wirkt bewusst und über den Ort hinausgerichtet, an dem er sich befindet. Er beschränkt sich nicht darauf, allein den schwarzen Bischof zu segnen, vielmehr, um sich blickend, beginnt er, alle Kardinäle zu segnen, mit einer Feierlichkeit im Gestus, die sich auf den überträgt, der ihn anblickt und ihn drängt, das Kreuzzeichen über ihn zu machen.

Langsam begibt er sich zum Ausgang und immer noch hebt er die Arme in die Luft und segnet. Der eine oder andere Kopf verneigt sich, während der philippinische und der ugandische Monsignore, die den Dienst im Turm von San Giovanni versehen, niederknien.

Zwei Stunden später begibt sich Monsignor Contarini zum Camerlengo, um mit ihm über den Gesundheitszustand seines Erzbischofs zu sprechen, der in seinen Gemächern bereits zu Bett gegangen ist.

Die Nachricht, dass Malvezzi nicht mehr bei Sinnen sei, ist Kardinal Veronelli sofort von Ugamwa selbst mitgeteilt worden, allerdings in derart suggestiven und wenig nüchternen Worten, dass man daraus nicht erkennen konnte, ob Ettore Malvezzi noch an den Wahlgängen des Konklaves würde teilnehmen können.

Dies ist das einzig wirkliche Problem, das es für den Camerlengo der Heiligen Römischen Kirche zu lösen gilt, der keine Präzedenzfälle kennt, auf die er sich stützen könnte. Der tansanische Bischof zweifelte nämlich nicht an der Zweckmäßigkeit, ihn weiterhin zu den Anwesenden bei den Versammlungen in der Sixtina zu zählen. Seine Person ist geweiht, er darf im Heiligen Kollegium nicht fehlen. Möglich auch, dass dieser Mann noch näher am Heiligen Geist ist.

Veronelli aber, der Ugamwas Sprechweise bereits misstraut, fühlt sich noch ratloser, noch weniger in der Lage zu verstehen, welche Entscheidung getroffen werden sollte. Und wenn der neue Pontifex ohne Malvezzis Stimme gewählt würde, obwohl er sich im apostolischen Palast befindet, könnte diese Wahl dann nicht für ungültig erklärt werden?

Angesichts dieser Ratlosigkeit, die ihm mitgeteilt wurde, kaum dass Ugamwa das Arbeitszimmer des Camerlengos verlassen hatte, weiß Contarini nicht, was er antworten soll. Er kann lediglich sagen, dass sein Kardinal von beispielhafter Sanftmut war, zumindest während der vergangenen Stunden, seit er den verschwundenen tansanischen Kardinal »herbeigerufen« hat. Bei dem Wort »herbeigerufen« unterbricht der Camerlengo Contarini verärgert und erwidert, dass Malvezzi kein Exorzist ist, weder ruft er Tote herbei noch verjagt er Dämonen.

Contarini entgegnet, dass er nicht mehr sicher sei, ob es im Konklave nur einen einzigen Exorzisten gebe; denn der Kardinal von Turin spreche mit Schatten, auch mit denen der beiden Verstorbenen, die das Konklave so bekümmert hätten.

»Mit wem?«

»Mit Ihren Eminenzen, den Kardinälen Emanuele Contardi und Zelindo Mascheroni. Er sieht sie in seinem Zimmer, sie sitzen auf seinem Bettrand, so, wie ich Sie jetzt sehe. Und sie reden mit ihm. Er hat mir anvertraut, sie seien unendlich einsam und suchten Gesellschaft und dass es nicht sicher sei, dass er in dieser Nacht schlafen könne, weil er sie nicht alleine lassen will. Es scheint, bestimmte Tote schlafen nie und neiden den Lebenden den Schlaf. Er sagt, der schlaflosere von beiden, Kardinal Mascheroni, wartet aufgrund der zweifelhaften Umstände, die seinen Tod herbeigeführt haben, auf ...«

Auf diese Präzisierung hin unterbricht Veronelli den Kaplan und sagt ihm, dass seine Eminenz am nächsten Tag in seinen Zimmern ausruhen könne, gerechtfertigte Abwesenheit vom Konklave. Er selbst werde nach der Abstimmung den Kardinal von Turin aufsuchen, auch um sich ein Bild von seinen Bedürfnissen zu machen.

* * *

Als Vladimiro Veronelli endlich alleine ist und sich, nachdem die Tischlampe ausgeschaltet ist, ins Bett legen kann, denkt er lange darüber nach, was er gleich morgen eindämmen muss. Gerade hatte er das Problem der jungen Sekretäre und Kapläne mit Seherkräften gelöst, indem er sie durch ältere Mitarbeiter ersetzte, die bestimmten Halluzinationen nicht erliegen. Aber einen Verrückten im Konklave, den lässt man besser nicht zu, es gibt ohnehin schon zu viele Exzentriker in dieser heiligen Versammlung, die, statt von den außerordentlichsten Äußerungen des Heiligen Geistes eher boykottiert zu werden, von ihnen inflationiert zu werden scheint, auch wenn der Böse ihnen keine Ruhepause gönnt. Die Mystiker in der Kirche sind wie ein Unkraut, sie stehen vor dir, wenn du es am wenigsten erwartest, und das unter den unterschiedlichsten ihrer Mitglieder. Unter Monsignori der Kurie, die heimlich der Schar der Rosenkreuzer angehören. Unter Äbten alter Abteien, die sehnsuchtsvoll auf die Templer zurückblicken. Unter Managern in Kutten von Banken, unbeugsamen Beichtvätern der Basilika von Sankt Peter und Seminardozenten von strenger thomistischer Bildung, die du dann alle mit der Lektüre der Schriften der Val Corba beschäftigt siehst. Vielzählig die Kinder des Heiligen Johannes vom Kreuz, der Heiligen Theresa von Avila, wenige des Heiligen Albertus Magnus, des Heiligen Thomas von Aquin, des Heiligen Roberto Bellarmin.

Nicht auszudenken, wenn man außerhalb des Konklaves erführe, dass unter ihnen so ein Kardinal ist: Dieses Heer von Mystikern könnte so lange Druck machen, bis ihre Stimme endlich Gehör fände. Stattdessen ist es wichtig, die Nerven zu bewahren. Die Wahl eines Papstes ist ein praktischer Vorgang, nicht nur ein Glaubensakt, eine Maschine, die den Besten wählen muss und im Hinblick auf die Dauer den, der viele Jahre vor sich hat. Das ist keine emotionale

Sache. Emotionen haben schon viel zu lange regiert, jetzt muss man zur Vernunft zurückkehren. Sein bevorzugter Philosoph, Kant, hatte für immer die Bereiche der Vernunft und die des Glaubens aufgezeigt, die durch hohe Zäune getrennt sind, die keinerlei Verwirrung zuließen. Phainomenon und Noumenon fanden nie zu einer Umarmung, gerade wegen dieser Autonomie halfen die beiden Konzepte den Menschen, die Wahrheit ihrer Conditio zu suchen.

Ettore Malvezzi hatte ihm immer Kopfzerbrechen bereitet, der Arme, mit seiner seltenen Gabe, die Dinge kompliziert zu machen, doch jetzt hat der Wahnsinn die Situation mit Sicherheit noch einmal zusätzlich belastet. Ein Exorzist und ein Verrückter sind wahrscheinlich die beiden Seiten der gleichen Medaille.

Und sie mochten sich ja auch gleich gerne, die beiden, wie er aus den bewegten und freundlichen Worten des Exorzisten kurz zuvor entnehmen konnte. Es ist nicht mehr bloß eine afrikanische Partei, die der Heiligkeit: Sie wird sich ausweiten. Denn die Mystiker oder besser gesagt: die Schwachen, die kaum die Stunde erwarten können, nach dem Wunder zu rufen, um den Glauben zu bestätigen, sind eine transversale Partei, die in allen Nationalitäten der Wählenden nistet. Es gibt sie sogar unter den südamerikanischen Kardinälen, denen des politisierteren Teils des Heiligen Kollegiums.

Es ist bekannt, dass der Erzbischof von San Juan de Puertorico seltsame Totenriten feiert, die die vatikanische Kurie auf den Plan gerufen haben. Es ist bekannt, dass der von Medellín Versöhnungstänze auf verschiedene Bittgesuche der Gläubigen während der Messe zulässt.

Aber sicher wird die Sache mit Kardinal Mascheroni ernste Schwierigkeiten bedeuten, wenn man dank Malvezzis Allwissenheit erfährt, wie sie tatsächlich gewesen ist. Woher weiß er das nur? Vielleicht stimmt es ja, dass seine Verwirrung ihm ein Charisma verleiht, aber das reicht noch nicht, um aus ihm einen Heiligen zu machen und ihn zu den Wahlgängen zuzulassen.

Heilige sind immer gefährlich, Cerini hatte Recht, man erkennt sie erst nach ihrem Tod und dann verehrt man sie eben. Aber zu Lebzeiten ist es auch für sie erbaulich, wenn man sie in ihren Tugenden versucht, indem man anderer Meinung ist. Auf diese Weise sichern sie sich besser ihr Paradies. Ist die Eile zu groß, sie auf die Altäre zu erheben, könnte etwas Ähnliches passieren, das der Heiligen Lucia von Narni widerfahren ist, deren im Blut ihrer Stigmata getränkten Taschentücher vom Herzog von Ferrara an die ergebenen Herrscher von halb Europa versendet wurden. Der hatte sich die Anwesenheit der Heiligen für seine Stadt gesichert und dies mit einem Dukatenregen an die Geschwister der Heiligen bezahlt. Bis dann eines schönen Tages sich die Stigmata verschlossen und die arme Lucia ihren Ruhm überleben musste, eingeschlossen in ihrem Kloster, vergessen von allen ...

22

Als der Camerlengo der Heiligen Römischen Kirche, assistiert von den beiden am Morgen durch Los bestimmten Kardinälen Stimmenauszähler, dem Erzbischof von Köln und dem von Ernakulam-Angamaly der Syro-Malabaresen, die Stimmzettel des ersten Wahlgangs des Tages zu lesen beginnt, begreift man sofort, dass etwas Neues das Konklave entblockt.

Die Namen sind immer die gleichen: Leopold Albert Ugamwa, Leopold Albert Ugamwa, Leopold Albert Ugamwa, José Maria Resende Costa, José Maria Resende Costa, José Maria Resende Costa, Ettore Malvezzi, Ettore Malvezzi, Ettore Malvezzi ... Dann, verdeckter, die Namen Alfonso Cerini und Wolfram Stelipyn, mit wesentlich weniger Stimmen. Die Zersplitterung bei den einhundertvierundzwanzig Stimmberechtigten – unter Abwesenheit des Kardinals Malvezzi – hat endlich ein Ende.

Der Afrikaner, der Politiker und der Heilige, so scheint es Veronelli, sind die von den Kardinälen stärker gefühlten Entscheidungen, während der andere Italiener und der Mann aus dem Osten an Gewicht verlieren. Nicht einmal die Abwesenheit, zu der er ihn gezwungen hat, reichte aus, um das Gespenst Malvezzis aus den Köpfen von immerhin siebenunddreißig Kardinälen zu vertreiben. Und man kann ihn nicht weiterhin verborgen halten, zumal sich Malvezzis Worte wirklich bewahrheitet haben, die ihm Contarini am Telefon eine Stunde vor dem Konklave berichtet hatte:

»Dem Erzbischof von Turin geht es sehr gut, Eminenz.«

»Hat er denn auch geschlafen? Oder hat er weiter ... seine Unterhaltungen geführt?«

»Welche Unterhaltungen?«

»Na, die mit den Toten, die er am Bettrand gesehen hat.«

»Ach, ja, Eminenz, sie haben sich gut unterhalten. Er sagte mir, dass sie erst gegen Tagesanbruch gegangen seien, weil seine Müdigkeit sie tief bewegt habe. Aber ihm haben wenige Stunden genügt und er hat auch schon die Messe gelesen.«

»Braucht er irgendetwas?«

»Nein, er liest sein Brevier, am Fenster, in seinem Sessel. Er besteht lediglich auf einer Bitte.«

»Welcher, Monsignore?«

»Dass die siebenunddreißig Stimmen, die das Heilige Kollegium ihm heute Vormittag geben wird, beim zweiten Wahlgang des Tages anderen, Würdigeren zukommen sollen.«

Er hatte diese Vorhersage in keiner Weise kommentiert. Die Vorsicht riet ihm, sich diesem Kaplan gegenüber nicht zu öffnen, der richtig auf den Geschmack gekommen zu sein schien, den Camerlengo auf dem Grillrost des Argwohns bruzzeln zu lassen, nun, da er die Wahrheit über den Tod von Zelindo Mascheroni wusste.

Und jetzt, wo die Stimmenauszählung vorüber ist und nicht nur gezeigt hat, dass Malvezzi gewählt wurde, sondern ganze siebenunddreißig Stimmen erhielt, freut er sich, dass er sich nicht ungläubig gezeigt und das, was er denkt, nicht gesagt hat.

Dann verkündet er das offizielle Ergebnis, das er aus dem Protokoll abliest, das ihm der Kardinal von Köln reicht: »Seine Eminenz, der Kardinal Erzbischof von Daressalam, Leopold Albert Ugamwa, hat vierzig Stimmen erhalten. Seine Eminenz, der Kardinal Erzbischof von Brasilia, José Maria

Resende Costa, hat achtunddreißig erhalten. Seine Eminenz, der Kardinal Erzbischof von Turin, Ettore Malvezzi, erhält siebenunddreißig. Seine Eminenz, der Kardinal Erzbischof von Mailand, Alfonso Cerini, erhält fünf. Seine Eminenz, der Kardinal Erzbischof von Lvov, der Ukrainer Wolfram Stelipyn, erhält vier Stimmen. Da auch in diesem Wahlgang nicht die erforderliche einfache Mehrheit erreicht wurde, die heute bei dreiundsechzig Stimmen lag, wird ein neuer Wahlgang für den Nachmittag festgelegt, um sechzehn Uhr. Ich danke Ihnen und ermuntere Sie, zu Gott, unserem allmächtigen Herrn, zu beten, auf dass die Entscheidung, die nahe zu sein scheint, wirklich vom Heiligen Geiste Parakletos geleitet werde.«

Jeder bemerkt, dass der Camerlengo durcheinander wirkt: Nie hatte er nach den anderen Wahlgängen auch nur einen einzigen Kommentar abgegeben. Dieses Mal hat er sich so weit exponiert, dass er sogar die bevorstehende Entscheidung beschworen hat. Und Symptom für seine innere Bewegung ist auch, dass er, er, der doch so auf Fußangeln, auf Verfahrensfragen achtet, keinerlei Ausnahme geltend gemacht hat für die Stimmen, die ein Kardinal erhalten hat, der nicht einmal in der Sixtina anwesend ist. Doch der Erzbischof von Turin befindet sich gleichwohl immer noch im Konklave, auch wenn er vorübergehend verhindert ist.

Um dieses »vorübergehend« brodelt es bei der Diskussion und den Bemerkungen in den gleich darauf folgenden Stunden, als sich zum Mittagessen bei einigen Höchstverehrungswürdigen wie Rabuiti, Stelipyn, Cerini, Shaouguan von Shanghai, Bradstreet von Toronto, Dos Angeles von Maputo und Winnipeg von New York viele Kardinäle versammeln.

Ist es Ettore Malvezzi wirklich unmöglich, an den Wahlgängen teilzunehmen? Und ist er in der Lage, entsprechend den Kirchengesetzen, die das Konklave seit der Konstitution von Sixtus V. regeln, rein theoretisch die Papstwahl zu empfangen? Der unbeugsamste gegenüber einer solchen, wenn auch nur hypothetischen Wahl, Alfonso Cerini, hat keine Bedenken, die Möglichkeit der Simulation als Argument vorzubringen: Malvezzi, Meister der Umschweife und Ausflüchte, unfähig, unmittelbare Verantwortung zu übernehmen, täuscht kunstvoll Wahnsinn vor, um die Aufmerksamkeit auf seine Kandidatur bei den Konklaveteilnehmern zu lenken, die den Verstand verloren haben.

Aldo Miceli, der Patriarch von Venedig, reagiert mit scharfem Sarkasmus auf diese Anspielung: »Du solltest dich schämen, Cerini! Du weißt selbst nur zu gut, dass Malvezzi immer jede derartige Überlegung zurückgewiesen hat. Dann hat man erfahren, dass er nie für sich selbst gestimmt hat, vielmehr war es der maronitische Patriarch, der Malvezzis Namen auf seinen Stimmzettel geschrieben hat.«

Auch von Rabuiti aus erreicht die Unterhaltung ziemlich heftige Töne. An seinem Tisch ist man weniger alarmiert und stellt sich keine Fragen über den Bischof von Turin, vielmehr brodelt dort die Notwendigkeit zu verstehen, was für eine Führung der Afrikaner für die Kirche überhaupt sein könnte, er, der Handelsbeziehungen mit Dämonen hat. Das Entsetzen über das Verschwinden des Michelangelo-Freskos rechtfertigt für die Mehrheit der Tischgäste, die zumeist Italiener und Europäer sind, noch lange nicht den Rückgriff auf die Mittel eines Exorzisten. Die Anwesenheit des Kardinals von London, der einige Jahre zuvor den schwarzen Kardinal als Mitarbeiter in seiner Diözese gehabt hatte, damals noch nicht in den Rang eines Kirchenfürsten erhoben, entfacht die Neugierde und einige Fragen. »Es stimmt, auch in London, einer Stadt, die so weit entfernt von gewissen Gebräuchen ist, verachtete Monsignor Ugamwa magische

Praktiken nicht – unzählige Menschen suchten ihn auf und manchmal habe ich eingreifen müssen, um ihm zu helfen, sich ... und auch uns von ihnen zu befreien.«

Das subtile und gewundene Kreuzverhör, das gleich darauf von den drei Kollegen Paul Linns, des Bischofs von Westminster, eröffnet wird, besteht der Engländer gekonnt: »Aber man muss auch gerecht sein«, präzisiert und korrigiert der englische Kardinal, »und auch die großen Verdienste Ugamwas anerkennen. Dieser Mann war in der Lage, mit Hilfe seiner seherischen Fähigkeiten Tausende Menschenleben zu retten. Ein Beispiel, das für alle anderen steht: Ich erinnere nur an sein rasches Eingreifen, um den Zusammenprall zweier Züge, die mit rasanter Geschwindigkeit aufeinander zufuhren, zu verhindern, was, wenn Ugamwa nicht umgehend telefonisch beim Verkehrsminister interveniert hätte, mitten in den Vororten von London Hunderte von Menschen das Leben gekostet hätte. Dieser Mann feierte eines Morgens gerade die Messe, als ich ihn, der die Messe unterbrochen hatte, aus der Privatkapelle stürzen sah. Ugamwa hatte nämlich mehrmals einen ohrenbetäubenden Pfiff gehört, und obwohl er eindringlich fragte, konnte niemand bestätigen, ebenfalls diesen Pfiff gehört zu haben. Er beharrte und beharrte, weil er einfach nicht glauben konnte, dass niemand in der Erzbischöflichen Kurie ihn hörte. Dann hatte er begriffen, dass es nur für ihn pfiff und jemand oder etwas ihm aus diesem fernen Zug eine Botschaft schickte. Da hatte sich alles für ihn in seinem Kopf geklärt: Er hatte den fahrenden Zug und die grüne Ampel gesehen, die in einer Stunde den Zug aus Liverpool durchlassen würde, statt umzuschalten und ihn zum Halten zu zwingen, um den Zug aus Cornwall vorbeizulassen. Er konnte überhaupt nicht mehr beruhigt werden, er hat mich gezwungen, mit meiner Autorität als katholischer Primas, den Minister persönlich anzurufen, der sofort die Richtigkeit des Hinweises überprüfen ließ und so das furchtbare Unglück verhinderte!«

Da nun schaltet sich der Erzbischof von Esztergom-Budapest, Vilmos Apponij, ein, um das Wort zu ergreifen, während die Nonnen des Sahelgürtels aus den Küchen des Palazzos eine schmackhafte Fischbouillon servieren lassen. An der Spitze der Kirche würde ein solcher Mann der christlichen Spiritualität sicher die ärgste Wunde zufügen. Denn niemand würde mehr aus dem Glauben heraus glauben, sondern aufgrund der Kraft von Wundertaten und der Gewalt von Wundern, die dann nicht mehr das Ergebnis eines unendlichen Vertrauens zum Herrn wären, sondern der geforderte Beweis, um Vertrauen in Ihn zu haben. Man spüre die Notwendigkeit, dieser gefährlichen Tendenz ein Ende zu machen, der Tendenz, die wahre Quelle der Offenbarung – die Heiligen Schriften, Bibel und Evangelien – zu nötigen, ausgelöst durch die ständig wachsende Hinwendung zu den indirekten Formen der Offenbarung: die Geheimnisse von Fatima, die Briefe der Seher, die Offenbarungen von Medjugorie, die Visionen von Val Corva. Sie würden die Grundlagen des christlichen Glaubens unterminieren und das Wort des Schöpfers durch die Gaben, die er einigen Geschöpfen gewährt habe, ersetzen ...

Und gerade als der ungarische Bischof über diese einigen Geschöpfen gewährte Gaben in Fahrt gerät, stolpert ein farbiger Frater, der die von den Mitschwestern gekochten Speisen serviert, über die vom Duft der Fischbouillon aufgeregten Katzen, die herbeigelaufen waren, um ein paar Fischlein abzubekommen. Die dampfenden Teller gehen samt Inhalt zu Bruch und unzählige Katzen stürzen sich auf den am Boden liegenden Fisch. Doch kaum hat das erste Tier, eine fette rote Katze, eine Seezunge zwischen den Zähnen, da macht sie einen Satz, spuckt, faucht und mauzt wild. Im Nu verbreitet sich der Alarm bei allen Katzen, die sofort von dem Fisch ablassen, ebenso wie die Hühner, deren Gegacker die Stimmen der Kardinäle zu übertönen beginnt.

Für den größten Teil der Höchstverehrungswürdigen muss es sich um ein wirklich komisches Schauspiel handeln, weil der afrikanische Frater, der in diesem Logis Dienst tut – aber dann wird er noch erfahren, dass das Gleiche auch bei den anderen Tischversammlungen vorgefallen ist –, sieht, dass die Tischgäste in herzliches Gelächter ausbrechen und immer heftiger und heftiger lachen, jedes Mal, wenn sie die Bouillon zum Mund führen. Seltsam ist nur, dass auch nach einer guten Viertelstunde das Gelächter am gesamten Tisch, der vorher dem ungarischen Primas so aufmerksam zugehört hatte, überhaupt nicht aufhören will, während die Tiere, einem Instinkt folgend, der stärker ist als der Hunger, dicht an dicht gedrängt den Raum verlassen wollen, als würden sie vor etwas Furchterregendem zurückweichen.

Der Frater aus dem Sahel, Adam Mandumi, geht hinaus und befreit sie, in der Hoffnung, mit dieser Geste die alberne Atmosphäre zu beruhigen, die so wenig der Würde eines Mittagessens unter Kardinälen entspricht.

Doch längst können die Höchstverehrungswürdigen, die allesamt die Fischbouillon probiert haben, sich nicht mehr halten vor Lachen, unterbrechen gelegentlich ihre Ausbrüche, um wieder zu Atem zu kommen und dann unter Geschrei und Gegurgel in neue Lachsalven auszubrechen.

Adam Mandumi ist der Erste, der den Verdacht hat, dass diese Lachepidemie etwas mit der von den Nonnen in den Küchen des apostolischen Palastes zubereiteten Fischbouillon zu tun haben könnte. Doch er will seine Zweifel nicht äußern, bis er, als er den Raum verlässt, auf seine Kollegen trifft, die ihren Dienst in den anderen Logis versehen und maßlos verlegen sind, weil sie nicht mehr wissen, wie sie sich an die Kardinäle wenden sollen, die von einem nicht einzudämmenden Gelächter befallen wurden, nachdem sie den ersten Gang zu sich genommen haben.

Da fragt er, ob es die gleiche Fischbouillon gewesen sei, die man ihnen mit dem Speisenaufzug aus den Küchen zugestellt habe.

»Ja, das war der Fisch.«

»Habt ihr zufälligerweise auch davon probiert?«

»Nicht mal im Traum, denkst du etwa, wir würden die Bouillon der Kardinäle trinken?«

»Um Himmels willen, probiert keinen einzigen Tropfen und hindert die Bedienung an allen anderen Tischen, diese Bouillon zu servieren!«

Sie protestieren ein bisschen, ein bisschen fühlen sie sich belästigt, aber dann folgen alle, erzählen aber wenig später, dass es bereits zu spät gewesen sei: Die Bouillon war bereits serviert worden und von dem Fisch war nicht einmal eine Gräte übrig geblieben. Doch von überall her lärmt das Gelächter der Kardinäle, die nicht einmal mehr reden können und blauviolett anlaufen von der Anstrengung, ihrer Lustigkeit freien Lauf zu lassen.

Was tun? Es bleibt nur, in die Küchen zu eilen, um zu begreifen, wer nur dieses verdammte Zeug da hineingehext hat, das bei den Katzen Ekel und Schrecken hervorgerufen hat, bei den Hühnern unstillbaren Durst, mit dem sie innerhalb weniger Minuten die Wassertröge geleert haben, während es den Kardinälen eine richtige Lachkrankheit beschert hat.

In den Küchen findet Frater Adam die Nonnen mit der Zubereitung des zweiten Gangs beschäftigt: zwei schöne Seezungen nach Müllerinart, mit gesottenen Katoffeln als Beilage und sehr viel handgerührter Mayonnaise.

Die drei kleinen Nonnen singen und bemerken zunächst nicht, dass jemand gekommen ist.

»Was habt ihr für die Kardinäle gekocht?«, fragt Frater Adam brüsk.

»Was heißt hier was? Fisch, heute ist Freitag, wir respektieren den Fasttag aufgrund einer Anweisung des Präfekten des Heiligen Stuhls«, antwortet eine der Nonnen überrascht.

»Verstanden, ich habe nur allzu gut verstanden, dass ihr Fisch gekocht habt! Aber was zum Teufel habt ihr da hineingetan, in den Fisch?«

»Wieso was haben wir da hineingetan? Das ist tagesfrischer Fisch, der kommt von Ostia, der ist heute Morgen gefischt worden. Schau her: Da sind Rochen, Marmorbrassen, Goldbrassen, Steinbutt, Seezungen ... Willst du die Seezungen probieren?«

»Um Himmels willen, nein, ich will überhaupt nichts probieren, aber die da singen seit einer Stunde und hören überhaupt nicht mehr auf, seit sie eure verdammte Fischbouillon geschluckt haben! Was habt ihr nur da reingetan, indreigottesnamen?«

Als sie hört, dass die Kardinäle pausenlos singen, schaltet eine von ihnen, Mutter Elizabeth, das Feuer unter einem Topf ab.

»Ich habe die Bouillon gemacht«, sagt sie versunken. Und sie denkt an die Gesänge, die sie den ganzen Vormittag über angestimmt hat, während sie die Fische gesäubert und dann gekocht hat. Es waren Lieder aus ihrem Dorf, die gesungen werden, damit der Regen kommt, aber auch solche, die den bösen Blick verjagen ... Und solche, die man am Feuer singt, bei Nacht, um die Angst zu vertreiben, dass die Sonne nicht mehr aufgehen könnte. Und dann, das schönste Lied von allen, ihr Lieblingslied, das der Zauberer nur die kleinen Mädchen singen ließ: la la la, laaa, la la la, laaa, la la laaa ... Das brachte die alten Leute zum Lachen, die bereits das Essen verweigerten und nur noch sterben wollten, und sie fingen an zu lachen und zu essen, sobald sie es hörten, zu essen und zu lachen, dass sie gar nicht mehr konnten ... la la la, laaa, la la la, laaa, la la la, laaa ... Ja, das hat sie getan, sie hat dieses Lied angestimmt, während sie die Bouillon für die alten Kardinäle kochte!

Die kleine Nonne aus dem Sahel hat jetzt Tränen in den Augen und versucht angestrengt, sich zu erinnern, wie der Zauberer ihres Dorfes die alten Leute wieder zu Bewusstsein brachte, nachdem sie aufgrund dieses Liedchens die ganze Nacht über gesungen hatten, aber es gelingt ihr nicht. Dann ein Geistesblitz, als sie sich wieder ihren Speisen zuwendet.

»Ich habs! Jetzt keine Sorge mehr, wir müssen den Kardinälen nach den Seezungen nur ein anderes Gericht zu essen geben, eine schöne Avocado, die bringt sie dazu, mit der Singerei aufzuhören, und ich hoffe, dass keiner eine Avocado ablehnt. Jetzt weiß ich, was ich zubereiten muss, aber geht jetzt, ich kann nicht kochen, wenn andere dabei sind.«

»Gib Acht, dass du dich diesmal nicht vertust. Ich warte draußen auf die Gerichte und stelle sie in den Speisenaufzug.«

Die Nonne ist erfolgreich in ihrer Absicht, sei es, dass sie etwas singt, das den Liederzauber bricht, sei es, dass sie sich an irgendeine Formel erinnert, die die Zauberer ihr anvertraut haben und die dazu diente, den lachenden alten Menschen ihres Dorfes wieder die Ruhe zurückzugeben.

Avocados werden an allen Tischen der Kardinäle serviert, die von der Mühe des Lachens längst völlig erschöpft sind, ein Lachen, das zwar nicht das Bewusstsein auslöscht, wohl aber die hemmenden Bremsen lockert. Nur wenige weigern sich, die exotische Frucht zu probieren, die nicht Teil ihrer Essgewohnheiten ist. Doch als sie sehen, dass sich die dionysische Raserei bei den Kollegen auf der Stelle legt, verstehen sie den Wert dieser Frucht und probieren davon. Und als auch die letzten Widerspenstigen die Frucht gegessen haben, sinkt eine unnatürliche Stille über den gesamten apostolischen Palast herab.

Drei Stunden lang haben sie gelacht. Doch der Erzbischof von Wien, der von Warschau und der von Prag noch länger, wie Ettore Malvezzi von seinen Zimmern aus beobachtet, wo er eine von Contarini zubereitete kalte Mahlzeit zu sich genommen hat.

23

Der Camerlengo betritt am Ende eines weiteren ergebnislosen Wahltags das Logis des Erzbischofs von Turin. Kranke zu besuchen ist eines der sieben Werke der tätigen Barmherzigkeit. Doch ist es nicht dieser Geist des Erbarmens, der den Kurienkardinal die Schwelle des Mannes überschreiten lässt, der auch bei den letzten Wahlgängen weiterhin viele Stimmen erhalten hat: Siebenunddreißig hatte er vor zwei Tagen bekommen, am Vortag der neuen Exzesse, die auf den Leichtsinn einer Nonne zurückzuführen waren, die auch eine halbe Zauberin ist. Und siebenunddreißig erhielt er auch beim folgenden Wahlgang.

Einem Fieber vergleichbar bleibt die Erregung dieses einheitlichen Gebildes »Heiliges Kollegium« bestehen, ablesbar an den Stimmen wie auf der Skala eines Thermometers. Sie geht nicht runter und man kann sich längst keinen wirkungsvollen Ausweg mehr vorstellen, um die Bedrohung der möglichen Erhebung Malvezzis auf den Stuhl Petri abzuwenden, jenseits seines offiziellen Verzichts auf die Kandidatur.

Aber es ist alles andere als ein leichtes Geschäft, mit einem Mann zu sprechen, der sich mit Toten unterhält, Ereignisse voraussieht und seine Tage mit stillem Lesen am Fenster seines Arbeitszimmers zubringt, seit er im türkischen Bad Kardinal Ugamwa hervorgerufen hat.

Es ist bekannt, dass Malvezzi seine Lektüre nur unterbricht, um ein frugales Mahl einzunehmen und sich persönlich um die Fütterung der Tiere in seinem Zimmer zu kümmern. Er ist einer der wenigen, der nicht von der Pest des Gelächters angesteckt wurde, denn er hatte sich eine Mahlzeit servieren lassen, die nicht aus der Küche dieser Zauberin aus dem Sahel kam. Auch in dieser Bescheidenheit hat er seine Seherkraft unter Beweis gestellt.

Kurz zuvor an diesem Nachmittag hatte den Camerlengo, um die Dinge für ihn noch zu komplizieren, ein Anruf erreicht. Bei der Mitteilung, es handele sich um den Quirinal, war er versucht gewesen, sich verleugnen zu lassen. Aber dann hatte sein Pflichtgefühl die Oberhand gewonnen.

Er hatte einen deutlichen Tadel seitens des Staatspräsidenten über sich ergehen lassen müssen, der sich gestattete, die lebhaftesten Besorgnisse des italienischen Volks hinsichtlich der inzwischen abnormen Verzögerung bei der Wahl eines neuen Bischofs von Rom zum Ausdruck zu bringen. Hatte Veronelli sich einerseits über dieses Zeichen der Aufmerksamkeit von so hoher Stelle gefreut, das im Gegensatz zu dem abnehmenden Interesse der Presse für das stand, was sich im Konklave ereignete, hatte ihn der Anruf andererseits verstört, weil er darin eine unstatthafte Einmischung sah. Aber er hatte sich bedeckt gehalten und Probleme des Ausgleichs geltend gemacht, die nicht leicht zu lösen seien, aber auf dem besten Wege dahin wären. Dieses Telefongespräch war ein Meisterwerk diplomatischer Verfälschung, mit einem Anhang allerdings, bei dem er sich eine kleine Revanche leistete.

Der Staatspräsident hatte ihm am Ende des Gesprächs an seine Frau weitergereicht, Signora Gina. Der Hauskaplan des Quirinals hatte ihm kürzlich eröffnet, dass die Gemahlin des Präsidenten sich mit dem Plan trage, anlässlich des offiziellen Besuchs beim künftigen Papst ein weißes Kleid anzuziehen, was seit Jahrhunderten ein ausschließliches Privileg katholischer Königinnen ist: der Königinnen von Spanien und Belgien, ebenso der Großherzogin von Luxemburg und der Fürstin von Monaco. So hatte, als Signora Gina Tarallo, verheiratete Salviati, ihm ihre aufrichtigsten Wünsche für eine erleuchtete Wahl der höchst verehrungswürdigen Kardinäle aussprach, die Kälte des knappen »Danke« seiner Antwort die Frau getroffen. Signora Gina war dann etwas weitschweifig geworden, möglicherweise, um den Kardinal Camerlengo geneigter zu stimmen. Und sie hatte noch hinzugefügt, dass sie hoffe, bald schon, für ein Mittagessen, die italienischen Mitglieder des Heiligen Kollegiums zu Gast zu haben, wenn das Konklave erst einmal vorüber sei, auch wenn die Kochkunst des Quirinals ziemlich zu wünschen übrig lasse ...

An diesem Punkt war Veronellis toskanische Bosheit durchgebrochen. Mit verändertem Ton und honigsüßer Stimme bat der Camerlengo um die Erlaubnis, dem Quirinal einige nicht italienische Köchinnen ausleihen zu dürfen, die wahre Wunder in diesen langen Tagen des Konklaves vollbracht hätten. Signora Gina hatte dieses Angebot gleich angenommen, bedankte sich für diese wirklich unaussprechliche Freundlichkeit des Vatikans gegenüber dem Quirinal.

»Schicken Sie mir diese Köchinnen bald herüber, Eminenz. Woher stammen sie?«

»Signora, es sind alles junge afrikanische Nonnen aus dem Sahel.«

Ach, wenn nur alles so einfach wäre wie dieses Narrenspiel der Eitelkeit! Aber wie überzeugt man einen Verrückten?

Begleitet von einem abgemagerten Contarini, aus dessen Anzug der Geruch von Tabak stärker ausströmt als je zuvor, kommt der Camerlengo zu Ettore Malvezzi.

Von seinem seraphischen Aussehen her könnte er nicht sagen, ob seine Gesundheit wirklich angegriffen ist. In seinem Sessel sitzend, das Licht voll im Gesicht, wirkt der Mann wie ein Doktor der Kirche, der in tiefes Nachdenken versunken ist. Ein Heiliger Hieronymus in seinem Gehäus mit dem Löwen bei sich – ersetzt durch Hühner, Katzen und Eulen – oder ein Heiliger Carlo Borromeo, der über die Predigt nachsinnt, die er gleich im Dom halten wird, neben einem Stück trockenen Brots und einem Glas Wasser als Abendessen ... Er hat nicht mehr diesen unentschiedenen, unruhigen Ausdruck, der Veronelli oft so nervös gemacht hatte. Malvezzi steht langsam auf, als er bemerkt, dass er das Zimmer betreten hat, und legt sein Buch auf den Tisch. Er lächelt Veronelli zu und lädt ihn ein, sich neben ihn zu setzen, vor das Feuer, in einen der beiden Sessel auf der anderen Seite des Zimmers. Er fragt den Camerlengo, ob er ihm etwas zu trinken anbieten könne, macht ihn aber darauf aufmerksam, dass er nur Wasser habe.

»Dann also Wasser, Ettore ... Es ist Wasser ...«

»... Mineralwasser, natürlich.«

»Es ist gemütlich bei dir. Der Kamin zieht viel besser als meiner. Weißt du, mich hat gerade ein ganz hohes Tier angerufen und sich über unsere Säumigkeit beklagt. Er sagte, dass dies die Beziehungen zwischen Italien und der Kirche beschädigt, er sieht große Komplikationen voraus. Was hältst du davon?«

»Wieso sagst du mir nicht, dass es der Staatspräsident war? Willst du mich auf die Probe stellen? Bist du gekommen, um mich zu versuchen?«

»Dich zu versuchen? Bei allen Problemen, die ich bereits habe ... Und auch du hast mir einige gemacht, du hast uns sehr erschreckt, eine Hand könntest du mir da schon reichen!«

»Ich weiß gerade mal das, was du auch weißt.«

»Eigentlich hast du den Eindruck vermittelt, mehr zu wissen. Dieser Tage beispielsweise hast du mich schon einige Stunden im Voraus wissen lassen, dass du siebenunddreißig Stimmen im Konklave erhalten würdest, keine weniger. Was sich dann ja auch bewahrheitet hat, lieber Ettore.«

»Das ist mir nur deshalb offenbart worden, um meine Bitte zu bekräftigen.«

»Welche Bitte?«

»Die, meine Stimmen einem anderen Namen gutzuschreiben.«

»Das hat man im Konklave erfahren, aber alle haben das für eine Ablehnung von beispielhafter Bescheidenheit gehalten – ein weiterer Grund, dich zu wählen.«

»Das kannst du mir nicht vorwerfen.«

»Beharrst du denn immer noch darauf, dich zurückzuziehen?«

»Mehr denn je.«

Der Camerlengo macht einen tiefen Atemzug der Erleichterung. Die erste Garantie hat er bekommen. Jetzt, wo die Bitte um eine schriftliche Übereinkunft ansteht, braucht es ein bisschen Takt und Diplomatie. Unterdessen trinkt er das ihm von Contarini servierte Glas Wasser und beobachtet die im Raum anwesenden unterschiedlichen Tiere, deren Gestank gleich die Nase belästigt, sobald man eintritt. Und wenn er sich auch in der Sixtinischen Kapelle und an vielen anderen Orten an diesen Hühnerstallgeruch gewöhnt hat, ist der bestialische Gestank hier doch unerträglich. Ihn verwundert die Tatsache, dass Malvezzi es offensichtlich nicht einmal bemerkt.

Er trinkt langsam aus, so langsam wie nur irgend möglich, ohne die Tiere jemals aus den Augen zu lassen. Die Katzen und Hühner stehen im Halbkreis, ihre Gesichter und Augen starr auf ihren Herrn gerichtet. Die perfekte Unbeweglichkeit täuscht. Kaum sehen sie, dass er sich bewegt oder eine schnellere Bewegung macht, werden sie ganz aufgeregt, so als wollten sie ihn in seinen Bewegungen begleiten. Viel einzigartiger ist die Haltung der Eulen: Sie halten sich in respektvoller Entfernung von den Katzen, doch so nahe wie möglich bei Malvezzi, über seinem Kopf, die Krallen fest um die Vorhangstange geklammert, die zwischen Decke und Wand verläuft. Doch noch viel seltsamer ist ihre absolute Hingabe, ihren Herrn zu beschützen: Die beiden Male, die Veronelli ihn im Eifer des Gefechts mit der Rechten gestreift hat, haben die Katzen gefaucht, die Hühner in seine Schuhe gepickt und die Eulen mit den Flügeln geschlagen.

»Wie denkst du über die anderen Kandidaturen?«

»Sie haben sehr gegensätzliche Aspekte.«

»Das wusste ich auch.«

»Ich glaube, keiner von ihnen wird es schaffen – wenn es das war, was du fragen wolltest.«

»Wie sollen wir dann da rauskommen?«

»Ich weiß es nicht. Auch Mascheroni und Contardi hatten Mühe, sich das Ende dieses Konklaves vorzustellen.«

»Ach ... wirklich? Haben sie dir gesagt, dass du siebenunddreißig Stimmen bekommen würdest?«

»Ich erinnere mich nicht.«

»Schon klar, das ist die Lethe der Visionen ...«

»Eine Wahrheit aber scheint man aus dem, was dem armen Mascheroni geschehen ist, begreifen zu können.«

»Wir sprechen nachher noch über das Ende dieses bedauernswerten Mannes. Aber sag mir doch, was ist diese Wahrheit?«

»Dass wir nicht mehr allzu weit von dem Tag entfernt sind, wo wir eine Frau im Pontifikat sehen werden.«

Veronelli reißt die Augen auf und bewegt sich ungeduldig in seinem Sessel.

Die Katzen bemerken diesen Ruck, sind schon bereit, sich auf ihn zu stürzen, wenn nicht gleich Malvezzi dazwischengehen und sie beruhigen würde.

»Seine tragische Maskerade auf dem Totenbett, die du hast abwischen wollen, bedeutet auch das.«

»Sollte ich sie etwa nicht abwischen lassen, Ettore?«

»Doch, aber dieses Ende muss man richtig zu deuten verstehen. Siehst du, eines der tragischsten Dinge für die Menschheit ist die Langsamkeit der Geschichte. Wie viele Menschen sind in einem bestimmten Stadium der Religionen getötet oder verurteilt oder ausgestoßen worden, in höchster Achtung vor Gesetzen, die man für absolute Gesetze hielt, die dann aber nach ein paar Lustren für obsolet erachtet wurden? Und wir, Diener der Römischen Kirche, wie sind wir doch tüchtig gewesen, sie, die Geschichte, so langsam wie nur irgend möglich verlaufen zu lassen! Der Mensch Zelindo Mascheroni hat das verzweifelte Bewusstsein, diese unglaublich langsame Maschine zu sein, mit dem Tod bezahlt, als er in seinem Fleisch gespürt hat, das als natürlich zu begehren, was der Präfekt der Glaubenskongregation als Sünde abstempeln muss.«

»Ich habe Mühe, dir zu folgen.«

»Weil ich von einem armen Opfer rede, das noch aus unserer Zeit und aus unserem Leben stammt. Aber wenn ich dir als Beispiele Jan Huss, Giordano Bruno, Galileo, Campanella, die wegen Gottesmord verurteilten Juden, die Albigenser, die Prozesse mit Folter und Scheiterhaufen gegen Hexen und Zauberer nennen würde, würdest du mich verstehen.«

»Vielleicht kann ich dir ja wegen bestimmter Verantwortungen, die wir auf uns geladen haben, folgen, und für die haben wir um Vergebung gebeten. Aber ich kann es nicht tun, wenn du mich davon überzeugen willst, dass es eines Tages opportun sein wird, eine Frau zum Papst zu wählen. Aber ist dir das eigentlich klar? Das ist gegen das Gesetz Christi! Der Herr hat keine Frau als Apostel berufen.«

»Ich könnte dir erwidern, dass auch der Blick Jesu, in seinem Wesen als Mensch, die Trübung und Langsamkeit der Geschichte erfuhr. In der Gesellschaft seiner Zeit hätte er das unter den Juden niemals tun können. Das war gegen die damaligen Sitten und Gebräuche gewesen.«

»Und wer sind wir dann, dass wir eine althergebrachte Sitte von zweitausend Jahren einfach abschaffen?«

»Wir sind die, die nicht mehr in der Lage sind, einen Papst zu wählen, weil wir nicht mehr vorauszuschauen verstehen.«

»Und das wäre, weil wir nicht den Mut hätten, Frauen zum Priesteramt und zum Papat zuzulassen?«

»Das hast du gesagt, nicht ich.«

Der Camerlengo ist völlig durcheinander. Er war gekommen, um Erleuchtung für die Zukunft zu suchen, um diesem Sonderling ein wenig von dem Licht zu entreißen, das ihm in Augenblicken zuteil wurde, für einen Verzicht auf die Forderung nach der Papstwürde, und er bekommt zu hören, dass in der Wahl einer Frau auf den Heiligen Stuhl Petri einer der Schlüssel für die Tore der Zukunft liege.

Der arme Kerl ist wirklich verrückt. Jetzt hat Veronelli keine Furcht mehr, ihm die Teilnahme am Konklave zu untersagen. Im Gegenteil, es ist seine ureigene Aufgabe, dafür zu sorgen, dass sich nicht irgendwelche naiven Männlein unter den einhundertdreiundzwanzig Kardinälen von ihm faszinieren lassen.

»Ja, ich bin einverstanden, Vladimiro, es ist besser, wenn ich hier bleibe und nicht mehr zu den Wahlgängen komme«, sagt dieser unmögliche Mann in liebenswürdigem Ton, mit strahlendem Lächeln und blickt ihn so fest an, dass Veronelli Schwierigkeiten hat, ihm standzuhalten. Dieser Blick gibt ihm das Gefühl, als Henker vor seinem Opfer zu stehen, das seiner Enthauptung zustimmt.

»Quäl dich nicht, ich weiß, es ist schwierig und sowieso noch zu früh für eine Frau, beruhige dich. Millionen beschnittener Frauen müssen weiterhin wegen Aberglaubens und religiöser Tabus leiden, Millionen Frauen, die den männlichen Teil in sich nicht akzeptieren dürfen, so wie Millionen von Männern ihren weiblichen Teil, und das aus Hochachtung vor unserer Verdammung. Noch müssen durch die langsamen Mühlen der Geschichte unzählige Opfer gehen, die wir gemeinsam mit den Ayatollahs, mit den Rabbinern und sonstigen Hexenmeistern auf Erden hervorbringen.«

»Ich kenne dich nicht wieder, Ettore! Früher hast du nicht so geredet! Ich kann dich nicht nur nicht verstehen, ich habe auch die Befürchtung, dass ich dich verurteilen muss.«

»Ich weiß. In der Vergangenheit hättest du mich dem Heiligen Uffizium überantwortet und einen Prozess eingeleitet, aus dem ich nur mit einer Verurteilung zum Scheiterhaufen herausgekommen wäre.«

»Aber, Ettore, ich flehe dich an! Erinnerst du dich denn nicht mehr, wer du bist?«

»Wo ich jetzt bin, ist es mir leider nicht möglich, es ganz zu vergessen! Das ist das einzige Leid, das mich an hier bindet ... sonst ...«, und, von innerer Bewegung jäh berührt, ist Ettore Malvezzi nicht in der Lage, den Satz zu Ende zu sprechen.

»Sonst?«

»Sonst wäre ich längst da, wo Contardi und Mascheroni sind! Aber mich binden noch einige Erinnerungen, einige Menschen, die auf mich warten, und einige Freunde – wer weiß, vielleicht sogar du?« Nun ist Malvezzis Gesicht von

Tränen überflutet und nicht einmal Veronelli kann seine Verwirrung über diesen Mann mehr verbergen.

Als hätten die Tiere im Zimmer den Gemütszustand ihres Herrn erahnt, kommen sie zu seinem Sessel und streiten sich um das Recht, auf seinen Schoß zu springen.

»Entschuldige ihre Aufdringlichkeit. Und so, siehst du, stehe ich zwischen denen, die mir vorausgegangen sind, und denen, die mir wohl wollen, und da bin ich, unsicher und voller Zweifel, wie immer, dieser Mann, der dir noch nie gefallen hat.«

»Aber wir wollen dich lebend, Ettore. Tu mir nicht das Unrecht an, mir nicht zu glauben.«

»Ich glaube dir. Aber was wollt ihr denn mit einem wie mir? Weißt du, dass ich jetzt deine Mutter sehe, sie ist neben dir und streichelt dir das Haar? Und ich sehe deine beiden Brüder, in Rom, einer geht über die Via Appia Antica, der andere liegt krank im Bett, seine Tochter pflegt ihn. Weißt du, übermorgen wird hier in Rom ein furchtbarer Sturm sein, der die Stadt durcheinander wirbelt und schwere Schäden anrichtet. Auch deshalb bist du gekommen, gesteh es schon, du wolltest wissen, ob es stimmt, dass Malvezzi sieht ...«

Die Bemerkung über die Mutter hat das Wort auf Veronellis Lippen ersterben lassen. Einen Augenblick lang blitzt in seinem Kopf das Bewusstsein auf, welche Qual der durchleben muss, den man gemeinhin als Verrückten bezeichnet. Einen Augenblick nur hat er gesehen, was diesem Mann gewährt wird, dem es nicht möglich ist, Gut und Böse nur in der Gegenwart zu verankern, weil die Gegenwart vor diesem Blick gleich in die Zukunft gleitet, so wie sich der Raum weitet, um die Urbs in sich aufzunehmen. Besser, man schweigt, besser, man setzt diese immer leidvoller werdende Unterhaltung nicht fort.

24

Mutter Elizabeth, die farbige Köchin, war gemeinsam mit ihren Mitschwestern geopfert worden, dargebracht auf dem Altar des Quirinals, um den Ehrgeiz der Gemahlin des Staatspräsidenten zu befriedigen. Beinahe alle jüngeren Kapläne und Sekretäre, die das Konklave mit ihren Halluzinationen über die Hühner bekümmert hatten, waren durch älteres Personal ersetzt worden, das aus verschiedenen Diözesen nach Rom gekommen war. Ettore Malvezzi hatte die schriftliche Ablehnung seiner Kandidatur versprochen. Der Erzbischof von Daressalam hatte garantiert, über seine Tätigkeit als Exorzist Rechenschaft abzulegen, in privater Form gegenüber dem Camerlengo und öffentlich vor dem versammelten Heiligen Kollegium.

Kardinal Vladimiro Veronelli beginnt, den einen oder anderen Trost aus seiner unermüdlichen Tätigkeit in der Führung des längsten Konklaves der Kirchengeschichte zu ziehen. Tröstend ist auch die Nachricht von Graf Nasalli Rocca, dass der Kampf gegen die Ratten, Skorpione und Fledermäuse als gewonnen betrachtet werden könne, auch wenn die Vorsicht es angeraten erscheinen lasse, sich nicht völlig von den Katzen, Hühnern und Eulen zu trennen.

Auch der Anruf aus dem Quirinal verschafft ihm eine gewisse Erleichterung, weil es die Aufmerksamkeit für das beweist, was hinter den Leoninischen Mauern vor sich geht. Aber das ist nur der Strahl einer trüben Sonne. Denn die

Wahrheit ist vielmehr, dass die Fernschreiber im Pressesaal stillstehen, dass das Internet immer weniger Surfer ausweist, die sich in die Website des Vatikans einloggen wollen. Und dass die Zeitungen, lästige Wespen für die notwendige Verstärkung des Ereignisses, der Bitterkelch, den es jeden Morgen zu trinken gilt, die Kardinäle in Rom und ihr langweiliges Konklave links liegen lassen. Eines ist er sich zumindest gewiss. Das Konklave hat nichts über die wahnsinnigen Ereignisse nach außen dringen lassen, die es zu einer alles anderen als langweiligen Versammlung hatten werden lassen.

Die Konklaveteilnehmer erweisen sich mit Abstimmungen, die nur die Ergebnisse wiederholen, auch weiterhin unfähig zu einer Entscheidung; ein erschöpftes Drehbuch, auch wenn es nicht einmal mit dem Klima der Zersplitterung der ersten Tage vergleichbar ist.

Malvezzi hat seinen Einfluss verringert und sich bei rund zwanzig Stimmen eingependelt. Die Wirkung seines Verzichts und seiner dauerhaften Abwesenheit macht sich bemerkbar und wird nicht mehr als Akt einer erbaulichen Bescheidenheit gedeutet.

Ugamwa und Resende Costa sind weiterhin die Favoriten; Cerini und Stelipyn weiter auf den hinteren Rängen mit fünf und vier Stimmen. Veronellis Gefühl ist, dass es an einem wirbelnden Windhauch fehlt, der den Kahn Petri aus den stockenden Gewässern befreit. Der Wind wird sich plötzlich erheben und wirbeln und die Segel in den Hafen treiben, auf das Ergebnis zu, das der Heilige Geist immer schon weiß.

Doch der Kardinal Camerlengo hätte niemals gedacht, dass die Metapher seines optimistischen Gemütszustands von der Natur dermaßen wörtlich genommen wird. Denn zwei Tage nach der Begegnung mit Malvezzi erhebt sich über Rom und über der Campagna romana ein derart gewaltiger Sturm, dass Bäume ausgerissen und Autos und Menschen herumgewirbelt werden. Dann senkt ein schwerer Regen, klatschend und wild wie eine Peitsche, eine Atmosphäre von Finsternis herab, begleitet von dauernden Stromausfällen, Ursache nicht weniger Probleme für die städtischen Behörden und Gegenstand ununterbrochener Notrufe aus verschiedenen Teilen der Ewigen Stadt. Einstürze werden gemeldet, Erdrutsche, sogar unheimliches Krachen in baufälligen Häusern, dem Ergebnis der wilden Spekulation römischer Bauherren. Die Kuppel von Sant'Andrea della Valle, der Kirche von Puccinis Tosca, ist schwer beschädigt. Die Villa Borghese scheint der irdische Garten nach der Sintflut zu sein. Das Türmchen des kleines Palazzos, in der die Galerie gleichen Namens untergebracht ist, hat dem Wind nicht standgehalten und ist eingestürzt und hat dabei eine große Zahl von Kunstwerken zerstört.

Doch der Ort, an dem die von Kardinal Malvezzi beim Besuch des Camerlengos vorausgesagte rasende Natur sich mit hochmütiger Zerstörungslust verbeißt, ist die Stadt auf dem Vatikanhügel. Dort, wo sich vor vielen Jahrhunderten das Opfer des Heiligen Petrus vollzogen hat und wo seine Erben sich seit Monaten auf der Suche nach einem Nachfolger herumschlagen, scheinen der Regen, der Wind und die Eiseskälte jede Hilfe lahm zu legen.

Am Turm von San Giovanni ist die Gewalt des Regens derart zerstörerisch, dass Kanäle und Leitungen verstopfen und damit alle Einrichtungen des türkischen Bades blockieren. Die Küchen sind überschwemmt, weil die Abwasserkanäle kein Wasser mehr aufnehmen können, und funktionieren daher nicht mehr. Im apostolischen Palast setzt ein Kommen und Gehen von Kaplänen und Prälaten mit elektrischen Kochplatten ein, um für die Kurbischöfe Abend- und Nachtessen zuzubereiten.

Der Wind hört nicht auf zu pfeifen und verängstigt weiterhin mit seiner bösen Seele die alten Herren. Oft drückt er die ältesten Fenster auf und zertrümmert sogar ihre Scheiben, die so alt und zerbrechlich sind wie die Menschen, die sie bis jetzt beschützt haben. Verschiedene Statuen der Kolonnaden des Bernini auf dem Platz der Basilika von Sankt Peter stürzen herunter und zerschellen. Die Trommel der Kuppel von Michelangelo, des prächtigen Wahrzeichens von Rom und seiner Katholizität, droht, die vergoldete Kugel mit dem aufmontierten Kreuz zu verlieren, eines der meistfotografierten und -gemalten Monumente der ganzen Welt. Wenn sie stürzen sollte, würde sie Schäden mit nicht zu kalkulierenden Folgen verursachen.

Nach dem ersten Tag dieser Geißel beginnen heftigste Funktionsstörungen der schwerfälligen Maschine, der der apostolische Palast während des Konklaves gleicht. Die Aufzüge bleiben stecken und zwingen verschiedene Kardinäle zu langem Warten, bis sie, per Hand heruntergekurbelt, auf ihre Etage zurückkönnen. Die Heizungsanlagen erleben schwere Schäden, was die Wärmeversorgung einschränkt. Kerzen ersetzen bis zu einem gewissen Punkt den ausfallenden elektrischen Strom, der die Zimmer in Dunkel gestürzt hat. Der Chefingenieur der Vatikanstadt, Graf Nasalli Rocca, unterstützt von den beiden Assistenten des Heiligen Stuhls, den Fürsten Orsini und Colonna, bestürmt vom Arbeitszimmer des Generalvikars aus den Oberbürgermeister von Rom und den Innenminister mit Anrufen, Faxen und E-Mails. Die gesamte Urbs wird auf einen Schlag Gegenstand unendlich vieler Forderungen, die unmöglich erfüllt werden können. Und wenn Exzellenz gestatten, haben die italienischen Bürger Vorrang vor denen – Waisen ihres Souveräns – des Vatikans.

Die antiklerikale Nuance in der Antwort des Oberbürgermeisters, die der schwärzeste Fürst in Rom, Don Amilcare Colonna, im Fluge aufgefangen hat, steigert das wilde Beharren der Autoritäten jenseits des Tibers nur noch mehr. Mit dem Ergebnis, dass die italienischen, auch die eigentlich eher religiösen, in einer negativen Einheitsfront zusammengefasst werden.

Nasalli Rocca kann sich nicht mehr unter Kontrolle halten und brüllt den Innenminister – einen Katholiken, der sich immer in den Direktübertragungen des Fernsehens niederkniet, um den Ring des Papstes zu küssen – an, dass da drinnen, im Dunkeln, in diesen Räumen, der Nachfolger des Petrus gewählt wird. Mit seiner Fistelstimme und ganz gelassen antwortet der Minister, dass er das noch gar nicht gemerkt habe, denn es sehe wirklich nicht so aus, als hätten die Kardinäle eine derartige Absicht. Deshalb könnten sie ruhig noch ein bisschen warten ... Und um der Antwort des Grafen Nasalli Rocca und des Fürsten Colonna zuvorzukommen, beginnt der Minister die Notstandsliste zu psalmodieren, die sich aus allen Stadtteilen ständig verlängert. Die Platanen in der Via Merulana, die auf die Häuser ringsum gestürzt sind. Die russische Botschaft, Villa Amabelek, von einem Blitz getroffen, der einen Brand entfacht hat. Palazzo Farnese, die französische Botschaft, abgedeckt. Der Tiber, der über die Ufer getreten ist und bereits die ersten Stufen der Farnesina erreicht hat. Die Residenz des Großmeisters der Freimaurer auf dem Aventin, beschädigt durch einen Erdrutsch, der alle Räume mit Schlammmassen gefüllt und den Großmeister verwundet hat. Auf dem Kapitol kann der vom Sturm erschütterte Turm jeden Augenblick herunterbrechen. Sechs Wohnhäuser im Testaccio vorsichtshalber evakuiert. Ein Altenheim in San Lorenzo, halb eingestürzt, mit sechzig Insassen unter freiem Himmel ...

»Und das, Ihre Exzellenzen, ist nur ein Teil der Prioritätenliste!«, sagt der Minister abschließend.

Beim trockenen Klick des Telefons, das den letzten Worten folgt, können Nasalli Rocca, Colonna und Orsini keinen Einwand mehr anbringen. Sie könnten zwar gewisse Normen des Konkordats geltend machen, nach denen der italienische Staat verpflichtet ist, Beistand bei öffentlichem Unheil zu leisten, aber sie haben die Sinnlosigkeit eingesehen, es zu tun, auch weil die Schwäche des verwaisten Heiligen Stuhls offenkundig ist. Ohne Papst ist der Vatikan nur ein Halbscheit, und wer weiß, ob nicht jemand in der Regierung von einer dauerhauften Verwaisung träumt, denkt Fürst Colonna.

* * *

Wer dagegen in diesen außerordentlichen Zeichen der Natur die Gnade einer Reifung der Ereignisse erblickt in Hinblick auf die Lösung dieses unerträglichen Wartens, das sich im Vatikan vollzieht, ist Kardinal Ettore Malvezzi. An seinem Fenster sitzend, das trotz der Gewalt des Sturms noch heil geblieben ist, fühlt er, dass die Raserei des Todes, die über Rom hereingebrochen ist, die letzte Schmähung des Fürsten der Finsternis ist, bevor er sich geschlagen gibt. *»Non praevalebunt, non praevalebunt …«*, flüstern seine Lippen, und er starrt auf den Regenvorhang, der gegen die Fensterscheiben klatscht, in diesem Innenhof, aus dem gelegentlich das Klagegewinsel des Hundes zu hören ist.

In nicht großer Entfernung vom Fenster des Kardinals Malvezzi, im Stadtviertel des Gianicolo, betrachtet an einem anderen Fenster ein junges Liebespaar dieses Unwetter.

Das Dunkel des Stromausfalls, das kommt und geht, hat

sie im zärtlichsten Augenblick ihres Zusammenseins überrascht, als nicht einmal die Raserei der Natur sie aus ihrer Umarmung lösen konnte.

Die Wohnung in der Nähe von Sant' Onofrio ist dem Unwetter nicht weniger ausgesetzt als viele andere in diesem Teil von Rom, doch die Intimität zwischen den beiden lässt sie diesen Regensturm viel weniger stark empfinden.

»Mamma mia, wie das regnet, Lorenzo. Wie willst du denn auf deinem Moped nach Hause kommen?«

»Ich bleibe hier, bis es aufhört zu regnen ... hoffentlich hört es nie auf!«

In der Umarmung, die diesen Wunsch ihres Freundes aufnimmt, Student der Medizin im letzten Semester, schließt Anna ihre Augen und zieht sich vor dem Geräusch des Regens und des Sturms das Federbett über den Kopf.

Die Wohnung, die ihrem Onkel, einem Antiquitätenhändler in der Via Margutta, gehört, muss am nächsten Morgen um acht ordentlich übergeben werden. Aber bis dahin ist noch Zeit, viel Zeit, und dieser Regensturm verschiebt die Grenzen aller Zeitpläne, hebt Gewohnheiten und Pflichten auf wie ein Geschenk der Natur an sie und Lorenzo, die keine Lust haben auseinander zu gehen. Es ist süß zu hören, wie der Regen auf das Dachfenster und auf das Dach klatscht, und es ist süß, mit diesem warmen Körper verbunden zu sein.

Er hört ganz schwach die ständige Stimme einer Fensehübertragung. Sie muss vom unteren Stockwerk kommen und ein paar Fetzen scheinen Lorenzo abzulenken.

»Soll ich das Fernsehen einschalten, Anna?«

»Nein, was kümmert mich das Fernsehen?«

»Es scheint, dass etwas passiert ist ...«

»Na und?«

»Nein, du hast Recht.«

Und Lorenzo beugt sich zu ihr, um sie zu umarmen, diesmal ohne die Ohren zu spitzen, bis er, eine halbe Stunde später, in ihren Armen einschläft.

Anna rührt sich nicht. Sie ist auf dem Höhepunkt des Glücks, als Lorenzo auf ihr einschläft. Es ist ihr, als wäre sie Mutter, Schwester, Gattin für diesen Mann, der sich ihr ergibt. Und mehr als ein Liebesakt ist es die Liebe selbst, dieses uneingeschränkte Vertrauen. Es gibt ihr die Führung über ihr Leben, sie kann ganz nach Gutdünken darüber verfügen. Da überlässt sie sich Phantasien über das, was ihr zukünftiges Leben sein wird.

Anna zweifelt nicht, die Ehe wird es ihr möglich machen, so zu schlafen, zusammen, für immer. Und dieses »für immer« bewegt sie, denn sie sieht es bei ihren Eltern verwirklicht, die seit über dreißig Jahren zusammen sind und sich immer noch begehren, wie sie es gelegentlich aus bestimmten Gesten zu erkennen meint, wenn sie glauben, alleine zu sein. Sie küssen sich noch immer heimlich und wissen nicht, dass diese verstohlene Liebe sie in Annas Augen wunderschön macht.

Vielleicht könnten sie und Lorenzo in der ersten Zeit in dieser Wohnung wohnen, wenn Onkel Filippo sie vermieten will, sobald Lorenzo eine Arbeit gefunden hat.

Unterdessen peitscht der Regen gegen die Scheiben der Fenstertüre, die auf die Terrasse führt. Ein großer Blumentopf muss umgestürzt sein, denn die Zweige eines Oleanders haben an die Scheiben geschlagen. Ein wirklich gewaltiges Unwetter, auch wenn der Strom wieder zurückgekommen ist. Lorenzo scheint gar nicht mehr aufwachen zu wollen. Als sie eine kleine Bewegung macht, öffnet er nicht die Augen, sondern dreht sich nach links, streckt sich auf der Seite aus und kauert sich dann zusammen wie ein kleines Kind in fötaler Haltung. Anna stellt sicher, dass das Federbett ihn ganz bedeckt, denn es ist kalt und die Heizung reicht an einem so klirrenden Tag möglicherweise nicht aus. Sie steht auf, ganz langsam, aus Furcht, ihn zu wecken. Sie befühlt den Heizkörper. Er ist fast kalt. Das elektrische Öfchen funktioniert jetzt, gibt aber kaum Wärme ab.

Um sich ein wenig Mut zu machen, schaltet sie das Fernsehen ein, stellt aber den Ton ab. Der Bildschirm wird hell und vor ihren Augen öffnet sich der durch und durch beunruhigende Anblick des Unheils, das nicht über Mexico City oder Manila hereinbricht, fernab irgendwo in der Welt, sondern über Rom, ihrer Stadt, wo sie sich in diesem Augenblick mit ihrem nichts ahnenden Lorenzo im Bett befindet. Eingestürzte Häuser, Erdrutsche, Überschwemmungen, Bäume, die auf die Dächer eingestürzter Häuser geflogen sind, einige Statuen der Kolonnaden des Bernini auf der Erde – Was zum Teufel geschieht hier eigentlich?

Plötzlich ändert sich die Szene auf dem Bildschirm.

Eine Direktübertragung vom Petersplatz, für das soundsovielte Rauchzeichen des Konklaves.

Was? Immer noch Konklave? Wer will das denn hören? Wen kann die Szene mit dem Rauch denn überhaupt noch interessieren, der ja doch nie den Papst ankündigt? Doch vielleicht geht das Konklave ja auch zu Ende ... Sie hält die Fernbedienung in der Hand, unentschlossen, ob sie den Kanal wechseln oder bleiben soll, um den neuen Papst zu sehen. Sie betrachtet ihren Lorenzo, der diesen Regen wirklich nicht zu hören scheint und noch viel weniger diese Geschichte, die einen neuen Pontifex in absoluter Stille bekannt machen kann ...

Da ist der obere Teil der Mauer der Sixtinischen Kapelle, wo der Schornstein herausragt. Sie brauchen wohl Zeit da oben, wahrscheinlich sind sie nach so viel schwarzem Rauch noch nicht wieder in der Lage, weißen Rauch zu erzeugen ... Aber da, da dringt doch ein schüchternes Fähnlein von so etwas wie aschefarbenem Rauch heraus. Ohne den Kommentar des Sprechers, wer kann da schon verstehen, was das für eine Farbe ist. Und dann ist der Fernseher ja auch nicht neu, das Bild ist ziemlich getrübt ... Aber nein, da besteht kein Zweifel mehr, der Rauch wird immer dunkler. Auch diesmal ist der Rauch schwarz.

Was für eine Enttäuschung! Und sie hat sich auch noch damit aufgehalten und zugeguckt! Sofort wechselt sie den Kanal und gleich erschüttert sie wieder der Anblick der zerstörten Stadt. Ihr ist kalt, viel kälter als vorher. Ganz vorsichtig schlüpft sie wieder unter das Federbett, sie schmiegt sich an den warmen Körper ihres Lorenzos, der sich, mit einer unbewussten Bewegung und dennoch ihre Berührung spürend, umgedreht hat und nun zu ihr hingewandt schläft und seinen rechten Arm um sie legt. Doch sie ist jetzt beunruhigt, kann nicht mehr still liegen, reglos wie vorher. Sie spürt das Haus wie ein riesiges verwundetes Tier, das nur mühevoll atmet. Zugeschlagene Türen, Schritte auf der Treppe, Stimmen, das Echo eines Namens, der von einer Frau wiederholt wird: »Robertooo, Robertooo!«

Wenn sie ausgelassener wäre, würde sie keinen Augenblick zögern, vom Balkon »Eeeeeeh!« zu antworten, um diese Nervensäge von Mama zu verwirren.

Das beharrliche, störende Surren der Stimme aus dem Fernsehen auf den anderen Etagen weitet sich aus. Auf mehr als einem Kanal überträgt man, was sie von ihrem Bett aus hört: einen Regen, der wohl die ganze Ewige Stadt mit sich reißen will. Und Lorenzo schläft weiter.

Als sie den Blick zur Decke richtet, sieht sie einen großen dunklen Fleck, zweifellos Wasser, das von den Regenrinnen des Dachs nicht aufgenommen werden konnte. Der Fleck ist gleich oberhalb ihres Betts und wird bald zu tropfen beginnen. Vielleicht sollte sie jemanden anrufen? Aber warum ihre Angehörigen in Schrecken versetzen? Und es wäre ja auch irgendwie peinlich, sagen zu müssen, wo sie sich gerade befindet ...

Sie denkt an das, was sie eben gesehen hat, diese soundsovielte schwarze Rauchfahne aus der Sixtinischen Kapelle. Was für ein Hohn! Aber warum ist das Fernsehen nur darauf hereingefallen? Schon lange hat sie beobachtet, dass niemand mehr über das Konklave redet, nur das eine oder andere Mitternachtsjournal zeigt den Kamin der Sixtina im Vatikan. Was wird wohl diesmal passiert sein? Bei ihr zu Hause kauft lediglich die Großmutter jeden Morgen den Messaggero, um die letzten Neuigkeiten über das Konklave zu lesen. Doch wenn sie dann über ihre Voraussagen redet, hört ihr keiner mehr zu, ihr, die Garderobiere eines mächtigen Prälaten im Vatikan gewesen ist.

Einmal hatte sie sich dermaßen über die soundsovielte fehlgeschlagene Wahl aufgeregt, dass sie zu ihrem Pfarrer gegangen ist, um sich alles von der Seele zu reden, und ihm sagte, das sei eine wirkliche Schande für die Welt und für Rom, ein schreckliches Vorzeichen. Für die Stadt und den Erdkreis, sagte Großmutter, die die Sprechweise ihres Prälaten nicht vergessen hatte, dessen rotes Gewand für die großen Feierlichkeiten sie im Kleiderschrank aufbewahrte. Der Pfarrer hatte dann ihrer Mutter und ihr selbst von diesem Ausbruch erzählt, als sie vor dem Haus auf die Straßenbahn gewartet hatten, und sie nach San Clemente eingeladen, zu einem Konzert am Sonntagmorgen.

»Wir haben nicht mehr den Glauben Ihrer Frau Mutter. Den Glauben, der die Zeichen der Vorsehung und ihrer Warnungen zu lesen verstand. Heute, liebe Signora Ceroni, müssen wir Konzerte organisieren, wenn wir die Kirchen voll bekommen wollen ...«, hatte er zum Abschied kommentiert.

Und jetzt, angesichts dieses Regensturms, kommen ihr wieder die Worte ihrer Großmutter Cesira in Erinnerung.

Der erste Tropfen, der aufs Bett fällt, weckt Lorenzo auf, der ihn mitten aufs Augenlid bekommen hat. Er öffnet die Augen und lächelt sie an.

25

Viele Kilometer von Rom entfernt, in einer Klinik von Bologna, genießen auch zwei andere junge Menschen an diesem Abend die Intimität eines Wetters, das jedes Ausgehen unmöglich macht. Eine glückliche Gelegenheit für Francesco und Caterina. Aufgrund der zwangsweisen Immobilität Francescos, der noch den Gips abgenommen bekommen muss und daher einen schönen Sonnentag nicht wahrnehmen könnte. Und aufgrund der Langeweile Caterinas, die, in der vom schlechten Wetter erneuerten Zärtlichkeit, die Lästigkeit des Eingeschlossenseins beider in die Furcht verwandelt, dass jemand sie stören könnte.

Noch ist der Regen keine Sintflut, doch es ist klar, dass er so schnell nicht aufhören wird. Es ist ein feiner Nieselregen, der bei stickiger, fast sommerlicher Temperatur fällt, die für Dezember ungewöhnlich ist. Doch die Aussichten sagen, dass das Wetter die ganze Woche über scheußlich sein soll, bis Weihnachten.

In dem Zimmer, in dem Francesco Cariati, der Neffe des Kardinals von Turin, seit zwei Wochen bettlägerig ist wegen der bei einem schweren Autounfall davongetragenen Brüche, herrscht eine fröhliche Unordnung. Vergeblich versuchen sowohl Caterina als auch Francescos Mutter und die Krankenschwestern der Klinik, sie in den Griff zu bekommen. Autozeitschriften, Einrichtungsmagazine, Segelschiffjournale, Reiseprospekte, Illustrierte, Zeitungen, Stapel von Karten, ein Laptop, Kugelschreiber, Schreibpapier, Hanteln, mit denen er sich in Form hält und den kleinen Bauch unter Kontrolle zu bringen versucht, der ihm durch die erzwungene Bewegungslosigkeit gewachsen ist. Ein Chaos, das von einem Fernsehgerät mit riesiger Bildröhre, von vielen Pullovern und Hemden, die auf das Nachbarbett und auf die Kommode geworfen wurden, gekrönt wird. Und von einem mit verschiedensten Wasser- und Weinflaschen in unterschiedlichsten Farben überquellenden Nachttisch. Nicht alle sind leer, unter ihnen bemerkt man einen Veuve Cliquot, den Chamapagner, den Caterina so mag und der ihr ein Feuer durch die Adern jagt. Den hat sie ihm mitgebracht, weil sie ihn sehr niedergedrückt angetroffen hatte aufgrund der Mitteilung des Arztes, dass er ihn an diesem Sonntag nicht nach Hause lassen würde, was er aber gerade so sehr gehofft hatte.

»Wenn das so weitergeht, werden wir Weihnachten hier drinnen verbringen.«

»Dann verbringen wir es eben hier drinnen, Francesco, was soll's?«

»Ich kann einfach nicht mehr. Seit Jahren habe ich es immer in Turin verbracht, bei meinem Onkel. Und du warst ja auch eingeladen.«

»Tiefschläge in den Himmel, sagt meine Mutter immer, kann man nicht geben. Und ich füge hinzu: auch nicht, wenn man einen Onkel hat, der Kardinal ist.«

Francesco hatte in der Nacht von ihr geträumt. Im Traum hatte sich das Bild von Caterina, die durch die Türe eintrat, immer mit anderen weiblichen Gestalten vermischt. Einmal war sie die Mutter, die ihm sein Studienbuch mit den Noten der Universität zeigte oder ihm Vorhaltungen machte, dass er die reguläre Studienzeit schon ein Jahr überschritten hat. Eine andere war das strenge, aber schöne Gesicht der Stationsschwester, die sein Vater Greta Garbo getauft hatte, als er sie dabei überraschte, wie sie ihn anwies, still im Bett liegen zu bleiben und nicht mehr die Hanteln zu benutzen, wenn er die Klinik verlassen wolle. Noch ein anderes Mal war sie das Mädchen, das er für Caterina sitzen gelassen hatte. Sie kam ihn besuchen und schwang eine riesige Spritze, um ihm eine Injektion zu verpassen. Von einer Beunruhigung zur anderen war er fast bis zum Tagesanbruch gelangt, als sich alle diese strengen Gesichter aufgelöst hatten. Nur eines blieb zurück, unendlich sanft und traurig, eines, das er schon seit vielen Monaten nicht mehr gesehen hatte. Onkel Ettore.

Er hatte lange mit ihm geredet, aber Francesco begriff nicht, was er sagte, es war nur ein undeutliches Raunen, nur ganz schwach wahrnehmbar, ein müdes Stammeln, als würde der Onkel sich anstrengen, ihm etwas mitzuteilen, was ihm sehr am Herzen lag, dafür aber, aufgrund einer seltsamen Sprachstörung, nicht die richtigen Worte finden können. Da hatte er angefangen, ihm die Worte anzubieten, die dem Onkel fehlten, diesem großen Redner, der mit der Subtilität seiner Predigten im Dom von Turin verzauberte und von dem es hieß, dass er im Beichtstuhl den Höhepunkt seiner Mäeutik erreiche, wenn er mit der Seele in ein Duzverhältnis eintreten konnte. Er hatte sich dabei ertappt, wie er »Regen, Rom, Haus, Turin, Rückkehr« sagte und dann noch »Sturm, Segel, Fenster, Himmel, Flügel«.

Und während ihm diese Worte auf die Lippen kamen, hatte er die Genugtuung zu sehen, wie sich dieses liebe Gesicht entspannte, ausruhte, lächelte, bis es seine Stimme wiederfand und diese Worte wiederholte ...

Jetzt scheint der Regen wohl heftiger zu werden und Schatten verbreitet sich im Zimmer, es wäre besser, das große Licht anzuschalten. Aber er verbietet es ihr, als er sieht, dass sie zum Lichtschalter geht. Er zieht sie zu sich, zum Bett. In diesem Augenblick, als Caterina versucht, sich neben ihn zu legen, taucht von irgendwo her aus Francescos Kopf der Traum der Nacht wieder auf. Blitzartig sieht er wieder die Gesichter, die ihn besucht haben, eines nach dem anderen, bis hin zu dem des Onkels. Doch jetzt klingelt das Telefon.

»Antworten wir oder antworten wir nicht, Caterina?«

»Tu ganz, wonach du dich fühlst.«

»Das muss Mama sein. Besser, ich antworte.«

»Sicher. Ich bring mich inzwischen wieder in Ordnung, ich will nicht, dass die Stationsschwester hereinkommt ...«

Indessen klingelt das Telefon noch und noch, mit dem typischen beschleunigten und etwas lästigen Rhythmus der Hausleitungen. Und was, wenn es nicht seine Mutter ist? Er hat keine Lust, auf Freunde zu stoßen, die einen Schwall von üblichen Freundlichkeiten über ihn ausgießen, nur um ihm das Gefühl zu geben, er wäre kein Gefangener, und die üblichen Versprechen, was sie alles miteinander anstellen würden, wenn er erst einmal heraus wäre. Doch als er wieder an seine Caterina denkt, hat er nicht mehr das Gefühl, er würde sie beneiden. Er streckt die Hand aus und greift nach dem Hörer. Es ist seine Mutter.

»Mach sofort das Fernsehen an, das erste Programm!«

»Wieso? Was ist denn?«

»Machs an, sag ich dir! Es scheint wohl, dass sie den Papst gewählt haben.«

»Was? ... Ich mach sofort an.«

Er hört, wie es klickt, und noch nie sind ihm die Sekunden so lang vorgekommen, die zwischen der Stimme und dem Bild vergehen. Eine männliche Stimme kündigt die Verbindung zum Petersplatz an, wo man in Kürze den Rauch des Konklaves sehen wird. Stimmen von beachtlichen Experten sagen, die Wahrscheinlichkeit sei sehr groß, dass sich die Kardinäle endlich über die Entscheidung verständigt hätten und der Rauch weiß sein würde.

In Überblendung erscheint das Bild des Sprechers, dann gleich eine ziemlich gestörte Aufnahme des Petersplatzes. Der Sprecher entschuldigt sich für die schlechte Bildqualität, doch Rom sei von einem außergewöhnlich heftigen Unwetter heimgesucht, das beträchtlichen Schaden angerichtet und durch Erdrutsche und Einstürze von Wohnhäusern Opfer verursacht habe. Eine Katastrophe, die den Oberbürgermeister veranlasst habe, den Notstand auszurufen.

Die Mutter ruft Francesco wieder nach dieser Pause.

»Francesco, Francesco, hörst du mich?«

Er greift wieder den Hörer, doch sein Kopf blendet über die Bilder von der Sixtina mit ihrem noch nicht rauchenden Schornstein, der in einen von Regen und Wolken verdunkelten Himmel ragt, die Bilder seines nächtlichen Traums. Das Gesicht des Onkels, der unverständliche Sätze raunt, bis er ihm einen Sinn anbietet und er einige Worte wiederholt ...

»Wie merkwürdig. Weißt du, vergangene Nacht hab ich davon geträumt.«

»Wie? Was?«

»Ach nichts, ich habe von Onkel Ettore geträumt.«

»Francesco, stell dir vor, wir würden ihn gleich sehen, auf der Loggia von Sankt Peter!«

»Mama, du warst doch immer der Meinung, er hätte keine Chancen. Es gebe keinen Mann, der weiter von dieser Ambition entfernt sei als er ...«

»Richtig, aber als ich ihn beim letzten Mal gehört habe, vor über einer Woche, wirkte er zurückhaltend, griesgrämig. Und du weißt doch, wie offen er sonst von seinem Naturell her ist. Und wie gerne er gewöhnlich redet. Es war, als wollte er etwas verschweigen, was ihn belastete.«

»Ich möchte nicht, Mama, dass deine Hoffnungen, die Schwester des Papstes zu werden, dich dazu bringen, dich so an ihn zu erinnern. Mit mir ist er sehr ausgelassen gewesen, ungeheuer sympathisch, ich habe ihn noch nie so lustig erlebt.«

»Und wie war er im Traum?«

»Im Traum? ... Ah, jetzt fangen sie an, über den Rauch zu reden, hörst du's?«

»Ja.«

Caterina kommt in diesem Augenblick ins Zimmer zurück.

Sie sieht den eingeschalteten Fernseher und ihren Francesco am Telefon. Das muss ganz sicher die Mutter sein. Was der Bildschirm zeigt, ist klar. Dieser Onkel im Konklave hielt sie so zusammen, dass sie, Caterina, das manchmal eifersüchtig machte. Sie hat ihn nie getroffen und jetzt zittert sie wie ein Espenblatt angesichts der Möglichkeit, ihn zu sehen. Denn das ist es, was Francesco und seine Mutter sich erwarten. Und sie verschwindet, sie existiert in diesem Augenblick nicht mehr.

Sie setzt sich still hin und wartet auf den Rauch und tief in ihrem Herzen hofft sie mit voller Kraft, dass er schwarz sein, dass dieser Unbekannte nicht erscheinen möge in seinem weißen Gewand.

Das erste Rauchfähnlein wirkt noch unsicher und lässt dem Sprecher die Möglichkeit, Millionen von Zuschauern in Atem zu halten. Dieser jahrhundertealte theatralische Trick hat immer noch seine Wirkung auf dem Bildschirm und erhöht die Zuschauerzahlen. Daran besteht kein Zweifel.

Dann kommt schwarzer Rauch und innerhalb weniger Augenblicke, während der Sprecher noch die Rolle des Regisseurs eines Schauspiels abspult, das glücklos zu Ende geht, und er sich bei den Zuschauern entschuldigt, kehrt alles wieder zur gewohnten Ordnung zurück.

Die Welt ohne Papst ist schon in der Werbung sichtbar, bei Büchsenfleisch für Hunde, die in diesem Augenblick gesendet wird, während ein intensives Fabulieren am Telefon zwischen Francesco und der enttäuschten Schwester eines Kardinals Caterina ausschließt. Doch das ist diesmal ein schmerzloser Ausschluss, der ihr Zeit gibt, ihre Gefühle zu beherrschen und den inneren Zustand zu verbergen, der sie vorher aufgewühlt hatte.

»Francesco, du hast mich überhaupt nicht guten Tag sagen lassen.«

»Entschuldige, sie grüßt dich sehr herzlich, aber sie war sehr in Eile, sie musste mit Papa noch fort.«

»Du deckst dich besser zu. Vorher bist du die ganze Zeit abgedeckt gewesen und hier drinnen ist es überhaupt nicht warm heute Abend.«

»Hast du gesehen? Auch heute Abend nichts. Wer weiß, was denen vom Fernsehen in den Sinn gekommen ist. Na, die Kardinäle machen ganz sicher keine gute Figur ...«

»Meinst du, es ist besser, keine weitere vertane Gelegenheit für deinen Onkel zu sehen?«

»Wie gemein du bist!«

»Tut mir Leid, entschuldige. Hör zu, morgen muss ich zu Maria gehen, sie hat Geburtstag. Ist es für dich gleich, wenn wir uns übermorgen sehen?«

»Komm mal her ... Was ist denn los?«

»Nichts, wieso?«

»Weil du anders bist, ich habe dir etwas gesagt, was dich verletzt hat, aber ich verstehe nicht, was.«

Sie will es lieber auf sich beruhen lassen, glücklich, dass er wieder zärtlich ist. Kein Schatten des Konklaves ist jetzt mehr in diesem Zimmer. Der Onkel Kardinal ist zweifach besiegt worden, vom Fernsehen und von ihr.

Sie verabschieden sich mit dem Versprechen, sich morgen gleich nach dem Aufwachen anzurufen. An der Türe dreht sie sich um und betrachtet ihn im Profil. Sie muss ihm die Haare schneiden, sie beginnen, an Luftigkeit zu verlieren, zumal er immer auf dem Kopfkissen liegt. Sie wollte ihn so, wie sie ihn das erste Mal gesehen hatte, von hinten, bei Cinzia, an einem Geburtstag. So weiche herunterfallende Haare, dass die Hand gleich Lust verspürte, durch sie zu fahren. Sie beide liebten sich mit Haut und Haaren, hatte Francesco einmal gesagt ...

Francesco hat gerade das Licht ausgeschaltet, als das Telefon erneut klingelt. Und noch einmal ist es die Mutter.

»Entschuldige, mein Liebling, ich vermute, um diese Uhrzeit schläfst du fast, aber ich bin ein bisschen besorgt. Im Fernsehen hat man schlimme Nachrichten über das gigantische Unwetter über Rom gebracht. So etwas Schlimmes hätte es schon seit Jahren nicht mehr gegeben, sagen sie. Und der Vatikan gehört zu den am meisten beschädigten Orten! Statuen sind heruntergestürzt, Mauern und wie überall in Rom funktioniert die Stromversorgung nicht.«

»Meinst du, Onkel Ettore sitzt im Dunkeln?«

»Ja, Francesco, ich habe ihn gleich angerufen, aber die Leitungen sind unterbrochen.«

»Das wird wohl normal sein bei diesem Wetter, versuchs später noch mal.«

»Mach ich, entschuldige, mein Schatz. Aber du ... Was hast du von ihm geträumt in der vergangenen Nacht?«

»Anfangs war er müde, er sprach mit Mühe, er konnte sich nicht verständlich machen, aber dann ging es ihm wieder besser. Stell dir vor, ich habe ihm geholfen, sich verständlich zu machen ... Na ja, Träume ...«

»Ich habe dich auch deshalb noch einmal angerufen, weil vorhin Caterina da war und da wollte ich darauf nicht zu sprechen kommen.«

»Wieso?«

»Es ist besser, wenn bestimmte Dinge in der Familie bleiben. Gute Nacht, Francesco.«

»Gute Nacht, Mama.«

Seine Mutter und Caterina mögen sich noch nicht. Das ist der einzige Stachel, der ihn quält, abgesehen von der Verspätung bei seinen Prüfungen. Es übersteigt seine Kräfte, dafür zu sorgen, dass die beiden Frauen sich mögen.

Sein Onkel im Dunkeln, so wie er jetzt. Wie er in der Klinik, abgeschlossen im Konklave. Seine Mutter macht sich zu viele Sorgen, aber es ist besser, die Fernsehnachrichten zu sehen, sie zeigen sicher Berichte aus der Hauptstadt. Er schaltet den Fernseher an und gleich sieht er, was seine Mutter so besorgt gemacht hat. Man muss ihr nicht Recht geben, es handelt sich nicht nur um schlechtes Wetter. Ihn bestürzen die Gesichter der Leute, die nach dem Einsturz ihrer Häuser oder nach den Erdrutschen, die einige Teile der Stadt in Mitleidenschaft gezogen haben, interviewt werden. Es ist, als hätten sie etwas gesehen, das sie Angst haben zu beschreiben. Nicht einmal das Fernsehen kann diese Angst inszenieren, gewisse Gefühle kann man nicht darstellen. Der Verstand schon, er kann sie aufnehmen und durchleben, leider bis zur äußersten Qual.

Mit einem leichten Schuldgefühl macht er das Licht aus. Für ihn ist es, als hätte er dem Leid dieser armen Menschen Gewalt angetan, die ein dummer Interviewer sich abmüht zu befragen, auf dem Bett, im Krankenhaus, mit Binden um Gesicht und Arme: »Was haben Sie empfunden, als Ihr Haus zusammengestürzt ist?«

Das Fernsehen ist schrecklich. Der Traum hat viel mehr Erbarmen mit den Menschen.

26

Man hat nie erfahren, wer dem Heiligen Kollegium den Spott der Direktübertragung im Fernsehen an jenem Dezemberabend, während die Ewige Stadt unter der Knute des Unwetters stöhnte, eingebrockt hat.

Im Pressesaal des Vatikans, wohin sich der Camerlengo für die ersten Verhöre persönlich begeben hatte, gab es gegenseitige Schuldzuweisungen und Verantwortungsabwälzungen. Der eine sagte, der Anruf über die bevorstehende Proklamation des neuen Pontifex sei von einem Kaplan der drei meistgewählten Kardinäle ausgegangen; der andere behauptete, es sei einer der Kardinäle gewesen, der den Fernsehdirektor eines Nachrichtenjournals zu einer schnellen Kontaktaufnahme mit der RAI und anderen Privatsendern gedrängt habe; und wieder ein anderer sprach von einem Anruf der Direktion des öffentlich-rechtlichen Fernsehens, der darauf abzielte, die Bestätigung für die erfolgte Wahl des Konklaves zu erhalten, so, als wäre die Nachricht von einer der Hauptfiguren dieses Tages selbst an die RAI durchgesickert.

Man hat nie das Pressekommuniqué gefunden, ebenso wenig den indiskreten Kaplan und den Fernsehdirektor, der Zeugnis hätte ablegen können, von wem diese Indiskretion ausgegangen war. Der Camerlengo regte sich heftig über Graf Nasalli Rocca und die Fürsten Colonna und Orsini auf, auch über den Verantwortlichen des Pressesaals und drohte damit, dem neuen Papst die Enthebung von ihren Ämtern zu empfehlen. Die Heiligkeit dieser Abgeschlossenheit, die allein den Herzen der Kardinäle die Autonomie ihrer Entscheidung gestatte, habe durch ihre Nachlässigkeiten einen Schlag erfahren, der nicht weniger schwer wiegend sei als die in den drei Monaten durch Unheil zugefügten. Denn dieser Schaden habe sich vor den Augen der Welt vollzogen, jener Welt, die ohnehin schon starkes Desinteresse zeigte. Die unheilvollen Vorkommnisse hätten sich dagegen hinter verschlossenen Türen zugetragen, ohne dass die Welt davon etwas erfuhr.

Der Camerlengo muss sich mit der Amtsenthebung einiger für die Kommunikation zuständiger Prälaten und einem schweren Tadel für den zufrieden geben, der während der Vakanz des Heiligen Stuhls die Verbindungen nach draußen pflegt. Die Tageszeitungen vervollständigen am nächsten Tag das negative Bild mit der Darstellung des schwarzen Rauchs, eingefasst von respektlosen Artikeln über ein Ereignis, das nicht schwer mit dem deprimierenden Klima in einem von einem unerhört gewaltigen Sturm heimgesuchten Rom in Verbindung zu bringen ist, einem Sturm, der nicht die geringsten Anstalten machte, nach vierundzwanzig Stunden den Griff auf die Stadt zu lockern.

So werden die Wahlgänge dieses neuen Tags in einem Klima von Argwohn, Groll und Schuldgefühlen durchgeführt, die weit größer sind als die Nichtbeteiligung aus der Urbs, deren Bischof gewählt werden soll. Bei vielen Konklaveteilnehmern bildet sich nämlich die Überzeugung heraus, dass auch diese Geißel in Verbindung mit ihrer Uneinigkeit stehe, so, als würde das hirtenlose Rom daran leiden gleich einem kranken Körper.

Monsignor Giorgio Contarini hat erst kurz zuvor Kardinal Malvezzi gefragt, um wie viel Uhr das Abendessen an diesem Tag serviert werden solle. Die Windböen, die weiterhin an die Fenster des Logis des Erzbischofs von Turin schlagen, sind manchmal so rasend, dass sie die Stimmen überdecken. Die Ritzen in den Fenstern und in den ziemlich alten Fensterrahmen, die von Luft- und Durchzügen heimgesucht werden, übertragen sich auf die Vorhänge, das Tischtuch und die Tagesdecke. Dem Kardinal kommt es vor, als ob sein ganzes Zimmer von einem Zittern erschüttert wird, das keine Ruhe gewährt und ihn von der Lektüre und der Konzentration ablenkt.

Seine Lektüre ist Augustinus, die *Confessiones*, die er schon seit Jahren wieder lesen wollte. »*Pondus meum amor mei*«, mein Gefängnis ist meine Eigenliebe. In diesen Tagen hatte er lange mit seinen unsichtbaren Besuchern über den Satz des heiligen Afrikaners diskutiert, eine lapidare Definition des am weitesten verbreiteten modernen Bösen. Doch sowohl Contardi als auch Mascheroni hatten viele Zweifel geäußert an der modernen Monopolstellung dieser Krankheit. Der Egoismus und der Eigenkult verbargen sich hinter vielen Neigungen, sich um andere zu kümmern, was zu allen Zeiten sehr gekonnt vertuscht werden konnte. Bisweilen kennt auch die Heiligkeit die Metastasen dieses Krebsgeschwürs, wie es ja Augustinus von Hippo zeigt. Das Alibi, im Namen des Herrn einen universellen Dienst auszuüben, hatte diesen Hochmut oftmals hinter einer Maske verborgen. Das Ich empfängt aus der unmittelbaren Beziehung zu Gott, die dem Priestertum eigen ist, nicht ausschließlich Früchte des Guten. Oft sind es Früchte des Stolzes und der Eitelkeit, Anwandlungen von Eigenliebe, die, entsprechend den bekleideten Rollen, zu Machtstellungen wurden, mit denen man im Namen Gottes Schaden zufügen könne. In den drei Geschwisterreligionen hat das Alibi der Offenbarung von Moses, Jesus und Mohammed oft zu dieser Konsequenz geführt und damit die Plage des Fundamentalismus erneuert.

Malvezzi ist zu dem Schluss gekommen, dass die Korruption der Macht auf jedem Niveau, auch im Namen einer spirituellen Macht, implizit in ihrer Ausübung vorhanden ist. Und nur die Unschuld der Jugend kann einen Schutz und ein Gegenmittel bieten.

Das fortgeschrittene Alter der Kardinäle und Päpste spricht in typischer Weise über die Neigung des Menschen, der, wenn er dem Tode näher kommt, seine Zerbrechlichkeit mit dem unveräußerlichen Kommandobesitz in seinen Händen kompensieren will. Alter ist das Fühlen, dass das Leben entschwindet, das Ertragen der Angst vor dem großen Sprung, der Schrecken, bekannte Übel für unbekannte aufzugeben, wie Shakespeare schreibt. Und das gilt noch viel mehr für die Diener Gottes, die ihrer Herde Gewissheiten und Tröstungen auf diesem großen Übergang zum anderen Ufer anbieten müssen.

Das Bellen des Hundes, der an einer Kette in dem blinden Hof liegt, auf den die Fenster hinausgehen, reißt Ettore Malvezzi aus seinen Reflexionen.

In Kürze würde sich wieder das Fenster mit den gelben Scheiben gegenüber erleuchten. Zu dieser Stunde kehrten die geheimnisvollen Bewohner abends dahin zurück. Die Reglosigkeit der langen Tage, fern von der Sixtinischen Kapelle und von den Kardinälen, in völliger Isolierung, hat ihn so sensibel werden lassen wie seine Tiere – Katzen, Hühner, Eulen – gegenüber jeder Bewegung oder Veränderung in dem Zimmer, in dem Hof, in diesem Flügel des Palastes. Die Zerlegung der Stunden, unterteilt von Lektüre und vom Sonnenlicht, von Sonnenaufgang bis Sonnenuntergang, hat genaue Bezugspunkte, denen er gerne zustimmt und die er gerne beobachtet.

Einer davon, vielleicht der am meisten erwartete, ist dieses Fenster, mit seiner Erhellung morgens, bei Tagesanbruch, und mit seinem Erlöschen. Und dann mit seiner erneuten Erhellung, wie jetzt am Abend, bis zu seinem neuerlichen Erlöschen, wenn die Nacht hereinbricht. Die Schatten, die sich jenseits dieser Scheiben bewegen, leisten ihm Gesellschaft.

Jetzt aber verstärkt der Sturm seinen Zugriff auf den Palazzo. Obwohl er weiß, dass es die letzten Versuche der blinden Gewalt dessen sind, der sich der endgültigen Niederlage nahe fühlt, machen diese Schläge gegen die Scheiben ihm doch Angst. Der Hund im Innenhof ist nicht mehr zu hören. Auch seine Tiere haben sich vom Fenster entfernt und sich unter das Bett und die Schränke verkrochen.

Das Fenster gegenüber wird wieder erhellt.

Da, die Schatten von einem, der sich in diesem Zimmer bewegt. Und wieder die Schläge des Sturms an die Scheiben, was an eine Hand denken lässt, die klopft, an jemanden, der versucht aufzumachen; nicht mehr an den Wind. Wer wagt eigentlich so viel im Haus des Stellvertreters des Herrn?

Jetzt erkennt man etwas Dichteres, Festeres in den Schatten, die sich jenseits der gelben Scheibe abbilden. Die gleiche Furcht, die ihn beunruhigt, muss auch die treffen, die sich hinter dem Fenster bewegen. Er steht auf. Irgendetwas besiegt seine Furcht vor dem Zusammenbruch des vom Sturm geschüttelten Fensterrahmens, einem Sturm, der ihn ruft. Und es kommt von diesem Fenster, wo andere die gleiche Ungewissheit erleben wie er, den gleichen Ruf. Über drei Monate sind vergangen, seit er diese Anwesenheit gegenüber bemerkt hat, aber erst jetzt zeigt sie sich ihm. Er muss ihr zuhören.

Schon hebt er die Hand zum Griff des alten Fensters, um zu öffnen, als der Wind es mit einem Lärm zerberstender Scheiben aufreißt.

Im selben Augenblick reißt auch das Fenster gegenüber auf. Und die Menschen erscheinen, zu denen die Schatten gehörten und die ihn über so viele Tage begleitet haben. Es sind Zwillinge, zwei sich einander bis aufs Haar gleichende junge Männer, und er reibt sich die Augen, weil er befürchtet, er könnte doppelt sehen. Sie wirken unentschlossen, ob sie das Fenster mit den zerborstenen Scheiben wieder schließen sollen, ob sie alles lassen sollen, wie es ist, ob sie die Scherben aufkehren sollen. Doch jetzt merken sie, dass er sie fest anblickt. Es sind wirklich Zwillinge, sein Blick ist gut.

Ihre Augen begegnen sich, während der Wind weiterhin pfeift und Wasser ins Zimmer dringt.

Wer sind nur diese beiden Presbyter? Denn der weiße Kragen der Kutte weist sie als Priester aus. Er ist ihnen niemals begegnet und doch spürt er, sie schon einmal gesehen zu haben ...

Ein Blitz erhellt die Mauern, die Fenster, die Gesichter und erschreckt die Tiere im Zimmer des Kardinals und den Hund unten im Hof. Das Licht von ein paar Augenblicken glänzt auf den drei Gesichtern an den beiden Fenstern. Die Augen erkennen einander.

Jetzt erinnert sich Ettore Malvezzi, wem die Zwillinge ähnlich sehen, und er kniet sich nieder, um zu beten, dem Herrn für diese Erleuchtung dankend. Die beiden jungen Priester schauen sich an, bleiben aber reglos stehen, gepeitscht von Regen und Wind.

Eine nicht kalkulierbare Zeit vergeht in dieser Spannung, während Donner, Blitze, niedrige Wolken und Regen die Sintflut zu erneuern scheinen wollen.

Gleich wird alles vorbei sein ... wiederholt, zu Tränen gerührt, der Kardinal ... gleich wird alles vorbei sein, es ist zu Ende, alles ist zu Ende ...

In diesem Bruchteil einer Sekunde tritt Contarini atemlos ein.

Der Anblick seiner Eminenz auf Knien, vom Regen durchnässt, inmitten zerborstener Scheiben, das Fenster weit aufgerissen, der Wind, der Papiere fortfliegen lässt, das Wasser, das die Vorhänge und die Möbel durchnässt und bis unters Bett dringt, wo sich die erschrockenen Tiere verbergen, lähmt ihn. Er kann gerade noch feststellen, dass das gegenüberliegende Fenster mit zerborstenen Scheiben geschlossen wird, doch weil sofort das Licht gelöscht wird, kann er nicht erkennen, wer es zugemacht hat.

Er stürzt herbei, er will das Fenster wieder verschließen, auch wenn nur die oberen Scheiben noch Schutz gewähren. Dann hebt er den Kardinal hoch, dessen Gesicht und Haare nass sind und dessen Kleider triefen.

Eine Stunde später, nachdem die Scheibe des Fensters ersetzt wurde, sitzt der Kardinal wieder in trockenen Kleidern an seinem Tisch. Er gibt Contarini Anweisungen, persönlich ein Billett zum Camerlengo zu bringen.

»Darf ich es lesen, Eminenz?«

»Lesen Sie's nur.«

Contarini liest, dass Malvezzi den Camerlengo über seine Anwesenheit bei den Wahlgängen des nächsten Tages verständigt. Eine kurze Mitteilung, ohne Erklärungen, wie es einem entschlossenen Mann entspricht.

Contarini beeilt sich, die Anweisung auszuführen, zufrieden über die Entschlossenheit seines Kardinals. Er übergibt persönlich die Mitteilung in einem Umschlag dem Camerlengo, der noch auf ist.

Veronelli liest in seiner Gegenwart und zieht die Augenbrauen zusammen. Was soll das heißen? Malvezzi bringt sich wieder ins Spiel? Er ändert die Meinung und will wieder Hoffnungen wecken? Oder ist das eine Geburt seines Kopfes, ein Ratschlag der Schatten, die ihn besuchen?

»Wie fühlt sich seine Eminenz?«, fragt er Contarini.

»Gut, würde ich sagen.«

»Gut? In welchem Sinn, Monsignore? Hat er neue Anwandlungen? Es wird sich doch wohl nicht um geistige Verwirrung handeln, die für seine Krankheit typisch wäre? Wäre es nicht besser, man würde ihm noch weitere Ruhe empfehlen, vielleicht auch eine ärztliche Untersuchung?«

»Ich erlaube mir, Eure Eminenz darauf hinzuweisen, dass niemand jemals Kardinal Ettore Malvezzi für geisteskrank erklärt hat. Und dass sein Verhalten bisher von großer Mäßigung und großem Verständnis für die Bedürfnisse ist, die Eure Eminenz ihm erläutert hat.«

»Gerade deshalb erstaunt und alarmiert mich sein Billett. Was für eine Neuigkeit hat es gegeben, die seine Haltung geändert hat? Sie verstehen doch, ich habe die Pflicht, das Konklave vor jeder weiteren Verlegenheit zu schützen. Schließlich reichen die, die wir bisher ertragen mussten, und Sie wissen, dass gerade gestern vom Fernsehen dem hohen Prestige dieser Versammlung die soundsovielte Wunde zugefügt wurde.«

»Eminenz, ich kann nicht die Gedanken meines Erzbischofs lesen, aber ich kann Ihnen versichern, dass er heiter ist und Herr seiner selbst.«

»Schon gut, aber wenn er morgen früh ins Konklave kommt, bedeutet das, dass er etwas mitzuteilen oder vorzuschlagen hat, verstehen Sie? Und das beunruhigt mich.«

»Fragen Sie ihn, was er im Sinn hat.«

»Sie haben Recht, gehen Sie nur, ich danke Ihnen für Ihren Rat. Sagen Sie ihm, ich werde ihn sofort anrufen, es ist spät für einen Besuch.«

* * *

Als er zum Logis seines Kardinals zurückkehrt, findet Contarini Malvezzi bereits am Telefon. Sogleich zieht er sich zurück, aber er hat die Zeit zu verstehen, dass das Gespräch nicht leicht in Fahrt kommt. Es scheint ziemlich schwierig zu werden.

Und so ist es: ein sehr sehr langes Gespräch.

Denn der ruhige, ausgeglichene und versöhnliche Ton Malvezzis, der ihm in Veronellis Kopf das Bild zurückgibt, an das sich alle erinnern, und somit einerseits denken lässt, er sei wieder der Alte, versetzt den Camerlengo andererseits in helle Aufregung. Denn diese unendliche Sanftmut geht einher mit einer Selbstkontrolle und einer Zugeknöpftheit über die wahren Motive seiner Rückkehr zum Votum, die nichts Gutes erahnen lassen.

Malvezzi hat etwas im Sinn, das er nicht preisgeben will. Und das könnte seine erneute Kandidatur von einer sicherer erworbenen Position aus sein. Aber wer hatte diesem Mann in diesen Tagen neue Garantien gegeben, der doch isoliert war und öfter von seinen Visionen als von lebenden Menschen besucht wurde? Jeden Tag ist der Camerlengo über seine Bewegungen und seinen Zustand informiert worden. Nach seinem Besuch hat er niemanden mehr empfangen. Woher also bezieht er nur so viel Sicherheit? Vielleicht sollte nicht Malvezzis Kandidatur der Gegenstand seiner Betrachtung sein. Aber von wem sonst aus dem Heiligen Kollegium? Wer kann ihm die Notwendigkeit seiner Allianz mitgeteilt haben? Welche Allianz kann Malvezzi anbieten?

Die Fallgruben, die Veronelli Malvezzi mit tausend Fragen stellt, sind zahllos. Der Kardinal von Turin gibt nicht nach, fest wie ein Fels seinen Anspruch anmeldend, »morgen den Papst zu wählen ...«.

* * *

Es gibt keinen Weg der Verständigung. Ettore Malvezzi geht so weit, das Geheimnis vor Gott und seinem Gewissen anzurufen. Sie verabschieden sich beide ziemlich kalt, doch ein Hinweis auf das Unglück, das Rom in diesen Tagen heimgesucht hat, gibt dem Camerlengo wieder alle seine Ängste zurück.

Als nämlich Veronelli das Unwetter und seine Schäden erwähnt, die auch den Vatikan nicht verschont haben, bekommt er zur Antwort, dass die lange Prüfung jedenfalls zu Ende ginge und bald schon der Friede in Rom und in der Welt wieder einziehen würde.

27

Am Vormittag des Heiligen Abends wird das Erscheinen des Kardinals von Turin im Konklave von vielen als ermutigendes Zeichen begrüßt. Es gibt der Aula ein normaleres Klima zurück, das die Außergewöhnlichkeit der durchgestandenen Prüfungen ihr entzogen hatte.

Auch das Wetter während der Nacht deutet auf eine schüchterne Besserung. Und obwohl die Lage in vielen Stadtvierteln weiterhin schwer ist, bringen die Nachrichten über Rom kein Echo von neuem Unheil. Das ist bereits etwas Positives, nach dem Reigen der Nachrichten, von denen die eine schlimmer war als die andere. Einige Kurienkardinäle wohnen in Rom und die Unmöglichkeit, an die Orte zu eilen, wo das Unwetter den meisten Schaden angerichtet hatte, oft in den Vierteln, in denen ihre Angehörigen leben oder wohnen, kommt zu den anderen Ängsten diese Abgeschlossenheit dazu.

Nahezu vier Monate sind vergangen. Und am nächsten Tag ist Weihnachten. Rom und die Christenheit werden es fast mit Sicherheit ohne den obersten Hirten feiern. Doch die Welt scheint über diese Möglichkeit nicht verwirrt zu sein. Der falsche Alarm der Direktübertragung hatte zur Folge, dass die Aufmerksamkeit sich noch mehr von der Sixtina abwandte, so, als hätte sich auch in diesem Missgeschick der böse Wille dessen manifestiert, der die Wahl des neuen Pontifex nicht wollte.

Als er auf das Marmorgitter zugeht, das die Sixtina in zwei

Teile teilt, halten viele Kardinäle Malvezzi auf. Die einen machen ihm Komplimente wegen seiner gesunden Gesichtsfarbe, andere witzeln über die Bettlägerigkeit des eingebildeten Kranken. Wieder andere fragen unvermittelt, ob sie erneut für ihn stimmen können. Und noch andere, mit größerem Argwohn, fragen, ob er sich nach der langen Wartezeit eine neue Lösung ausgedacht habe. Und schließlich gibt es solche, die ihm mit geheimnisvollem Gehabe fragen, ob sie ihn an diesem Abend allein in seinem Logis sprechen können.

Auch wenn seine Antworten von ausweichender Freundlichkeit sind, hat allein schon Ettore Malvezzis rätselhaftes Lächeln den Effekt, seine Gesprächspartner zu desorientieren.

Inzwischen sieht er sie schon seit einigen Tagen nicht mehr. Und ihr ermüdetes Aussehen, der unruhige und leicht zu Rührung neigende Ausdruck, die Ungewissheit, die, wie er spürt, sie noch immer beherrscht, selbst nach einer so großen Zeitspanne, bereiten ihm besondere Qual. Viele haben schwer unter dieser sich hinziehenden Wartezeit gelitten. Selim, sein Freund, der maronitische Patriarch, kann ohne die Hilfe zweier Prälaten nicht mehr stehen. Youssef, der palästinensische Kardinal, hat viel an Gewicht verloren und ist nur noch der Schatten seiner selbst. Rabuiti, der korpulente Kardinal von Palermo, leidet an häufigen Asthmaanfällen, die ihn zwingen, sich an die Sauerstoffflasche zu hängen. Der Erzbischof von Nairobi, blass, mit hauchdünner Stimme, bittet um die Erlaubnis, gleich wählen zu dürfen, damit er sich wegen seines schlechten Gesundheitszustands schnell wieder zurückziehen könne; er hat gerade erst einen Herzkreislaufzusammenbruch überstanden. Der Erzbischof von Lvov, der erste einer langen Reihe von Kardinälen, die auf das gleiche Mittel zurückgreifen müssen, um den Eingang zur Sixtina zu überschreiten, kommt in einem Rollstuhl an, der von seinem Sekretär geschoben wird.

Das Maß des Erträglichen ist wirklich voll. Er schaut in eine Ecke, wo die beiden, die den Ausbruch versucht haben, die Bischöfe von New York und von Philadelphia, bereits auf ihren Stühlen sitzen. Auch sie Schatten ihrer selbst. Wer würde sich jetzt noch vorstellen können, dass diese beiden erst vor wenigen Wochen fähig waren, den Versuch zu wagen, sich an selbst gemachten Stricken ins Leere abzuseilen, um vom Konklave zu verschwinden? Und doch ist der einzige Gedanke, der die große Mehrheit der Kardinäle beherrscht, wegzugehen, abzuhauen, nach Hause zurückzukehren, dieser Klausur ein Ende zu setzen.

Die Menge der Kardinäle verhindert noch immer den Zugang. Die Präliminarien vor dem Appell sind ungeheuer langsam, einige Ärzte sind zu sehen, die zwischen den beiden Eingängen hin- und herlaufen. Was für ein tristes Schauspiel von Geronten, was für ein melancholisches Feld der Niederlage, diese Versammlung der Kurbischöfe Christi!

Christus, der dreiunddreißig Jahre gelebt und in den letzten dreien sein gesamtes Abenteuer vollzogen hatte, der mit dem verherrlichten Leib in den Himmeln verschwand, in einem allen seinen Kindern versprochenen Alter in der Auferstehung des Fleisches ... Er blickt nach oben, über die kahlen Köpfe, über die roten Kalotten hinweg, wo Christus der Weltenrichter in der Herrlichkeit seiner unsterblichen Jugend war.

Genau in diesem Augenblick sieht er sie. Da hinten sind auch die Presbyter-Zwillinge! Sie verrichten die demutsvolle Aufgabe von Kaplänen, möglicherweise im Gefolge irgendeines Kardinals ...

Sie halten die langen Kerzenstangen nach oben, um die sechs sehr hohen Kerzen auf dem Altar anzuzünden, die einzigen nicht elektrischen, hinter dem Sitz des Camerlengos, getrennt von dem durcheinander gewirbelten Corpus des Heiligen Kollegiums, hinter diesen Köpfen, hinter diesem Wogen von weißem Haar. Mit hellblonden Haaren, das Gesicht nach oben gerichtet, die Bewegungen kontrollierend, die auf die sechs Silberkandelaber gerichtet sind, die zu Christus dem Weltenrichter und seiner Allerheiligsten Mutter ihre flackernden Flämmchen hinaufschicken. Noch einmal betrachtet er den Christus, richtet dann wieder den Blick auf die Zwillinge ... Das Gedächtnis lässt ihn nicht im Stich, sie ähneln ihm unglaublich ... Sie sind die perfekte Kopie des Antlitzes des Erlösers von Michelangelo und niemand scheint das zu merken. Unsichtbar wie zwei Engel, vielleicht auch für den Blick dieser Geronten nicht erkennbar. Wie wäre es sonst möglich, dass nur er es merkt?

»Worauf starrst du da so, Ettore?«, fragt ihn eine Stimme mit starkem ausländischem Akzent.

Er dreht sich um, senkt die Augen verwirrt. Er erkennt den estländischen Kardinal Matis Paide und weist wortlos auf die Zwillinge, die noch mit dem Anzünden der Kerzen beschäftigt sind. Dann, als er merkt, dass Paide die beiden genau gesehen hat, berührt er ihn an der Schulter und fordert ihn auf, die Augen nach oben zu richten, ins Zentrum des Freskos von Michelangelo.

»Auf wen denn? Auf Sankt Bartholomäus?«

»Nein, nicht aufs Zentrum, sondern weiter oben, weiter oben, auf Christus den Weltenrichter ...«

Der Kardinal aus dem Norden lässt seine blauen Augen auf dem Christus ruhen. Dann senkt er sie auf die beiden jungen Priester und lässt seinen Blick von oben nach unten gleiten, von oben nach unten, und sein Gesicht verrät Erstaunen.

Er flüstert: »Das ist unglaublich, das ist unglaublich«, unfähig, sich von diesem Anblick zu trennen.

Doch er muss, gemeinsam mit Malvezzi, der Aufforderung eines Emissärs der Kardinäle Stimmenauszähler nachgeben. Sie müssen sich auf ihre Plätze setzen.

Der Camerlengo der Heiligen Römischen Kirche tritt ein. Ihm geht die Kantorei voraus, die erneuert worden ist wie viele Kapläne der Höchstverehrungwürdigen, mit älteren Sängern.

»Versprich mir, ihnen und mir zu helfen in der Sache, die ich gleich vorschlagen werde«, tuschelt Malvezzi zu Paide, der noch immer sprachlos ist wegen der Entdeckung der unglaublichen Ähnlichkeit der Zwillinge mit dem Christus.

»Aber ... wo sind sie hin? Sie sind nicht mehr da ...«

»Sie haben sich nach dem *extra omnes* zurückziehen müssen ... Beruhige dich nur, wir haben sie nicht geträumt: Sie werden wohl in den Sakristeien sein.«

»Ich weiß nicht, ob ich verstanden habe, was du tun willst, aber ich werde dir bis ans Ende folgen«, antwortet der immer verwirrtere Paide und ergreift fest seinen Arm.

Der Hymnus *Veni Creator Spiritus* ertönt. Die alten tiefen Stimmen drücken diesem Gesang eine feierlichere Gravität auf als die, die in den ersten Versammlungen des Konklaves die Freundlichkeit der jüngeren Münder schenkte. Dort war es eine Ahnung vom Paradies und von engelhafter Leichtigkeit, hier ein Schatten von tragischem Flehen zu Dem, der nicht geruht, sich zu zeigen.

Und da kommt, verspätet und atemlos, der Camerlengo und beginnt den Appell, nachdem er sich wegen des Zeitverlusts entschuldigt hat. Er erklärt die Wahl für eröffnet, und erteilt gleich dem das Wort, der es ergreifen möchte.

Im Leben aller anwesenden Kardinäle wird bis zum Tod

das als Eindruck hinterbleiben, was der Kardinal Erzbischof von Turin, Ettore Malvezzi, nun sagt, anfangs mit oftmals von Emotionen unterbrochener Stimme, dann immer sicherer.

Und doch, jedes Mal, wenn dann Einzelheiten erbeten werden, gelingt es dem Gedächtnis nicht, die Abfolge der Themen, der Übergänge, der Zusammenfassung, des Endes scharf in den Blick zu bekommen. Es ist, als habe der Schleier des Geheimnisses, die Verpflichtung eines jeden von ihnen vor Gott und vor den Menschen, wirklich die Sinne bedeckt und damit den geschützt, der vom Spiritus Sanctus Parakletos jene Erleuchtung empfangen und sich dieser Erleuchtung in einer der schwierigsten Entscheidungen in der Kirchengeschichte gebeugt hat.

Wie lange wird er wohl geredet haben? Keiner könnte das mit Genauigkeit sagen. Es scheint, es ist unmöglich, diesen Fluss der Worte zu messen, oder besser noch: dieses Delirium, mit dem ein Kardinal inspiriert wurde, den alle für verrückt halten, aber als Narren Gottes respektieren.

Er sprach von der Menschheit, die Glauben, Führung, Liebe, aber auch Freude, Muße, Kraft braucht. Von einer müden Kirche, erschöpft von ihrer zweitausendjährigen Mission, die sie mit Schuld, mit Sünden, mit Irrtümern zermürbt hat, oft sehr schnell dabei, einen neuen Aspekt der Zeiten als Böses abzustempeln, den sie dann aber anerkennen und die Vergebung der Menschheit erbitten musste. Er sprach über das Heilige, das nicht weiß, wo es herabregnen soll, und dennoch auf die Köpfe der Menschen herabregnet, die die Leere einer Existenz ohne Gott nicht aushalten können. Er sprach über die große Hoffnung, die sich dem öffnet, der von dieser Leere gequält wird, und die Gott selbst ist. Er sprach von dem Hunger nach einem neuen Christus, der aus ihrer

Wahl heraus wiedergeboren werden und zugleich in dieser Entscheidung sterben sollte, wenn sterben für sie, die Kardinäle, bedeutet, jenseits ihrer selbst zu wählen und zu entscheiden, über ihren geheiligten Kreis hinaus, wo Christus sie auffordern würde, ihm zu folgen, um so die Scharen des christlichen Lagers zu vermehren. Er sprach von der Demut, sich über den Sinn all dessen zu befragen, was an Ungeheuerlichem in diesen Monaten geschehen ist, als der Böse in ihnen auf offene Türen gestoßen war, um den vernichtendsten Schlag auszuführen, weil er sie so schwach fand. Er sprach über ihr trauriges Altersdasein, über den Egoismus dieses Alters, über die Angst vor dem bevorstehenden Ende, oftmals der einzige Klebstoff der frenetischen Zusammenkünfte, die sie erlebt haben, unfähig, eine Lösung und eine Entscheidung zu finden. Der Heilige Geist habe sich von ihnen zurückgezogen, weil sie nur den Wunsch hätten, das Konklave zu verlassen, und dann irgendeinen Namen wählten, irgendeine Lösung, die es ermöglichen sollte, davonzustürzen, um vor dem Tod die letzten Privilegien zu genießen. Er sprach vom Bösen, das sie ertragen hätten, ohne es zu begreifen, von ihrem Herzen, das taub für die Einladung zu Einsamkeit und Stille dieser vier Monate des Konklaves war. Sie hätten den Sinn dieser Klausur nicht verstanden, weil ihr Herz von der Manie des Tuns und Tuns und Nochmaltuns bedrückt war, ohne jemals innezuhalten und sich nach dem Sinn dieses unzusammenhängenden Handelns zu fragen. Er sprach vom Hochmut ihrer Hirtenbriefe, in denen nicht mehr das Erbarmen mitklang, sondern nur eine kalte Doktrin, mit einem Phrasenschatz, der sich vom Leben längst entfernt hat und den sie an den Jahrestagen wiederholten, die für den Christus und die Apostel, ja, das Leben waren. Dieses Weihnachten, das sie mit Prunk in den alten Kathedralen Europas feierten und in den neueren der Welt, hatte längst nichts mehr von der Furcht der Engel und der Hirten in dieser Nacht, in der Er geboren wurde ...

An dieser Stelle schien er sich unterbrochen zu haben, vielleicht weil ihn die Vorstellung verstörte, dass sie dieses Weihnachten alleine feiern mussten, fern von allen, um den Nachfolger Dessen zu finden, der an diesem Tag vor zweitausend Jahren geboren worden war.

Dann sprach er weiter, versteckte seine innere Bewegtheit aber keineswegs.

Wie oft hatte er die Messe gefeiert und sich dabei gefragt, wie so viele von ihnen auch, ob er nicht ein Don Quijote sei, der in Windmühlen Riesen erblickt, wenn er die geweihte Hostie in Händen hält! Wie viele Male hatte er über Gottes Hilfe die Hoffnung verloren!

Wie viele Male hatte er die Evangelien wie zugesperrte Käfige erlebt, deren Schlüssel verloren gegangen war, durch den Verzicht der Intelligenz, sie wiederzuerschaffen, so, wie sie die Heiligen wiedererschaffen haben, zu deren Erben sie sich erklärten!

Denn, und daran sollten sie keinen einzigen Augenblick zweifeln, was er ihnen vorgehalten hatte, halte er vor allem sich selber vor, sich, dem Schwächsten und Unschlüssigsten, dem Müdesten, Verwirrtesten, Egoistischsten und am meisten Terrorisierten, wenn er sich vorstellte, er könnte unter den heute hier im Konklave Anwesenden sterben. Er flehte sie um Vergebung an, weil er sie beleidigt habe, denn erst wenn er diese Dinge gesagt habe, könne er um das bitten, um das er im Namen des Herrn bitten wolle. Wenn sie versuchen würden, über die Jugend Jesu Christi nachzudenken, des Herrn über Zeit und Ewigkeit, wie sie in den dreiunddreißig Jahren leuchte und von Michelangelo auf dieser Wand unsterblich gemacht worden sei, dann würden sie sehr gut den Sinn dieses Leuchtens des Alters verstehen, das Gott auch ihnen in der Auferstehung schenken würde. Sie müssten versuchen, den Wert der Wahl für einen neuen Erben Christi, die sie gleich treffen würden, ganz zu verstehen, damit Er zum ersten Mal das Schicksal als junger Hirte der alt gewordenen Menschheit neu durchleben könne. Vielleicht die gesamte Menschheit, auch die, die sich nicht in der Kirche erkannte, würde das Haupt vor dem Gewählten neigen und das Symbol und die Hoffnung auf seine Wiedergeburt erkennen.

Ungefähr an dieser Stelle, erinnern sich die überlebenden Zeugen, hat der Kardinal von Turin mit einer großen Handbewegung auf den Christus Weltenrichter im oberen Teil des Freskos gedeutet. Dann, während das Heilige Kollegium in den Fängen der gegensätzlichsten Reaktionen rumort, aber immer noch auf den nicht formulierten Wahlvorschlag wartet, sieht man ihn schnell von seinem Stuhl heruntersteigen und, während der Camerlengo Geduld und Nerven verliert, mit der Glocke läutet und ihn zur Ordnung ruft, zu den Sakristeien eilen.

Er hält sich nicht lange außerhalb der Sixtinischen Kapelle auf. Im Gegenteil, wenige Minuten später sieht man ihn wieder in der Türe auftauchen, wo er mit der Hand, einen zur Rechten und einen zur Linken, die Zwillinge im Talar hereindrängt, die dermaßen identisch sind, dass man an eine Täuschung des Blicks denken könnte.

In der Aula wird es plötzlich still.

Man sieht, wie Malvezzi die beiden jungen Presbyter, eingeschüchtert vor Scham, aber wunderschön, in die Mitte der Sixtina drängt.

Dann, während das Stimmengewirr immer mehr verebbt und sogar der Camerlengo aufhört sich aufzuregen, fordert Malvezzi die Zwillinge auf, sich umzudrehen und gemeinsam mit ihm und der ganzen Versammlung auf das von Michelangelo gemalte Antlitz Christi zu blicken – so sagt er es mit lauter Stimme –, auf das Antlitz ihres Herrn, dessen erster Erbe Petrus gewesen ist.

»Und jetzt, viel geliebte Brüder, rufe ich euch auf, zu Nachfolgern des Apostels Petrus die Presbyter Lino und Stefano zu wählen, die sich hier eurer vom Heiligen Geist erleuchteten Weisheit anvertrauen!«

Die beleidigten Rufe, die Schreie nach Verdammung, die beleidigenden Gesten, die ironischen Aufforderungen, das Konklave doch bitte nicht mit dem römischen Senat zu verwechseln, wo die beiden Konsuln gewählt wurden, oder mit dem Königspalast von Sparta, wo die Diarchen regierten, sogar die Versuche, den Kardinal von Turin zu ohrfeigen, was von der Schweizergarde abgewehrt wurde, die gezwungen war einzugreifen, um den armen Erzbischof zu schützen: Das alles geht über seinen Kopf hinweg wie ein aufgepeitschtes Meer, das gegen einen Felsen brandet, ihn aber keinen Zentimeter einritzen kann.

Unterdessen beginnt die große Ähnlichkeit der beiden jungen Priester, der Zwillinge Lino und Stefano, die zum Gefolge von Kardinal Lo Cascio gehören sollen, wie jemand behauptet, mit dem Christus von Michelangelo Eindruck zu erregen. Niemand kann sie leugnen, sie ist völlig offenbar: die gleiche Nase, die gleiche Stirn, die gleichen Brauenbögen, das gleiche blonde Haar, der gleiche Ausdruck der Augen.

Während die Zwillinge sich bewegen, gibt es einen Augenblick, in dem man eine bewusste oder zufällige Geste der Arme bemerkt, die in gleicher Weise ausgeführt wird, in die Luft geschwungen, um den Tumult zu beruhigen, um Malvezzi zu schützen und um sich zu wehren, indem einige der aufdringlichsten Kardinäle zurückgedrängt werden. Da nun hört man in der Aula einen erstickten Ausruf des Erstaunens wogen. Diese Geste des Christus Weltenrichters ist viel zu deutlich in ihr Gedächtnis geprägt, als dass sie keine große Emotion auslösen würde.

* * *

Das ist der Augenblick, den Kardinal Matis Paide nutzt, um aufzustehen und zu sprechen. Nach ein paar Minuten gelingt es ihm, ausreichende Stille zu bekommen und das Wort zu ergreifen.

Er ist vorsichtig, er hat Achtung vor den durchaus gerechtfertigten Reaktionen des Heiligen Kollegiums, er ist diplomatisch mit dem Camerlengo, verständnisvoll mit Malvezzi, nachsichtig mit den Presbyter-Zwillingen Lino und Stefano, die neben Malvezzi stehen, immer bereit, ihn zu beschützen. Er beschließt seinen Beitrag mit der Behauptung, dass die Worte des Kardinals von Turin die Gemüter deshalb aufgewühlt hätten, weil sie die höchst verehrungswürdigen Kardinäle aufforderten, ihre hohe Pflicht von einem derart neuen Standpunkt aus zu betrachten, dass nicht eine, sondern tausend Nächte nicht ausreichen würden, um darüber zu meditieren.

Indessen würde die Natur ihnen aber den Vorzug einer Nacht gewähren, aber einer außergewöhnlichen Nacht wie die des Geburtsfestes des Herrn, die man in der Stille und in der Einsamkeit verbringen könne, die, wie Kardinal Malvezzi völlig richtig bemerkt habe, viele von ihnen wahrscheinlich gar nicht bis zum letzten Grund hätten wertschätzen können, weil sie von der zermürbenden Länge des Konklaves mitgenommen seien.

Dann fordert er den Kardinal Camerlengo Vladimiro Veronelli auf, diesen Wahlgang aufzuheben und ihn mit der neuen Kandidatur am nächsten Morgen wieder zu eröffnen, wenn die Gemüter sich beruhigt hätten.

Die allgemeine Verwirrung nutzend und auch vor die Notwendigkeit gestellt, darüber nachzudenken, mit welcher Strategie dieser nie dagewesenen Lage zu begegnen wäre, nimmt der Camerlengo Paides Vorschlag auf. Er empfindet ihn wie eine Hilfe, die ihm diplomatisch von diesem unvorhersehbaren Mann angeboten wird. Vor allem vertraut er der Nacht, um die beiden jungen Presbyter zu sich zu rufen, deren Anwesenheit nach Verschwörung und verdächtiger Einmischung zum Schaden und Nachteil des Konklaves schmeckt.

Als Erster verlässt, unter dem Schutz der Schweizergardisten, Ettore Malvezzi die Sixtina. Hinter ihm alle anderen Kardinäle, die sich darauf vorbereiten, sich in dieser neuen elenden Aufschiebung der Weihnachtsnacht zu stellen.

28

Doch in der Christnacht hat der Heilige Geist Erbarmen mit dem Leiden seiner Söhne, löst den Nebel in ihren Köpfen auf und öffnet sie für die Wahrheit des gleichen Traums.

Sie sehen sich wieder versammelt in der Sixtinischen Kapelle, in dem Augenblick, da der Erzbischof von Turin Ettore Malvezzi auf der Schwelle einer der beiden Türen auftaucht, unterhalb des Freskos vom *Jüngsten Gericht*.

Er wird, wie während des letzten Wahlgangs des Konklaves, von den beiden Presbytern Lino und Stefano an seiner Seite begleitet. Auf den Schultern eines jeden der beiden jungen Männer zwei riesige Flügel. Die Augen, von unerträglichem Glanz, strahlen und zwingen die Augen der Kardinäle, zur Erde zu blicken, wobei sie nur gerade eben die Herrlichkeit dieser nackten göttlichen Körper wahrnehmen können, die gleiche, wie die der Engel auf der Wand des Jüngsten Gerichts, die gleiche von Christus als Weltenrichter, mit doch so ähnlichen Zügen.

Kardinal Malvezzi vertritt weiterhin die Sache ihrer Kandidatur, ohne das unaussprechliche Lächeln der beiden unendlich schönen Geschöpfe zu bemerken. Denn die Engel übertragen in diesem Lächeln das Bewusstsein, dass der Kardinal nicht ihre Flügel sieht, geschützt und beschirmt von einer geheimnisvollen Blindheit.

Der Traum hört mit dem plötzlichen Verschwinden Linos und Stefanos auf, und zwar in dem Augenblick, in dem der Kardinal aufhört zu sprechen ...

Als am Morgen des Weihnachtstags sich unter den Kardinälen, die auf dem Weg in die Sixtina begriffen sind, die Nachricht verbreitet, dass von den beiden Presbytern keine Spur geblieben ist und dass ihr Logis, voll gestellt mit alten verstaubten Möbeln, wohl seit Jahren nicht mehr bewohnt war, beginnen viele den Sinn des Traums der vergangenen Nacht zu verstehen und erkennen in ihrem Herzen die Spur eines übernatürlichen Eingreifens, das ihnen diesmal zu Hilfe kam.

Und so erhebt sich, kaum dass der Kardinal Camerlengo die Diskussion für eröffnet erklärt, nach dem Gesang des *Veni Creator Spiritus*, gleich Kardinal Matis Paide, der Vorsitzende der Evangelisierungskongregation, und spricht. Der heiter unbeschwerte und doch düstere Ausdruck seines Gesichts verlangt der Versammlung sofort Aufmerksamkeit ab.

Im Bewusstsein, dass er sich nicht ausführlicher über das auslassen darf, von dem er weiß, dass es allen wie ihm im Traum erschienen ist, in der heiligsten Nacht des Jahres, in der Nacht der Geburt des Herrn, verkündet er, dass es die Sünde der Hoffart wäre, wenn man sich nicht dem Willen des Spiritus Parakletos beugen würde, der sich herbeigelassen habe, auf die Entscheidung in der Wahl des Menschen hinzuweisen, den die Engel ins Konklave geleitet haben und dessen Lippen er mit einer Weisheit erfüllt hat, die nach menschlichen Maßstäben ein Skandal ist.

Und so ist er bei vollem Bewusstsein der Meinung, dass zum Summus Pontifex der universellen Kirche und Bischof von Rom die Person seiner Eminenz, des Erzbischofs von Turin, Kardinal Ettore Malvezzi kandidieren soll.

* * *

Das intensive Stimmengeräusch, das aus der Versammlung aufsteigt, kaum dass er seine Rede beendet hat, erscheint dem Kardinal Camerlengo Veronelli gleich als die vorhersehbare Reaktion derer, die sich darauf vorbereiten, mit Würde zurückzuweichen, und derer, die die Freude spüren, einer Meinung zu sein.

Der Kardinal Camerlengo schaut langsam um sich und überlässt die Ansichten, die Kommentare, die Vertraulichkeiten, die Empfindungen ihrer freien Äußerung, wie es einer souveränen Versammlung zukommt, bevor sie eine derart wichtige und so lang durchlittene Entscheidung fällt. Doch mit seiner über vierzigjährigen Erfahrung mit Konsistorien, Kapitelversammlungen, Konzilien, Synoden und Adunanzen ist er in der Lage, den Puls seiner Versammlung zu fühlen. Und er hat keinen Zweifel, zum ersten Mal nach Monaten der Ungewissheit. Er weiß, endlich ist eine einstimmige Übereinkunft erlangt. Und als oberster Notar des Konklaves ist er darüber glücklich; als Zeuge und Werkzeug des höchsten Willens Gottes ist er darüber zu Tränen gerührt.

»*Fiat voluntas tua fiat voluntas tua* …«, wiederholt er leise, während er daran denkt, dass der, der in Kürze proklamiert werden wird, sein letzter Papst ist. Denn was seine Freude so kostbar macht, ist ein Tropfen Wehmut, der, der aus dem Bewusstsein der Endlichkeit aller Dinge quillt, auch des Konklaves, das nie zu Ende gehen wollte, jetzt aber, gemeinsam mit seinen Hauptpersonen, zu einem Abschluss kommt. Er wird ganz sicher kein weiteres mehr erleben …

Die Abwesenheit Ettore Malvezzis, der reglos in seinem Zimmer auf das Fenster mit den gelben Scheiben starrt, die nun für immer erloschen bleiben, ist zu seinen Gunsten.

Niemandem sonst hat der Traum von dieser Nacht klarer enthüllt, welchen Weg das Schicksal bereithält.

Und das Entsetzen, die Kandidatur zum Pontifex annehmen zu müssen, das von fast allen Kollegen durch die Abwesenheit des Kardinals von Turin wahrgenommen wurde, bereichert sein Verborgensein mit dem Geschmack einer echten Demut. Jetzt erst definiert sich der Sinn seines gesamten Verhaltens, jetzt erst klärt sich in den Köpfen der Kardinäle der Plan der Vorsehung seiner Krankheit, der Dunkelheit seiner Worte, die für Worte eines Narren Gottes gehalten wurden ...

Als der Kardinal Camerlengo selbst aufsteht und mit großer Stimme die Erhebung des Kardinals Ettore Malvezzi zum Pontifex per Akklamation vorschlägt, ohne abzustimmen, ist der Schauder, der alle Anwesenden ergreift, nur die augenblickliche Bewusstwerdung dieses Ereignisses.

In wenigen Minuten werden sie nämlich aufstehen und die Einstimmigkeit der Zustimmung bestätigen. Der Kardinaldekan Antonio Leporati intoniert als Erster *Tu es Petrus*, gefolgt von allen anderen Kardinälen.

Während sich entsprechend dem Ritus alle Baldachine der Thronstühle herabsenken, mit Ausnahme des leeren des Kardinals von Turin, begibt sich der Camerlengo, der die Sixtina in angstvoller Erwartung des neuen Papstes zurückgelassen hat, in Begleitung der beiden Kardinäle Stimmenauszähler und vom Kaplan Kreuzesträger zum Logis von Ettore Malvezzi, um ihm die erfolgte Wahl mitzuteilen.

Als Veronelli die Schwelle zur Wohnung Malvezzis überschreitet und sein Arbeitszimmer betritt, findet er den Gewählten im Sessel sitzend vor, die Augen immer starr auf das erloschene Fenster gegenüber gerichtet, das er von seinem aus sieht. Wäre es nicht wegen des immer schneller gehenden Atems, der seine Brust hebt und senkt, würde keiner sagen, dass er gemerkt hat, wer eingetreten ist, während Monsignor Contarini ihm bewegt und zitternd den Kardinal

Camerlengo Vladimiro Veronelli und sein Gefolge ankündigt.

»Vortrefflichster und verehrungswürdigster Kardinal Ettore Malvezzi, im Namen Christi teile ich dir deine Wahl zum Pontifex maximus der universellen Kirche und zum Bischof von Rom mit, die durch die Eingebung des Heiligen Geistes auf das Heilige Kollegium der Kardinäle erfolgt ist ...«

Darauf folgt eine lange Stille. Dann hört man den nervösen Husten des Camerlengos, der mit der Erfüllung seiner Pflichten fortfahren muss. Aufgrund eines ungewöhnlichen Zauderns ist seine senile Stimme gerade eben noch hörbar, als er zur rituellen Frage kommt: »Nimmst du ... nimmst du ... also ... an? ...«

Kardinal Ettore Malvezzi steht auf. Er wirkt jetzt größer, murmelt der Kardinaldekan vor sich hin ...

Er wendet sich mit unendlicher Langsamkeit dem Camerlengo zu und blickt ihn mit seinen grünen weiten Augen fest an, die Hände um das Brustkreuz gelegt, um damit sein Zittern zu verbergen. Mehrere Male fährt er sich mit der Zunge über die trockenen Lippen, um sie zu benetzen, als würde er Mühe haben, die Stimme zur Antwort zu finden.

»*Fiat* ...«, ist schließlich die Antwort, während er das Haupt senkt und die Arme an seiner Körperseite herunterhängen lässt. Seine Stimme ist sozusagen ein Hauch.

»Und wie willst du dich nennen?«, schreit Veronelli jetzt beinahe, mit einer Energie, die die Erleichterung über die Bestätigung, die einen Augenblick noch zweifelhaft war, nicht mehr zurückzuhalten weiß.

»Lino Stefano.«

Alle Anwesenden, außer dem Camerlengo und dem Kaplan Kreuzesträger, knien unter großem Rauschen der Talargewänder nieder und Ettore Malvezzi schickt einen letzten flüchtigen Blick auf das erloschene Fenster zu seiner Linken, das ihn bis zu diesem Tag erleuchtet hatte.

»Dann wirst du heißen … Lino Stefano I.«, antwortet Veronelli, der sich daran erinnert, dass es in der Kirchengeschichte Päpste sowohl mit dem Namen Lino als auch mit Stefano gegeben hat, aber an niemanden, der die beiden Namen in seiner Person verbunden hätte. Und während er einen Augenblick lang die beiden im Traum erschienenen Engel wiedersieht, kniet er sich nieder, um die Hand des neuen Papstes zu küssen, nachdem er ihm über den rechten Ringfinger den Fischerring gestreift hat.

Dann, nachdem die Anweisung ergangen war, die Loggia von Sankt Peter für das bevorstehende *Habemus Papam* zu öffnen, während der Kamin in der Sixtinischen Kapelle am Weihnachtstag der Welt den weißen Rauch verkündet, führt der Kardinal Camerlengo den Zug des neuen Pontifex zur Kapelle an, wo ihn der Gehorsamsakt aller Kardinäle vor seinem Thron erwartet, nachdem er sein weißes Gewand angelegt hat.

Ein außergewöhnlicher italienischer Kriminalroman voller überraschender Wendungen

Aus Rimini kommt Commissario Sanuti nach Sardinien, um in einem verzwickten Mordfall zu ermitteln. Eine ihm völlig fremde Mentalität, geprägt von uralten Familienfehden und Blutrache, empfängt ihn in dem kleinen Ort im sardischen Hinterland.

»Ein Autor, der niemals enttäuscht, den man blind kaufen kann.« *Diario*

Marcello Fois

Der Tod wäscht alles rein

Roman

Deutsche Erstausgabe

List Taschenbuch

LG5